近世はなしの作り方読み方研究

―はなしの指南書―

島田　大助

新葉館出版

近世はなしの作り方読み方研究
―はなしの指南書―

◇ 目次

第五章　諸国咄読解の視点

近世はなしの作り方読み方研究

序章

咄の読み方と東アジア文化圏で考える笑話

一

平成二十四年二月二十一日、名古屋大学附属図書館友の会トークサロン「ふみよむゆふべ」に招かれて講演を行った。「名古屋の噺本―『按古於当世』―」と題して行った、この日の講演の内容は、噺本についての概説から始まり、名古屋出来の噺本『按古於当世』を読むと言うものであった。

石塔《せきとう》の奇瑞《きずい》

今井なにがしとかやいへる浪人《らうにん》、江戸《ゑど》へ下《くだ》るとて、江州粟津《こうしうあハ》の兼平《かねひら》が石塔《せきとう》をみて、下人にいふやう、おれが先祖《せんぞ》の兼平《かねひら》のせきとうハ是じや。おれもおがむほどにわれもそこでおがめと、かんたんくだき、はいしければ、ふしぎや、石塔《せきとう》ぶる〳〵とふるひけり。浪人鼻《らうにんはな》をたかくして、いかに何すけ。せんぞのせきとうほどあつて、あのごとく奇瑞《きずい》がみえた。めいよじやな。出世《しゆつせ》の門出がよい。いざ酒のまんと、そのあたりのちや屋へいれば、そこの姥《ばゝ》が、のふ、旅《たび》のおさふらひ。今の地震《ぢしん》にハどこであはしやつた。

（『御伽咄かす市頓作』宝永五年刊）(1)

武士《もの丶ふ》のやばせ

おさむらい壱人《ひとり》のりかけて、粟津《あハづ》の松原《まつバら》をとおり、まごよ。かねひらの塚《つか》へつれていけ。身《ミ》か先祖《せんぞ》じやによつて、拝《はい》してゆかねバならぬと、石塔《せきとう》へまいり、おしうつむきおがまる所《ところ》に、どろ〳〵としんどうがした。何《なに》とまご。ふしぎじやないか。身が信《しん》がとゞいて、今《いま》のごとくにしんどうしたと、自慢《じまん》たら〳〵、瀬田《せた》のもち屋までできてやすまれける。もち屋の小《こ》めろ、けふといかほして、もしおさむらい様。今《いま》の地震《ぢしん》に、どこでおあいなされまし。

(『軽口機嫌嚢』享保十三年刊(2))

石塔《せきたう》のうなづき

ある人、年久《ひさ》しく馴染《なじミ》をかさねて逢《あひ》し女郎《らう》、かり初《そめ》に煩《わづら》ひしが、終《つい》に本腹《ほんぶく》なく死《し》しけれバ、歎《なげ》きの余《あま》り、我頼《たの》ミ寺へ石塔《せきたう》を立て、仏事供養《ぶつじくよう》かたのごとくいとなミ、毎《まい》日〳〵彼石塔《かのせきたう》の前《まへ》に行《ゆき》て、過《すぎ》し事どもを数《かぞ》へ立て、かなしミけるが、ある日例《れい》のごとく石塔《せきたう》にむかひて、さま〳〵の事をいひけるに、ふしぎや、此石塔《せきたう》うなづきける。扨《さて》ハ我こゝろざしの通《つう》じけるかと、泣《なく》〳〵帰《かへ》る道《みち》にて、しる人に行逢《あひ》しが、彼《かの》人いふやう、今の地震《ぢしん》ハきつい物の。

(『軽口浮瓢箪』寛延四刊(3))

はんごん香

女房に別れ、今壱度逢《あひ》たきよし、友達に咄す。〽友たち伝《つた》へきくに、墓《はか》のまへで、はんごん香をたけば、姿《すがた》があらわるゝと聞く。そんならそふして逢ふと、薬種《かくしゅ》やへ行、ツイはんこん香をわすれ、はんこんたんを百が買イ、墓の前にて焚《たき》ければ、墓づしく〳〵とうごく。ひミつのたきもの、しるし有とよろこんで居る内、はやはんこんたん焚キしまう。もふ百がくべよふと、内へ銭を取に帰る。〽母声をかけ、おのしハ今の地震《ぢしん》に、どこであやつた。

（『楽牽頭後篇坐笑産』安永二年序）[4]

当日は、これらの咄を示し、噺本の特徴が繰り返し咄が再出するいわば焼き直しの文学であることを説明した。

筆者が噺本というものの特徴を全く理解せずに咄を読んでいた頃、悩まされたのがこの類話の山であった。この咄は、前に読んだような気がすると『噺本大系』を読み直し、その咄を先行作品の中に見つけると、典拠を見つけたような気分になり大喜びしたことを覚えている。だが、噺本を読み続けていく内に、これが噺本の特徴であることを理解し、今度は、類話の多さに悩まされることになった。

続いて、「ふみよむゆふべ」では、名古屋出来の噺本『按古於当世』から次のような咄を選び、解説を行った。

〇家督定め

松平肥後守殿。惣領の右近殿ハ。ちと愚にして。弟なれども大進殿ハ。家督を譲らんと思ハれしに。右近殿のお乳母《うば》政野。我がそだてし右近殿なれば。何とぞ惣領の事でもあれば。家督をつがしましたいと。常〳〵学問弓馬の道をせわやき。大殿肥後守殿へも。右近様ハお学問武芸にお心を染られ。おひ〳〵御上達のよしお順でもござれば。ぜひ御家督ハ。兄御右近様へお譲り遊バしませと進むれ共。肥後守殿。イヤ〳〵どふ見ても兄の右近めハ愚かな。弟の大進ハ子供の時からかしこく。学問武芸ハ申に及ばす。惣躰身の取り廻し。万事に気の付く者なれバ。御上のお為にも成るへきものゆへ。順でハなけれど。弟に家督譲らんと申されけれバ。乳母政野。イヤ申何れの御家にても。御惣領をさし置。御次男に御家督をお譲り遊しまするといふ事ハ。承りませぬ。殊に兄御右近様を。愚かな〳〵と仰られますが。此頃ハまへかどゝちがひ。大キに御利はつにお成りなされました。それがうそと思召ますならバ。幸ひ明日ハ八月朔日。御家中の出仕を。お前様の御名代に。御請け遊ハします様に遊バして。御覧なされましよ。大分御利はつにおなりなされましたといへば。肥後守殿も。成程そちがいふ通り。惣領の事なれバ。大躰ならバ家督を譲りたい。何様明日ハ八朔。家中共も出仕せよふ。右近を名代にして。出仕を請けさせふほどに。其よし右近へも申渡し。家中共へも触れよと申されける。政野も大に悦び。右近に逢ひ。もし若旦那さま。明日ハ八朔じやから。親旦那様にお替り遊ハし。家中衆の出仕をお請遊バしまする筈じやが。随分と麁相のないやふに。私がおしへませふに。大事にお勤め遊バせやと。いろ〳〵といゝ含め。既に明日に成れバ。御家中八朔の御祝儀とて。皆ゝ表書院に詰められける。何れも家中揃ひの知らせ。奥へ申上げけるに。松平右近殿。しづ〳〵と奥より出て。何れも当日の祝儀目出たいと申されけるに。一家中シイと一度におじぎをし。家中共そゝやきながら。イヤ右近殿ハ。ぬけだといふたが。中〳〵人品といゝ。挨拶がら。いかふたわけでハないぞや。などゝさゝやきける右近そこらを見廻し。一家老の多宮を呼ひ出し。多宮〳〵。アノ床にかけたハ探幽が筆。じやな多宮ハア家中共さゝやきてアレあの掛物を探幽と見られたが。あきれ〳〵右近多宮アノ探幽が絵ハ。古から龍虎のいどミといふて。上にハ龍が雲中よりあらハれ。下にハ虎がうそむいている有りさまじやが。何と龍がいきおひがつよかろふか。虎が勢ひがつよかろふか。何れもどふおもふ多宮ハア。家中共さゝやきてヤア〳〵あゝいふ事をいゝ出された。中〳〵愚かな事ハない。あきれ〳〵多宮御意でござりまする。古から龍虎のいどみと申ますが、虎ハ千里をかけり。虎うそむけバ風を生ずとハ申ますれど。龍ハ又神通を得まして。或ハ雲を起し。雨をふらし。海にも隠れ。山にもひそまる中〳〵虎も及びますまい　右近　ム、成程おれもそふ思ふ。何と又龍と弁慶とハ。どちらがつよかろふ。

（『按古於当世』文化四年序(5)）

「○家督定め」とあるこの咄であるが、弁慶と龍を比較する若殿の愚かさが落ちとなっている。気になるのは「松平肥後守殿。惣領の右近」と「右近殿のお乳母政野」である。松平肥後守を名乗る大名で直ぐに思いつくのは、会津松平家であろう。藩祖、保科正之は徳川二代将軍秀忠の庶子であり、三代将軍家光、駿河大納言忠長の異母弟にあたる。三代将軍の座を巡り、幕府内で権力争いがあり、家光の乳母春日局が家光擁立の為に奔走したことは、当時、尾張徳川家のお膝元であった名古屋であれば、周知の事実だったのではないだろうか。

　文化四年の序を持つ『按古於当世』は正式に出版された本ではなかった。尾張の南華房という人物が咄を選び、名古屋の大惣こと大野屋惣八の店で貸本として読まれた噺本であった。明暦三年、出版についての禁令が出されて以降、たびたび出される禁令により、書籍に記すことが許されないものが定められていく。この咄に出てくる松平肥後守などは、記してはならないものの範疇に当然入る人物名である。こうした本が、庶民の間で半ば公然と読まれていたのである。文化四年と言えば、尾張では、徳川義直以来の男系の血統が断絶し、一橋家から斉朝を十代目藩主として迎えた治世であった。七代目藩主徳川宗治と争った、八代将軍吉宗の血筋が尾張徳川家の当主となっていたのである。江戸に対する複雑な想いがこの咄にこめられているのかも知れない。

　この講演の時、咄は、名前、場所などの設定をきちんと意識しないと正しく笑えないと解説した。

二

この咄を含めいくつかの咄を紹介し、講演を終えた。講演終了後に、受講者からご質問を頂戴した。内容は、「被災地で、笑い話はいつからしてもよいのか」と言うものだった。詳しく伺うと、「平成二十三年三月十一日に発生した、東日本大震災で被害に遭われた方の力になろうとボランティアとして被災地を訪れたが、冗談を言えるような雰囲気ではなかった。被災者同士の会話では冗談が飛び交い笑いがあったのに対し、被災者とボランティアとの間では笑いは許されない雰囲気を感じた」とのことであった。

際物咄と呼ばれる多くの咄が存在する。例えば次のような咄である。

○禿《かぶろ》

深川の仮宅《かりたく》にて、女郎、禿をよぶ。アイ、、、、、、とい〻なから、そば迄来《き》て又戻《もど》る。そはから客、千《ち》鳥ハなぜもどる。〽返事があまりんす。

（『珍話楽牽頭』明和九年九月序）(6)

○七つ目かね

焼《やけ》出されの女郎屋、見世を張《は》りたく思へとも、女郎といへばたつた壱人リ。如何ハせんとしあん最《さい》中友達《ともたち》来り、おれがい〻しゆこうが有。格子《かうし》へ七つめがねをはり、女郎だくさんに見せる工夫《くふう》。なんと、今孔明《こうめい》であろうがといへば、亭主、手を打《うつ》てよろこひ、早〳〵其日より取か〻り、はや見世開《ひら》きせしに、客《きやく》、船宿をともなひ、かのぼうけいの格子《かう》をのぞき、爰《こゝ》へあがろうと、若イ者へ好《のぞみ》をいへば、金山さん、お支度《し》と声《こへ》をかける。〽客、のぞき居て、おつと、惣《そう》仕廻てハない。
（『珍話楽牽頭』明和九年九月序）

明和九年九月の序を持つ『珍話楽牽頭』にある咄である。江戸三大大火の一つと言われる目黒行人坂大火（明和九年二月二十九日出火）によって焼け出され、仮宅での営業を余儀なくされた女郎屋を舞台とした際物咄である。焼け野原になった江戸の町で、被災者の間に笑いがあったのである。

このように考えてみると、講演で話し、序論の冒頭で記した咄も、『珍話楽牽頭』の咄と同様に際物咄であった。『御伽咄かす市頓作』は宝永五年の刊行であり、この咄は、宝永四年十月四日に発生した宝永の大地震を踏まえたものだった。咄は、その咄が作られ読まれた時の、世の中を如実に表していたのである。笑いを共有するためには、日々の生活を共有する必要がある。先に例に挙げた石塔の咄は、記録には残らない地震が、多くの類話発生の理由のように思える。

受講者から頂いたご質問から、筆者自身の読み方が文字の上でのみ成立している浅薄なものであることに気づかされた。これまで悩まされてきた類話ではあったが、受講者からのご質問で、新しい視点を得られたと思う。咄は、咄の筋立ての他に、名前、場所、そこで何が起きていたのかを理解していなければ正しく笑えないものなのである。咄を正しく理解することで、その咄を読んだ人が生きた時代の世相、興味、笑いのつぼが明らかになると考える。

本書のために今回新しくまとめたものについては、そうした視点も加味したつもりである。

このような初歩的な過ちを犯す未熟な筆者が、噺本について、ある程度の知識を得ることが出来たのは、武藤禎夫氏、延廣眞治氏、岡雅彦氏、宮尾與男氏、二村文人氏、石川俊一郎氏、鈴木久美氏、藤井史果氏等によって様々なご研究がなされていたからである。これらのご研究から得た学恩は計り知れない。残念ながら、本書では、それらを一つ一つご紹介する紙面を持たないが、読者の皆様には、是非とも先生方のご研究をご一読願いたい。

三

視点を変えて、今後の噺本研究について、東アジア文学との関係から展望を述べてみたい。

近年の日本近世文学研究の進捗により、日本文学は東アジア、とりわけ中国、朝鮮半島の文学との関係を踏まえて論じなくてはならないことが再認識されつつある。例えば、笑話について言えば、『笑林広記』、それに先行する『笑府』等の中国笑話集の他、『博物志』等、笑話とは一見無関係と思われる書籍にも、日本近世笑話の成立に関係する話を見いだすことができる。例えば、本序論の冒頭で記した咄と同想のものが中国笑話にある。

一怕婆者。婆既死。見婆像懸于柩側。因理旧恨。以拳擬之。忽風吹軸動。大驚忙縮手曰。我是取笑。

（『笑府』「婆像」巻八刺俗部(7)）

一怕婆者。婆既死、見婆像懸于柩側。因理旧恨以拳擬之。忽風吹軸動。忙縮手大驚曰。我是取笑作耍。

（『新鐫笑林広記』「理旧恨」巻五殊稟部(8)）

妻が亡くなることで尻に敷かれることから解放された夫が、亡くなった妻の棺の横にある妻の肖像画を見て、殴る格好をしたところ、風が吹き肖像画が動いたため驚き、冗談だと笑ってごまかしたという咄である。亡くなったものを前にした時に、偶然起こった自然現象によって生じた笑いである。当時の中国では地震の被害より、風による被害の方が大きかったのであろう。先祖と怖かった妻、風と地震という違いがあるため、全く同想の笑話とは言えないが、笑いが発生する仕組みは同じように思える。

近世期には、『笑府』『笑林広記』等の中国笑話集の和刻本『笑林広記鈔』『解顔新話』『即当笑合』『訳準笑話』『訳解笑林広記』が刊行されている。これらの中国笑話集と日本笑話を比較することで、日中の笑いの違いが明らかになると考える。

近年、日本近世笑話の研究を行う上で、朝鮮漢文笑話集を視野に入れなくてはならないとの報告が行われるようになった。朝鮮漢文笑話集は、単に笑話との関係だけではなく、日本の説話、昔話、狂言などにも影響を与えた可能性があり、全貌を明らかにすることで、日本文学の理解に新たな視点を加えることができると考えている。

東アジアの視点で行う笑話についての研究を、現在、日本学術振興会の科学研究費助成事業の支援を受けて行っている。この研究では、中国笑話集については川上陽介氏、朝鮮漢文笑話集については琴榮辰氏、近世小説への影響については佐伯孝弘氏、国語史については荒尾禎秀氏、笑話の検索システムの開発については山口満氏、日本笑話への影響については筆者が担当し、それぞれの立場で東アジア文化圏における笑いについて考察を行っている。研究は始まったばかりであるが、その成果の一部を『中国笑話集と日本文学・日本語との関連に関する研究』にまとめたので、ご一読願いたい。

笑いや笑いを扱う笑話には、飾らぬ個々人の内面が如実に示される。国レベルで「笑い」を比較することで各国の民族性の一端も明らかにされよう。中国笑話集、朝鮮漢文笑話集及び日本の笑話集の研究は、単に文学だけではなく、東アジアの風土・文化・国民性を比較考察する上で重要な情報を与える。今後の日本の笑話研究は、東アジア文化圏を視野にいれて論じなくてはならないと考える。

筆者は、今後、これらの研究を行っていく上で、日本笑話の咄の作られ方、読み方について、もう一度確認しておく必要を感じ、今回、これまで筆者が行ってきた研究を一冊の書としてまとめることにした。

◆注

（1）引用は、武藤禎夫氏・岡雅彦氏『噺本大系』（東京堂出版　昭和六十二年六月）によった。
（2）（1）と同じ。
（3）（1）と同じ。
（4）（1）と同じ。
（5）引用は、武藤禎夫氏『按古於当世』（古典文庫　平成元年十一月）によった。

（6）（1）と同じ。

（7）引用は、『中国笑話集と日本文学・日本語との関連に関する研究』（豊橋創造大学島田大助研究室　平成二十四年三月）によった。

（8）（7）と同じ。

〔付記〕本稿は、日本学術振興会の科学研究費助成事業（研究課題：東アジアの笑話と日本文学・日本語との関連に関する研究、研究課題番号：二四五二〇二四四）の助成による成果の一部である。

第一章

十七世紀の噺本と話芸者

第一節

元禄嘶本研究

一

鹿野武左衛門と露の五郎兵衛、貞享・元禄の世、江戸と京都で人気を二分する二人の舌耕芸者がその日出会った。元禄十年刊『鹿露懸合咄』（以下、書名は適宜略記する）の中でである。この本の凡例で書林某は次のように述べる。

〇京露《つゆ》の五郎兵衛、江戸鹿《しか》の武左衛門ハ、かる口頓作《とんさく》に妙《ミやう》をゑて、すぎわい咄のたね、露の五郎兵衛ハ法《ほう》会《ゑ》〱に出見世をし、下直《やすふ》(ママ)ふうれども、床几《しやうぎ》借《か》す水茶屋を加《くわ》ゆれバ、廿人余《よ》の口すきとなれり。鹿ハ死《し》んでも其名高し。此名物二人を合て、書林某《それかし》、点削《さく》するハはら筋《すし》(1)。

この『懸合咄』は、当時、俳諧や雑俳の世界で流行し、盛んに行なわれていた点取りの形式を取り入れ、江戸と京都を代表する二人の舌耕芸者、武左衛門と五郎兵衛の咄を懸合の形式で並記し、書林某が判定し優劣を付けるという形式になっていることが知れる。

武左衛門と五郎兵衛、東西を代表する二人の舌耕芸者の咄は、当時、何の様に見られていたのであろうか。以下、この『懸合咄』の書林某の評言を基にして見て行くことにする。

一　題　素読《そよみ》　武蔵野《むさしの》の鹿《しか》

漸〳〵論語二三まいよむと、はや、物しりがほ。それをぢまんに近付《ちかづき》のかたへたづねけるに、其ほとりの人、二人寄合《よりやい》、法問《ほうもん》あらそひを仕《し》出し、ひじをまくってつかミあわぬ斗。彼《かの》やぶ医者《いしや》行かゝり、是ハきやうがる御《おん》事に候、ぎよしやうの事にりんハむやくと、あつかいける。二人共《とも》に法問あらそひハ外に成《なり》、くつ〳〵と笑出《わらひいだ》し、それハどふしたいひぶんぞと、たづねければ、こなた達《たち》ハろんごの読やうさへしらいで、法問あらそひハ、近比おごりで御ざる。外題《げだい》でいふ時ハ論語《ろんご》なれども、中《なか》で読時ハ論読《りんぎよ》とよミまする。今いふたハ語《ご》しやうの事に、論ハむやくといふ事じやと、こうしやくしてきかされた。

二　題《珍重》　堅意地《かたいち》　都の露

旦那《だんな》立出《たちいで》、ものかゝせなどしてかゝゆるはづに成、そちが名は何といふぞとたづね給へハ、わたくしが名《な》ハ二兵衛と申ますといふ。そんなら、そちが名《な》ハかへねバならぬ、こゝのおも手代の名を二兵衛といへバ、おなじ家におなじ名ハよばれぬとおふせければ、かたいじものがいふやう、わしが名も代〳〵伝《つたハ》りたる名《な》で御ざれハ、かへまする事ハなりませぬといふ。旦那聞《きい》て、此内乃二兵衛ハおれが名代《みやう》して、あまたの手がた迄に二兵へとあれバ、それをかへる事ハおもひもよらず、是非《ぜひ》名をかへる事がいやなれバ、かゝゑる事ハならぬとあれバ、それにとうわくして、そんならわしハ閏《うるふ》二兵衛に成《なり》ましよといふたハおかし。

武左衛門の軽口咄「素読」は、いわゆる「論語読みの論語知らず」を題材とした咄である。その滑稽は「論語《ろんご》」を「論語《りんぎよ》」と読む事を、別の表現にも当てはめ、さらに「後生」の「後」と「論語」の「語」を同じ漢字と間違えて使い、それをさもよく知っているかのように話してしまうところにある。典型的な「論語読みの論語知らず」を扱った咄である。

一方、五郎兵衛の咄は、新しく商家に雇われることになった二兵衛と言う男が、二兵衛という名前が抱え主の重手代の名前と同じと言うことで、名前を換えるようにと旦那に迫られる。堅意地者の二兵衛が、家に代々伝わる名前だと、名を換えることは出来ないと拒絶するのだが、それでは雇うことは出来ないと言われ、困った二兵衛が窮余の策として、「閏二兵衛」という奇抜な解決策を出すという咄である。

この二話の軽口咄について書林某は以下のように評している。

双方《そうはう》とも透逸《しういつ》（ママ）なるはなし。（中略）四書ハよミたる人あれバよまぬ人有て、諸人におしわたらず。閏《うるふ》二月ハ、八嶋の外迄《そとまで》もおなじ事、たれしらぬものもなく、諸人におしわたりてひろき咄《はな》しなれバ長点ニ珍重、露のかた半点のかち。

書林某は、双方とも秀逸な咄であることを認めた上で、「閏」という言葉が「論語」よりもより多くの人々にとってわかりやすい表現であるという点で、五郎兵衛の咄を「半点のかち」としている。この懸合を始として、以下五回の咄の懸合が行なわれる。

「鬼子」・「時雨」

おかしき所ハあれども、鬼子ほど実《み》のないはなしなれバ露の方半点のまけ。


「祝言」・「手拭」

此はなし夏小袖の一作、新らしくきこへておかしけれバ長点。（中略）書《かい》てよむ時ハ、ぶて〳〵といくつもおくつてつゞけ書にした斗、口ではなすやうに、はづまぬゆへ平点に珍、露のかた半点のまけ也。


「書院」・「二の膳」

禅宗《せんしう》の祖師《そし》たる。仏の御事。かやうの事にとりなさるるハ、いかにはなしなれバとて、もつたいなき所あれハ禁句《きんく》の非言。（中略）露の方二点のかち。


「猿」・「小便」

沙石集聖学《せいがく》法師、足《あし》の長短《ちやうたん》なる物語によつて作られたると見へたり。しかのミならす、一作はたらひて興あれバ長点。露のはなし、おかしき所ハあれども、品《しな》こそかわれ、此ていのはなし、類あつてみゝなれたれバ平点にて、露のかた一点のまけ。


「つれの袖」・「養子」

軽口の咄一つと、つれにのぞまれ。その座さらずに、さつそくのはなしなれバ。一入あたらしくきこゆるへ《（ママ）》長点。（中略）露のはなし、（中略）おなじ仕出しのはなしなれども、これは、ミ、なれたる所あるゆへ平点にして、露のかた一点のまけ。

以上六回の咄の懸合において、書林某は次の点でその勝敗を判定していると考えられる。

一　わかりやすい題材を選んでいるか。
二　より現実味のある話題であるか。
三　禁句、指合を含んでいないか。
四　新しい咄であるか。
五　先行笑話の再出を認めるものの、その咄に旧作とは異なる新味を含んでいるか。
六　口演を分かり易く文章に写すことが出来ているか。（判者自身、難しい作業であると見ている）

武左衛門の咄は（2）（4）（5）の点において優れ、（3）の点に問題があるとされ、一方五郎兵衛の咄は（1）（2）の点において優れ、（5）（6）の点において問題があると指摘している。結局この咄の懸合は武左衛門の四勝二敗、点取りの点では武左衛門「半点のかち」という結果となっているのである。

ところが現在、武左衛門、五郎兵衛の軽口咄に対する見方は武左衛門にとってあまり芳しいものではない。以下、代表的な見解を挙げてみる。

小高敏郎氏

鹿　本人が苦労して、これでもかこれでもかと、無理にこじつけもじるにつけ、読む者はうんざりして、もう沢山だといいたくなる。どだい説明を聞かなければわからぬような洒落は面白いものではない。（中略）

ただ読んだだけでは、このしつっこさには興味を削がれたことであろう。

露　話も鹿の巻筆と違っていずれも短かく。巧みな落ちがついている。（中略）彼の話のこういう気さくで庶民的な性格は、かえってしち面倒くさい武左衛門などの話よりも全国的に流行し[2]

武藤禎夫氏

鹿　文字になると冗長の行文と凝りすぎた叙述が端的な笑いとは不釣合いで、滑稽味が薄い。

露　不特定多数の聴衆相手だけに、広く共感のもてる身近な生活や人間性に根ざした単純な笑いがほとんどで、表現も落ちもわかりやすい[3]。

両氏とも、武左衛門の咄の冗長さ、しつこさを指摘され、五郎兵衛の咄の単純さ、身近さ、人間味の点を高く評価されている。

書林某の評言とのこの違いはどこから生じたのであろうか。以下、この問題について考察するため、もう一度、二人の咄の違いについて確認してみる。

二

武左衛門の咄と五郎兵衛の咄、どこに違いがあるのだろうか。まず両者の咄に取り上げられた「咄のモチーフ」（「愚人譚」、「性癖譚」、「状況愚人譚」、「巧智譚」、「誇張譚」、「雑（下がかり）」）を手懸りとして見て行くこと

にする。（尚、このモチーフ別分類は、『日本小咄集成』における浜田義一郎氏、武藤禎夫氏の分類に基づいて行なった(4)）

武左衛門と五郎兵衛の噺本を中心に元禄頃に刊行された噺本の咄を「モチーフ」別に分類すると次の［表］のようになる。

次の表から言えることは、武左衛門のかかわった噺本には「巧智譚」が多く、五郎兵衛がかかわった噺本には「状況愚人譚」が多いということである。こうした違いは何を示しているのだろうか。

［表］

書名	刊行年	愚人譚	性癖譚	状況愚人譚	巧智譚	誇張譚	雑	その他
鹿武左衛門口傳はなし	天和三	7%	3%	24%	63%	0%	3%	0%
鹿の巻筆	貞享三	8	8	23	38	0	23	0
朶珊瑚珠	元禄三	15	12	29	36	0	8	0
かの子はなし	元禄三	3	15	47	23	0	12	0
軽口露がはなし	元禄四	14	14	37	35	0	0	0
遊小僧	元禄七	32	8	22	38	0	0	0
鹿露懸合咄	元禄十	15	6	38	38	0	3	0
露新軽口はなし	元禄十一	16	11	52	17	1	0	0
初音草噺大鑑	元禄十一	15	14	42	25	3	1	0

露五郎兵衛新はなし	元禄十四	0	13	40	34	0	0	13
都名物露休しかた咄	元禄十五	5	8	43	40	1	3	0
軽口御前男	元禄十六	14	11	41	32	2	0	0
軽口あられ酒	宝永二	13	15	40	28	3	1	0
露休置土産	宝永四	10	22	45	20	3	0	0

ではまず、武左衛門の「巧智譚」とはどのような咄なのか、確認しておく。『鹿の巻筆』[5]巻二に次のような咄がある。

七　いミやうなりひら

江戸さかい町のほとりに、なりひら勘右衛門といふものあり。わかきものともよりあひ、ひやうばんしけるやうハ、勘右はなるほと、ぶをとこなるに、なりひらとハ、いかなれはいふやらんといへは、その中にひとりの申けるは、よくはたらく男なれハ、まめおとこといふぎりで、なりひらであろふといふ。又ひとりのい丶けるは、いや、わかき時おとこだてありつらめ。むかし男と云ぎりかといへハ、はるか下座にありし人、われ、よくいわれをしりたり。勘右はいにしへ、とつとふべんな人でこさつたか、おやだい〳〵よりしつけたるしよくにて、ものういかむりやをして、ならの京、かすかな里にいた人しやさかいて、なりひらといふといいわれた。

この咄は、勘右衛門という男が業平と呼ばれる理由について、三人の人物がそれぞれ説明していく形になっている。最初に二人の男がそれぞれ「まめおとこ」、「むかし男」という『伊勢物語』から連想される言葉でその理由をこじつけ、最後に三人目の人物が、これもまた『伊勢物語』の初段にこじつけて、名前の由来をきちんと説明するという「落ち」になっている。この咄で武左衛門の示した滑稽は、『伊勢物語』を基にしたこじつけであり、同音類似音による頓智によって読者を納得させる笑いといえよう。

次に、五郎兵衛の「状況愚人譚」について見ていく。『露新軽口はなし』(6)に次のような咄がある。

十一　又いひさうなもの

さる所に、をしの乞食《こじき》、かと〳〵をごきた〻きありきしに、さる人、あれハにせなるといふ。だんなき〻て、其《その》やうにいひますするな。ふびんなる事かな。そのはうハふびんや。そちハしやうじん乃をしじやといはれけれバ、かのをし、うれしくおもひ、あ〻といふたもおかし。

唖の振りをして同情を誘い、施しを受けようとした乞食が、目論見通り事が進んで行くことにうっかり我を忘れ、馬脚を露してしまうという咄である。たわいの無い失敗を扱った咄である。また次のような咄もある。

六　あさねの事

さる一向宗、毎日朝事にまいられける。あるときねすごし、肩衣をとりちがへ、女房衆のまへだれを引かけ参られければバ、道にて同行衆に行あひ、こ〻なハ、いかうあかう御座るといひければバ、されハ其事。いそぎまするといハれた。

寝過ごしてしまった一向宗の信徒が、急いで着換えをしたため、肩衣と前垂れを間違えて着てしまう。その姿で朝事参りに出かけたために、同行の信徒に「あかい」と指摘されるのだが、今度は「顔が赤い」と言われたと勘違いをして、場違いな返事をしてしまうのである。これらの咄で五郎兵衛が示した滑稽は、追い詰められ平常心を失った人間が引き起こす、勘違いや間違いによって生じた笑いといえよう。

武左衛門の「巧智譚」と五郎兵衛の「状況愚人譚」、両者の咄には著しい違いがあった。つまり、武左衛門の笑いの根本は、さまざまな知識に裏付けられたこじつけや、同音類似音による頓智を中心とする言語遊戯的滑稽によって、読者に「うまい」と感心させることにあるのに対して、五郎兵衛の笑いは、極く身近な場所で普通の人々によって引き起こされる、たわいの無い失敗や勘違いを単純に「おもしろい」と笑わせるところにあるのである。

「咄のモチーフ」で見る限り、武左衛門と五郎兵衛の咄は異質のものであった。では、具体的な咄の内容についてはどうであろうか。次に、従来あまり取り上げられることのなかった、両者の政治批判性に焦点を当てて考察して行くことにする。

三

『鹿の巻筆』巻三「堺町馬の顔見世」という一話の咄によって筆禍を受けたとされる武左衛門であるが、その著作の中には明確な形での政治批判性を読み取ることは出来ない。一方、五郎兵衛はというと、こちらの方には、かなり露骨に政治批判を行った咄がある。元禄十一年刊『露新軽口はなし』の巻頭に次のような咄がある。

一　ねがハぬ事

去大名の若殿、御国初知入《しょち》、御目出たひとて、百性売人《ばい》御むかひに出けり。御供の侍衆、大儀〱。扨爰元ハこちらが西にあたるかと御尋有。百性衆御願申、大殿様の御代にハ、こちらが東、こちらが西にて、此方《こなた》が南、こなたが北にて御座候。御じひに先殿様《せんとの》の通、こちらを南に被成被下候ハ、難有奉存候と申た。

初めてお国入りをする若殿様を迎える国元の百姓達、極度に張り詰めた緊張感は、物理的に変えることの出来ない方角について、「こちらを南に被成被下候ハ、」という言葉を生み、滑稽を生じさせているのである。この咄に込められている意味はそれだけであろうか。「涙く子と地頭には勝てぬ」的な発想、つまり若殿様（武士・御政道）がたとえ北を南（無理難題）と言っても、認めざるを得ない現実、言い換えれば、気まぐれに行なわれる御政道に対し、命ぜられるままに息を殺して生きていかなければならない庶民の姿を写した咄と言えるのではないか。

こうした咄は巻二にもある。

十一　あみうちのはなし

さる人友達に咄《はな》されけるハ、扨〱われらが近所にとうあミの名人が御座る。いかやうにもこのミ次第にあミをひろげ申候。或ハ桜の花のごとく成共、桔梗に成とも、わちがへに成共、尤四角にも菊の花に成とも、このミ次第に打申侯と咄す。其後、右の人〻桂へ川がりに行時、かの咄しのあミうちたのまんとて、右の人の所へさそひがてら行、いつぞや咄しのあミうち、やとふて給ハれと申されければ、さて〳〵やすい事じやが、残おほい事ハ、今朝《けさ》、葵の紋をうつてとらへられたといふた。

「とうあみ」とは「小魚をとる網」のことであり、「とうあミの名人」となれば当然、「網打ちの名人」、つまり「魚捕りの名人」と言うことになる。この「とうあミの名人」を連れて「川がり」に行こうとするのである。時は元禄十年、悪法として名高い生類憐みの令が盛んに出された五代将軍徳川綱吉の治世であり、殺生は固く禁じられた時である。実際近くは元禄八年二月に、次のような法令が出されている。

此月令せらるゝは。尋常ならぬ魚鳥獣。其他常にかはりたる生類捕ふべからず。死してあらば其他に埋をくべし。勿論うりひさぐ事もすべからず、其上にて其旨所屬へうたふべしとなり。(7)

こうした状況下で、敢えて網打ちを題材とした咄を載せること自体、御政道に対する強い批判のあらわれであると考えられるのだが、さらに問題なのが落ちに用いられた「今朝、葵の紋をうつてとらへられた」という一文である。「葵の紋」は徳川氏を連想させる言葉であり、また「うつ」は「討つ」にも通じている。徳川氏を討つとは何と大胆な表現であろうか。つまり、この咄は、綱吉の生類憐みの令に対し非難し攻撃したが捕らえられてしまったとも読めるのである。

さらにこの生類憐みの令に直接触れると考えられるのが次の巻二にある「初むまの事」である。

十三　初むまの事

稲荷の社人、御そせう申上られけるハ、正月晦日、二月朔日、ミむまと去年《こぞ》も今年《ことし》もつゞき、何とも気のどく成事にて御座候。中の馬を初むまにあそばされ下され候へとねがひ申さるれバ、朔日の馬にも参らせて、初馬を三度せうといふ事かと仰らるれバ、いやさやうにてハ御座なく候、はじめのむまハすて候て、中のむまをと申上れバ、いや〳〵すてむまハ御法度でならぬと仰られた。

「すてむまハ御法度」、つまり生類憐みの令を正面切って笑いの対象として落ちに用いている。

以上、見てきたように『露新軽口はなし』において五郎兵衛は、まず巻頭の咄で武家社会に対する風刺とともに、悪政の中、為すすべなく生活せざるをえない庶民の悲哀を笑いとして描き、後の二話の咄では、御政道を豪快に笑い飛ばしているのである。こうした露骨な御政道批判となる咄は武左衛門には認められず、五郎兵衛の咄の特徴と言えるであろう。

四

ところで、このような御政道批判と読める咄を世に出して、五郎兵衛にお咎めはなかったのだろうか。少し本題からはずれるが考察してみる。

『露新軽口はなし』刊行後の五郎兵衛については、森銑三氏によって紹介された以下の日記が教えてくれる。(8)

子たちつれて紫竹へ行。今宮のまつりにて、御たび所のあたり、さて〳〵にぎやかなるやうす。川をへだて丶、こなたよりみてとをる。我身ちや屋へ、きやうげんものまねのもの一人よびよせけん物す。おかしき事ども也。子たちうれしがり見給ふ。露の五郎兵衛といふ名とりのかるくちはなしするもの也。去年も来るもの也。ほつたいしてろきうといふと也。色々の事申てかへる。

元禄十二年五月十五日に記された、後見尾天皇の皇女、常子内親王の日記の記述である。

この日記は、元禄十年『露新軽口はなし』刊行後の五郎兵衛について、次の二点のことを教えてくれる。

（1）露の五郎兵衛は元禄十二年五月十五日、茶屋において常子内親王の前で芸を披露している。こうした催しは前年、元禄十一年にも行なわれたということ。

（2）露の五郎兵衛が法体して露休と称するようになっていたこと。

（1）の点から判断して、『露新軽口はなし』による幕府からのお咎めはなかったことは明らかであろう。ただし、ここで注目したいのは（2）の点である。

五郎兵衛はもともと僧であった。このことは以下の『残口猿轡』（享保七年刊）の記述から読み取れる。

> 露休は日蓮派の坊主落也。（中略）しらみのずしにおいて町の年寄にて辻うちのかしらにてありけるよし。

もともと日蓮宗の僧であった五郎兵衛は還俗し、芸能の世界で生きることになる。その後、京都寺町、虱辻子の町年寄になり、辻うち（大道芸人）の頭を務めるなど、舌耕芸者として充実した日々を送っていたと考えられる。それが元禄十一年頃、再び剃髪し、僧形に戻っているのである。こうした行動には何らかの強い要因が働いていると考えられる。

僧形に戻ってからの五郎兵衛の芸能活動は、先に記した日記の記述から見て、さほど変わったようには思えない。しかし著作の面では明らかに変化が起きていると思われる。つまり『露新軽口はなし』の刊行に続いて翌元禄十二年に刊行された『軽口あたことたんき』は、いわゆる談義咄を集めた談義物の噺本であり、それまで五郎兵衛が軽口咄を集めて刊行した噺本とは全く趣の異った噺本なのである。翌元禄十三年には噺本の刊行は確認されておらず、元禄十四年の『露五郎兵衛新はなし』の刊行迄、実に純然たる噺本の刊行は行なわれていない。つまり三年間の空白期間があったことになる。

五郎兵衛の名声は、堂上に迄とどき、もっとも充実した時期に、噺本の刊行が中断されていることは不自然であり、やはりここでも何かの要因があったと考えるべきであろう。

以上の点から考え、『露新軽口はなし』の御政道批判と受けとられる咄によって、直接には筆禍を被ることはなかったものの、然るべき筋から圧力が掛けられたと考えるべきではなかろうか。

最後にこの『露新軽口はなし』は、刊本としては伝存しない、希覯本であることを付け加えておく。

五

「咄のモチーフ」による分析から、武左衛門は、人々を納得させ、感心させる笑いを中心とする「巧智譚」を主なモチーフとした作者であることがわかり、また五郎兵衛は、身近な場所で起こる失敗（おもしろければ、御政道に関する咄でも取り上げる）、つまり説明を必要としない笑いを扱った「状況愚人譚」を主なモチーフとした作者であることが知れた。こうした分析を通して、筆者も先に記した諸氏の論に追随するものである。

では何故『懸合咄』では逆の結果となっているのだろう。もう一度凡例を見直す必要があるだろう。凡例において書林某は、「鹿ハ死んても其名高し」と記している如く、武左衛門はこの『懸合咄』の咄の選定に直接関係していないことが分かる。つまりここに取り上げられた咄は、前述した書林某の評価の基準に合格した咄を取り上げているのであり、武左衛門の趣味とは違った咄の選出がされているのである。実際『懸合咄』に収められた武左衛門の咄と称される咄は「愚人譚」四話、「状況愚人譚」六話、「巧智譚」六話という構成になっており、他の武左衛門のかかわった噺本とは異なった傾向を示している。

以上のように『懸合咄』によって下された咄の評価は、武左衛門の咄の本質を捕らえて行なわれたものではなかった。結果として『懸合咄』の評価は現在と異なるものになってしまったのである。

鹿野武左衛門と露の五郎兵衛、元禄期を代表する二人の舌耕芸者の咄の違いについて考察してきた。「咄のモチーフ」で見る限り、武左衛門と五郎兵衛の咄には大きな違いがあり、またその内容（政治批判性）においても大きな違いがあった。そしてこの違いは、単に両者の違いにとどまらず、上方と江戸の笑いの違いをもあらわしているようにも思えるのである。

◆注

（1）これ以降の図書の引用は、宮尾與男氏『元禄舌耕文芸の研究』（笠間書院　平成四年二月）によった。
（2）小高敏郎氏『江戸笑話集』〈日本古典文学大系100〉（岩波書店　昭和五十年七月）
（3）武藤禎夫氏『日本古典文学大辞典』「鹿野武左衛門」「露の五郎兵衛」の項（岩波書店　昭和五十九年七月）
（4）浜田義一郎氏・武藤禎夫氏『日本小咄集成』下巻（筑摩書房　昭和四十六年十二月）
（5）これ以降の同書の引用は、武藤禎夫氏・岡雅彦氏『噺本大系』第五巻（東京堂出版　昭和六十二年二月）によった。
（6）これ以降の同書の引用は、武藤禎夫氏・岡雅彦氏『噺本大系』第六巻（東京堂出版　昭和六十二年二月）によった。
（7）引用は、『新改増補國史大系・徳川實紀』第六篇（吉川弘文館　昭和五十一年六月）によった。
（8）宮尾與男氏『元禄舌耕文芸の研究』（笠間書院　平成四年二月）

第二節

露の五郎兵衛と宗旨に関する一考察

露の五郎兵衛はもともと僧侶であったと言う。このことは以下の『残口猿轡』（享保七年刊）の記述から読みとれる。

一

露休は日蓮宗の坊主落也。（中略）しらみのずしにおいて町の年寄にて辻うちのかしらにてありけるよし。

舌耕芸者、五郎兵衛の口演が如何なる所で行われ、如何なる内容のものであったかを確認してみると、『好色産毛』（元禄年間）巻之三「涼みは四条の中嶋」には、

林清か歌念仏、肩を裾よと結びたる能芝居、太平記よみ、謡の講釈、露の五郎兵衛が夜談義、大的小的楊弓の射場、からくり的に鬼がでるところ、

とあり、また各務支考の『本朝文鑑』（享保三年刊）「露五郎兵衛辻談義説」には、

此者は夷洛ニ名ヲ知ラレテ、洛陽ノ仏事祭礼ニ彼ガ芝居ヲ張ラザル事ナシ、世ニ云フ辻噺ノ元祖ナリ。

と記される。五郎兵衛自身の著作にも、

○露の五郎兵衛ハ法会《ほうゑ》〳〵に出見世をし、
○法会〳〵に耳《ミヽ》なれ給ふゆへ。京の人ハめづらしからず。
○書林それがし露が宿所へ尋行《たづねゆき》、法会に聞《きゝ》しハめづらしからず。何ぞあたらしき咄あらハ、点削《てんさく》して板行にせんといへバ、露がいわく、われ日待《ひまち》月待《まち》によばれて、咄望《のぞま》るゝ事度《たび》〳〵有。すべて咄ハ二度《ど》聞《きぃ》てハ、めづらしからず。さるによつて、某《それがし》自慢《じまん》の独吟《どくぎん》ありと、さし出すを見れバ、皆新《ミなあたら》敷、ついに法会に聞ぬ咄。盲《めくら》、蛇《へび》に恐《おぢ》すと、是も点削《さく》して笑草。

（『露鹿懸合咄』[1]）

とあり、京で行われる仏事・法会・祭礼を主な口演場とし、辻噺・談義を行っていたことが知れる。
先に示した『残口猿轡』から、五郎兵衛は日蓮宗の僧侶であったが還俗し舌耕芸者となったと考えられ、

露の五郎兵衛といふ名とりのかるくちはなしするもの也。去年も来るもの也。ほつたいしてろきうといふと也。[2]

という後水尾天皇の皇女、常子内親王の日記の記述から元禄十二年五月十五日までには再び法体し、露休と名乗っていたことが知れる。

一時的に還俗していたとはいえ、その後、再び法体していることを考慮すれば、自ずと日蓮宗との関係は浅からぬものがあったと考えられる。このことは当然、五郎兵衛の話芸に影響を与えたはずである。

以下この問題について、五郎兵衛の手になる噺本の第一作目『露がはなし』(元禄四年刊)を取り上げ考察する。

二

『露がはなし』は『醒睡笑』の咄が多く再出していることが知られている。周知の通り『醒睡笑』の作者安楽庵策伝は京都誓願寺五十五世法主を務めた浄土宗の高僧であり、『醒睡笑』は策伝自身が、

策伝《さくでん》某《それかし》小僧《こそう》の時《とき》より、耳にふれておもしろおかしかりつる事を、反故《ほうく》の端《はし》にとめ置《をき》たり。

と、自序に記す如く長い布教活動の中で得た咄をまとめた書物である。

では、浄土宗の策伝が集めた咄を日蓮宗の五郎兵衛はその咄の中で、どのように扱っているのであろうか、確認しておく。

『露がはなし』には『醒睡笑』から採ったと思われる咄が三十話あるが、これらの咄の内、『醒睡笑』・『露

がはなし』共に寺社と関係のない咄が巻之一（十一・十四）、巻之二（十一）、巻之三（二・六・九・十）、巻四之（四・九・十・十四・十五）、巻之五（十八）に十三話ある。また、寺社の記述はあるものの、

所の地頭と中のよき坊主あり。振舞《ふるまい》によハれ、種《しゆ》〻食物の咄《はなし》ありしに、海月《くらげ》といふ物ハ精進《しやうじん》めきたる物なる程に、出家にも参せたや、殿にいふて、これをハゆるしにせんなどかたる。年たけたる弟子きいて、殿《との》へおほせあけらるゝつゐてに、生鯛《なまたい》の事をも頼入と申たり。

（『醒睡笑』「思の色を外にいふ」）

十六　坊主魚《ぼうずうを》の願《ねがひ》

一　ある所の地頭と中のよき出家あり。振舞《ふるまひ》によバれて色《いろ》〻食物《しよくもつ》の咄し有しに、海月《くらげ》と云物ハ精進《しやうじん》めきたる物也。出家にもまいらせたや。殿に云て是をゆるしさせんなどゝ語《かた》る。年たけたる弟子《でし》聞て、殿へ仰上るゝつゐでに、鯉鮒《こいふね》の事をも頼《たのみ》入。又私《わたくし》が名《な》を替《かへ》ます。宗加《そうか》と申がすきで御座る。（『露がはなし』巻之二）

という二話のように、具体的な宗派を特定出来ないか、咄の内容がほとんど同一であるために違いを指摘出来ない咄が、巻之一（二十）、巻之二（十四）、巻之三（五・八・十四）、巻之五（七）に六話ある。

次に残りの十一話について見ていくことにする。

今朝とくから北谷へ大児のよはれておはしたるか、春の日のなかきも、あそふ時にハみしかくおほゆるハつねのならひ、夢ハかりに事さり、夕陽《やう》西に入あひのなる比、わかすむ坊にかへり、おきてミつ、ねてミつ、

くるしさうにいたハられけるを、小児ミかね、そなたの煩《わつらひ》はこゝちいかゝあるとハれし。たゝけふのもてなしの餅をくひ過して、むねのやくるかくるしいといはれしを、われもちと、そのるいくわにあふて見たいよと。

余義もないのそみてすよ。

（『醒睡笑』「児の噂」）

十八　羨敷《うら山しき》ハ食物《しよくもつ》の火事

一　四条河原《かハら》にうつくしき野郎あり。古郷《こきやう》親里《をやさと》ハ京の西じゆらくの者也。五月十五日ハ今宮の神事にて親里へまつりに行けり。常《つね》ハつとめの身なれば隙《ひま》なく、往来《ゆきゝ》する事更《さら》になし。さるにより、おやも一しは珍《めつら》敷《しく》不便《ふびん》に思ひ、何哉馳走《ちそう》せんとて餅《もち》をつきくハせけり。野郎も逢《あふ》た時かさをぬげとかや、人目もはぢもかまハず、したゝかにくいけり。されども夕陽《せきやう》にしに入あひのなるころ、我《わか》すむおやかたの内へ帰《かへ》り、ねてもをきても、くるしさうに見へけるを、ほうばいの野郎見かねて、そなたの煩《わつらい》は、こゝちいかゝ有ととひければ、唯《たゞ》けふのもてなしの餅《もち》をくいすごして、むねのやけるがくるしいといひければ、おれもちと、その類《るい》火《くわ》にあふて見たひよ。

（『露がはなし』巻之一）

比叡山三塔の一、北谷の大児の咄を四条河原町の野郎の咄へと改作している。男色の対象を当世風に仕立て直しているのである。

『醒睡笑』には「児の噂」という分類がある事からも明らかなように多くの稚児を扱った咄が存在し、『露がはなし』にもその中から五話の咄が採られている。だが前述した、巻之三「十五　児のつまみぐい」を除き、巻之一「十九　親父がはたらき三国一」では親父の咄とし、巻之五「七　伊勢ぬけ参」では、九州肥後の十一、二歳の子供の咄とするなど、より元禄の世の読者に適した形に改められている。

稚児の咄の他にも同様の改作が行われる。

東堂《とうとう》のもとへ人来つてとふ、茶堂《さとう》と申者《もの》候、又茶堂《ちや》と申者候、いつれが本にて候や。いづれもくるしからず、されども茶《さ》堂ハ唐韻《たうゐん》にてこびたりとあれバ、男合点《おとこかつてん》ゆきたる躰《てい》にてたちさりぬ。一両月過《りやうけつすぎ》、今度《こんど》は惣領《そうりやう》の子十六七なるをつれ来り、此松千代《まつちよ》に何とぞ男名《おとこな》をつけてたび候へと申せバ、すなハち左近《さこ》の太郎とつけらるゝ。親《おや》あたまをふり感じて後、左は唐音《たういん》で御座あるの、いや〳〵我らごとき者のせがれに、唐音ハ過て候、唯《たゞ》ちやこの太郎とおつけなされよと。

（『醒睡笑』「茶之湯」）

第五　茶《ちや》といふ言《こと》を利口《りこう》に取なをす事

一　利口成者の咄しに、茶道坊主《ちやだうばうず》といふ言葉《ことば》をそばにゐける人聞《き》ゝていふ様《やう》ハ、尤ちやを立《たつ》るなれ共、あれはさだうといふ物じや。惣《そう》じて茶《ちや》には、さといふこと葉を用《もちいる》とをしえければ、彼《かの》者が云、それは其方の申されやう無理《り》也。さとちやと同じことならバ、笹《さゝ》屋の三郎兵衛を、茶〳〵屋の茶郎兵衛といふても大事ないかと云た。

（『露がはなし』巻之一）

『醒睡笑』では男が東堂（禅寺の住持が茶礼を行う場所）で僧侶に「茶」の読み方を聞く咄としているのに対し、

『露がはなし』では利口者の話を立ち聞きして失敗するという咄に改作される。
これらの咄が東堂・北谷の稚児など、寺社に関係する表現を避け改作しているのに対し、寺社に関係する表現を別の宗派に関するものに置き換えた咄がある。

途中にひとりの姥やすらひ、物あハれさうになきゐたり。行あふたる者、何事のかなしみありて、そちハなみたにむせふぞやととひければ、されバとよ、あれへ行男をミれは、かちんのかミしもを腰につけ、傘をうちかたげ、ふところにさゝらのやうなる物の見えたるハ、うたかひもなき説教《せつけう》とき也、あの人のむねの内に、いかほとあはれにしゆせうなる事のあらふすよと、おもひやられて袂《たもと》をしほると。

唯ありの人を見るこそ仏なれ
　仏といふもたゝありの人
いささらは泣てたむけん七夕に
　涙より外身にもあらハや

（『醒睡笑』「唯有」）

第九　涙《なみた》は人も尋《たつね》るたね

一　うつくしき女中ひとり、途中《とちう》にやすらひて、物あハれさうになき居《い》たり。行あふたる人、何事のかなしミありて、さやうに涙《なみた》にむせび給ふとゝひければ、女聞て、されバこそ、あれ〳〵あそこへ衣を着《き》てあミ笠《かさ》めしたる人は、都《みやこ》にかくれなき哥《うた》念仏説教《せつけう》ときの林清《りんせい》といふ人なり。あの人のむねの内に、いか程あハれしゆせう成事の侍らんやとおもひやられて、袂《たもと》をしぼるといふた。但ぬれかけのある女かしらぬ。

（『露がはなし』巻之一）

『醒睡笑』では単に「説教とき」としているのに対し『露がはなし』では元禄当時、五郎兵衛同様、都で人気を博していた「哥念仏説教ときの林清[3]」の咄としている。この咄では、林清の歌念仏を有り難がる女中が笑いの対象となっている。また、次のような咄もある。

富士の人穴《ひとあな》の勧進《くハんしん》といふて、かど〲をありく者有。不思議や、人穴の上に堂がたつか、又常灯《じやうとう》をもとほさむとの事やととふに、彼聖《ひじり》、をのれが口をかはとあきて、此人穴のくハんしんなりと。（『醒睡笑』「唯有」）

第十　六波羅《ろくはら》の勧進《くハんじん》といふ事

一　無意気《むいき》成にはか道心《たうしん》、六はらの勧進といふて、門《かど》〲をありく也。人〻不審《ふしん》に思ひ、何《なに》と、六はらの堂《だう》が立《たて》なをるか。慥《たしか》きのふも東山《ひかし》へ行《ゆく》とて通りたるに、作事《さくじ》の躰《てい》ハ見へず。いかさま、この坊主ハ似《に》せ勧進《くハんしん》にてあるべし。いざ〲よびてたづね申さんと、二三人立よりて、此坊主に謂《いはれ》を聞《き》けるに、御不審《ふしん》尤なり。愚僧《くそう》が庵室《あんじつ》は六はらの片原《かたはら》町に罷有。庵《あん》に斗居たるは片はらよと、そのまゝむねをひろげ腹《はら》をたゝきてをしえ、勧進《くハんじん》と申ハ此ろく腹《はら》へといふた。（『露がはなし』巻之一）

「富士の人穴の勧進」から「六波羅密寺」（真言宗）の名を借りた偽勧進に改作している。

五郎兵衛がもともと日蓮宗の僧侶であったとすれば、念仏は無論仏敵であり、不受不施の宗旨では勧進は認め難いものであった。咄の改作に五郎兵衛の意図を感じる。

五郎兵衛は『醒睡笑』の咄には含まれていなかった寺社関係の表現を、改作の時点で付け加えることも行っている。

二郎大夫といふ百性、夫婦《ふうふ》ともにつれ、河内の国今田《こんだ》の市《いち》にたつ。人おほくあつまりたる中にて知人に行あふたり。さても二郎大夫はといふに、其まゝ返答《へんたう》にをよバすはしりより、そゝと物をいふてたまハれ。たそにかくるゝか。いや、むすこを内にねさせて来たか、若声《もし》のたかきに目かさめうすらふと。

（『醒睡笑』「詮ない秘密」）

第七　百万辺《まんべん》の万日参り

一　ある人夫婦づれにて、百万辺《まんべん》の万日ゑかうに参るとて、今出川のひがし野《の》中にて知人《しる》に行《ゆき》あふたり。扨ハ扨も御亭《ご》ハといへば、女房、そのまゝ返答《へんたう》におよハず、はしりより、そゝと物をいふて給ハれといふ。扨ハ誰《たれ》ぞにかくるゝかや。いや、かくれます人も御座《ござ》らぬが、内にあまをねさせてきたが、もし声《こへ》のたかきに目がさめればめいわくといふた。

（『露がはなし』巻之三）

『醒睡笑』では、河内の国今田の市に出かける夫婦という設定であった咄を、『露がはなし』では百万遍（浄土宗千恩寺の俗称）の万日回向に出かける夫婦の咄に改作している。

実は先に示した、内容の変わらない咄の中に浄土宗と法華宗を扱った咄がある。以下に『露がはなし』の咄を示す。

十四　浄土宗と法華宗《ほつけしう》と相住居《あひすまひ》の事

一　さる町人にじやうのこはき法花宗と浄土宗と、壱軒《けん》の家に壁《かべ》をへだて住《すまひ》ゐける。或時念仏講《こう》にて大鐘《かね》を打《うち》ならし、夜半《やはん》の比《ころ》迄念仏申て、扨夜食《やしよく》にならなら茶《ちや》をせしが、件《くだん》の法花のかたへ、今《こん》ばんハおやかましゆ候ハん。あまり夜寒《よさむ》に候まゝ、おくり候よし申て、かのなら茶をやりける。忝とて此食《しよく》をしたゝかたべけり。くふとひとしく腹中《ふくちう》いたミ、夜中《よぢう》に廿五たびくだりける。かた法花の事なれば口すさまじくそしるこそ、いやの南無阿弥陀仏を数《かず》ゝ聞《き》たる故、法然《ほうねん》が日と同じやうに雪陰《せつゐん(ママ)》へ行も廿五度と、さん〴〵につぶやきけり。翼日《よくじつ(ママ)》はらもなをりければ、女房いふハ、今朝《けさ》のくだりハ何と有ぞ。されば南無あミた迄ハやミたり。さりながらまだ残りたるやら、ぶつ〳〵といふ。

（『露がはなし』巻之三）

不受不施を宗旨とする法華宗の男が、浄土宗の相借家の者から念仏講のお詫びとして差し入れられた奈良茶漬を食した為に腹を下し、二十五回（法然の日）[4]も雪隠へ駆け込むというひどい目に遭ってしまう。「ぶつ〳〵」と南無阿弥陀仏の「仏」を落ちとして用い笑話となっているのであるが、法華宗の教えを守らなかった男へのきつい戒めのようにも読める。

以上見てきたように、五郎兵衛は『醒睡笑』の咄を採り入れるに当たって、「北谷」「児」など、元禄の世にあっては馴染みが薄くなっている表現を当世風に書き改める一方で、元々『醒睡笑』には無かった設定（念仏の否定等）を付け加えているのである。

では、『露がはなし』のその他の咄についてはどうであろうか。以下で見ていくことにする。

三

巻之一に次のような咄がある。

第四　本国寺大門《たいもん》にうへ松《まつ》の事

一　本国寺大門の南《みなみ》ハ、十年ばかり以前迄民家《みんけ》なりしを、近年《きんねん》ハ小松植《うは》りけり。此の松に付うへ木やを呼《よび》、あの大門より北《きた》にハむかしより大木《ぼく》の松八本あり。あれは法花《ほつけ》八軸《ぢく》をかた取八本也。然るに此たび南のあき地にハ、法華二十八品《ほん》をかた取廿八本うへべし。直段《ねだん》如何程といえば、木屋申ハ、とかく法花経の義理《ぎり》ハそむかれますまひ。直段壱歩《ねだんいちぶ》八貫文《くハんもん》に御買《かい》下されよと云。寺にも指当《さしあたり》、高直《かうじき》とてねぎるべきやうもなし。其中に小《こ》ざかしき男罷出、木屋の宗旨《しうし》をとへば、浄土といふ。然らバ其方の宗旨にて金子三歩経《きんすさんぶきやう》にまけよといふた。

（『露がはなし』巻之一）

本国寺は京都下京区五条通堀川南にある日蓮宗の寺院である。法華経が一部八巻有る縁から、植木屋に木代として一歩八貫文支払うよう迫られるが、植木屋の宗旨が浄土宗であると知るや、浄土宗の尊崇する三つの仏典（無量寿経・観無量寿経・阿弥陀経）の縁で「三歩経」に負けろと切り返す所に面白味がある。此の咄では最初やり込められるのは法華宗の者だが、結局最後は浄土宗の植木屋が損をする事になっている。続いて次のような咄もある。

第七　大尽《じん》と大鼓《こ》の謂《いは》れの事

一　今時のわけしりハ、世間せんしやうのために、壱町あゆミ行にも、大鼓《こ》といふしやれものをめしつれありくなり。それに付、あの大ことといふ義理《ぎり》ハ、何といふ事ぞといへば、さかしきおとこが頓作《とんさく》をいふハ、惣《そう》じて大じんも大こも、ミな〳〵六斎《さい》念仏の宗旨《しうし》であろふ。其いはれハ、大じんハかねもち也。大ことといふ者ハ、からり〳〵の身躰《しんだい》なれば、かねもちニ付て歩《あゆ》まねバならぬといふた。

（『露がはなし』巻之二）

大尽（金持ち・鉦持ち）と後に付いて歩く貧乏な太鼓持ちの姿を、老若男女が叩き鉦、太鼓の後ろについて踊り歩く空也念仏（時宗）の様子に見立てた咄である。分不相応な遊びをする大尽、その分不相応によって生計を立てる太鼓持ちは、その存在自体が笑いの対象であるが、それをさらに六斎念仏に関連付けて笑っている点に注目したい。

これらの他にも、以下に記す咄の中に宗旨に関する表現を見いだせる。

【巻之二】

第八　目ハ欲《よく》のもとでといふ事

方広寺（天台宗）大仏を見て欲心を起こす。

十六　小僧が利口で却而《かへって》めいわくといふ事

『きのふはけふの物語』から採ったと思われる咄で、女色を求める長老と迂闊にもそれを旦那に話してしまう稚児（天台宗・真言宗）の愚かさが笑いの対象。

【巻之二】

第一　伊勢講《いせかう》の当番《たうはん》

伊勢講を行っている場所に行きあわせた医者が、伊勢講の当番同様、薬も「さい〳〵あたります」と嫌みを言われる。頻繁に行われる伊勢講に対して、非難の意味を含むか。

四　はなし鳥《とり》のさた

北野の天神参りが出てくるが、笑いとは無関係。

五　蛸《たこ》やくしへの日参《にちさん》

気の変わり易い男が蛸薬師（浄土宗）に日参しているが、友達と酒を飲むに当たり、蛸断ちを改め、布袋断ち（天台宗）にした点に可笑味がある。

七　佛前三具足《ふつせんミつくそく》

道場に集まる一向宗の門徒が、三具足の蝋燭立てを新調しようと相談し、白鷺の蝋燭立てに決める。そこに坊主が出てきて「どぜう坊主」に差合と断る。自らなまぐさ坊主であることを白状してしまう、一向宗の僧侶の発言に面白味がある。

十三　借銀《しゃくぎん》の談合《だんかう》

商売の元手とする銀を求めている男に、遊んでいる「かね」が三十三間堂（天台宗）と大仏（「方広寺」天台宗）の間に有ると一人の若い者が教える。「銀」と「鐘」を問違えた点に可笑味がある。なお、本書刊行時、方広寺の鐘は鐘楼もなく放置されていた。

【巻之三】

第一　御霊《ごれう》大明神へ福《ふく》を祈《いの》る事

裕福になる願いを持つ男が上御霊神社・下御霊神社に七日詣でをするが、願いが叶えられぬと知ると途端に悪態をつく。身勝手な男の言動が笑いの中心。咄の中で男が百姓の願いしか聞き入れないとする眞如堂の稲荷は、極楽寺（天台宗）にあった鎮守社と考えられ、その境内には法然上人像を安置した御影堂もあった。

十三　東寺《とうじ》の塔《だう》にてはぐち《（ママ）》打

東寺（真言宗）の塔で博打に興じている博打打ちが、衆僧に立ち去るよう命じられる。塔に関する縁語でうまく言い抜ける博打打ちの言い分が笑いの素。

十六　両外《りょうげ》ちがひ

駕篭に乗った浄土宗の長老を、貴人と勘違いした番の者がひざまづいて出迎える。長老はその行為を結縁の望みと思い十念を授けようとするが、「南無阿弥」と言われた瞬間に、番の者は間違いだと気付き馬鹿馬鹿しいと立ち上がってしまう。勘違いが重なる事によって生じる滑稽。十念を興ざめな事とする点が注目される。

【巻之四】

第二　野郎《やらう》の金剛《こんがう》念仏講

今季から自前の宿を持った野郎が自宅で念仏講を開くことになる。仏像が無いため間に合わせに張り子の仏像を用い失敗する。間に合わせの張り子の仏像で平気で念仏講を催してしまう浄土宗の適当さが表現されている。

第六　物のあハれは人の行末

落魄した元大尽の偕上が笑いの中心。元大尽が物乞いをする場所として、清水寺（法相・真言宗）・北野七本松（北野天満宮）が挙げられている。

十一　新仏《しんぶつ》一躰《たい》の望《のぞミ》

俄に道心を起こした者が、仏像の像立を思い立ち、作るに当たってかねがね疑問に思っていた因幡堂（真言宗）の本尊薬師如来の台（基盤の上に乗っている）の謂れについて問う。寺地の大きさと、碁の縁から四町（丁）

と説明していることに可笑味がある咄。

十二　同不審《ふしん》

杵の上に安置されるという善光寺如来（天台宗・浄土宗）は、杵の縁で立像・座像ではなく「杵蔵」と説明している点に面白味がある咄。

十三　花見の張賃《ちやうちん》

東山雙林寺（時宗）へ花見に出かけた町内の者を、夕暮れ時になったため迎えに出かけた番屋の又助の、火事を連想させる姿から生じる誤解が笑いの中心。

十六　辻談義《つじだんぎ》

鳥の雄雌の前世を、役者の若女方・若衆方・花車方に見立てる談義僧の説明が面白い咄。

十七　順礼捨子《じゅんれいすてご》の咄し

関東訛の巡礼が、言葉の聞き違いから米と子を間違い捨て子を拾ってしまうことに可笑味がある咄。

【巻之五】

第一　譃《うそ》にもせよきびのよひ事

女房に一目惚れした男が女房の宿を見届けようとついてゆく。実はこの女、擦りなのだが、男の気持ちに打たれ、男から擦った物だけは返そうと、誓願寺（浄土宗）の人気のない墓所まで連れていく。盗んだ物はこの男の物しかなかった。男の間抜けさが、笑いの素になっている咄。

五　性《しやう》わる〳〵の坊主《ばうず》

妻子を持つ念仏宗の坊主は博打にまで手を出し、念仏講の同行衆に叱責される。窮地を「念仏講の鉦はみな、来世鉦」と言い抜ける厚かましさが可笑味の咄。

八　九品《ほん》の浄土九ゝの算用《さんよう》

浄土宗の信者が、仏教で重要とされる日は全て九九になっていると自慢するが、日蓮宗の僧侶はその頓才で見事に切り返す点に面白味がある咄。

九　常題目《じやうだいもく》の地形

信者に寺内の地形に高低があるのは見苦しいと言われた日蓮宗の亭坊が、宗旨から陸地（六字・南無阿弥陀仏）は差し障りがあると説明することに可笑味がある咄。

十　ゑびす講の書状

「早々御出仰所」の「仰」を、団扇等で「あおぐ」と解釈してしまう、えびす講の講衆の文盲さが笑いの中心。

十二　入院《じゅえん》ふるまひ

真言寺の入院振る舞いに呼ばれた村人が、寺宝の輪宝を貧乏と聞き違うことから生じる笑い。輪宝を知らない村人の無知を扱う典型的な愚か村咄。

十四　欲《よく》のふかき長老

禅宗の長老は、供の僧に出された蠟燭二本が包まれた包みを銭廿疋と勘違いし、取り替えてしまったため、自分が受け取った銭百文を失ってしまう。長老の欲深さが、笑いの主眼。

十七　十夜《や》の長談義《ながだんぎ》

浄土宗の十夜の法要を関東からきた長老が行うことになる。女性たちが長談義に退屈していたとの話を聞いた長老は、今夜の談義は女性たちの好みで講釈をすると告げ、長いのが好きか短いのが好きかと尋ねる。房事を連想した参詣の男女に笑われた長老は腹を立て、冷静さを失い、また房事を連想させる言葉を発してしまうことに可笑味がある咄。

以上、『露がはなし』に描かれる、宗旨に関する記述について確認してみた。内容に明らかな偏りがあることを指摘できる。

例えば、日蓮宗についての記述がある咄は、「本國寺大門植松の事」（巻之一）、「浄土法花の相ずまひ」（巻之三）、「九品の浄土九々の算用」（巻之五）、「常題目の地形」（巻之五）の四話である。「浄土法花の相ずまひ」を除く三話は難題を問いかけられた日蓮宗の僧が、見事な頓才を働かせて相手を閉口させるという咄になっている。「浄土法花の相ずまひ」は前述の通り浄土宗の信者から振る舞われた奈良茶漬を食したため罰が当たるという咄であり、日蓮宗信者に対する戒めになっている。このように日蓮宗に関する咄については概ね好意的な内容となっている。

ところが、日蓮宗以外の宗旨についてはどうかというと、かなり手厳しい。『露がはなし』には、天台宗・真言宗・禅宗・時宗・浄土宗・浄土真宗に関する記述を見いだせるのだが、先に示した通りその殆どが無知・好色・吝嗇等から生じる失敗を犯し、笑いの対象とされているのである。特に仏敵である浄土宗には厳しく、先の日蓮宗の僧に言い負かされる「植木や」（「本國寺大門植松の事」）、「浄土の俗」（「九品の浄土九々の算用」）が浄土宗の信者であるのをはじめとして、多くの咄の中で笑い飛ばされている。

一方、神道についての扱いであるが、他の仏教宗派同様、笑いの対象となっている。だが、「誠に神徳有難し〳〵」（「伊勢ぬけ参」巻之五）という表現もあり仏教他宗派の扱いとは微妙に異なっているように思える。

『醒睡笑』の原話と再出した咄との比較、及びその他の宗旨に関する表現の考察から、『露がはなし』が宗教的にはかなり偏った内容となっていることが確認出来た。では、こうした傾向は『露がはなし』のみに見られる特殊な傾向なのであろうか。次にこの点について見て行くことにする。

四

以下に示す表は、五郎兵衛が関わった噺本の中から宗派が確認出来る咄を抜き出したものであり、下段の○・×は、それぞれ笑われる対象・非対象[5]を示している。

鹿露懸合咄（元禄十年刊）

巻一・四	「梅雨」	天・真・浄・法	×
巻三・三	「つれの袖」※	臨済宗	○
巻四・二	「旅宿」※	浄土宗	○
・十	「千貫目」※	天台宗	×
巻五・二	「念仏講」	浄土宗	○
・五	「御所柿」	日蓮宗から他宗へ改宗	○
・十	「月夜」	津宗他	○

露新軽口はなし（元禄十一年刊）

巻一・二	「八百屋のぐハんだて」	観音	○
・九	「山伏あらハれた」	大峰山	○
巻三・一	「修行者とんさく」	真言宗	○
・六	「あさねの事」	一向宗	○

・十二	「かハつたかいもの」	真言宗	○
巻四・七	「利口すぎた小僧」	禅宗か	○
・十	「はや口にてゐとき」	真・天・浄	○
・十一	「持仏に鬼の事」	浄土真宗か	○
・十五	「有まの火事」	真言宗	○
巻五・五	「男禁制の所」	台・密・禅・律・真	○
・九	「あてのつちがはづれた」	浄土宗	○
・十六	「大仏の釈迦へ願立の事」	天台宗	○

軽口あられ酒（元禄十四年刊）

巻一・二	「嵯峨のしやか江戸にて開帳」	浄土宗	○
・三	「江戸にて御身ぬぐい」	浄土宗	○
・四	「釈迦如来、おだわらにての事」	浄土宗	○
・五	「如来御身ぬぐい」	浄土宗	○
・八	「宗論」	浄土宗・法花宗	○
巻二・五	「はりつけにいけん」	浄土宗か	○
・七	「きまゝな親仁」	浄土真宗	○
巻三・一	「下馬札」	臨済宗	○
・三	「相撲の関金いかり」	浄土宗	○
・五	「厚く物しらぬ人」	臨済宗	○

・七	「けちミやくのにせ」	浄土宗か	○
・十二	「浪花善くハうじ」	天台宗・浄土宗	○
巻四・四	「万日にかいミやう」	浄土宗	○
・六	「大こく舞も見立」	浄土宗か	○
・十一	「かごかきのとむらい」	浄土宗か	○
巻五・九	「善光寺如来のさた」	天台宗・浄土宗	○
・十二	「河内平野のはなし」	浄土宗	○

露五郎兵衛新はなし（元禄十四年刊）

三	「専福寺神なりはなし」	浄土真宗	○
十三	「老人の女郎ぐるひ」	真言宗	○

都名物 露休しかた咄（元禄十五年刊）

巻一・六	「六はら万日回向の事」	浄土宗	○
・七	「吉凶をなをす事」	天台宗	○
・十一	「目がねにてけいせいをけんする事」	真言宗	○
巻二・四	「かミナりかるたのもんだい」	浄土真宗	○
・六	「あミだがいけの事」	天台宗・浄土宗	○
巻四・二	「質屋床にかけ物かくる事」	時宗	○

・七	「狐もすいにあふてハばかされぬ事」	天台宗	○
・十一	「なま物じりの人ははぢかく」	日蓮宗	×
巻五・二	「ゆめのさた」	浄土宗・天台宗	○

露休置土産（宝永四年刊）

巻一・四	「真如堂の如来来迎の事」	浄土宗	○
・十四	「仏も札つかひ」	真言宗	○
巻三・六	「清水の御利生」	真言宗	×
・十一	「貧乏は過去の約束」	真言宗	×
巻四・五	「菩薩の大慈悲」	真言宗	×
・十	「薬師の願だて」	浄土宗・天台宗	○

軽口こらへ袋(6)（享保十一年刊）

七	「住持初夢をうらなはせける事」	浄土宗	○
二十四	「ばくちうちほうもんの事」	浄土宗	○

表から『露がはなし』とほぼ同様の結果が得られていることが知れる。『露休置土産』のみ、他の作品と別の傾向を示しているが、この点についてはその序文が問題を解決してくれる。すなわち「都の名物、入道露休、過にし元禄ひつじの秋、闍浮をさりし追善」と記されるように、この記述が正しいとすれば、五郎兵衛の没年は、元

禄十六年に当たり、表に示した噺本の内『露休置土産』のみが没後に刊行された事になる。内容の変化は作者の不在によって生じたと考えて差し支えなかろう。

五

ところで『口軽あたことたんき』（元禄十二年刊）については今回調査の対象からはずした。この点について一言付け加えておく。

『口軽あたことたんき』について宮尾與男氏は『元禄舌耕文芸の研究』(7)の中で、

本書には五郎兵衛の話した談義咄が収められたので、五郎兵衛の談義咄集といえよう。

とされた上で、他作品の挿絵の利用・類話の存在を指摘され次のようにも論じておられる。

前述のような挿絵の利用および談義に関した類話がみられる点などから、『口軽あたことたんき』の編集に際しては、元禄期以前に刊行された噺本作品と関わりのあったことが十分に考えられる。そうなると『口軽あたことたんき』の談義咄のすべてが、必ずしも露の五郎兵衛の談義咄であったということにはならなくなる。

宮尾氏のご指摘のようにこの噺本は、今後解決しなければならない問題が多い。確かに序文の「こゝに露といふおとけものありて、町にはいかいし」等の記述から、五郎兵術の影響を否定する事は出来ない。しかし本書の序を記した朝露軒なる人物については、全くの未詳であり、五郎兵衛との関係も不明である。内容についても五郎兵衛の他の噺本において決して好意的に描かれる事のなかった日蓮宗以外の宗派、特に法然についての記述には、異質の感を抱かずにはおれない。如何であろうか。

六

以上述べてきたように露の五郎兵衛の噺本（『軽口あたことたんき』は除く）には、宗派に関する記述に大きな偏りのあることが確認出来た。この偏りは本論考の冒頭に記した『残口猿轡』の記述に添う物であり、こうした点を考慮する時、少なくとも五郎兵衛を自身の著作に見る時、その姿は単なる舌耕芸者露の五郎兵衛ではなく、日蓮宗談義僧露休としての姿を垣間見る事が出来るのである。

◎注

（1）以下の噺本の引用は、特に注を付さない限り武藤禎夫氏・岡雅彦氏『噺本大系』（東京堂出版　昭和六十二年六月）及び宮尾與男氏『元禄舌耕文芸の研究』（笠間書院　平成四年二月）によった。

（2）宮尾與男氏『元禄舌耕文芸の研究』（笠間書院　平成四年二月）。

（3）『好色産毛』（元禄年間）巻三「涼みは四条の中嶋」に五郎兵衛と共に記される。

（4）浄土宗の開祖法然の忌日は四月二十五日。

（5）※を付した咄については、『露鹿懸合咄』では鹿野武左衛門の咄となっている。

（6）『軽口こらへ袋』については、檜谷昭彦氏・石川俊一郎氏「『軽口こらへ袋』解題・翻刻」（『藝文研究』第四十八号　昭和六十一年）によった。

（7）（1）参照。

第三節

『座敷はなし』研究ノート

一

『座敷はなし』[1]（元禄七年序）について野間光辰氏は、日本古典文学大系『浮世草子集』[2]の解説において次のように述べておられる。

全部五巻七十四話の章題、ことごとく、七・七の短句の形で綴られている。「常香盤はありやなしやと」（一ノ二）「棒よ熊手よ水よ手桶よ」（二ノ十二）・「物はすこしの品のつけやう」（四ノ一）・「兄弟なれど似ぬ所あり」（五ノ九）など、これらは全く前句付けの題と少しも異なるところはない。

また、『座敷はなし』の作者夜食時分を当時大坂住の俳諧師、前句付点者の一人と推測され、それは笑話の章題からも読み取ることが出来ると述べておられる。

確かにこうした前句のような題は元禄頃に刊行された噺本の咄の題としてはかなり珍しい。例えば当時江戸で活躍した鹿野武左衛門の『鹿の巻筆』（貞享三年刊）のそれは「ばんどうや才介」「三人論議」であり、同時期、京を活動の拠点にしていた露の五郎兵衛の噺本では「文盲なる人物の書付をひはんする事」「京の何がし丹波へむこ入りする事」（『軽口露がはなし』元禄四年刊）等、事という表現を最後に加えたものが多い。夜食時分と同じ大坂を活動の中心とした米沢彦八の『軽口御前男』（元禄一六年刊）では「御進物の大根」「れうげのちがひ」等となっている。元禄十一年に刊行された『初音草噺大鑑』は、その上梓以前に刊行された噺本の中から佳話を抜き出した、咄のベストセレクション的傾向の強い噺本なのであるが、この中に数話の『座敷はなし』の咄が含まれている。例えば『座敷はなし』巻之五第二に次のような咄がある。

第二　お葉《は》打からす浪《らう》人の家

さる人の借家に浪人有けるを、御公儀より浪人あらため有とて、家主よりよびにつかハしければ、只今ハ脇差《わきざし》ののりをぬぐふて居ますほどに、のちほどまいらふといへば、されバこそ、大事の事が出来た、人をあやめたものであらふと、家主、五人与《くみ》、まつさをになつて、浪人の所へゆき、やうすを尋けれバ、いや、御気遣なされな、それがしが脇差ハ篦《へら》でござるが、先ほど紙子《かみこ》のつゞくりをいたしたれば、その糊《のり》をこそげて居ますするといふた。

この咄が『初音草噺大鑑』(3)では以下のようになる。

十一　あやしき物竹光《たけみつ》

御公儀《こうぎ》より浪人《らうにん》の御たつね有し比《ころ》、さる町の借屋《しやくや》に、紙子《かみこ》しぶゐもんといふ浪人有。家主《いへぬし》よりよびにつかハしければ、只今ハわきざしののりをぬぐふて居《ゐ》まするほどに、おしつけまいらふといふ。さてこそ大事《じ》が出来《でき》た。人をころした物であらふと、家主、五人《にん》ぐミ、あをくなりて浪人の所へゆき、やうすを尋《たつね》ければ、いや御気遣《きづかい》なさるゝな。自分脇差《じぶんわきさし》ハはづかしながら箆《へら》てござるが、先《さき》ほどから紙子《かみこ》のつゞくりをいたしたれば、その糊《のり》をこそげてまいらふと存じた。

咄の内容自体は、咄の冒頭に「紙子しぶゑもん」という具体的な名前を付けている以外、殆ど手が加えられていない状態で再出しているのに対し、その題には、七・七の短句の形式を採っていない。他の咄についても同様のことがいえる。

以上の点からみて、こうした形式は当時の噺本としてはかなり特殊な形式であるといえる。

二

そもそも『座敷はなし』の叙には、

心の友《とも》のまじはりハ青眼《あをきまなこ》ののうれしきと、九月《ながつき》の夜《よ》の月更《ふけ》て、寐《ね》よとの鐘《かね》ハつくなれど、猶唐茶《たうぢや》のかほりに莨若《たばこ》のけふりをすゝめて、今の世の気《き》のつきぬはなし最前《さいぜん》より幾津《いくつ》か出《いだ》したる、足下《そこ》にも指《ゆび》おりて見給へ、某《それがし》ハ後《のち》のおぼへにしるしをきてんと、筆《ふで》をやとひてかきあつむれば、七十あまりありけるを、一巻《まき》にとぢて、その夜の座敷咄《ざしきばなし》と名《な》づけ侍るものならし。

とあり、晩秋の月夜、気心の知れた連衆数人が会主の下に集まり座を結び、そこで語られた咄を書き集めたものが、座敷咄であるとしている。

つまり、連句を巻く連衆が一座に会して、この『座敷はなし』をものした結果、咄の題としては特殊な前句風の題が付けられたと考えて差し支えないであろう。

こうして『座敷はなし』は、七・七の短句風の題を持つ咄七十三話に加え、作者夜食時分自身の「はなし」の手法・笑話観を記した、「はなしの弁」を含めたものとして刊行される。

三

さて、前述の通りこの『座敷はなし』は、七・七という短句の形体をした題を持つ。また、作中には俳諧を扱った咄が含まれ、中には発句・狂句が挿入される咄があるなど、豊かな俳諧性を読み取る事が可能である。では、こうした点以外に俳諧的要素を認める事は出来ないであろうか。以下、先ず『座敷はなし』巻之一を取り上げこの問題について考察を試みる。

『座敷はなし』巻之一には次のような十五話の咄がある。

第一　鳥もおそるゝ君《きみ》の御威勢《ごいせい》
いづれの御時にかありけん。鷺《さぎ》のとびけるを、御門《みかど》御らんじて、あの鳥をとらえよとありければ。御そばに有ける人。勅定《ちよくじやう》なりといひけれバ、かの鷺《さぎ》とらへられけるを。御門《ミ》御ゑいかんましく〳〵て。五位《ごゐ》の位《くらゐ》をたまハりて、五位鷺《ごゐさぎ》と申けり。されバ平人《へいにん》ハ、此鳥をくハぬはづの事なりと。ある人のものがたりせられけるをきいて、一人のいふやう。五位鷺《ごゐさぎ》をくふたりとて何事があろうぞ。大納言小豆《たいなこんあづき》をくふてさへ、大事ないものといはれた。

この咄は『平家物語』(4)(「朝敵揃への事」)・『本朝食鑑』等に記される、「五位鷺」命名の謂れを咄に取り込み、大納言(小豆)さへ食すのだから、五位(鷺)ぐらい食べるのは差し障りのないことだという下げになっている。

第二　常香盤《じやうかうばん》ハありやなしやと

二三人咄《はなし》しけるついでに。こなたの所に常香盤がござらバ。灰《はい》を少所望《しよもう》いたしたいといへバ。此方にハ大釜《がま》がないによつて、常香盤もござらぬといふ。それでもこなたの内へゆけバ、ほつと抹香《まつかう》くさいといへバ。いかにも、それはこちのおやぢのかざでござるとなん。

常香盤で焚かれる香の匂いと、信心深い親父の抹香臭い姿をだぶらせ可笑味を出している。前の五位鷺と大納言小豆の話の序でに出た咄としてつけたか。

第三　こたつへあしをさしこミにけり

疝気《せんき》もちのおやぢ。こたつにて腰《こし》をあたゝめて居られける時。そさうなるむすこどの。よそからもどりつゝ、さてもつめたしと、こたつへ足《あし》をぐつとさしこむとて。おやぢのせなかをふミけれども。いたゞきもせざりけれバ。おやぢはらをたてゝ、ばちあたりめとしかりければ、むすこどのハせかぬかほにて。何をいはるゝやら。食次《めしつぎ》でハなし、何のもつたいない事があらうと申されき。

疝気持ちの親父が炬燵で腰を温めている時、愚か者の息子が誤って背中を踏んでしまう。親父と食次を比べ、食次でないから、差し障りがないと言ってしまう息子の愚かさが笑いの中心である。抹香臭い親父から疝気持ちの親父に転換している。

第四　かはつた物をおめにかけぬる

京にかくれもなき傾城《けいせい》かいのなれの□□（はてカ）、大坂にしるべありて、そこにゝり居けるか。身一ぶんの口にくふほどのかせぎを仕らうとしあんして。比《ころ》しも正月の事なるに。したにハ黄《き》八丈のきる物。うへにハくろはふたへの大紋《もん》つきのあさぎうらに。芥子小紋《けしこもん》のはをり。めにたつわきざし。大臣《だいじん》あミがさそこ〳〵に気をつけ、どうもいはれぬ風《ふう》にて。町中をそろり〳〵とあゆミ。扨其後かどやの家へはいり。是ハ只今おとこぶりを御目にかけたものでござる。一銭御合力《せんごかうりよく》といへば。六十ばかりのかミ様、つこどなるこゑにて。とをらしやれ。こちにハむすめハござらぬといはれた。

傾城買いの果てに落ちぶれてしまい、今は居候となっている男が、自分の食い扶持くらいは稼ごうと、着飾って物乞いに歩くという突拍子もないことを思いつく。結果は、お目当ての娘たちはおらず、六十ばかりのかミ様に追い立てられてしまう。親と食次を比べるような愚かな息子のなれの果ての姿が咄になっている。

第五　あたらしき事このむはいかい

はいかいの点者《てんじや》二人、つれだちて道頓堀《だうとんぼり》の千日寺にまうで。本堂《ほんだう》のあらたに再興《さいこう》ありけるを見て、一人のいふやう。何とおもはるゝぞ。誹諧師《はいかいし》ハあさも晩も、あたらしい事を、めづらしい事をとあんじ居ても、雪隠《せついん》一つたてる事もないのに。此寺の長老《ちやうらう》ハ。ふるい法然《ほふねん》のはめ句を申て。大きな堂を立られたといふた。

新奇さを日夜追い求めているにもかかわらず何も得る物がない誹諧師と、古い法然のはめ句を語り、本堂を立ててしまう千日寺の長老の対比が笑いの主眼となっている。新しい趣向で合力を得ようとする前咄の男に付く。尚、道頓堀の千日寺周辺は、

千日寺《でら》の新地《しんち》

今度《こんど》道頓堀千日のはかの前《まへ》に、新地おほせ付《つけ》らるゝに、わかき者《もの》より合て、こゝハ何町にならふぞといひければ、長町うらなれば、宿やまちにならんといふ。いや色まちにならんとせりあひける。色里《いろざと》になるいハれハといへば、されば、西《にし》ハ千日寺《てら》、みなミハ墓《はか》、ぼんのうそくぼだいで、離《はな》れたものでハないハさて。

（『軽口御前男』巻之一）

とあるように当時、墓所として認識されていた。

第六　なミたもろきハ正直《しやうちき》なゆへ

ずんど正直《しやうぢき》になミたもろい人。さるかたへふるまひにゆかれける時。筍羹《しゆんかん》をもつた平皿《ひらざら》を見て。箸《はし》をからりとすて。なミだをはら〱とこぼされけれバ。亭主《ていしゆ》きもをつぶして。是ハ何となされたといへば。あの梅《むめ》ぼしを見たれば。しなれた母じや人の事がおもひ出されて、なげきまするといはれた。

筍羹を盛った平皿の中に、梅干しを見付けたことから亡き母を思いだし、涙を流してしまうという人物の涙もろさが笑いの主眼となっている。「梅干し」の付合(5)「皺」から母を連想している。前咄の「法然のはめ句」・「千日寺」から「涙」・「亡き母」を付ける。

第七　やつこ両人かぶき見てげる

髭《うハひげ》　鬚《したひげ》　髯毛《びつちうひげ》のあるやつこ、二人づれにて哥舞妓《かぶき》を見物しけるが。三番続《つゝき》の序《じよ》の時。一人のやつこ。たもとより密柑一つ取出し。是喰さといへば。まだ弁当ハはやいといふた。

まだ三番続の序の時分に、連れの奴に蜜柑を渡された奴が弁当の時間と勘違いするところに可笑味がある。前咄の「梅干し」から「弁当」を連想したか。

第八　年わすれとてふるまひにけり

さる人、年わすれのふるまひしけるに。客人《きやく》いづれもそらうて大食しければ。亭主《ていしゆ》まかり出て。今日ハ事の外つめたうござりまするほどに。少御箸《をはし》をしたにをかれませいとぞ。

大食いしてなかなか箸を置こうとしない客に対し、辛抱できなくなった亭主が、食べるのを中断させるためにした妙な発言が笑いの中心となっている。蜜柑を食べろと勧められた奴がそれを断わるという前咄に対し、この咄は対称的な内容となっている。

第九　せんしやうをいふ人ぞおかしき

僣上《せんしやう》をしたがる人のもとへ。はじめてのきやく有ける時。座敷《ざしき》から手をた丶かれければ。あいといふて、小坊主出けるに。おのれより、まちつと大キなものにこいといへバ。十七八なるすミまへがミのもの出けるに。おのれもなるまい。たれぞ手代共にこいといへバ。廿四五なるもの出けるに。おのれもらちがあくまい。よのものにこいといへバ。家の執権《しつけん》、六十ばかりの白髪《しらが》おやぢ出ければ。たばこの火を入てこいといはれた。

見栄張りの主人が、用事を言いつける為に次々と使用人を呼ぶが、その都度、力不足として、別の者に来るように命じる。結局その用事は煙草盆に火を入れて持って来るという誰にでも出来る仕事であったという咄である。主人の過度の僣上が笑いの中心となっている。前咄の振る舞いの場面での主人の失敗を別の設定に替えた咄である。

第十　始《はしめ》て出るはいかいの席《せき》

さる人、誹諧《はいかい》を仕習度《しならひたき》のぞミにて。そのあたりの月次《なミ》の会《くわい》に出られけるに。初折《しよをり》のうらうつり二三句過たる所にて。爰ハ雑《ざう》にて仕やすき所なれバ、一句あそばされいと、宗匠《そうしやう》のいはれければ。かの人、さらバ申て見ませうとて

色しろく腹《はら》ハふくれて鼻《はな》まがり
けだもの、象《ざう》を絵《ゑ》に書たやうにいひたてられける

初めて出た月次の会で雑の句を作るよう宗匠に言われた人物が、雑の句と象とを勘違いして句を作ってしまい恥をかくという典型的な初心者の失敗譚である。前咄の「はじめての客」を迎える主人の咄から、「始て出るはいかいの席」に場面を移している。

第十一　あはれぞふかき追善《ついぜん》の哥《うた》

文盲《もんまう》なる人。成人《せいじん》の子をさきだて丶、なげかれける時。その子の友達《ともだち》、あハれなる追善《ついぜん》の哥《うた》よミてをくりければ。おやぢ申さる丶ハ。何のわけも存ぜぬ耳《ミヽ》にさへ、あはれとおもふ此御追善を。とてもの事に、世悴《せがれ》がいきてゐる時に、きかしましたらバ。よろこぶでござらうものをと申された。

追善の意味を理解せず、亡き息子に贈られた追善の歌を息子本人に聞かせたいと願う親の無知が笑いの素に

なっている。前咄の「雑の句」について知らない人物を「追善の歌」の意味を知らない親父の咄に替えたもの。尚、「句」と「追善」は付合の関係にある。

第十二　門左衛門が例《れい》のもんさく

或人《ある》。狂言《けうけん》つくりの近松門左衛門に目をかけられけるに。門左衛門申やう、御自分《じぶん》様の御念比になされくださるゝ段を。折をもつて御ふくろさまの御めにかゝり。一礼が申たいといへば。それにおよぶ事でなし。ことにまゝ母なれバ、ちかづきになられいでもくるしからずといへば、門左衛門承て。継母御《まゝはゝご》ならバ、なをおちかづきになりましたい。よい狂言《きやうげん》の趣向《しゆかう》がござろうといふた。

近松は日頃贔屓にしてくれるお礼を、その贔屓筋ばかりでなくその母親にまで述べようとするが、その母親が継母と知るや早速狂言の趣向に採り入れようとする。近松の狂言作者魂が可笑味の中心となっている。前咄の「追善」と「狂言」が付合の関係になるか。

第十三　だるまほていのかけ物を見て

ある人。二人づれにて道具屋を見物にあるきけるに。布袋《ほてい》の絵と達磨《だるま》の絵とありしを見て、一人のいふやう。あのほていどのハ、常《つね》に腹《はら》をとんだしてゐらるゝが。ひゑばらもおこらぬ事か。ことに雷《かミなり》の鳴《なる》時ハ、臍《へそ》があぶないものじやといひければ。一人のいふやう。あの達磨《だるま》どのをおミやれ。いつも目をむき出してゐらるゝが。借銭乞《しやくせんこひ》にあのやうなかほつきして見せられたら。てつきりと喧嘩《けんくわ》が出来《でき》ませうといはれた。

いつも目をむきだしている達磨が、そのままの表情で借金取りと応対していると連想している点に可笑味がある咄である。「狂言」の道具立てから「道具屋」を連想しているか。

第十四　はしり過たるわらんべのちゑ

こざかしい丁稚《でっち》ありけるが。主人、腹中《ふくちう》すきけるにや。何にても、そこらに口《くち》ぢかいものはないかといはれけれバ。是にござりますとて、尺八を持て出ける。

口近い物と言われ、食べ物ではなく尺八を差し出した丁稚の見当違いが笑いの中心になっている咄である。前咄の「達磨」は「禅の祖師」。「禅の祖師」と「尺八」は付合の関係にある。

第十五　日待に友《とも》をまねくおかしさ

麁相《そさう》なる人。途中《とちう》にてしる人にゆきあひ。此中ハすきと御出もないが、先御無事でめでたし。明日ハわれらかたの日待じやほどに、御出なされいといへば。それがしハ宵《よひ》まどひじやによつて。日待にハ得まいるまいといふ。麁相仁《そさうじん》きいて。いや〳〵、此方の日待ハ昼《ひる》でござるといふた。

一夜を眠らず、日の出を待って拝むという日待本来の意味を忘れ、昼に日待をすると言ってしまう粗忽さが滑稽味の中心になっている咄である。前咄の「尺八」の付合が「夜とおし」。「夜とおし」する事から「日待」を連想し、それを話材とする咄が置かれていると考える。

以上巻之一を例に挙げて考察してみた。「第十二　門左衛門が例のもんさく」と「第十三　達磨布袋のかけ物を見て」との関係などはっきりしない咄もあるが、概ね、前の内容・表現を受け、咄が続いていると言えよう。

四

こうした前句付けの手法を連想させる咄の配列は巻之一に限った事ではない。遊女・遊里の咄のみを集めている巻之二を除いて他の巻にも同様の事がいえる。次に示す表は咄の付き方を示した物である。

座敷はなし巻之三		物付	内容による付け
第一	天目酒をのミし順礼		
第二	四五人よりて田楽の会	○	
第三	娘の年を尋ねられけり		○
第四	宗匠どのゝ内儀いかなる		○
第五	一挺つゞミのぞむ執心		○
第六	あの世の事を見てもどる人	○	
第七	酒屋の亭主ひすらこい人		○?
第八	一日人の留守をあつかり		○
第九	不便やさむき盲乞食	○	

第十　うそつく人の裏の蓮池		○
第十一　常よりふとく出来し大根		○?
第十二　仏にうらみ申長老	○	
第十三　人丸の絵をほむるおかしさ		○
第十四　あたまこそげて鉢をひらかん		○
第十五　打わすれたり蚊帳のほころび	○	

座敷はなし巻之四

第一　物ハすこしの品のつけやう		
第二　備前の姪か扨もなつかし		○
第三　貧乏したる能大夫どの	○	
第四　大黒の絵をふしおがミけり	○	
第五　這出のおとこ米のふミやう	○	
第六　めつたに物を気にかける人		○
第七　酔たびごとに吐逆する人		○
第八　蚊にせがまる丶夏の夕ぐれ	○	
第九　後生きらひのおやぢなりけり	○	
第十　せきだのねだんちがひこそすれ	○?	
第十一　よにありがたき弥陀の御手跡		○?
第十二　小間物見世をまもる万松	○	

第十三	非方のしにをしたるあハれさ		○
第十四	開帳申寺の御ほとけ	○	
第十五	僧にはゝきゝふるまハれけり	○	

座敷はなし巻之五

第一	闇浮檀金の千手観音		
第二	お葉打からす牢人の家	○	
第三	新宅にして発句かくなん		○
第四	当流相伝精進の事	○	
第五	子の魂まつるさかさまの世や	○	
第六	用にもたゝぬ座禅する人	○	
第七	夢てふものハたのミそめてき	○	
第八	ふじの高根に雪ハふりつゝ	○?	
第九	兄弟なれど似ぬ所あり	○	
第十	ぼだいのくどくつむや夏の内	○	
第十一	紋楊子てふ仕出し有けり	○	
第十二	仁王門にぞ人ハあつまる	○	
第十三	うき世の外にかくれ家もがな	○	
第十四	はなしの弁		

例えば巻之五「第八　ふじの高根に雪はふりつゝ」は、曾我兄弟の縁で「第九　兄弟なれど似ぬ所あり」につながる。また、その第九話の暑い時には裸でいるという咄の内容から第十話の「夏」が導かれ、第十話中の「中食」から第十一話の「楊子」[6]へ、さらに、その楊子の縁で第十二話の「天王寺」が導かれると言った具合である。

以上、示した如く『座敷はなし』は、明らかに全体が前句付けを意識している咄の配列になっているのである。『座敷はなし』は、各々の笑話に単に七・七という短句形式の題を付けているのではなく、短句形式の題を含めた一話一話が前後の咄と密接に関係し、あたかも前句付けのような形で編集された噺本と言える。

五

最後に、作者夜食時分については正体を始め、著作刊行年など解決されねばならない多くの問題がある。本書を始め夜食時分の手になる『好色万金丹』(元禄七年刊)、『好色敗毒散』(元禄十六年刊)には遊里・俳諧を扱った話の他に多くの芝居関係の話があるのだが、同期の笑話には近松及び近松周辺の人物を描く咄はほとんどない。先に示した巻之一の「第十二　門左衛門が例のもんさく」に登場する「或人」[7]が、夜食時分その人のように思える。

◆注

（1）これ以降の同書の引用は、武藤禎夫氏『未刊軽口咄本集下』（古典文庫　昭和五十一年十一月）によった。
（2）引用は、野間光辰氏『浮世草子集』〈日本古典文学大系91〉（岩波書店　昭和四十一年十一月）によった。
（3）『座敷はなし』以外の咄の引用は、武藤禎夫氏・岡雅彦氏『噺本大系』（東京堂出版　昭和六十二年六月）によった。
（4）『平家物語』には次のように記されている。
中比の事ぞかし。延喜御門神泉苑に行幸あつて、池のみぎはに鷺のゐたりけるを、六位をめして、「あの鷺とつてまいらせよ」と仰ければ、争かとらんとおもひけれども、綸言なればあゆみむかふ。鷺はねづくろひしてたゝんとす。「宣旨ぞ」と仰すれば、ひらんで飛さらず。これをとつてまいりたり。「なんぢが宣旨にしたがつてまいりたるこそ神妙なれ。やがて五位になせ」とて、鷺を五位にぞなされける。
（5）これ以降の同書の引用は、『俳諧類船集』（般庵野間光辰先生華甲記念会　昭和四十四年十一月）によった。
（6）四天王寺宝器の中に「皇太子楊子御影」がある。
（7）『好色敗毒散』巻之二、第一「秋の露」にも近松及び周辺の狂言作者の名前が見える。

第二章

江戸小唄の流行

第一節

『稿話 鹿の子餅』小論

一

小本に書しは、卯雲の鹿の子餅をはじめとして百亀が聞上手といふ本、大に行れたり。(1)

と大田南畝の随筆『奴凧』にも記され、江戸小咄本の開基と仰がれることになる木室卯雲作『話稿鹿の子餅』（以下、角書き省略）は、文運の東遷によりようやく独自の文芸を生みだしつつあった江戸で、明和九年正月、鱗形屋孫兵衛方から刊行された。この小咄本は以後多くの追随作を生み、安永初年の江戸小咄本大流行の火付け役となった。本稿では『鹿の子餅』の刊行年に関する疑問を含め、『鹿の子餅』が「江戸小咄本の開基」とされる要因について考察を試みる。

二

『鹿の子餅』の明和九年正月刊行は、序文中の「明和壬辰の太郎月」、奥付の「明和九歳／壬辰正月吉日」、明和九年正月板の鱗形屋の細見の巻末広告「話稿かのこもち　全　当世はやる落噺、しやれ言葉にしなし書集メ入御覧申候間、御求可被下候。」、『享保以後江戸書籍目録』の「話稿鹿子餅　全壱冊　墨付六十壱丁　同九年辰正月　作者　山風　板元売出　鱗形屋源兵衛」、その他の年表類の記述からしてまず動かないだろう。しかしここで一つの疑問が生じるのである。そもそもこの『鹿の子餅』は、歌舞伎役者嵐音八の人気を当て込んで出版が企画されたと考えられるのであるが、嵐音八は、『鹿の子餅』の刊行に先立つこと三年、明和六年三月には既に没しており、没年と刊行年の間には三年ものずれが生じているのである。何故に没年と刊行年の間に三年ものずれが生じたのであろうか。

『日本古典文学大系・江戸笑話集』の解説の中で、小高敏郎氏はこの問題について、

> （前略）、実は、初代音八は本書刊行の三年ほど前に死んでいる。すれば作者が本書を刊行する意図は少くとも数年前の明和の中頃のことであって、それが何かの事情で延引し、安永元年に出版されたのではないか。事実、中の話を見ても、明和の中頃からの世上の事件や噂話を種にしたものが多いから、短期間に書上げたものではなく、明和の中頃に一応初稿を作ったが、何かの事情で刊行出来ず、その後ぽつぽつ書き加えたり訂正などして、明和九年に刊行したのではないか。そう考えると、初代音八の没年とのずれも納得がゆく。

と述べておられるのだが、肝心の刊行年の遅れの原因については、「何かの事情」という、はなはだ曖昧な表現で片付けられているのである。

　ここでは『鹿の子餅』に含まれる際物小咄と、明和期の木室卯雲の行動を調査することによって、この「何か

の事情」について考察を深めていくことにする。以下まず際物小咄について取り上げる。

Ⅰ　○文盲

草臥《くたびれ》のびれの字は、五《ご》へんに分《ぶん》の字とおぼへたやつ。書画の咄しの中へ罷出、下谷和泉ばし通《どをり》に居《ゐ》られます、唐《から》やうとやら唐《から》りうとやら書《かゝ》れる人は、達者そうな手なれど、ひとつぱもよめませぬ。いかふつやのない、きたない手でござる。〳〵それは誰《たれ》でござる。〳〵その書た物に、則《すなはち》名も書てござつだ。何さ。関思恭《せきちうべい》（2）さ。

この小咄に登場する関思恭は本名関忠兵衛といい、和泉橋通りに住んでいた書家で、もと伊藤氏だが、故あって関氏を名乗っていた人物であるらしい。太宰春台に儒学を学び、細井広沢に書を習った思恭は、広沢四天王の一人と称せられた能書家である。書体は草書が最も巧みで、草聖と称せられ、五千人もの門人を抱え、後に土浦侯に仕えた人物である。この関思恭は明和二年十二月二十九日に没しており、この小咄が関思恭の名声を当て込んで作られていると考えられる性格上、この小咄は、関思恭の生前か、遅くとも没後一年以内に創作されたものと考えてよいのではあるまいか。

この「文盲」の他に、明和初期に創作されたと推定出来る小咄に「朝鮮人」がある。この小咄は、宝暦十三年（明和元年）二月二十六日の、朝鮮来聘使の上府を当て込んで創作された小咄であろう。

Ⅱ　○田舎者

いなか者、はじめて堺町《さかいてう》へ行、芝居見物して帰りけるを、けふは芝居へござつたげな。どつちへござつた。

〽たしか勘左衛門とやら勘三郎とやらへ行きましたが、何がはや、わるい日のゆき申て、ろくだま狂言ハしもうしなんだ〽それはさん〲て有た。そして、どんな事がござつた〽さかおもだかの鎧とやらがなくなつたとつて、一日そのさハぎて仕廻《しまい》ました。

という小咄と、これに続く、

○新五左殿

誹名《はいめう》なくて為になる客と来て居《ゐ》るお国の御家老、たま〲家内引つれ、江戸への出府。出入の町人、芝居ふるまい、翌日機嫌きゝにまいれば、直《すぐ》に居間へ通され、丁寧の礼。町人ハ本田屋銀次郎、当世しやれのひつこぬき、昨晩もそつと茶屋に御座なされましたら、奥様や尉《じやう》さまへ、露友か唄おきかせ申、一瓢が身もおめにかけませうとぞんしましたに、おいそぎ遊ばしまして、早ふお帰り遊ばし、残念にござります。又近い内、船を申付ませうなどゝ、くるめかけれバ、いやもう、きのふハいかゐ世話。めつらしい江戸芝居見物して、皆もよろこび申す。扨あの祐経に成た役者ハ、何といふやくしやでおじやる。〽あれハ松本幸四郎でござります。せけんでかの、親玉〲と申でござります〽何、親玉とハあれが事でおじやるか。いやはや、よい人品。何を言つけても、つとめ兼まい男。いかうさしはたらき、分別もあると見うけ申た。それにつけても、あの音八郎がたわけハ。

という小咄がある。これらの小咄は明和五年正月十五日から中村座で上演された、「筆始曾我章」という芝居に取材して作られたものと思われる。『歌舞伎年表』(3)によればこの芝居の中で四世市川団十郎は、工藤、梅澤小五郎兵衛、上総五郎兵衛の三役を勤め、嵐音八は団三郎を演じており小咄の内容と一致する。

逆沢瀉の鎧に関しても『歌舞伎年表』に、

団十郎の工藤。梶原、京ノ次郎が争ひに、蛙の油を池に落せば、水中澄み渡って、隠せし鎧見ゆるゆゑ、皆々取らんとすれば、池水浪立ち、澤邊の澤瀉逆しまに成と、大勢悶着する時、亭の内より千珠を持出づ。

とあり、逆沢瀉の鎧が芝居の中でかなり重要な役割を果たしていることが知れる。

「新五左殿」の小咄の中で、田舎者の国家老の話す言葉に、「何といふやくしやでおじやる」、「何、親玉とハあれが事でおじやるか」という、公家風の言葉が使われているのだが、このことは卯雲自身、明和三年三月から翌四年冬にかけて、「准后御別殿営作」のために、京都へ出役した時の経験によるものではないかと想像出来るのである。

以上のことからみて、「田舎者」「新五左殿」という二種の小咄は明和五年正月からそう遠くない時期に創作されたと思われる。

これらの他に明和五年頃に創作されたと思われる小咄に、「大銭」がある。この小咄は、

世上通用のために。銀座において真鍮銭を鋳製せられ。この銭一文をもて、常銭四文に当しむ。国々渋滞なく行ふべしとなり。

(『徳川実紀』明和五年四月二十八日)(4)

○六月、真鍮銭通用始まる（四文銭也。亀戸において鋳る）。

（『武江年表』（明和五年の項）(5)）

という明和五年の四文銭の通用を当て込んだものである。

Ⅲ　○料理指南所《しなんどころ》

料理指南所《しなんしよ》と看板かけて、小ぎれいな格子づくり。弟子にならんと、朝とく来て、案内乞へば、髭むしや／＼とはへた仏頂面のおとこ、取次に出て、まだ休んでごんす。馬鹿／＼しい早いござりやうだ。昼過にごんせと、懐手のあしらい。一先ッかへり、八ッ時分に来て案内乞へば、かのにくていなやつ、ふせう／＼の取つぎ。内へ通れば、亭主出、ようこそ御出なされました。料理御執心で御さらバ、御相談申あげませうといふに、〳〵それハ近頃忝うござります。扨こなたのお取次は、いぢのわるそうな人。山下次郎三と来て居《ゐ》るにくてい。あれハ御家来でござりますか〳〵ヱ、あれかへ。あれは手前のからしかき。

この小咄の中で、不愛相な取次の男の顔の表情にたとえられている山下次郎三は、『新刻役者綱目』(6)によれば、

元芳沢浪江といふ色子、其後囃子方と成、宗三といひしよし。それより山下又太郎弟子と成、山下次郎三と改。寛延四未の冬より、大坂中村十蔵座へ出、敵役にて続いて大阪の勤、宝暦八寅の冬より、京沢村染松合座へ出、又大阪へ帰り、明和四、五両年休にて、同六丑の冬より、大阪山下八百蔵座へ出、同七は休、其冬よ

り、江戸中村座へ下り、翌春より出勤。男小がらなれど、口跡に幅あり、しつかりしてよし。

とあり、明和七年冬に江戸中村座へ下り、翌明和八年春から出勤したことが知れる。また『歌舞伎年表』によれば、山下次郎三の江戸での初舞台は、明和八年四月七日（五月五日）を初日とする「忠臣蔵」（座元は中村座、役は九太夫）である。これらのことから考えて「料理指南所」という小咄は明和八年以降に作られたと考えられる。「料理指南所」の他に安永八年頃に創作されたと考えられる小咄に「尻端折」・「角力場」・「借雪隠」・「薪屋」がある。

「尻端折」・「借雪隠」は、それぞれ明和八年に行なわれた、竹之丞寺、不忍弁才天の開帳をあてこんだ小咄であり、「角力場」は、明和八年当時、東西の大関を分けあった、仁王堂門太夫と釈迦が嶽雲右衛門の人気を当て込んで作られた小咄である。また「薪屋」は明和八年八月に起った神田川の出水を扱った際物咄である。

以上の調査によって、『鹿の子餅』の際物小咄は三つの時期に分かれて創作されていることが分かる。即ち、

第Ⅰ期……明和初期（「朝鮮人」・「文盲」）

第Ⅱ期……明和五年頃（「田舎者」・「新五左殿」・「大銭」）

第Ⅲ期……明和八年頃（「料理指南所」・「尻端折」・「角力場」・「借雪隠」・「薪屋」）〔1〕

となる。次に木室卯雲の明和期の略年譜(7)を記す。

明和元年……武蔵国仙波御宮・三芳野神社修理のため出役。

明和三年……准后御別殿造作のため京都へ出役。

明和四年……准后御別殿造作のため京都へ出役。
明和五年……御広敷番之頭となる。
明和八年……『虚実馬鹿語』を鱗形屋孫兵衛方から刊行。
明和九年……『鹿の子餅』を鱗形屋孫兵衛方から刊行。〔2〕

〔1〕・〔2〕を比べると、小咄創作時期と卯雲の略年譜との間に相関関係が存在することに気付く。つまり小咄創作第Ⅰ期に当る明和初年当時は、卯雲が幕府小普請方の役人として在職中最もいそがしかった時期に当る。明和元年の武蔵国仙波御宮並に三芳野神社修理、明和三年三月から翌明和四年冬にかけての准后御別殿造作のための京都出役がその主な職務である。第Ⅰ期の小咄はこの二度の出役の間をぬう形で創作されているのである。

第Ⅱ期に当る明和五年頃は、前年の明和四年冬に京都出役から無事に帰府し、翌五年の正月などは、芝居見物などを楽しむ比較的穏やかな日々を送っていたと考えられる。また同年の七月に、御広敷番之頭に転じた卯雲には、いよいよ文芸に親しむ時間と余裕が生じ、この時期に多くの小咄が創作されたと考えられる。

第Ⅲ期は、前年まで書き続けた『虚実馬鹿語』を正月に鱗形屋孫兵衛方から刊行し、翌年の小咄本（『鹿の子餅』）刊行を目指し、小咄の創作とこれまでに作った小咄の手直しを行なった時期に当る。

以上述べてきたように、小咄創作時期と卯雲の略歴には、相関関係が存在することが知れ、『鹿の子餅』が遅くとも明和初年には起筆され、明和八年迄書き続けられた小咄本であることが知れる。

三

卯雲が小咄の創作を開始したと思われる明和初年頃は、

半分は落し噺しを餅につき　（宝十・松3）

貸本屋おとし咄をして戻り　（明元・義5二・39）

という川柳が作られていることからも知れるように、江戸の市井で既に小咄を愛好する人々が多く存在し、その一人として卯雲もまた小咄を創作するようになったと考えられる。しかし前述の通り、明和初年頃の卯雲は幕府小普請方として最も多忙な時期に当り、『鹿の子餅』上梓の時間的余裕はなかったと思われる。このことから、卯雲が本格的に『鹿の子餅』上梓を意識して創作活動に入ったのは、京都出役から帰府し御広敷番之頭に転役になった頃、つまり小咄創作の第Ⅱ期に当る明和五・六年頃ではなかったかと推定出来る。

明和五年といえば『鹿の子餅』の作者に装われている嵐音八が正月「筆始曾我章」・「八百屋お七」（中村座）、七月「五人男」（中村座）、十一月「吉原雀」（市村座）に出演するなど、道化役者として舞台で活躍中であるし、翌明和六年三月二十六（五）日には音八が没するという『鹿の子餅』上梓のタイミングとしては絶好の時期であったからである。

では、何故卯雲はこの好機に出版を見合わせたのであろうか。この疑問を解く鍵が、先に卯雲の略年譜の中で示した『虚実馬鹿語』の記述中に隠されていると思われる。

明和八年正月、木室卯雲は卯雲自身の戯作第一作目となる『虚実馬鹿語』全五冊を、『鹿の子餅』と同一板元の鱗形屋孫兵衛方から刊行した。内容は半紙本五巻五冊に珍談奇談を集めたものであり、卯雲の師、慶紀逸の『諺種初庚申』（宝暦四年刊）の追随作と位置付けられる作であるが、注目すべきはその序文である。

（前略）此やうな馬鹿本は売出しても見人《みて》はござらぬと、いやがる書林をひらにと頼み、ない銭出して板行せしめ申所実正也。仍件の如し。

この自序に記された、「いやがる書林をひらにと頼み、ない銭出して板行せしめ」という記述には非常に関心が寄せられる。それというのもこの記述に、明和当時の出版業界における滑稽文学の低い評価と、素人作者の弱い立場を読み取る事が出来るからである。

安永初期、空前の江戸小咄本ブーム以前の噺本は、多くの場合、上方で版行されたものを江戸の書肆が売り出すという方法が採られ、その出版数も年毎に二冊か三冊刊行された程度であり、書肆にとって魅力のある商品だったとは考えにくい。

こうした状況下で、自費出版に近い形での出版を余儀無くされたと思われる卯雲には、出世したとはいえ廩米百俵、月俸四口の小禄の身では、年に多数の出版をする経済的余裕はなかったと思われるのである。

従来の軽口本とは全く様相の異なる江戸小咄本（『鹿の子餅』）の出版に対し、鱗形屋孫兵衛をはじめとする江戸書肆は、その先行きに対する不透明感から強い警戒心を抱き、出版に対して消極的であったと考えられる。こうした状況下で卯雲は『鹿の子餅』を刊行するにあたって、自費出版に近い形での刊行を余儀なくされ、その資金準備のために刊行年のずれが生じたのではないかと推測出来るのである。

以上、これまで『鹿の子餅』の刊行年にずれを生じさせた「何かの事情」について考察してきた訳だが、ここではこの刊行年のずれを、江戸小咄本の出版を渋る江戸出版界（鱗形屋孫兵衛）の消極的な態度と、自費出版という形ですぐに『鹿の子餅』を刊行することが出来なかった、木室卯雲の経済力に起因するものと考えておく。

四

かかる難産の末に刊行された『鹿の子餅』であったが、刊行されるや否や江戸文芸界に一大センセーションを巻き起し、安永初期に起こる未曽有の江戸小咄本大流行の火付け役となったのである。

『鹿の子餅』が読者から絶大な支持を受けることが出来たのは何故か。従来上方を中心に刊行された軽口本との対比から、この問題について考察を加えることにする。

まず、軽口本と『鹿の子餅』以降の江戸小咄本を比較すると次のようになる。

〔表Ｉ〕

軽口本	江戸小咄本
○おもに上方の書肆が刊行（七・八割）	○おもに江戸の書肆が刊行（七・八割）
○半紙本	○小本・草双紙仕立などの中本
○五巻物を中心として複数冊	○一冊（草双紙仕立の中本の場合複数冊）
○「といふた」式の説話体に代表される優雅な文章	○会話止に代表される簡潔な文章

以上、上方を中心とする軽口本と江戸を中心とする小咄本の間には、書型、冊数、表現方法に大きな違いがあることが知れよう。

次に『鹿の子餅』とほぼ同時期に刊行された上方軽口本、『軽口はるの山』(8)（明和五年刊）と『鹿の子餅』を比較し、具体的にその違いを示す。

〔表Ⅱ〕

	『軽口はるの山』	『鹿の子餅』
版　元	京都　小幡宗左衛門	江戸　鱗形屋孫兵衛
冊　数	五巻五冊	一冊
書　型	半紙本	小本
笑話数	四十六話	六十三話
「下げ」による分類	○「といふた」他　二十八話　61％ ○「といふた」以外の説明体　五話　11％ ○会話止　十三話　28％	○「といふた」他　ナシ　0％ ○「といふた」以外の説明体　九話　14％ ○会話止　五十四話　86％

『軽口はるの山』と『鹿の子餅』には、軽口本と江戸小咄本の特徴がそれぞれよく現われている。特に注目すべきは「下げ」による分類である。『軽口はるの山』には「といふた」を含む説明体の「下げ」が三十三話（72％）あるのに対し、『鹿の子餅』には「といふた」と下げる小咄は一話もなく、それ以外の説明体の「下げ」を持つ小咄

も九話（14％）あるのみである。『武玉川』・『柳多留』に代表される俳諧、川柳の流行、『笑府』・『開口新語《準訳》』等の漢訳、漢文体笑話本の好評は、説明抜きの「あっという間」の笑いの流行を意味し、上方軽口本特有の「といふた」に象徴される説明体の冗長、冗漫、のんびりとした上品な笑いは、江戸ッ子にとって生理的に受けつけられないものになってしまったに違いない。卯雲自身江戸開府以来の「江戸者」であり、上方軽口本の冗漫な笑いには馴染めなかったのだろう。この冗漫な笑いの否定が簡潔な「会話止」の小咄の創作に向かわせ、それが「大川の産湯」を使った「江戸ッ子」に諸手を挙げて受け入れられる要因になったのであろう。卯雲のこうした創作態度を具体的に小咄の中から読み取ることにする。

兵法の指南

一眼二さそく間に髪《はつ》をいれず、兵法程いさぎよきものハなし。ある所に竿竹屋秋右衛門といふ人、何事を思ひ付てか、兵法の指南と大看板を出シけるを、近所の者見て、あの男がいつ兵法しられた噂も聞《きか》ず。扨も人ハ知れぬものと我をおり、秋右衛門方へ行て見れども、さのミ弟子を取る躰とも見へず。不思議さに様子とへバ、亭主少声になって、此比ふ用心なと申すゆへ、おどしの為でござるといわれた。

延享四年刊、京都、いせ屋伊右衛門板になる『軽口瓢金苗』にある咄である。この咄が卯雲の手にかかると、

○劔術指南所

諸流劔術指南所と、筆太なかんばん。人物くさき侍来て、何流なりとも、わたくし相応の流儀、御指南下さ

れ。御門弟に成ましたいとの口上。〽其元様ハ表の看板を見て、お出でござりますか〽左様でござります〽ハテ、埒もない。あれハぬす人の用心でござります。

となり、見違える程すっきりとした江戸前の小咄として再生しているのである。例えば、「一眼二さそく間に髪をいれず、（中略）兵法の指南と大看板を出シけるを」という冒頭の部分を、卯雲は「諸流剱術指南所」という一枚の看板の大映しで、簡潔かつ強く印象付けることに成功し、文末の「といわれた」の部分を取り除くことによって、第三者の話を聞くが如き印象を払拭することに成功しているのである。

軽口本にあっては咄の進行上極めて重要であった場面の状況説明を、笑うために必要な最少限の形にまで取り除き、説明調のやや冗漫な文章を簡潔な文章にまとめ上げ、すっきりとした小咄に仕立てる、これが卯雲の創作態度であり、こうした作風が「江戸ッ子」に受け入れられたのであろう。

卯雲の『鹿の子餅』の会話止による「下げ」の手法が、後続江戸小咄本に与えた影響の大きさを〔表Ⅲ〕で確かめてみる。

〔表Ⅲ〕

書名	冊数	笑話数	「といふた」他	「といふた」以外の説明	会話止
珍話楽牽頭	一	七七		七　9%	七〇　91%
楽牽頭後篇坐笑産	一	八四		六　7%	七八　93%
坐笑産後篇近目貫	一	九三		一〇　11%	八三　89%
聞上手	一	六四		三　5%	六一　95%

『鹿の子餅』刊行後の明和九年〔安永元年（十一月二十五日改元）〕から、翌安永二年にかけて刊行された噺本

聞上手二篇	一	五五		三 6%	五二 95%
聞上手三篇	一	六四		三 5%	六一 95%
俗談 口拍子	一	八六	一 1%	四 5%	八〇 93%
			（狂歌）		
			一 1%		
落咄 今歳咄 口拍子二編	一	六九			六九 100%
今歳噺二編	一	二八		一 4%	二七 96%
御伽噺	一	三六		五 14%	三一 86%
話説 仕形噺	一	八六			
興話 飛談話	一	五六		六 11%	五〇 89%
興話 都鄙談語三篇	一	三九		八 21%	三一 79%
当世口合 千里の翅	一	七一		五 7%	六六 93%
再成餅	一	六〇		七 12%	五三 88%
芳野山	一	二三		四 17%	一九 83%
出頬題	一	六二		一二 19%	五〇 81%
軽口大黒柱	五	三一	八 26%	七 23%	一六 51%

について、先に示した『軽口はるの山』、『鹿の子餅』と同様の方法で分類したのが〈表Ⅲ〉である。

従来上方軽口本に多く使われ、安永二年正月、京都、小幡宗左衛門板『軽口大黒柱』でも八話、26％を占める「といふた」式の「下げ」が、『鹿の子餅』以降の江戸小咄本では、安永二年正月刊『俗談口拍子』に含まれる「恋やみ」という小咄に一例あるのみになってしまうのである。

「咄の会」本の創作方法を採る安永初期の江戸小咄本にとって、こうした「といふた」式の「下げ」の衰退と「会話止」式の「下げ」の流行は、そのまま江戸小咄の創作者の好む所を示し、ひいては江戸市民の江戸小咄の好むべき姿を示したものといえるのである。こうした流行を生み出した『鹿の子餅』の後続小咄本に与えた影響は、非常に大きかったといえる。

「といふた」式「下げ」に代表される上方軽口本からの脱却、「江戸前」の会話体を中心とする簡潔な文章、以上を『鹿の子餅』が「江戸ッ子」の支持を受けることが出来た本質的要因とするならば、以下で言及する上方軽口本の常識を破った書型（「小本」）での出版は、『鹿の子餅』流行の複次的要因であったと考える。

五

木室卯雲が『鹿の子餅』を上梓した明和九年以前に売り出された噺本の書型は、概ね五巻五冊を中心とする半紙本であった。木室卯雲は何故、『鹿の子餅』を上梓するに際し、噺本としては常識外れの「小本」という書型を選択したのであろうか。

宝暦七年八月に始まる柄井川柳の「川柳評万句合」は、十年目の明和四年には投句数が二万句に達し、他の追随を許さぬ勢力になった。この勢いに便乗する形で明和二年五月『誹風柳多留』（呉陵軒可有編）が星雲堂花屋久次郎方から、小本一冊という瀟洒な型で刊行された。

これより先に刊行され、

（前略）一句にて、句意のわかり安きを挙て一帖となしぬ。なかんづく、当世誹風の余情をむすべる秀吟等あれば、いもせ川柳樽と題す。（以下略）(10)

という、『誹風柳多留』初編の序文からも多大な影響を読み取ることが出来る江戸座俳諧の高点附句集『誹諧武玉川』（慶紀逸編）が寛延三年、やはり小本一冊という書型で刊行されている。この紀逸の『誹諧武玉川』は江戸人士の時好に投じ、紀逸の在世中に十五編、没後の三編を加えて計十八編を刊行するに至っているのである。

このような『誹諧武玉川』などの高点附句集、『誹風柳多留』の流行は、江戸文芸界における書型に一つの流れを作り出したといえるのではないか。

もう一種、小本型の体裁をもつ戯作で、明和期に流行の端緒を開いた戯作に「洒落本」がある。

明和七年に刊行された『遊子方言』は、大坂の会話体の洒落本の特徴と、江戸洒落本の穿ちの精神と舌耕芸で磨かれた会話体を一体にして、「小書いしやうつけの開山」（『花折紙』）と称せられるに至る。この『遊子方言』の好評は多くの追随作を生むことになり、明和七年七月には『辰巳之園』が、同年九月には『南江駅話』が矢継ぎ早に刊行され、これ以後、江戸文芸の中心として成長していくことになる。

『遊子方言』を端緒とする洒落本（小本を定型とする）の流行は、『鹿の子餅』の作者である木室卯雲にも何ら

かの影響を与えたに違いなく、実際、明和八年刊『虚実馬鹿語』には、

男は遊子方言に見得たる通りのとほりもの

といった形容が使われており、卯雲の『遊子方言』に対する関心の高さを窺うことが出来るのである。

木室卯雲の俳諧の師と考えられる慶紀逸の『誹諧武玉川』、柄井川柳の『誹風柳多留』、『遊子方言』を端緒とする洒落本等、小本を定型とする出版物の流行は、江戸に小本ブームを巻き起し、それに便乗すべく卯雲もまた、従来の半紙本複数冊の噺本体裁を捨て、小本一冊体裁の書型を江戸小咄本に取り入れたのではあるまいか。そしてこの気の利いた小本型の選択が、半紙本の持つ堅苦しさを払拭し、誰もが手軽に手に取って読むことが出来る気楽さを、読者に与えることになったのである。

なお、前述した資金難のために、半紙本体裁よりも安価な小本体裁を採用した可能性も、合わせて考える必要があると考える。

六

「江戸小咄本の開基」と称せられることになる『鹿の子餅』成功の秘密は、簡潔な文体、実生活から取材した小咄の内容、常識を破った小本一冊という書型、つまり、どれを取っても従来の上方軽口本と全く趣を異にするという噺本の「江戸前」化にあったといえる。この小咄本を手にした江戸市民は、その小咄のおかしさに腹をか

かえ、自らも笑話を作ることを望むようになったのである。こうした人々の欲求が、安永初期の江戸小咄大流行の引き金となり、『珍話楽牽頭』以降の江戸小咄本を次々と産み出す要因になったのである。まさに『鹿の子餅』は江戸小咄の産みの親であり、「江戸小咄本の開基」という江戸小咄本の始祖としての地位を与えられるにふさわしい小咄本なのである。

◆注

（1）引用は、『大田南畝全集』第十巻（岩波書店　昭和六十一年）によった。

（2）これ以降の咄の引用は、特に注記した場合を除いて、武藤禎夫氏『噺本大系』第九巻（東京堂出版　昭和六十二年六月）によった。

（3）以下の同書の引用は、伊原敏郎氏『歌舞伎年表』第四巻（岩波書店　昭和三十四年三月）によった。

（4）引用は、『新訂増補国史大系』徳川実紀第十篇（吉川弘文館　昭和五十七年二月）によった。

（5）引用は、金子光晴氏『増訂武江年表1』（東洋文庫　平凡社　昭和六十三年十二月）によった。

（6）引用は、小高敏郎氏『江戸笑話集』〈日本古典文学大系100〉岩波書店　昭和五十年七月）によった。

（7）浜田義一郎「白鯉館卯雲考」（大妻国文6号　昭和五十年三月）、同「江戸狂歌の周辺」（大妻国文7号　昭和五十一年三月）を参照した。

（8）引用は、武藤禎夫氏・岡雅彦氏『噺本大系』第八巻（東京堂出版　昭和六十二年六月）によった。

（9）（8）に同じ。

（10）引用は、宮田正信氏『誹風柳多留』〈新潮日本古典集成〉（新潮社　昭和五十九年二月）によった。

第二節

安永江戸小咄本の消長

一

上方軽口本とは全く趣の異なる小咄本、明和九年正月刊、『話稿鹿の子餅』（木室卯雲作）の刊行は、江戸文芸界に一大センセーションを巻き起こした。翌安永二年にかけて、『珍話楽牽頭』（明和九年九月序）、『聞上手』（安永二年正月序）、『興話飛談語』（安永二年正月序）、『俗談口拍子』（安永二年正月序）など、数多くの追随江戸小咄本が刊行され、未曽有の江戸小咄本大流行をみるに至る。

これらの江戸小咄本の多くは、木室卯雲の『鹿の子餅』が、数年の年月をかけ、卯雲自身によって創作、編集された個人創作本であった(1)のとは異なり、「咄の会」と呼ばれるグループを中心として編集された噺本であった。各々の「咄の会」主催者の他グループに対する対抗意識が、矢継ぎ早の刊行を促し、その結果として、安永二年の江戸小咄本大流行が起こったと考えられる。

以下、このことについて、具体的に例を示しながら述べていくことにする。

二

まず、この時期に刊行された噺本の多くが、「咄の会」という落し咄愛好者のグループを中心として、編集されたものであるということは、次に示す例から分かる。すなわち、『楽牽頭後篇坐笑産』[2]（安永二年正月序）の巻末にある、

話珍 楽牽頭《カクタイコ》　近頃のはなしの会を
絹ふるひにかけ座興の
たねにつゞる　出来

という広告文、『聞上手三篇』（安永二年閏三月序）の、

鹿《か》の子《こ》出《いで》ておとし咄世《はなしよ》に鳴《な》る。故《かるがゆへ》に諸家先《しょけさき》を諍《あらそ》ふて撰出《せんしゅつ》す。就中《なかんづく》、予《よ》がきゝ上手《じやうず》の両本《にほん》、僥倖《ぎやうこう》にして大《おゝ》ひに行《おこなハ》る。連衆又三集《れんしゆまたさんしう》を催《もよ》ふして、余《よ》に書《かゝ》しむ。

という序文、また『千里の翅』（安永二年閏三月序）の、

東西〳〵。咄もはや糞まであびたれば、お定まりの通り、是きりにて筆を止、又新らしき趣向を二のかわり

に御意に入レ申べくと、此所にて跋しおわり候。高ふハ御ざりますれど、御買なされて御らうじ被下ませうなら、作者をはしめ惣連中、いかはかり大慶仕極に奉存ますで御ざりませう。先ハ其ためのおことわり、さよう。

という跋文、また時期はやや下るが、安永四年刊、『風流はなし亀』[3]の、

手びやうし

おとしばなしのくわいしよへあつまり、なんと、此うちに、いろことせぬものハあるまいの。〽されバの。〽あじな事がある。いろごとをしたものハ、手をたゝいてもならぬ。まづミんながたゝいてミな　〽どれ〳〵と、ちよん〳〵とうてば、ひとりのおとこ、うたず。〽これ、きさまもうたぬかといわれ、〽しやうことなしに、ちよん〳〵と打。けつくよくなる。

〔詞書〕なんそあたらしいはなしがきゝたいの／ふるいのなら、いくらもあるが

といったものである。また、これらの連衆が独自の噺本を刊行していたことは、『千里の翅』に含まれる落し咄、「はなし本」の、

はなし本

此ごろミれば、はなしを本にしてだすことが、大ぶんはやるの。〽フウ、そのやうな事もあらふ。おらがわ

かいじぶんにハ、絵《ゑ》にかいて、かべへはることがはやつた。

という表現から、窺い知ることが出来る。

これらの「咄の会」のうち、稲穂、小松百亀、菖蒲房、書苑武士等を中心とするグループは、明和九年から、翌安永二年にかけて、『珍話楽牽頭』（他二冊）、『聞上手』（他二冊）、『興話飛談語』（他二冊）、『俗談口拍子』（他六冊）といった、シリーズ物の噺本を次々と刊行して行くことになるのだが、この噺本刊行には、他の「咄の会」に対する強い対抗意識が働いていたと考えられる。

ここでは、この「咄の会」の間の対立関係について見ていくことにする。

三

書苑武士等を中心とする、「咄の会」からの選集噺本『俗談口拍子』は、「鹿の子餅」という落し咄に続いて、

聞上手をとしはなしの本なり

所〻の本屋に、聞上手といふ看板《かんばん》か掛《かけ》て有。聞上手とは何でござるととへば、本屋、聞上手でござるといふ。〽イヱサ、聞上手とハ何の事でござる。〽ハテ、聞上手聞《ミヽをあけてきか》《きゝじやうづ》ッしやい。

という落し咄を含んでいることから、安永二年正月の『聞上手』の発売にやや遅れて刊行された噺本であること

が分かる。こうした落し咄を含んでいることから、「口拍子」系「咄の会」が、『聞上手』に『鹿の子餅』と同等の江戸小咄本の始祖的地位を与えていることが窺える。

書苑武士等を中心とする「咄の会」は『口拍子』の刊行後、『落咄今歳咄口拍子二編』、『今年噺四篇御伽噺』、『話説仕形噺』等、次々と噺本を刊行し、安永二年中最多の刊行数を誇ることになる。その刊行過程において、『口拍子』の中で噺本の始祖的地位を認めた小松百亀等の「聞上手」系噺本に対し、強い対抗意識を示し、両者が激しく競い合う状況が現れてくる。

小松百亀等の『聞上手』は、後年大田南畝も、その随筆『奴凧』において、

小本に書しは、卯雲の鹿の子餅をはじめとして、百亀が聞上手といふ本、大に行れたり。其後小本おびたゞしく出し也(4)。

と記しており、ここでも『鹿の子餅』同様、江戸小咄本の始祖的地位を与えられている。安永二年刊『当世風俗通』には、

下之俠客風

上に図する所の人物とは其さまもつとも賤し閑居する場を遠眼鏡で見れは唐さらさを売買する人也古事たしか三篇聞上手といふ書二あり(5)。

と、書名が文中に引用されていることから判断して、当時、最も評判の高い噺本であったと考えられる。その編集方針は、『聞上手三篇』（安永二年閏三月序）の巻末広告に、

御連中へ申上候。四編五篇も追〻板行仕候。尤よい御咄は、新古にかゝわらす差加へ、禁句指合は勿論、不落居なはなしは委細なしに相省キ申候。此だんよしなに御くまれ下されかし。

とあり、『聞上手二篇』（安永二年三月序）の序文には、

只《たゞ》たわけの阿堵《あな》を尽《つく》すのミ。

という、落し咄に限って採録するという厳しい編集方針も示される。実際、『今歳咄』（安永二年正月序）等、この時期に刊行された噺本に多く見られる、下がかった咄はほとんど含まれていない。

これに対し、書苑武士等の「口拍子」系「咄の会」は、『聞上手三篇』とほぼ同時期に刊行された『御伽噺』（安永二年閏三月序）の巻末広告で、

上がゝり下かゝりにかぎらず、各様御手作の御新口御ざ候ハヽ、五篇ニ加へ申度候間、御越可被下候。御はい名など御出し被成候ハヽ、随分相しるし可申候。已上。

と、「聞上手」系「咄の会」では全く問題外とされた、「下かゝり」な咄をどんどん採録することを示すなど、落し咄の募集に際して、何らの制限も設けないという、ゆるやかな編集方針を打ち出しているのである。ほぼ同時期に刊行された両者の咄の募集広告から、互いを競争相手と見なし強く意識していることが窺える。

さらに「聞上手」系「咄の会」が、『聞上手二篇』の序文において、

仕形咄《しかたばなし》は書事《かくこと》ならねば先ヅ置《をき》ぬ。当時《いま》の咄《はなし》は、只《たゞ》たわけの阿堵《あな》を尽《つく》すのミ。

としているのに対し、『今歳咄』から一部絵咄を取り入れていた「口拍子」系「咄の会」は、本格的に仕形を絵で表現する仕形咄本、『話説仕形噺』(安永二年五月頃)を刊行し、その序文の中で、

太鼓《たいこ》がをとし噺《はなし》、鼻《はな》に自慢《じまん》を囀《さへづ》れば、〽客ソリヤ古イ〳〵〳〵〳〵。(中略)タカウハござりますれども、まだ図《づ》のナイ仕カタばなし。客、コリヤ飛《とん》だ意気《いき》じやと、横手《よこで》を拍《うつ》てドット笑《わら》ひ、サラバ(絵)仕形《しかた》の一興《いつけう》承《うけたまハろ》と、奥《おく》の坐敷《さしき》へ通《とふ》れば、(口拍子三編)といふ額有《がくあり》。

と、従来の落し咄が既に時代遅れであるかのように表現しているのである。

このように「聞上手」系「咄の会」と「口拍子」系「咄の会」は、互いに相手を強く意識し、競い合っていたと考えられる。

こうした状況は、当時の江戸文芸界にとって特に珍しいことではなく、小咄と密接な関係があったと考えら

れる川柳にも同様の状況があった。以下、川柳との関係から「咄の会」の対立について考察してみる。
川柳と小咄については、武藤禎夫氏が『江戸小咄の比較研究』[6]の中で、

川柳の投句者も小咄の作者も、ともに同好の創作者として共通の地盤を占めており、同一人が両者ともに手がけている場合も、また一方を素材にして他を作る場合も、十分に考えられるのである。たとえば、

○百灸を落トして高が四文也（安元仁3、一〇・29）

腰元、旦那に灸をすへ、たび〳〵落すゆへ、旦那に叱られ、次の間へ来り、「お春どの、わたしが代りに行ってくんな」「なぜへ」「聞きなさい。しわい旦那だ。度々落すから据へるな、と。一かわらけ落して、高が四文だ」　（楽牽頭・安永元・灸）

句も咄も同じく安永元年の作であり、内容や表現の面からも全く同想である点、同一人物が句も咄も作ったものと考えられるし、一歩譲っても、他をふまえての作と言わざるを得ない好箇の例である。

と具体的な例を挙げて論じられ、また延廣真治氏は、「宝の君の御やしき」で行なわれた咄の会に、呉陵軒可有と同じ桜木連に属する川柳作家五秀、『柳多留』（十四編・二十編）にその名が見える文車など、川柳界の有力メンバーが参加していたことを指摘しておられる。[7]
このように、小咄と川柳は同じ人々によって親しまれていたことが知れるのである。
事実、「咄の会」が開催され、噺本が刊行されている場所は、飯田町中坂（錦連）[8]、麹町（竜田連・初音連等）など川柳が盛んに行なわれ、また有力な取次があった場所と一致する。さらに、先に記した、

東西〳〵。咄もはや糞まであびたれば、お定まりの通り、是きりにて筆を止、又新らしき趣向を二のかわりに御意に入レ申べくと、此所にて跋しおわり候。

という『千里の翅』（安永二年閏三月序）の跋文からは、（下がかった句）で最後を締め括る、万句合の刷物の勝句の配列方法、つまり、①「高番句」（慶祝、神仏崇敬、大御代謳歌等の句）、②「中番句」（普通の世態人情を詠んだ句）、③「末番句」（下がかった句）の順番に勝句を配列するという方法を、強く意識していることが読み取れる。

安永初年頃の川柳は、川柳評を中心として、万句合が盛んに行なわれ、また取次（組連）は、その取次数を競い合う状況にあった。

こうした状況下で、取次に投句を依頼する川柳作者は、ある特定の会主、取次にのみ投句を依頼するのではなく、複数の会主への投句を、複数の取次に依頼するという状況にあった(9)。「咄の会」も広く咄を公募し、川柳と同種の作者、地域性を持っていることから、「咄の会」についても万句合同様の状況、つまり創作した咄を持ち、東奔西走する小咄創作者の存在が容易に想像出来るのである。

「咄の会」は、噺本の刊行を続ける過程において、これら市井の小咄創作者を開拓する必要にせまられ、他の「咄の会」との差別化、つまりその独自性を顕著にしていったと考えられる。そしてその結果として、「聞上手」系「咄の会」と、「口拍子」系「咄の会」のような激しい対立関係が生まれたと考えられるのである。

ともあれ、こうした「咄の会」相互の強い対抗意識の高揚は、矢継ぎ早の噺本刊行を促し、小咄創作者の底辺を拡げ、また「咄の会」自体をより開かれた「咄の会」に変化させた。結果として安永二年が、未曽有の噺本大流行の年になるのである。

四

では、明和九年の『鹿の子餅』の刊行に始まった江戸小咄の流行が、その後急速に衰えていった原因は何なのか、次にこの問題について考えてみたいと思う。

安永二年正月刊行と思われる『落咄今歳咄口拍子二篇』の序文には、

筆に笠《かさ》きせ、墨《すみ》の奴《やっこ》を供《とも》ニ連《つれ》、江戸中を欠歩行《かけある》き、新咄《あたらしきはなし》を沢山《たくさん》に買出《かいだ》し、こよひハはなしの関《せき》とらむといへば、行司《きやうじ》か出て口上《こうじやう》、抑《そも〳〵》談笑《はなし》の始《はじま》りハ、吾朝《わがてう》にても初《はしま》らず、大唐《もろこし》にても初《はじま》らず、天ぢくにてもはじまらす、只今此処《たゞいまこのところ》にて始《はしめ》まする野鉄炮《のてっぽう》が、談笑《はなし》の初でござります。一座同音《いちざどうおん》に、ソウダソダ〳〵。

とあるように、『鹿の子餅』刊行後、江戸の市井には空前の落し咄の流行が起り、「咄の会」が開催され、数多くの小咄が街にあふれていたことを示している。しかしこの状況は、早くも安永二年三月頃迄には崩れてしまっていたようである。

つまり、これも同じ「口拍子」系咄本の一作である『御伽噺』（安永二年閏三月序）の序文に、

つら〳〵思ふに、智者《チシヤ》は過《スギ》たりと、彼陳文漢《カノチンフンカン》に泥《ナツ》ミて、唐本読《トウホンヨミ》のヘンクツ咄《ハナシ》も古めかしい。いまぞあたらし

いシヤレ、僕の意気《イキ》すぎ咄ヲ伽にもとかや、御伽艸と題《ダイ》して、楽丸子《ラクマロシ》か鋸屑《ヲガクズ》の掃溜《ハキダメ》咄ヲ彙《アツメ》て、かの楽丸が如《ゴト》き偏僕《ヘンボク》の一覧《イチラン》に備《ソナフ》已。

とあり、わずか三ヵ月の間に、「新咄を沢山に買出し」といった状況から、「鋸屑の掃溜咄ヲ彙て」という状況に変わったことを示している。こうした状況が単に「口拍子」系噺本に限られた特殊な状況でなかったことは、同時期に刊行された『再生餅』（安永二年四月刊）の、

夫《それ》温《たつねて》レ故《ふるき》知《しる》レ新《あたらしき》は、己等《おら》がおやじの金言《きんけん》にあらずや。近世払底《きんせいふつてい》なる物《もの》は、金《かね》と噺《はなし》とのミおもひしに、此比《このころ》めつらしき小冊《せうさつ》を閲《けみ》するに、臍《ほそ》をさゝけ頤《あとがひ》を解《と》く。多《おゝ》くは洗濯《せんたく》なれと、是《これ》も又《また》あたらしきをしるの一助《じょ》ならん歟《か》。しかのミならす、さくら木《き》に鏤《ちりはめ》ぬれハ、跡《あと》から出《で》る人の眼《め》をよろこハしむるも、好事《こうず》の力《ちから》すくなからす。予も其顰《そのひん》にならひて、再成餅《ふたゝびもち》を御茶《おちや》の子《こ》に備《そな》ふるといふ事《こと》しかり。

という序文中の文章からも明らかである。つまり、明和九年九月からの急激な噺本の刊行によって、新作落し咄の創作が、追いつかない状況が起こり始めたことを示しているように思える。そしてこうした安永二年三月当時の江戸小咄本界を取り巻く状況を笑った落し咄が、『千里の翅』の中にある、

落かね

おとしばなしハ、ふるいがおもしろいよ。〳〵ナゼ〳〵ミんなあたらしいをすくに、きさまハなぜ、ふるいをす

くハ、どふだ〳〵ハテ、あたらしいハ、かんがへるがたいぎだ。

という小咄である。この落し咄は、落ちのわからない当世の咄を皮肉ると同時に、落し咄の創作に苦しむ落し咄作者を笑っているものであり、咄の質の低下と、創作の難しさを表現していると考えられる。

このように安永二年閏三月当時に刊行された噺本の序文、咄、先に示した咄の募集広告などから、落し咄の不足が噺本の刊行を続ける上で深刻な問題となっていたことが読み取れる。

では実際はどうだったのであろうか。

〔表I〕

書名	刊行年	笑話数	既存笑話数	%
楽牽頭	明和九年九月	77	17	22
坐笑産	安永二年正月	84	28	33
聞上手	〃	64	16	25
口拍子	〃	93	22	24
今歳咄	〃	69	9	13
飛談話	〃	56	8	14
聞上手二篇	安永二年三月	55	17	31
新口吟咄川	〃	50	17	34
さしまくら	安永二年三月頃	32	2	6
聞上手三篇	安永二年閏三月	64	29	45
近目貫	〃	93	19	20

御伽噺	〃	36	15	42
千里の翅	〃	71	12	17
今歳咄二篇	安永二年四月	28	12	43
再成餅	〃	60	25	42
都鄙談語三篇	〃	39	2	5
芳野山	〃	23	5	22
出頬題	安永二年夏	62	2	3
仕形噺	安永二年五月頃	86	17	20
茶のこもち	安永三年正月	77	21	27
稚獅子	〃	74	9	12
和良井久佐	〃	31	3	10
富来話有智	〃	53	11	21
春みやげ	〃	20	6	30
新口花笑顔	安永四年正月	29	12	41
一のもり	〃	75	21	30
聞童子	〃	58	26	45
和漢咄会	〃	64	19	30
高笑ひ	安永五年六月	72	29	40

右の〔表Ⅰ〕は、明和九年九月から、安永四年にかけて刊行された、主な噺本に含まれる既存笑話について調査したものである。

また、次の〔表Ⅱ〕は、安永初年当時、咄の会が中心となって刊行した『楽牽頭』、『聞上手』、『口拍子』、『飛談語』などの連作噺本について、その出版状況と含まれる既存笑話の占有率をまとめたものである。

〔表Ⅱ〕

刊行年	楽牽頭系	聞上手系	口拍子系	飛談語系
明和九年九月	楽牽頭22			
安永二年正月	〔坐笑産32〕	聞上手 25	口拍子 24	飛談話 14
			今歳咄 13	
三月		聞上手二篇31		さしまくら 6
閏三月		〔聞上手三篇45〕	〔御伽噺 42〕	
四月	近目貫20		今歳咄二篇43	都鄙談語三篇 5
五月			仕形噺 20	
安永三年正月		富来話有智21	春みやげ 30	
安永四年正月		聞童子 45	和漢咄会 30	

〔 〕……咄の募集を行なった噺本

『聞上手』初編において、六十四話中、十六話、約25%の既存笑話占有率であった『聞上手』も、『聞上手二篇』になると五十五話中、十七話、約31%に高まり、咄の募集を行なった『聞上手三篇』においては、六十四話中、二十九話、約45%の咄が既存笑話の再出になっている。

『聞上手』系同様、安永二年閏三月に咄の募集を行なっている「口拍子」系噺本はどうかというと、『口拍子』において九十三話中、二十二話、約24%、又同月中に刊行されたと思われる『今歳咄』が、六十九話中、九話、約13%であった既存笑話占有率が、咄の募集を行なった『御伽噺』においては、三十六話中、十五話、約42%、また同時期の刊行と思われる『今歳咄二篇』も、二十八話中、十三話、約43％が再出の咄となっている。

同様のことは「楽牽頭」系の噺本にも言える。つまり、咄の募集広告を出していない「飛談語」系の噺本を除いて同様の傾向が見られ、新作落し咄が不足するという状況が、現実に起っていたことが知れるのである。

明和九年正月の『鹿の子餅』の刊行後、翌安永二年にかけて、『楽牽頭』、『聞上手』、『口拍子』など二十数種の江戸小咄本が刊行された。それらの噺本に収められた落し咄の総数は凡そ千二百話、「咄の会」を中心として編集された噺本であるため、各連衆の対抗意識を反映して、噺本にままみられる咄の改作、焼き直しによる落し咄の数が少く、全体の八割近い咄がこの時期に新しく創作されたことになる。

元来、落し咄というものは、新しく作り出すことが非常に難しいものであり、それがために先行作を時代に適合するように改作し、再出させることが広く行なわれる文芸である。時の勢いに乗じて、新作落し咄を次々と作り出した落し咄創作者の間に、落し咄創作の限界が来たと考えるべきではないだろうか。

このことを裏付けるように、「咄の会」の選集による噺本の、草分け的存在である「楽牽頭」系「咄の会」が、安永二年閏三月頃の刊行と思われる『近目貫』の巻末広告で、続編『蟬の聲』の刊行を予告したにもかかわらず未刊に終わり、「飛談語」系「咄の会」も、安永二年四月頃刊行の『都鄙談語三篇』に、四篇、五篇の予告をしたにもかかわらず、未刊に終わっている。この時期に続編の刊行を予定していた、『芳野山』、『千里の翅』など多くの噺本も同様に未刊に終わっているのである。

「聞上手」、「口拍子」系の噺本の刊行は、安永二年以降も続き、咄の募集の効果もあってか、「口拍子」系の『仕形噺』（安永二生五月頃）では、八十六話中、十七話、約20％、『春みやげ』（安永三年正月刊）では、二十話中、六話、約30％、「聞上手」系の『富来話有智』では、五十三話中、十一話、約21％と一時的に盛行を示すが、安永二年のような連作は行なわれず、翌安永四年になると、「聞上手」系の『聞童子』が五十八話中、二十六話、約45%、「口拍子」系の『和漢咄会』が六十四話中、十九話、約30%と再び高い割合で、既存笑話によって占められることになる。

翌安永五年には、「聞上手」系は一年の休刊、「口拍子」系は噺本の刊行停止に追いこまれている。

こうした噺本の衰退が、読者の側からではなく、落し咄創作者の側から起ったことであることは、安永三年以降の噺本の出版状況を追うことで知ることができる。

安永四年正月、『春遊機嫌噺』の刊行にあたって版元の鱗形屋は、

年〻歳〻花あひ似たる趣向も、いとふるめかしく、こゝに歳〻年〻人同しからぬ、恋川春町の筆をかりて、春雨の御なくさみニそなへ侍りぬ。なをおひ〳〵、出板いたすへく候。

というように、噺本刊行に対して積極的な姿勢を示し、また、西村屋、奥村屋、鶴屋といった書肆も、それぞれ『風流はなし鳥』・『風流はなし亀』（安永四年刊、奥村屋）、『噺恵方土産』・『噺初夢』（安永四年刊、西村屋）、『新落噺初鰹』（安永五年刊、鶴屋）、『友たちはなし』（安永六年刊、伊勢治）といった噺本の刊行を始めているのである。ただし、これらの書肆が売り出した噺本は、いわゆる草双紙仕立の噺本であり、含まれる咄の多くは、既存笑話の焼き直しとなっている。このことを具体的に調査したのが次の〔表Ⅲ〕である。

〔表Ⅲ〕は、草双紙仕立噺本『頓作万八噺』（安永五年刊、鱗形屋）にある咄について、既存笑話の有無を調査したものである。

『頓作万八噺』にある落し咄、十九話中、冒頭の「万八」を除いた十八話が、明和九年から安永二年にかけて刊行された、『鹿の子餅』、『口拍子』、『近目貫』の咄を利用して作られていることは、

節分《せつぶん》

ふく八内《うち》、おにハそとへと、豆《まめ》うちおさめて酒《さけ》のんでゐる所《ところ》へ、門《かど》の戸《と》ぐハらりとおしあける。見れバ赤鬼《あかおに》なるゆへ、豆をとつて打《うた》んとすれバ、〽おに、いふやう、是《これ》〳〵、ちつとの内じや。置《おい》て下され。今《いま》そこへなまよひが来《き》ます。〽ハテらちもない。おにともいわるゝものが、なま酔《ゑひ》をこハかつてすむものか。出ていかつしやい〽《おに》いやさ、さふでない。醒ると、せうきになる。

（『口拍子』）

▲せつぶん

ふくハうち、おにハそとへと、まめうちおさめて、さけのんでゐる所へ、かどの戸、ぐわらりとおしあける。ミれバ、あかおになるゆへ、まめをとつて、うたんとすれバ、〽《おに》これ〳〵、ちつとの内じや。置《おい》て下され。今そこへ、なまよひが

〔表Ⅲ〕

『頓作万八噺』安永五年刊　鱗形屋板

題	既存笑話
万八	
いてう	銀杏（『口拍子』）
せつぶん	節分（『口拍子』）
しつと	嫉妬（『近目貫』）
もゝ太郎	桃太郎（『鹿の子餅』）
ゑびすふくのかみ	夷福神（『口拍子』）
かミなり	雷（『鹿の子餅』）
あさがほ	蕣（『鹿の子餅』）
しながわ	品川（『口拍子』）
とら	虎（『口拍子』）
あがりかぶと	上り兜（『鹿の子餅』）
よし町	芳町（『鹿の子餅』）
くわんう	関羽（『口拍子』）
たばこ入	煙艸入（『鹿の子餅』）
小便	小便（『鹿の子餅』）
まり	鞠（『鹿の子餅』）
三つまた新地	三ッ股（『近目貫』）
くそ	糞（『鹿の子餅』）
女郎のへ	屁（『近目貫』）

きます。〽ハテ、らちもない。おにともいわる丶ものが、なまよひをこハがつてすむものか。〽おにいや、そうでない。さめると、せうきニなる。

（『頓作万八噺』）

という二話の咄を、読み比べれば明らかである。このことから『頓作万八噺』（草双紙仕立噺本）が、落し咄創作者を必要としない噺本であることが知れるのである。

そもそも、こうした草双紙仕立の噺本は、言うまでもなく、安永四年刊行の『金々先生栄花夢』以降の黄表紙大流行に、便乗する形で刊行された噺本であり、黄表紙と噺本を組み合わせた趣向そのものが重要であった。しかし、こうした趣向だけで、長く読者の支持を得られたとは考えにくい。これ以後も江戸戯作界の一本の柱として、書肆が刊行を続けていることから、江戸の市井には、またかなり多くの読者、小咄を愛好する人々が存在したと考えてよかろう。このことを裏付けるかのように、前記した『風流はなし亀』の「手びやうし」という落し咄には、

なんそあたらしいはなしがき丶たいの／ふるいのなら、いくらもあるが。

という詞書があり、落し咄に対する、読者の強い欲求を読み取ることができるのである。

五

明和九年正月、『鹿の子餅』の刊行から始まった江戸小咄本の流行は、「咄の会」を中心とする精力的な噺本の刊行競争によって、落し咄創作者の底辺を拡大した。しかし、こうした急激な落し咄の流行は、落し咄の不足につながり、江戸小咄本が急速に衰退していく要因となるのである。つまり落し咄創作者の立場からみるならば、江戸小咄本大流行の年、安永二年には既に、江戸小咄本は衰退の道をたどり始めることになったと考えるべきであろう。

◈注

（1）拙稿「『話稿鹿の子餅』小論」（『青山語文』第二〇号　平成二年三月）でも考察した。
（2）これ以降の咄の引用は、特に注記した場合を除き、武藤禎夫氏『噺本大系』第九巻（東京堂出版　昭和六十二年六月）によった。
（3）引用は、武藤禎夫氏『噺本大系』第十七巻（東京堂出版　昭和六十二年六月）によった。
（4）引用は、『大田南畝全集』第十巻（岩波書店　昭和六十一年十二月）によった。
（5）引用は、『洒落本大成』第六巻（中央公論社　昭和五十四年十月）によった。
（6）武藤禎夫氏『江戸小咄の比較研究』（東京堂出版　昭和四十五年九月）
（7）延廣真治氏「咄の会―鳥亭焉馬を中心にして―」（『国語と国文学』　昭和四十一年十月特輯号）
（8）飯田町中坂の錦連は、明和八年から安永五年迄取次を行なっていない。この時期は、同じく飯田町中坂に本拠地を置く「聞上手」系「咄の会」が盛んに活動していた時期にあたり、大変興味深い。

(9) 阿達義雄氏「江戸川柳子控帳の考察―『明和七年無名柳人句集』について―」(『文芸研究』第73集 昭和四十八年五月)

(10) 既存笑話の類別の方法として、基本的には咄の構成が類似しているものを既存笑話とする。ただし「遠目鏡」物のように「落ち」の違いによって、それぞれ類話が多くある咄は、別の咄としてカウントしている。

〔付記〕本稿は平成二年度近世文学会春季大会における口頭発表をもとにまとめたものである。本稿をなすにあたり御教示下さった武藤禎夫氏に厚く御礼申し上げます。

第三節

安永期草双紙仕立噺本考

―鳥居清経本を中心として―

一

安永二年は、まさしく咄の年であった。『話稿鹿の子餅』の刊行によって新たな文学的興味を得た江戸の人々はその文学的欲求の赴くまま、咄の創作に熱中し噺本の刊行を続けた。

この時期に刊行された多くの小咄本については、その多くが連と称したと考えられる同好の士の集まりが中心となり刊行したものであり、書肆の手を経ることが無かったことがその特色となっている。そのため明和九年以降刊行された小咄本の中には実際にはいつ刊行されたのかはっきりしない物も多く、その刊行年を序・跋の記述に頼らねばならないのが現状である。ただ、こうした状況は何も私家板による小咄本に限ったことではない。書肆から刊行された、草双紙仕立噺本についてもその刊行年については、不明なものが多い。

本論考では安永期に刊行された噺本の内、いわゆる草双紙仕立噺本を取り上げ考察を試みる。

二

『難波の梅』について宮尾しげを氏は『定本笑話本小咄本書目年表』(1)及び『未翻刻絵入江戸小ばなし十種』(2)の解題において安永三年の刊行としておられる。この草双紙仕立噺本について『黄表紙總覧』(3)では、他の草双紙と黄表紙を安永四年を区切りとして区別しているため未収録なのであるが、棚橋正博氏は安永三年刊行説に疑問を投げかけている。

板元不明である『難波の梅』には上部に小咄、下部に鳥居清経の筆になる絵が描かれ、多くの草双紙仕立噺本と同様の形態をもつ。

さて、本書は「ほとゝぎす」から「ふるいはなし」に至る全二十話からなっているのだが、これらの咄は全て安永年間に刊行された小咄本の中に見いだすことが出来る。

例えば一丁オには「ほとゝぎす」という咄がある。

ほとゝぎす

雨ふってさミしさに二三人より合い、しゆこうするところへかつほうりのこへ。これハよい所へはつがつを。それよべと、ねだんかまわずかいとり、サア御ていしゆ、ほうてう〱といへハ、これハきぢやきにせふと、うをぐしをとりいたす。コレハどふた。はつかつをゝやくとハ、いかにげこでも心ない。さしミにつくり給へといふて、さけをあたゝめたのしむおりから、そらに一こへほとゝぎす。アレきゝ給へ。はつほとゝぎす。どふもいへぬと、ざちうミゝをそばたつれハ、ていしゆきいて、なに、ほとゝぎすとおつしやるか。これこそやきとりがよかろふ。

この咄が以下の『富来話有智』（安永三年序）所収の咄と多少の表記の違いはあるもののほぼ同じであることは明らかである。

時鳥

雨ふつて淋《さミ》しさに二三人より合、趣向《しゆかう》する所へ鰹《かつを》うりのこゑ。これハよい処へ初かつほ。それよべと、直段《ねだん》かまわず買《かい》とり、サア御亭主《ていしゆ》、包丁《ほうてう》〳〵といへば、これハきじやきにせふと、魚串《うをぐし》を取りいだす。コレハどふた。初鰹《はつかつほ》をやくとハ、いかに下戸《げこ》じやといふて心もない。さしミにつくり給へといふて、酒をあたゝめ楽《たの》しむ折から、空《そら》に一こへ時鳥《ほとゝぎす》。アレきゝ給へ。初ほとゝぎす。どふもいへぬと、座中《ざちう》、耳《ミヽ》をそバだつれバ、亭主《ていしゆ》聞て、何《なに》、時鳥《ほとゝぎす》とおつしやるか。これこそやき鳥がよかろう。

如何であろうか。以下「偖上」以降の咄についてまとめたのが次の表である。

『難波の梅』	元題	出典
ほとゝぎす	時鳥	富来話有智（安永三年正月序　遠州屋弥七）
偖上	偖上	鳥の町（安永五年正月序　堀野屋仁兵衛）
しわいやつ	吝い奴	富来話有智（安永三年正月序　遠州屋弥七）

あんまのでき心	按摩の出来心	珍話楽牽頭（明和九年九月序　笹屋嘉右衛門）
づきん	頭巾	富来話有智（安永三年正月序　遠州屋弥七）
おけや	桶屋	鳥の町（安永五年正月序　堀野屋仁兵衛）
無間のかね	無間の鐘	再成餅（安永二年四月刊　莞爾堂等）
無けんちや屋	むけん茶屋	再成餅（安永二年四月刊　莞爾堂等）
とがし	富樫	珍話楽牽頭（明和九年九月序　笹屋嘉右衛門）
やきもち	やきもち	聞上手三篇（安永二年閏三月序　遠州屋弥七）
大太刀	大太刀	聞上手三篇（安永二年閏三月序　遠州屋弥七）
じせつ	時節	鳥の町（安永五年正月序　堀野屋仁兵衛）
水じまん	水自慢	再成餅（安永二年四月刊　莞爾堂等）
かけもの	掛物	再成餅（安永二年四月刊　莞爾堂等）
こんれい	こん礼	再成餅（安永二年四月刊　莞爾堂等）
いしやの女ぼう	医者の女房	再成餅（安永二年四月刊　莞爾堂等）
むしぶえ	虫笛	富来話有智（安永三年正月序　遠州屋弥七）
かみなり	雷	当世口合千里の翅（安永二年閏三月序　拍子木堂）
ふうふげんくわ	夫婦けんくわ	再成餅（安永二年四月刊　莞爾堂等）
ふるいはなし	古いはなし	再成餅（安永二年四月刊　莞爾堂等）

『珍話楽牽頭』(二話)、『聞上手三篇』(二話)、『当世口合千里の翅』(一話)、『再成餅』(八話)、『富来話有智』(四話)、『鳥の町』(三話)から採られる咄は内容だけではなく咄の題についても同じになっている。『再成餅』に最も多くの咄が認められるのであるが、注目すべきは『富来話有智』『鳥の町』である。

これらの二書は安永三年(『富来話有智』)、安永五年(『鳥の町』)の序を持つ小咄本であり、際物咄の内容から、早くともそれぞれ安永三年、四年以降に刊行されたと考えられる。

例えば、『富来話有智』に「丸屋」という咄がある。

○丸屋

二三人寄りて、ナント、旧冬《きうとう》の中村が顔《かお》見せ、御覧《らん》被成たか。〽ア、、あれを見いでどふいたそふぞ。とんだ入りてござつた。あれハまつたく丸屋があたりと存ます。〽いかにも〱、丸屋あたりにきわまりましたといへバ、そバに居《い》たるおやぢ、目がねをはづして、なんと、其丸屋といわしやるハ、けんどん屋のことか。

この咄の中で「旧冬の中村が顔見せ」で当たりを取った「丸屋」とは安永二年中村座の顔見世で直江左衛門・元吉四郎を演じた大谷広次を指すと考えられる。『富来話有智』の安永三年春以降の刊行はまず動かしがたいであろう。(4)

『鳥の町』には次のような咄がある。

億病《（ママ）》五十人ばかり夜討《ようち》がはいり、俄《にはか》の事ゆへうろたへ廻り、八方へきりちらされ、逃《にげ》たる者多《をふ》かりける。其後《のち》事すみて、彼《かの》にげたる人〻に出合云けるハ、むかし堀《ほり》川の御所《ごしょ》へ、土佐坊《とさぼう》が五百余騎《よき》にて夜うちに押寄《おしよ》せしを、わづか三四人にて五百余騎をさん〴〵に切なびけ、討《うつ》手の大将《せう》土佐坊《とさぼう》を討取たるためしも有に、わづか五十人にたらぬ夜うちに切立られ逃《にげ》廻るとハ、ひきやうな事じやとさん〴〵におろされ、〽イヤサ〳〵。その亀井、かたおか、むさし坊のやうなやつが、五十人来たゆへに。

これは安永三年四月森田座の「忠臣蔵」、七月中村座の「仮名手本手習鑑」、八月市村座の「義経千本桜」の芝居を踏まえた咄と考えてよかろう。この咄から、『鳥の町』の刊行は、安永三年冬以降ということになる。『富来話有智』『鳥の町』がそれぞれ安永三年・安永五年の刊行だとすると、『難波の梅』の刊行年に疑問が生じてくる。

従来草双紙仕立噺本の場合、採られる咄の多くは先行小咄本から剽窃したものというのが一般的な見方であり、筆者自身もその立場をとっている。とすると、『難波の梅』はこの考え方と全く逆の方向、つまり草双紙仕立噺本から小咄本へという新たな過程が想定されることになる。

もう一度、定説に対する検証が必要であろう。

三

『黄表紙總覧』によると安永四年に刊行、もしくは刊行されたと考えられる草双紙仕立噺本は『春遊機嫌噺』（鱗形屋孫兵衛）、『豊年俵百噺』（鱗形屋孫兵衛）、『道つれ噺』（鱗形屋孫兵衛）、『風流はなし亀』（奥村源六）、『風流はなし鳥』（奥村源六）、『噺恵方土産』（西村与八）、『噺初夢』（西村与八）、『日待はなし』（伊勢屋治助）、『現金安売噺』（板元不明）の九作がある。これらの草双紙仕立噺本の内、管見に及ばなかった西村与八板以外の諸本についていて見ていく。

安永四年に刊行された鱗形屋板の草双紙仕立噺本には、鳥居清経の手になる『豊年俵百噺』『道つれ噺』と、恋川春町の作・画になる『春遊機嫌噺』がある。

『春遊機嫌噺』は、板元鱗形屋自身の手になる跋文に、

> 年〻歳〻花あひ似たる趣向も、いとふるめかしく、こゝに歳〻年〻人同しからぬ、恋川春町の筆をかりて、春雨の御なくなみニそなへ侍りぬ。なをおひ〳〵、出板いたすへく候。

とある如く、従来から刊行されていた草双紙と安永初年以降流行している小咄本を一つにし、絵師・作者として恋川春町を立てるなど鱗形屋にとっては新しさを全面に打ち出した意欲作であった。清経作の草双紙仕立噺本にこうした文言を確認出来ないのは、以降の江戸文芸界を思うと象徴的に感じる。ところで、こうした絵本と咄の組み合わせ自体は、上方では享保頃からあり、決して新しい趣向とはいえない。(5) 今までの草双紙にはな

い画風、咄の殆どが新作の咄で占められ、既存の咄を取り入れた場合（「うたゝね」「ねわすれ」「はつ湯」等）でも十分に手が加えられている点が本書の特徴と言えよう。

一方、清経作の草双紙仕立噺本の場合は、以下の表に記す如く、咄の大半が明和九年以降に刊行された小咄本から採られている。

『豊年俵百噺』	元　題	出　典
名所しり	名所知	話稿鹿の子餅（明和九年正月刊　鱗形屋孫兵衛）
かげま	かげま	俗談口拍子（安永二年正月跋　聞好舎）
さる	猿	座笑産後編近目貫（安永二年閏三月序　笹屋嘉右衛門）
大かま	大釜	座笑産後編近目貫（安永二年閏三月序　笹屋嘉右衛門）
わるくち	悪口	座笑産後編近目貫（安永二年閏三月序　笹屋嘉右衛門）
塩同士	塩同士	座笑産後編近目貫（安永二年閏三月序　笹屋嘉右衛門）
新無間	新無間	座笑産後編近目貫（安永二年閏三月序　笹屋嘉右衛門）
夜かご	夜かこ	座笑産後編近目貫（安永二年閏三月序　笹屋嘉右衛門）
雨こひ	雨乞	座笑産後編近目貫（安永二年閏三月序　笹屋嘉右衛門）
井戸端	井戸端	座笑産後編近目貫（安永二年閏三月序　笹屋嘉右衛門）
やくわん	薬鑵	話稿鹿の子餅（明和九年正月刊　鱗形屋孫兵衛）
水がめ	水瓶	座笑産後編近目貫（安永二年閏三月序　笹屋嘉右衛門）

小ごゑ	小声	座笑産後編近目貫（安永二年閏三月序　笹屋嘉右衛門）
三味せんばこ	三弦箱	座笑産後編近目貫（安永二年閏三月序　笹屋嘉右衛門）
ばかむすめ	馬鹿娘	話稿鹿の子餅（明和九年正月刊　鱗形屋孫兵衛）
ちやうちん	挑灯	話稿鹿の子餅（明和九年正月刊　鱗形屋孫兵衛）
料理指南	料理指南所	話稿鹿の子餅（明和九年正月刊　鱗形屋孫兵衛）
がん	雁	俗談口拍子（安永二年正月跋　聞好舎）
かみそり		
へひり		

『道つれ噺』	元題	出典
宇治川のせんじん	宇治川	座笑産後編近目貫（安永二年閏三月序　笹屋嘉右衛門）
かみゆひ	髪結	座笑産後編近目貫（安永二年閏三月序　笹屋嘉右衛門）
かつをうり	鰹売	俗談口拍子（安永二年正月跋　聞好舎）
女の曲馬	女曲馬	座笑産後編近目貫（安永二年閏三月序　笹屋嘉右衛門）
竹田	竹田	俗談口拍子（安永二年正月跋　聞好舎）
よめのちゝ	娵の乳	俗談口拍子（安永二年正月跋　聞好舎）
はなねじり	鼻捻	話稿鹿の子餅（明和九年正月刊　鱗形屋孫兵衛）
いなかもの	田舎物	話稿鹿の子餅（明和九年正月刊　鱗形屋孫兵衛）

ぬす人	盗人	話稿鹿の子餅（明和九年正月刊　鱗形屋孫兵衛）
にわかどうしん	俄道心	話稿鹿の子餅（明和九年正月刊　鱗形屋孫兵衛）
ながばをり	長羽折	俗談口拍子（安永二年正月跋　聞好舎）
ぜに同士	銭同士	座笑産後編近目貫（安永二年閏三月序　笹屋嘉右衛門）
びくに	比丘尼	話稿鹿の子餅（明和九年正月刊　鱗形屋孫兵衛）
恋やみ	恋病	話稿鹿の子餅（明和九年正月刊　鱗形屋孫兵衛）
女ぼう		
大石	大石	話稿鹿の子餅（明和九年正月刊　鱗形屋孫兵衛）
そうぎ	宗祇	俗談口拍子（安永二年正月跋　聞好舎）
金ぎよ	金魚	俗談口拍子（安永二年正月跋　聞好舎）
はな見	花見	座笑産後編近目貫（安永二年閏三月序　笹屋嘉右衛門）
かみなり	雷	俗談口拍子（安永二年正月跋　聞好舎）

「かみそり」「へひり」（『豊年俵百噺』）、「女ぼう」（『道つれ噺』）については既存の咄を確認出来ていないが、その他の咄については『話稿鹿の子餅』（十二話）、『俗談口拍子』（九話）、『座笑産後編近目貫』（十五）の咄をほぼそのまま採録している。このことは以下の例からも明らかである。

名所知《めいしよしり》

わしは歌《うた》まくら修行《しゆぎやう》して国〻《くにぐに》をめぐり、名所旧跡《めいしよきうせき》、どこで問《と》ふて見《み》さつしやい。しらぬ所《ところ》ハない。〽それハうら山《やま》しい。そんなら問《と》ひませう。まづ嵯峨《さが》とやらは、どんな所《ところ》でござる。〽嵯峨《さが》といふてハ、ミやこ第一の風景《ふうけい》。大井川《おゝゐがハ》とて、石《いし》の流《ながれ》る川《かハ》もあり。向《むか》ふは金谷《かなや》、こちらハ嶋田《しまだ》、鱠《なます》の名所《めいしよ》でござる。〽八《や》つ橋《はし》のかきつはたは。〽それは、なり平《ひら》の昼《ひる》めし喰《くハ》れたところ。花《はな》の時分《じぶん》ハいやはや、見事《みこと》な事さ。〽よし沢《ざハ》のあやめは。〽沢中一面《さハちういちめん》のあやめ、とうもいわれた所《ところ》じやこさらぬ。〽松《まつ》しまの茂平治《もへいじ》ハ。〽是《これ》がまた、大《おゝ》きな禅寺《ぜんでら》じや。

(『話稿鹿の子餅』)

名所しり

わしはうたまくらしゆ行して国〻をめぐり、名所きうせき、どこでもとうてみさつしやい。しらぬ所はない。それはうら山しい。そんならまづ。さがとやらは、どんな所でござる。さがといふては、みやこ第一のふうけい。大井川とて石のながれる川もあり。むかふはかなや、こちらはしまだ、なますの名所でござる。八つ橋のかきつばたは。それは、なりひらのひるめしくわれた所。はなの時分はいやはや、みごとな事さ。よし沢のあやめは。さわぢう一めんのあやめ、どうもいわれた所じやござらぬ。松しまの茂平治は。さこれがまた大きなぜんでらじや。

(『豊年俵百噺』)

これは上方の絵本仕立噺本が、既存の軽口咄の中から佳話を選び絵本と組み合わせた方法を踏襲したものであり、春町の『春遊機嫌噺』とは趣の異なる内容となっている。

春町は同年に刊行した『金々先生栄花夢』の成功により、以後安永期における草双紙仕立噺本の作はないのであるが、鱗形屋による草双紙仕立噺本の刊行は清経によって続けられる。

次に鱗形屋以外の書肆から刊行された草双紙仕立噺本について見ていく。

奥村源六からは安永四年に『風流はなし亀』『風流はなし鳥』の二書が刊行される。共に迂才の序、富川吟雪の絵を持つ草双紙仕立噺本である。

これらの本と小咄本との関係を示すと次の表の如くになる。

『風流はなし亀』	元題	出典
手びやうし		
天王さま		
せいごん	医者の女房	再成餅（安永二年四月刊　莞爾堂等）
州ごう	乗合船	新口花笑顔（安永四年正月刊　山林堂）
座頭	按摩の出来心	珍話楽牽頭（明和九年九月序　笹屋嘉右衛門）
井戸がい		
水仙	早咲	聞上手二篇（安永二年三月序　遠州屋弥七）
金がかたき	金が敵	春笑一刻（安永七年正月刊　富田屋清次・吉蔵）
せつた	橋の上より雪踏落したる事	軽口ひやうきん房[6]（元禄年中　菱屋治兵衛）
鯛		

鑓		
色事しなん		
さとうづけ		
馬かた		
とうふや	小間物屋が覚帳	露がはなし（元禄四年刊　板元未詳）
なまよい		
むひつ	無筆の口上	百登瓢簞（元禄十四年　菱屋治兵衛）
御膳	御膳料	聞上手二篇（安永二年三月序　遠州屋屋七）
三すくミ		

『風流はなし鳥』(7)	元題	出典
白楽天		
口上	口上	興話飛談語（安永二年正月刊　雁義堂）
日参		
紙帳		
おいはぎ		
ぐわんがけ		
小判	返魂丹	新落はなし一のもり（安永四年正月序　堀野屋仁兵衛）

みこし入道		
夜鷹	田舎もの	珍話楽牽頭（明和九年九月序　笹屋嘉右衛門）
	苫船	高笑ひ（安永五年六月序　堀野屋仁兵衛）

『興話飛談語』『聞上手二篇』『再成餅』等、江戸小咄本を参考にしたと思われる咄もあるが、安永期以前の軽口本を参考にしたと思われる咄、及び新作と思われる咄が大半を占めていることがわかる。なお、咄によっては、刊行年が前後しているものがあり、奥村屋板草双紙仕立噺本自体の刊行年について、疑問が残るのであるが、咄の内容には隔たりがあり、直接の関係はないと考えてよいと思われる。奥村板のこうした創作態度については、鱗形屋が新進気鋭の作者春町を起用して、新趣向の噺本を作ろうとした『春遊機嫌噺』のあり方と符合する。現在確認出来ている範囲では安永期に奥村源六から刊行された草双紙仕立噺本はこの二本のみである。

伊勢屋治助板『日待はなし』についてはどうであろう。

『日待はなし』	元　題	出　典
へつひり	噺	新落はなし一のもり（安永四年正月序　堀野屋仁兵衛）
ねこ子	飼猫	興話飛談語（安永二年正月刊　雁義堂）
目黒参り	はなし	聞上手二篇（安永二年三月序　遠州屋弥七）
弁天	通夜	興話飛談語（安永二年正月刊　雁義堂）
どらむすこ	異見	興話飛談語（安永二年正月刊　雁義堂）

女あさいな		
かごかき	金沢	興話飛談語（安永二年正月刊　雁義堂）
御なん	舛罠	興話飛談語（安永二年正月刊　雁義堂）
ゑんま	女房の怨念	軽口大黒柱（安永二年正月刊　京都小幡宗左衛門）
	地獄	新落はなし一のもり（安永四年正月序　堀野屋仁兵衛）
女郎の入ば	入歯	興話飛談語（安永二年正月刊　雁義堂）
相生獅子	石橋	茶のこもち（安永三年正月刊　堀野屋仁兵衛）
歩のちうけん	歩の者	茶のこもち（安永三年正月刊　堀野屋仁兵衛）
おゝかミ	飛脚	珍話楽牽頭（明和九年九月序　笹屋嘉右衛門）
富つき	一富	興話飛談語（安永二年正月刊　雁義堂）
うたい	鉢の木	茶のこもち（安永三年正月刊　堀野屋仁兵衛）
せんとう	風呂	茶のこもち（安永三年正月刊　堀野屋仁兵衛）
ほうらい山	蓬莱蚊屋	聞童子（安永四年正月序　遠州屋弥七）
深川	仲町	興話飛談語（安永二年正月刊　雁義堂）
ござうり	呉座	茶のこもち（安永三年正月刊　堀野屋仁兵衛）
こわいろしなん	こわいろ	茶のこもち（安永三年正月刊　堀野屋仁兵衛）

『日本小説書目年表』[8]『定本笑話本小咄本書目年表』では刊年未詳とする本書について、棚橋氏は「相生獅子」の「こんど

ハ木挽町で富十郎がしやつきやうをいたしまするがとんともうおかミ様おまへにしやうでござります」、「女あさいな」の「こんど市村しばゐへ瀬川富三郎という女がたがくだつたかそのうつくしさゐにもかゝれないどうじやう寺のしよさで大あたりだまた二ばんめに富三が女あさひなになつてくさつりひきがある」の記述から、安永二年正月森田座「色蒔繪曾我羽觴」、安永三年市村座「結鹿子伊達染曾我」の際物咄とし、安永四年正月刊行とみておられる。棚橋氏のご指摘の他にも「へつひり」は、安永三年四月頃に両国に現れ評判となった放屁男に想を得た際物咄と考えられ、安永四年正月刊行を裏付けているように思える。先に記した表の如く、全二十話中十六話については『興話飛談語』『茶のこもち』等、安永二年・三年に刊行された小咄本から咄を採っており問題はないのだが、類話未確認の「女あさいな」を除くと、『新落はなし一のもり』『聞童子』など安永四年正月に刊行された小咄本との関係が指摘でき、刊行年についてはなお疑問が残る。

ところで小咄の採り方である。先に記した鱗形屋板清経本が先行小咄本からほぼそのまま咄を抜き出しているのに対して、本書の場合は以下に示す通り、元咄に手を加えている点が特徴と言えよう。

ねこ子

あるところのかみ様、子ねこにあかきくびたまをつけたるをは両てにていだき、ていしゆのるすになるとおもてのゐんさきにいで、立てゐるを、道とをりの人こそ、さても〳〵かわゆらしいねこかな。ねこにやあ〳〵となく。かミさまねこのあたまをしたゝかたゝきて、べらほうめうねかことじやない。

（『日待はなし』）

飼猫

十八九の娘《むすめ》、当世《とうせい》ひきぬきに髪《かみ》を結《ゆひ》たて、子猫《こねこ》に赤《あか》い首玉《くびたま》付けたるをば両手でかきいだき、門口《かどぐち》に立居《たちゐ》たり。往来《ゆきゝ》の人、見《み》て通《とを》りながら、扨もかハひらしい猫《ねこ》な。猫、ニヤアウと鳴く。娘、猫のあたまをした丶かた丶きて、うぬが事じやない。

（『興話飛談語』）

伊勢治板においても鳥居清経の草双紙仕立噺本の創作法は、鱗形屋板と同様に先行小咄本から咄を抄出し、その咄に絵を添えるという方法を採っていると考えて差し支えなかろう。

最後に板元不明の『現金安売噺』について見ていく。尚、『新修日本小説年表』(9)『日本小説書目年表』『定本笑話本小咄本書目年表』には安永四年刊行、鳥居清経画とある本書であるが、該当する初板本未見のため、享和三年に改題再板された『咄の開帳』をテキストとする。

本書の刊行年について棚橋氏は、一丁ウラにある善光寺開帳の光景を写す挿絵を、安永三年二月八日から行われた川口善光寺弥陀如来の開帳のものと判断され、安永三年もしくは四年の刊行としておられる。さて、本書所収の咄と小咄本との関係を示すと次の如くになる。

『現金安売噺』	元題	出典
開帳		
国の咄	国穿鑿	鳥の町（安永五年正月序　堀野屋仁兵衛）

楊弓	揚弓	鳥の町（安永五年正月序　堀野屋仁兵衛）
雷	雷	鳥の町（安永五年正月序　堀野屋仁兵衛）
地口の御褒美	（無題）	話説仕形噺（安永二年五月頃　板元未詳）
貧富	貧富	鳥の町（安永五年正月序　堀野屋仁兵衛）
大根	大根	鳥の町（安永五年正月序　堀野屋仁兵衛）
躰廻り	骸廻り	鳥の町（安永五年正月序　堀野屋仁兵衛）
當世眉	業平	鳥の町（安永五年正月序　堀野屋仁兵衛）
茶代	茶代	鳥の町（安永五年正月序　堀野屋仁兵衛）
大根賣	大根売	珍話楽牽頭（明和九年九月序　笹屋嘉右衛門）
信者	信者	鳥の町（安永五年正月序　堀野屋仁兵衛）
盗人の恋風	盗人の恋風	蝶夫婦（安永五年正月序　遠州屋弥七）
噂	うハサ	聞童子（安永四年正月序　遠州屋弥七）
煙草屋	煙草	鳥の町（安永五年正月序　堀野屋仁兵衛）
道楽者	道楽者	鳥の町（安永五年正月序　堀野屋仁兵衛）
摘み菜	摘菜	鳥の町（安永五年正月序　堀野屋仁兵衛）
煎餅	せんべい	聞童子（安永四年正月序　遠州屋弥七）
法印	法印	珍話楽牽頭（明和九年九月序　笹屋嘉右衛門）
玻理	硝子	鳥の町（安永五年正月序　堀野屋仁兵衛）

虎
虎
鳥の町（安永五年正月序　堀野屋仁兵衛）

巻頭の「開帳」については不明であるが、その他の咄については『鳥の町』（十四話）、『珍話楽牽頭』（二話）、『聞童子』（二話）、『話説仕形噺』（一話）、『蝶夫婦』（一話）が同話と見なされる。『珍話楽牽頭』『話説仕形噺』については問題ないとしても、『鳥の町』『聞童子』『蝶夫婦』との関係は注目される。なぜなら、これまで見てきたように安永四年に刊行された草双紙仕立噺本の内、清経が絵を描いたものは、殆どの咄が先行小咄本から咄を抄出したものであるからである。棚橋氏は安永三年の川口善光寺の開帳を根拠としておられるが、この点については安永六年四月一日から行われた青山善光寺の開帳、翌安永七年六月一日から閏七月十七日まで回向院において行われた信州善光寺弥陀如来の開帳[10]もあり、或いはこちらとの関係を考えるべきではないだろうか。何れにしても、いま少し清経と草双紙仕立噺本について見ていく必要があろう。

四

『黄表紙總覧』によると安永五年以降に刊行された草双紙仕立噺本の内、鳥居清経が筆を執ったと思われる物（無署名であっても画風から清経と推定される作を含む）として以下の十四作が報告されている。

【安永五年】

『夜明茶呑噺』（鱗形屋孫兵衛）、『頓作万八噺』（鱗形屋孫兵衛）、『初笑福徳噺』（鱗形屋孫兵衛）、『書集津盛噺』（鱗形屋孫兵衛）、『おとしばなし』（未見・板元不明）

【安永六年】

『新咄買言葉』（西村与八）、『はなし』（板元不明）、『新噺雨夜友』（未見・西村与八）、『友たちはなし』（伊勢屋治助）

【安永七年】

『はなしたり〳〵水と魚』（村田次郎兵衛）、『新作当世噺』（未見・清経風・板元不明）

【安永八年】

『心能春雨噺』（米山鼎我作・鱗形屋孫兵衛）

【安永年間】

『江戸むらさき』（伊勢屋治助）、『今様咄』（伊勢屋治助）

以上の内、今回管見に及ぶことが出来なかった『おとしばなし』『新噺雨夜友』『新作当世噺』を除く十一作に『黄表紙總覧』未記載の『酉のお年咄』（安永六年・西村与八）、『笑上戸咄し自まん』（刊年未詳・板元未詳）、『落噺新版京鹿子』（刊年未詳・伊勢屋治助）を加えた十四作について見ていくことにする。

次の頁に示す表は、安政四年以前に刊行されたものも含めて、草双紙仕立噺本と、小咄本との関係を示したものである。

			鹿の子餅 明9・正	楽牽頭 明9・9	坐笑産 安2・正	聞上手 安2・正	口拍子 安2・正	飛談語 安2・正	軽口大黒柱 安2・正	聞上手二篇 安2・3	近目貫 安2・閏3	聞上手三篇 安2・閏3	千里の翅 安2・閏3	再成餅 安2・4	芳野山 安2・4
難波の梅	刊年未詳	伊勢治		2								2	1	8	
現金安売噺	安永4年	板元未詳		2											
豊年俵百噺	安永4年	鱗形屋	5				2				11				
道つれ噺	安永4年	鱗形屋	7				7				5				
日待はなし	安永4年	伊勢治						8		1					
夜明茶呑噺	安永5年	鱗形屋				10									
頓作万八噺	安永5年	鱗形屋	8				6				3				
初笑福徳噺	安永5年	鱗形屋		1	1										
書集津盛噺	安永5年	鱗形屋				9									
はなし	安永6年	板元未詳				8							1		
新咄買言葉	安永6年	西村屋			8									8	
酉のお年咄	安永6年	西村屋		1											
友たちはなし	安永6年	伊勢治	1		1			11			1		1		
水と魚	安永7年	村田屋				1	1								
心能春雨噺	安永8年	鱗形屋													
笑上戸	刊年未詳	板元未詳													
江戸むらさき	刊年未詳	伊勢治		1								5	3	5	
今様咄	刊年未詳	伊勢治	3		4	1		1	1	2					1
京鹿子	刊年未詳	伊勢治		2								5		7	
			24	9	14	29	16	20	1	3	20	12	6	28	1

仕形噺	出類題	富来話有智	茶のこもち	聞童子	一のもり	新口花笑顔	蝶夫婦	鳥の町	売言葉	新口一座の友	高笑ひ	一の富	さとすゞめ	不明	合計
安2・5	安2・夏	安3・正	安3・正	安4・正	安4・正	安4・正	安5・正	安5・正	安5・正	安5・正	安5・6	安5	安6・正		
		4						3							20
1				2				14						1	20
														2	20
														1	20
			7	1	2									1	20
					10										20
														1	18
		1		1			7	5							16
					11										20
				1	2	8									20
						3			1						20
			1										13	5	20
	1			1	1			1						1	20
								1					14	3	20
							13	6						1	20
											8		10	2	20
2		1	1	1				1							20
										1	1	1		4	20
1		1	2	1				1							20
4	1	7	11	8	26	11	20	32	1	1	9	1	37	22	374

○『夜明茶呑噺』……『聞上手』（十話）、『新落はなし一のもり』（十話）から抄出。題名を含めほぼ元咄のまま採録。

○『頓作万八噺』……『話稿鹿の子餅』（八話）、『俗談口拍子』（六話）、『座笑産後編近目貫』（三話）から抄出。『座笑産後編近目貫』の題名に多少の変化はあるものの、ほぼ元咄のまま採録。

○『初笑福徳噺』……『珍話楽牽頭』（一話）、『楽牽頭後編坐笑産』（一話）、『富来話有智』（一話）、『聞童子』（一話）、『鳥の町』（五話）、『蝶夫婦』（七話）から抄出。題名を含めほぼ元咄のまま採録。ただし、安永五年刊行とされる本書対し、安永五年刊行の『鳥の町』『蝶夫婦』から十二話採られている点が気になる。

『蝶夫婦』の刊行年に関しては『日本小説書目年表』では安永年間刊行、『定本笑話本小咄本書目年表』では安永五年刊行とし、『噺本大系』(11)『大田南畝全集』(12)等では安永六年刊行説を採っている。筆者自身、裏表紙見返しにある刊記をもとに安永六年刊行と考えていた。確かに刊記には「安永六年酉年正月改　元飯田町中坂遠州屋板」とあり安永六年正月刊行を示しているようにも思える。ただ、同時に記される広告には「聞上手《きゝじようず》初編」「同二編」「同三編」「福話内《ふくわうち》全」「聞童子《きくどうし》全」「蝶夫婦《てうつがゐ》全」「葉留袋《はるぶくろ》出来」「管巻《くたまき》出来」とある。この出版広告は、安永二年に刊行された物には表記なし、安永五年迄に刊行された物に「全」、安永六年に刊行された物には「出来」というように刊行年の違いによって書き分けがなされたのではないかとも考えられるのである。この問題について、もう少し考えてみる。『蝶夫婦』には刊行年の推定に役立ちそうな際物咄がいくつかある。

清水寺《きよみづでら》の開帳

悪七兵へ景清が守り本尊、御当地へ下らせ給い、開帳はじまりければ、あらゆる観音菩薩《くわんおんぼさつ》たち、毎日〱おとづれ給い、いろ〱の珍物持参の内に、魚覧《ぎよらん》のくわんおんまいられ、折ふし何もござらぬゆへに、持参の品もよふゐいたさぬ。コレハ〱御ねんの入た。外にミるものもござらぬから、その一籠《ひとかご》の中ハどふじやな。コレハシタリ。手まへハ只ミる斗リの事なれバ、とがもござらぬ。きさま、是をまいつたなら、江戸中のとりさた。ナルホドさよふござるなら、今ハたべまい。かへる時分にこそとしやうくわん。デモ、人の口にハ戸が立らレまい。その時ハどふ云わけ。ハテさて、そこが株《かぶ》じやわいの。株とハどふじや。爰《こゝ》なやぼめ。
尻《しり》くらいくわんおん〳〵。

この咄の中で「悪七兵へ景清が守り本尊、御当地へ下らせ給い、開帳はじまり」とある開帳は、安永四年三月十七日から、回向院で行われた京都清水円養院千手観音、毘沙門天、勝軍地蔵尊開帳(13)であると考えられ、この開帳を当て込んだ際物話であることは、まず間違いなかろう。次のような咄もある。

役者《やくしや》の噂《うわさ》

在郷《ざいがう》もの、芝居《しばゐ》を見て帰《かへ》り、あのナア、お里好《りこう》殿ハ、ハア器量《きりやう》ハよし、名《な》の様《よふ》に利口《りこう》もりこうで、云《い》ぶんハおざんねへが、おしい事にハア、性悪《せうわる》だモサ。仲蔵殿の女房だアと思へバ、団蔵さまの為《ため》にも、おく様だあげな。ホンニはあ、夫《それ》よりもまだ、利口発明《りこうはつめい》なア三五郎殿だもし。あのよふなアお役人《やくにん》を、おぢとう様イ置《おき》てへもんだよ。ほんにサ、したがハア、高《たか》くハいわれねへがハア、音《おと》八どのハちつと抜《ぬけ》て居《ゐ》るよ。

この咄は元々以下に示す『稿話鹿の子餅』にある「新五左殿」と言う咄を焼き直したものである。

新五左殿《しんごさとの》

誹名《はいめう》なくて為《ため》になる客《きやく》と来《き》て居《ゐ》るお国《くに》の御家老《ごからう》、たま〳〵家内引《かないひき》つれ、江戸への出府《しゆつふ》。出入の町人《てうにん》、芝居《しばゐ》ふるまい、翌日機嫌《よくじつきげん》きゝにまいれバ、直《すぐ》に居間《ゐま》へ通《とを》され、丁寧《ていねい》の礼《れい》。町人ハ本田屋銀《ほんだやぎん》次郎、当世《とうせい》しやれのひつこぬき、昨晩《さくばん》もそつと茶屋《ちやや》に御座《ござ》なされましたら、奥様《おくさま》や尉《じやう》さまへ、露友《ろゆう》か唄《うた》おきかせ申、一瓢《いつぴやう》が身《み》もおめにかけませうとぞんしましたに、おいそぎ遊《あそ》ばしまして、早《はや》ふお帰《かへ》り遊ばし、残念《ざんねん》にござります。又近《ちか》い内、船《ふね》を申付ませうなど、、くるめかけれバ、いやもう、きのふハいかゐ世話《せわ》。めつらしい江戸芝居見物《けんぶつ》して、皆《みな》もよろこび申す。扨《さて》あの祐経《すけつね》に成《なつ》た役者《やくしや》ハ、何《なん》といふやくしやでおじやる。あれ松本幸《まつもとかう》四郎でござります。せけんでかの、親玉《おやだま》〳〵と申でござります。何、親玉とハあれが事でおじやるか。いやはや、よい人品《じんぴん》。何を言《いひ》つけても、つとめ兼《かね》まい男《おとこ》。いかうさしはたらき、分別《ふんべつ》もあると見うけ申た。それにつけても、あの音《おと》八郎がたわけハ。

「新五左殿」の中に描かれる松本幸四郎を改め、「役者の噂」では里好・仲蔵・団蔵・三五郎・音八にするのであるが、これは安永四年から翌五年にかけての中村座の顔ぶれに一致する。この咄は顔見世狂言「花相撲源氏張膽」もしくは春狂言「縣賦歌田植曾我」を踏まえた際物咄と考えるのが妥当であろう。とすると、本書が安永六年春に刊行されたとするとわざわざ一年前の顔ぶれで咄を作り直した事になり、改作の意味が失われることになりはしまいか。

ところで、『初笑福徳噺』については、絵題簽の意匠が安永四年刊行の『春遊機嫌噺』『豊年俵百噺』と同一であるため、安永四年刊行の可能性さえ考えられるのであるが、やはり同一の意匠を持つ『夜明茶呑噺』が『初笑福徳噺』同様『増補青本年表』他、諸年表において安永五年の作としている点から考えると、同年刊行とするのが妥当ではないだろうか。実は先に記した『蝶夫婦』中の際物咄は『初笑福徳噺』の咄と重なっており、「やくしやのうハさ」によって安永四年の刊行とは考えにくく、またその際物的要素から、『蝶夫婦』同様安永六年以降の刊行とも考えにくいのである。

『初笑福徳噺』の刊行は『蝶夫婦』との関係から安永五年正月ではなく安永五年中と考えて良いのではないか。

○『書集津盛噺』……『聞上手』（九話）、『新落はなし一のもり』（十一話）から抄出。題名を含め概ね元咄のまま採録。

○『新咄買言葉』……『楽牽頭後編坐笑産』（八話）、『再成餅』（八話）、『新口花笑顔』（三話）、『売言葉』（一話）から抄出。題名を含め概ね元咄のまま採録。

○『酉のお年咄』……『珍話楽牽頭』（一話）、『茶のこもち』（一話）、『さとすゞめ』（十三話）から抄出。題名を含め概ね元咄のまま採録。安永六年正月の序を持つ『さとすゞめ』と数多くの咄が重なるため、刊行年についてはやや疑問が残る。ただ安永六年は酉年にあたり、それを踏まえた書名と考えるとやはり安永六年中に刊行されたと考えるのが妥当であろう。安永六年正月以降、六年中に刊行されたと考える。

○『友たちはなし』……『話稿鹿の子餅』（一話）、『興話飛談語』（十一話）、『楽牽頭後編坐笑産』（一話）、『座笑産後編近目貫』（一話）、『当世口合千里の翅』（一話）、『出頬題』（一話）、『聞童子』（一話）、『新落はなし一のもり』（一話）、『鳥の町』（一話）から抄出。咄の題名を含めかなりの改作が行われている。

○『はなし』（仮題）……『聞上手』（八話）、『当世口合千里の翅』（一話）、『新口花笑顔』（八話）、『新落はなし一のもり』（二話）、『聞童子』（一話）から抄出。題名を含め概ね元咄のまま採録。

○『はなしたり〱水と魚』……『聞上手』（一話）、『俗談口拍子』（一話）、『鳥の町』（一話）、『さとすゞめ』（十四話）から抄出。『さとすゞめ』から抄出した咄については、題名を含めほぼ元咄のまま採録されているが、他の咄については題名及び内容に違いがある。『さとすゞめ』以外の咄は、別本を元本とするか。

○『心能春雨噺』……『鳥の町』（六話）、『蝶夫婦』（十三話）から抄出。題名を含め概ね元咄のまま採録。『黄表紙總覧』では米山鼎我を作者とするが、咄の殆どが小咄本からそのまま抜き出したものであり、また『笑上戸咄し自まん』の十丁ウラには「筆耕鼎我」とあることから、本書においても鼎我については文字通り筆耕と見なすべきではないかと考える。

○『江戸むらさき』……『珍話楽牽頭』（一話）、『聞上手三篇』（五話）、『当世口合千里の翅』（三話）、『再成餅』（五話）、『話説仕形噺』（二話）、『富来話有智』（一話）、『茶のこもち』（一話）、『聞童子』（一話）、『鳥の町』（一話）から抄出。題名を含め概ね元咄の通り採録。

○『今様咄』……『話稿鹿の子餅』（三話）、『楽牽頭後編坐笑産』（四話）、『聞上手』（一話）、『興話飛談語』（一話）、『軽口大黒柱』（一話）、『聞上手二篇』（二話）、『芳野山』（一話）、『新口一座の友』（一話）、『高笑ひ』（一話）、『一の富』（一話）から抄出。題名が付されていない本書の咄は元咄にかなり手を加えている。

○『新落版咄京鹿子』……『珍話楽牽頭』（二話）、『聞上手三篇』（五話）、『再成餅』（七話）、『話説仕形噺』（一話）、『富来話有智』（一話）、『茶のこもち』（二話）、『聞童子』（一話）、『鳥の町』（一話）から抄出。題名を含め概ね元咄の通り採録。

○『笑上戸咄し自まん』……『高笑ひ』（八話）、『さとすゞめ』（十話）から抄出。題名を含め概ね元咄のまま採録。

以上、表を基に清経がかかわったと思われる諸作について見てきた。この表から清経を絵師とする草双紙仕立噺本については、次のような点が指摘出来るであろう。

先ず第一に清経の場合、春町、迂才のような咄の創作性はなく、絵を描く事が中心で咄に関しては概ね小咄本からの抄出となっている。咄を抄出したと考えられる小咄本と刊行年が重なるものがあるものの、明らかに順序が逆になっているものは一本もない。小咄本から草双紙仕立噺本へという流れは鳥居清経がかかわる草双紙仕立噺本については確認出来たと思われる。第二に刊行年が近い小咄本の中から咄を採る傾向がある。第三に板元によって創作態度に若干の違いが認められる。鱗形屋の物は、題目を含め元咄を忠実に再出させ、元咄の採取に際しては『聞上手』『珍話楽牽頭』等、安永初年の「咄の会」有力連衆及び、安永期に小咄本刊行を積極的に行っていた堀野屋の物が多い。また、元本一冊から多くの咄を採ることも特徴となっている。西村屋の物についても、鱗形屋の物と同様、題目を含め元咄を忠実に再出させている。ただ、咄の採取に関しては有力連衆・書肆に限っておらず、もう少し幅広く集める傾向がある。伊勢治の物は題目を始めとして咄にも多くの手が加えられ、咄の採取に関しては様々な小咄本から採ることが特徴であり、他の書肆の物と比べ異色である。村田屋の物については対象となる草双紙仕立噺本が一作品のため判断は難しいが、西村屋の物に近いと考える。

それぞれの板元がそれぞれの編集方針によって咄を抄出しているが、安永初年に多くの噺本を刊行している、口拍子系からの咄が少ない点も特徴と言えよう。

五

さて、以上の点を踏まえながら『難波の梅』『現金安売噺』についてもう一度見ていく。清経の手になる草双紙仕立噺本は、先行小咄本から咄を抄出し、それに絵を添えるという方法で本作りが行われていることが分かる。この点に注目するならば、それぞれが安永五年刊の『鳥の町』所収の咄を持つ以上、安永三年・四年の刊行と考えるのは難しく、最も早くとも安永五年正月以降の刊行と見るべきである。さらに付け加えると『難波の梅』に関しては、表題の上に「●」を施す形式、抄出した咄の元本（『珍話楽牽頭』『聞上手三編』『当世口合千里の翅』『再成餅』『富来話有智』『鳥の町』）が『江戸むらさき』『京鹿子』と全て重なることなどを考慮すれば、伊勢治を板元として考えてよいように思える。

本論考では鳥居清経を中心に安永期の草双紙仕立噺本について見てきた。

今回取り上げる事が出来なかった他作者についての考察、また草双紙仕立噺本に選ばれた咄の特徴については機会を改めて論じることにしたい。

◆注

(1) 引用は、宮尾しげを氏『江戸小咄集1』(平凡社　平成元年二月)によった。
(2) 引用は、宮尾しげを氏『未翻刻絵入小ばなし十種』(近世風俗研究会　昭和四十一年六月)によった。
(3) 棚橋正博氏『黄表紙總覧』前編・後編(青裳堂書店　昭和六十一年八月・平成元年十一月)。以下の『黄表紙總覧』及び棚橋氏に関する記述は本書によった。
(4) 伊原敏郎氏『歌舞伎年表』第四巻(岩波書店　昭和四十八年四月)。以下の歌舞伎に関する記述は本書によった。
(5) 鱗形屋孫兵衛は明和五年に京都菱屋次郎兵衛板の『絵本軽口福笑』の江戸売り出しを行っている。
(6) 安永期の小咄本に類話が確認出来ないため参考として示した。以下の諸本についても同様。
(7) 宮尾與男氏御所蔵のものによれば、『はなし雀』が元本であること、「まよい子」「ばんどう」「かミなり」「やどなし」「猪牙舟」「清書」「さしみ」「けんじゆう」「たこ」「むすこ」の咄があることを、ご本人よりご教示いただいた。心より深謝申し上げる。

（8）引用は、山崎麓氏『日本小説書目年表』（ゆまに書房　昭和五十二年十月）によった。
（9）引用は、朝倉無声氏『新修日本小説年表』（春陽堂　大正十五年）によった。
（10）引用は、金子光晴氏『増訂武江年表』（平凡社　昭和六十一年六月）によった。
（11）引用は、武藤禎夫氏『噺本大系』第十一巻（東京堂出版　昭和六十二年六月）によった。
（12）『大田南畝全集』第十八巻五百二十四頁・第二十巻八十七頁（岩波書店　昭和六十三年十一月　平成二年三月）において安永六年一月に序を寄せるとしている。
（13）（10）に同じ。

〔付記〕　本論考執筆にあたり棚橋正博氏、宮尾與男氏、武藤禎夫氏から資料のご恵与を始めとして様々なご教示を得た。御礼を申し上げる。

第四節

鳥居清経・草双紙仕立噺本の研究

―鳥居清経の編集方針を巡って―

一

安永初年、爆発的に流行した江戸小咄本、この小咄本の咄と草双紙の絵が組み合わされ刊行された噺本が、所謂草双紙仕立噺本である。これら安永期に刊行された草双紙仕立噺本の内、鳥居清経が関わった噺本については、その刊行年の考察を中心に、既にまとめたことがある。(1)本論考では、鳥居清経が関わった草双紙仕立噺本に納められた咄の分析を中心に、その編集方針について明らかにすることを目的とする。

鳥居清経が手掛けた草双紙仕立噺本は、江戸小咄本との関係から安永四年に刊行されたと思われる『豊年俵百噺』（鱗形屋孫兵衛板）、『道つれ噺』（鱗形屋孫兵衛板）、『日待はなし』（伊勢屋治助板）の三作が最初と考えられる。

鱗形屋から刊行された『豊年俵百噺』『道つれ噺』にはそれぞれ二十話の咄があるのだが、これらの咄の殆どは先行小咄本から剽窃したものとなっている。『豊年俵百噺』の場合『話稿鹿の子餅』（明和九年、以後書名は適宜略す）から五話、『俗談口拍子』（安永二年）から二話、『座笑産後編近目貫』（安永二年）から十一話、不明二話であり、『道つれ噺』の場合『話稿鹿の子餅』から七話、『俗談口拍子』から七話、『座笑産後編近目貫』から五話、不明一話で構成される。一方、伊勢治から出された『日待はなし』は、『興話飛談語』（安永二年）から八話、『聞上手二篇』（安永二年）から一話、『茶のこもち』（安永三年）から七話、『聞童子』（安永四年）から一話、『新落はなし一のもり』（安永四年）（＊或いは『軽口大黒柱』（明和十年）から一話）から二話採っている。鱗形屋から出された二編が全く同じ小咄本から咄を採っているのに対して、伊勢治の『日待はなし』は鱗形屋の物とは別の小咄本から咄を採っていることが確認できる。このことから、清経が咄を選択する場合、板元別に行っていたことが分かる。ではこれらの草双紙仕立噺本は、どのような内容の咄を採っているのであろうか。ここでは、『日待はなし』[2]所収の咄の検討を通して、清経が草双紙仕立噺本に採録した咄について考察を試みる。

二

『日待はなし』には以下に記す二十話の咄がある。

へつひり

曲屁師が、[3]仕込みのために芋田楽を食べている所に、不審者が突然入ってくる。脅し文句の「うごくな」を「いもくふな」と言いながら。地口落ち巧智譚である。[4]この咄は、曲屁師の人気を当て込んだ際物咄でもある。

ねこ子

通りかかりの人に「かわゆらしいねこ（猫・芸者私娼の異称）」とほめられ、その気になる猫を抱えた女。猫と張り合う言動が笑いとなっている咄である。状況愚人譚。

目黒参り

蛸薬師門前の酒屋へ入った男が、店の主人が蛸を蛸様と言うことに疑問を感じる。理由を聞いて納得し「いかさま」と答えると、主人が烏賊には様を付けませんと答える。「いかさま」の意味を解しない主人の愚かさを笑う愚人譚。

弁天

男が願掛けの為に弁財天に七日の通夜をする。七日目の夜、内陣の扉が開き報われたと男が思ったのもつかの間、弁財天のご来臨は「しし」に行く為であった。弁財天の如何にも俗な言動と通夜する男のぬか喜びが笑いを誘う誇張譚。

どらむすこ

親父が親不孝の息子に意見するために、金銀では親は買えないと諭すに対し、売りたくても売れないと答える息子の不孝者らしい返答が可笑しい巧智譚。

女あさいな

安永二年に江戸に下った瀬川富三郎を扱った際物咄。(5) 草摺引を演じながら、つい富三郎と言ってしまう、座元の台詞が落ちとなっている状況愚人譚。

かごかき

手習いの清書を見せて、親父に箱根が書きにくいと言う息子。「書きにくい」を「(駕篭を)かきにくい」と勘違いし息杖を使えと教える、駕篭かきを生業とする父親らしい返答が可笑しい状況愚人譚。

御なん

鼠が升罠にかかったと、振り回し開けてみると、中にはあちこち欠けてしまったお祖師様の像があった。堅法華の内儀の行為が思わぬ結果をうむ。落ちの「御難」が、対象がお祖師様だけによく効いている咄。状況愚人譚。因みに挿絵には仏壇はあるものの壊れたお祖師様の像は描かれていない。

ゑんま

嫉妬深い女房が地獄へ行き、亭主がしゃばで他の女と睦まじくしている事を恨み、幽霊として亭主の前に出たいと閻魔大王へ願いでるが認められない。幽霊としては難しい容姿であるらしく、化け物にしてくれと願えばよかったという赤鬼の助言が落ち。閻魔大王の前で嘆願する女房の容姿が幽霊には難しい容姿で描かれているのが面白い誇張譚。

女郎の入ば

裏に来た客に初会の時に入れてやったはずの入れ歯が抜けて無いのを指摘された女郎の説明（「入れ歯はきん着切にすいとられた」）が可笑しい状況愚人譚。

相生獅子

中村富十郎演じる石橋に[6]似ていると言われ、おかみ様は好い気分になるが、似ている所を聞いてみると、髪の色という。女性にとって髪が赤いというのは決して褒め言葉にならず、おかみ様のぬか喜びが笑いの咄。状況愚人譚。

歩のちうけん

殿が今参りの歩の仲間と言葉を交わした時に、「ただの歩」を「忠信」と勘違いしたことから起こる笑い。落ちの部分の「次の歩」が「次信」にかかって更に可笑しい状況愚人譚。

おゝかミ

道なりに口をあけておいて獲物を待つ狼。早飛脚が口に飛び込み思惑通りと思っていると、そのまま体の中を走り抜けて行ってしまう。走り抜けるのを防ぐために褌をしておけばよかったという後悔の言葉が笑いとなっている誇張譚。

富つき

富突きには杓子がお呪いになると聞き懐中して出かけるが、切匙を持っている男を見かけ不審に思う。理由を聞くと半口だから杓子の半分を持っているとのこと。この発想が可笑しい状況愚人譚。

うたい

謡の事ならなんでも知っているという父。早速息子に試され「鉢の木」を知らずに馬脚を現す。知ったかぶりによる失敗を扱う状況愚人譚。

せんとう

銭湯で今日廻った町々を話す医者。誰かが同じことを話しているのを聞き、口まねしてばかにするかと怒って確かめると、話しているのは自分の使用人の薬箱持ちであった。銭湯の湯船の暗さが引き起こした勘違いを扱う状況愚人譚。

ほうらい山

穴だらけの蚊帳を蓬萊蚊帳と称していることの謂れを客に尋ねられる亭主。「つるとかめがまいあそびます」、つまり蚊帳を釣ると蚊が蚊帳の中を舞い遊ぶという説明に客も納得する。こじつけの説明が面白い巧智譚。

深川
吉原言葉を使う深川の女郎に、深川では深川の言葉を使うようにと注意する客。女郎に深川言葉を教えてほしいと頼まれ、教えた言葉は「ばかばかばか」であった。場所が深川だけに、ばか貝の剝き身売りの売り声を効かせたこじつけの言葉が面白い巧智譚。

ござうり
莫蓙売りの売り声「新莫蓙」を「新五左」に、「ござともござ」の売り声（語を強調する場合同じ語の間に「とも」を入れる）を「供（或いは友）五左」にと、単なる売り声を自身への蔑視表現と勘違いする奴の過剰な反応がいかにも野暮らしく笑いを誘う状況愚人譚。挿絵では奴が二人描かれており、清経はもう一人の奴の言葉「友五左」として挿絵を描いたのではないかと考えられる。

こわいろしなん
役者声色指南所の師匠が行う舌に脂を塗るという奇抜な指南法が可笑しい巧智譚。確認のしようもないが、この方法によって出された声は役者の口跡に似ていたと思われる。

『飛談語』（八話）、『茶のこもち』（七話）、『聞上手二篇』（一話）、『聞童子』（一話）、『一のもり』（或いは『軽口大黒柱』一話）（二話）を参照したと思われる十九話に出典不明の咄、一話を加えた二十話からなる『日待はなし』は、右に概略を示した通り、状況愚人譚を中心に愚人譚・巧智譚・誇張譚を含む構成となっており、バレ咄を除く笑話の話型をほぼ揃えた内容を持つ噺本と言えるであろう。状況愚人譚が最も多く、次いで巧智譚の割合が多い。このことは、安永期に出された小咄本の咄の多くが、既に社会の広がりにより、所謂愚か村型の愚人像が身近な存在でなくなってきているためか、単純な愚人を扱う愚人譚より、卑近な場所で起こりうる失敗を描く状況愚人譚や、頓才を愛でる咄が多く採られていることに関係すると思われる。清経の関わる噺本中の咄の殆どは、これら安永期の小咄本からの剽窃であり、元の噺本の話型構成がそのまま反映し、状況愚人譚及び巧智譚の割合が多くなっているのは当然の結果とも言える。

三

ではこの『日待はなし』以外の清経が関わった草双紙仕立噺本[7]についてはどうであろうか。簡単に確認しておく。次に示す表一はそれぞれの噺本に含まれる咄を話型によって分類したものである。尚、この分類に際し、異類・異形の物が登場する咄は全て誇張譚に、バレ咄については雑に分類している。

（表一）

			愚人譚	性癖譚	状況愚人譚	巧智譚	誇張譚	雑
豊年俵百噺	安永4年	鱗形屋	2	2	13	2	1	0
道つれ噺	安永4年	鱗形屋	1	1	11	2	5	0
日待はなし	安永4年	伊勢治	2	0	11	4	3	0
夜明茶呑噺	安永5年	鱗形屋	2	3	8	6	1	0

頓作万八噺	安永5年	鱗形屋	1	2	7	5	3	0
初笑福徳噺	安永5年	鱗形屋	3	1	5	5	2	0
書集津盛噺	安永5年	鱗形屋	1	1	14	3	1	0
はなし	安永6年	板元未詳	2	4	6	5	3	0
新咄買言葉	安永6年	西村屋	3	2	10	3	2	0
酉のお年咄	安永6年	西村屋	4	1	7	6	1	1
友達はなし	安永6年	伊勢治	3	1	7	7	2	0
水と魚	安永7年	村田屋	3	6	5	1	5	0
心能春雨噺	安永8年	鱗形屋	3	3	5	3	6	0
難波の梅	刊年未詳	板元未詳	0	4	11	4	1	0
現金安売噺	刊年未詳	板元未詳	2	5	8	4	2	0
笑上戸	刊年未詳	板元未詳	0	2	12	2	4	0
江戸むらさき	刊年未詳	伊勢治	2	2	6	8	2	0
今様咄	刊年未詳	伊勢治	2	1	8	1	7	1
京鹿子	刊年未詳	伊勢治	7	0	7	6	0	0

噺本によって若干のばらつきはあるものの、結果は『日待はなし』と同様であることが知れよう。ここでも雑の咄は殆ど採られていないが、草双紙仕立噺本が草双紙のスタイルをとった噺本であることを考えれば当然の

結果と思われる。

ところで、この表から注目すべきは、先に示した『日待はなし』にも三話（「弁天」「ゑんま」「お丶かミ」）採られている異類異形の物を扱う咄である。確かに安永期に刊行された小咄本にはこれらの咄がある程度存在するのであるが、単純に話数を数えると決して多いとは言えない。例えば、清経の草双紙仕立噺本に二十話以上採られている噺本についてみていくと、『鹿の子餅』（明和九年刊）二話（六十三話）、『聞上手』（安永二年刊）二話（六十四話）、『飛談語』（安永二年刊）一話（五十六話）、『近目貫』（安永二年刊）十五話（九十三話）、『再成餅』（安永二年刊）一話（六十話）、『一のもり』（安永四年刊）五話（七十五話）、『蝶夫婦』（安永五年刊）八話（四十六話）、『鳥の町』（安永五年刊）五話（六十四話）、『さとすゞめ』（安永六年刊）六話（四十七話）であり、全五百六十八話中四十五話に過ぎない。だが、これらの咄の内、清経が自身の草双紙仕立噺本に採った咄は、『鹿の子餅』一話、『聞上手』一話、『飛談語』一話、『近目貫』六話、『再成餅』〇話、『一のもり』三話、『蝶夫婦』六話、『鳥の町』四話、『さとすゞめ』六話であり、六割以上の咄を採り入れていることになる。この事は『難波の梅』には一話しか採られていない『千里の翅』、同様に『今様咄』に一話しか採られていない『一の富』の咄が、異類異形の物を扱う咄であり、これらをわざわざ抜き出していることからも明らかである。清経がこうした咄を噺本の編集に際し意識的に集めていることは最早疑う余地は無いであろう。

では、これら異類異形の物を扱う咄を含め、状況愚人譚、巧智譚などの咄を清経はどのように描いているのであろうか。採られた咄に絵師としての視点を見て取ることが出来るのではあるまいか。以下この点について見ていくことにする。

『日待はなし』一丁オモテには以下のような咄がある。

▲へつひり

きよくへをよくひる男ありて、三ばそう又ハぎをんばやしめりやすなどいろ〳〵ひり大ひやうばん。一日あさからばん迄ひるゆへに、あさゆうそのあいだもしよくもつに、いもめしに、いものしる、いものにころはし、いもでんかくをしよくする。まづこれからあすのへのしこミをやらかしませうと、いもてんかくをした、かにくふてゐるところへ、うしろのしやうじさつとひらき、いもくふな。

（『日待はなし』）

先に概要を示した如く、この咄は、放屁を生業とする曲屁師が、おならを仕込むために食事をしているところに突然男が入ってきて、「いもくふな」という言葉で落としている。「いもくふな」が「うごくな」の地口となっている地口落ちの咄なのだが、文脈だけでは落ちが分かりにくい。ところが、図版①を見ると、この落ちの意味は一目瞭然になる。挿絵は、頭巾で顔を覆った男が、曲屁師の後ろから声をかける姿で描かれている

図版①　早稲田大学図書館蔵

のだが、これは「屁」の臭さに困惑した男が顔を頭巾で覆い、「いもくふな」と注意しているように見える一方で、不審者が曲屁師の後ろから「うごくな」と制止している場面にも見えるようになっている。この咄、花咲男を扱った際物咄として巻頭に置かれていると考えられるのであるが、咄と絵が一面に描かれることによって、咄の面白さが倍増していると言えるであろう。次のような咄もある。

▲ゑんま

しつとふかき女しごくへおちけるが、ゑんま王のまへにいて、御ねがいがこざりまする。わたくしがていしゆめがしやばで申しましたハ、そちよりほかに女ぼうハもたぬなどと申て、わたくしがしにまするとそう〳〵うつくしい女ほうをもちおりましたゆへ、うらミを申たふ存まする。とうぞゆふれいになりたいおねがいでござります。閻んま大キにいかり、かなわぬねがいださかれ〳〵。あかおにこなたのハねがいやうがわるい。ばけものとねかへハよいのに。

（『日待はなし』）

五丁オモテにあるこの咄、『軽口大黒柱』の「女房の怨念」、或いは『一のもり』の「地獄」を元咄とすると考えられるのだが、ここでそれぞれの咄を示してみる。

女房の怨念

ある女《にょう》ぼう、殊《こと》の外のいけずのくせに、大のじたらくもの。其《その》うへきつい肝積《かんしやく》もちにて、しごく吝気《りんき》ふかく、明《あけ》くれ男をいぢりまわせしが、終《つい》に吝気《りんき》から煩《わづら》ひつきて相果《あいはて》ける。何がうんじ果《はて》たる山のかミゆへ、中《ちう》いんすむと、こんどハうつくしい後妻《ごさい》をよび、しごく中《なか》よし。先妻《せんさい》めいどより大肝《かん》しやくをおこして、閻魔《ゑんま》様え願《ねが》ひを上《あげ》、何《なに》とぞわたくしをゆうれいになされ、しやばへ御つかわしくだされとの段〳〵のねがい。閻魔《ゑんま》王まゆにしわよせ、ひまハつかわさうが、ゆうれいの願《ねがい》、御とり上なしと也。女房《ぼう》大きにせいて、女がゆうれいに成まするハ、段〳〵先例《せんれい》もござりますに、ならぬとハ聞《きこ》へませぬとわめけバ、大王、これや〳〵、よう物をがてんせい。全躰《ぜんたい》ゆうれいといふものハ、ほつそりすうわりと、すごい程《ほど》きりやうがよふなけにや、うつらぬ物しや。夫にそちがつらがまへなら、風《ふう》なら、黒菊石《くろミつちや》にはす切ばな、ふご尻《じり》にわに足《あし》、そうちやつた図《づ》でハ、とても幽霊《ゆうれい》にハなられまい。そんでも腹《はら》が立てなりません。閻《ゑん》王しあんし給ひ、よし〳〵、われや、やはり妖物《ばけもの》がよかろ。たて〳〵。

（『軽口大黒柱』(8)）

図版②　　早稲田大学図書館蔵

地獄

大の悪女《あくじよ》、焼餅《やきもち》けんくわの上頓死《とんし》をして、地ごくへおち、幽霊《ゆうれい》と成、夫《おつと》へうらみをなしたく、焔魔《ゑんま》王へねがひければ、焰王御覧《ゑんをうらん》し、汝《なんじ》が其不器量《きりやう》にてゆうれいの願《ねが》ひ、叶《かな》ハぬとの御しかり。鬼《をに》ども、女の袖《そで》を引で、化《ばけ》ものとねがへ〳〵。

（『一のもり』）

さて、これらの咄と『日待はなし』の咄の違いは、「ゑんま」では触れられていない女房の容姿に関しての記述である。「女房の怨念」では、「全躰ゆうれいといふものハ、ほつそりとすうわりと、すごい程きりやうがよふなけにや、うつらぬ物しや」と記し、「地獄」では「汝が其不器量にてゆうれいの願ひ、叶ハぬとの御しかり」と記している。「女房の怨念」・「地獄」では女房が幽霊に成れない理由が容姿にあることをはっきり示しているのである。ところが『日待はなし』の「ゑんま」では「閻んま大キにいかり、かなわぬねがいだ」と、何が怒る原因なのか、どうして幽霊に成れないのかが全く触れられていない。これでは読者にやや分かり難い咄という印象を持たれても仕方がないであろう。ここで図版②を確認してみる。閻魔大王の前で跪き、幽霊に成ることを願う女房の姿は、どちらかというと肉付きのよい醜女として描かれている。つまり『日待はなし』の場合、女房が幽霊に成れない理由（女の不器量）を咄の表現ではなく絵に描かれる女の姿を通して示していると考えられるのである。絵と咄が一体化して、咄の可笑しみを作り出しているのである。ただ、こうした例は既に安永初年頃の小咄本の中にも見られる。例えば、『聞上手』の「まり箱」などは例として格好の咄である。

○まり箱

むすこ、まりをすいてける。おやぢ、気《き》にいらずして、大きに呵《しかつ》て曰《いわく》、そも〳〵其まりといふ物、貴人高位《きにんこうい》の遊ばすもので、此方どもがもてあそぶものじやおじやらぬ。九損一徳《くそんいつとく》とて、腹《はら》のへるばかりが徳《とく》じやげな。それがなんのとくなこと。九損一そんといふものじや。度々《たび》やめろといふに、兎《と》かくやまぬそふな。まりがあれバこそ、けたくなる。いつそうつちやつてしまへと、にが〳〵しくいへバ、むすこ、しほ〳〵と成て、それから後《のち》ハ、おやぢのるすばかりかんがへてける。ある時むすこのるすに、おやぢ、縁《えん》がわにてまり箱を見付、まだやめぬそふなと、そばへより、両手でそつとふたをあげ、内を見て、ハア、すておつたそふな。

（『聞上手』）

この咄、一読しただけでは、何が落ちなのか分かり難い咄である。蹴鞠が流行していた当時としては、鞠が箱に収められるとき、蓋の裏側に固定されることについては、あるいは読者にとっても常識であったのかもしれない。この咄については、この鞠箱の構造を知らない親父が蓋の裏側に鞠があることを知らず、箱の中身を見て息子が蹴鞠を辞めたと勘違いし、安心するという、挨拶作法知らずを扱った愚人譚として描かれている。だが、咄を通読したのみで可笑しみが理解できるであろうか。ここで挿絵が大きな意味を持ってくる。この咄には挿絵がついているのだが、この挿絵を確認すると、親父が裏側に鞠を付けた蓋を持ちながら、箱の中をのぞき込んでいる場面が描かれており、この挿絵を見ると親父の愚かさが一目瞭然なのである。この咄、清経自身が筆を執った草双紙仕立噺本『書集津盛噺』にも「まりばこ」として載せていることに注目するならば、清経はこうした挿絵が咄の解釈に果たす役割を理解していたと思われるのである。咄の選択にはこうした視点もあったのではないだろうか。実際『日待はなし』を見ていくと、先に示した咄の他にも、例えば「どらむすこ」に描かれる挿絵は、意見されても我関せずとそっぽを向く息子の姿が「うろうといふてもうられぬ」と言う言葉に呼応して効果的であるし、「ほうらい山」では、破れ蚊帳の周りを多くの蚊が飛んでいる場面が咄の解釈に大きな働きをし、「お〻かミ」では「褌をしておけばよかった」と後悔するおおかみの前を褌だけを身に着けた飛脚が走っている姿が描かれており、可笑しいのである。

清経は草双紙仕立噺本に入れる咄を小咄本の中から抜き出す場合、単に面白い咄を抜き出すのではなく、視覚的な効果が加わることによって、より可笑しみを増す咄を選択しているのである。

四

さて咄の内容と挿絵の関係について見てきた。ここでは更にそれぞれの咄の内容と実際に描かれる人物について確認し、清経の趣向について見ていく。左に示す一覧（表二）は咄の中に登場する人物（異形の物を含む）と絵に描かれる人物を示したものである。

（表二）

	咄	挿絵
へつひり	客・曲屁師	武士・曲屁師
ねこ子	猫を抱いたかみ様・道とおりの人	猫を抱いた女・町人風の男二人
目黒参り	酒屋主人・参詣人	酒屋主人・参詣人
弁天	弁財天・福徳を祈る男	弁財天・福徳を祈る男
どらむすこ	どら息子・息子に意見する男	どら息子・意見する男・見ている男
女あさいな	芝居の話しをしている者達	朝比奈（瀬川富三郎）・曽我五郎

かごかき	駕篭かき・息子	駕篭かき夫婦・息子
御なん	堅法華の内儀・堅法華の亭主	堅法華の内儀・堅法華の亭主
ゑんま	赤鬼・閻魔・嫉妬深い女	赤鬼・閻魔・嫉妬深い女
女郎の入ば	女郎・初会の客	女郎・初会の客
相生獅子	おかみ様・おかみ様と話す人	石橋（中村富十郎）
歩のちうけん	歩の仲間五六人・殿様	歩の仲間三人・殿様
おゝかミ	狼・飛脚	狼・飛脚
富つき	杓子を持つ男・切匙を持つ男	杓子を持つ男・切匙を持つ男
うたい	とつさん・息子	とつさん・息子
せんとう	医者・薬箱持ち	挿絵医者・薬箱持ち
ほうらい山	亭主・客	亭主・客
深川	客・女郎	女郎二人・客
ござうり	奴・莨蓙売り	奴二人・莨蓙売り
こわいろしなん	役者声色指南の師匠・弟子	役者声色指南の師匠・弟子

『日待はなし』の場合、実際の咄と挿絵に描かれる人物とが大きく異なる咄に、「女あさいな」と「相生獅子」がある。共に芝居を扱った際物咄である。咄の内容については、既に前に述べた通り、おかみ様など咄の登場人物が交わす会話の中で評判の芝居が取り上げられ、その話題を基に咄が仕立てられている。「相生獅子」は、おか

み様の赤い髪の毛が落ちなのであるが、挿絵に描かれるのは中村富十郎演じる石橋の一場面になっており、咄の落ちとは直接関係がない。現在までの調査では「女あさいな」についてはその出典について確認できていないのであるが、当時評判になっていた芝居の場面を意識的に加えていると考えてよいように思う。『日待はなし』における一つの趣向と考えてよいであろう。ただ、こうした芝居関係の咄を採録する例はあまり多くはなく、『難波の梅』『豊年俵百噺』『夜明茶呑噺』『初笑福徳噺』等に数話あるのみである。これらの咄の多くは「忠臣蔵」「無間の鐘」を扱った咄であり、際物的要素はあまりない。こうしたことは、咄を既存の小咄本に依存する草双紙仕立噺本の特徴を示していると思われる。

さて話を戻すことにする。描かれている登場人物を見開きの関係から眺めてみると、隣り合う挿絵が異なった趣のものになっていることに気付く。例えば猫を抱いた女・町人風の男二人（一ウ）と酒屋主人・参詣人（二オ）、弁財天・福徳を祈る男（二ウ）とどら息子・息子に意見をする男・それを見ている男（三オ）等であり、先に触れた異類異形を扱う咄、芝居を扱う咄についても見開きの状態で二つの話が連なることはない。これは『日待はなし』の特殊な事例ではなく、他の清経が関わった草双紙仕立噺本についてもほぼ同様のことが言えるのである。

五

ここまで、『日待はなし』に描かれる咄を例として清経が関わった草双紙仕立噺本について見てきた。清経が手掛けた草双紙仕立噺本は、安永期の噺本として見るならば、至極標準的な咄の構成になっており、この点では決して特殊な噺本とは言えない。このことが草双紙仕立噺本について考えるとき、咄に単なる絵を添えた剽窃の作として見られる要因となり、極めて安直な内容を持つ噺本であるという印象を後世に与える結果になっているのであろう。だが、一度こうした趣向の噺本について、使い古しの咄を収める噺本という認識を捨て、草双紙の一編として見るならば、そこには視覚的に興味を引く異類物咄の選択、絵によって可笑しみを増す咄の採録、絵との組み合わせによる咄の改変、絵師らしい意識が感じられる咄の配列など、随所に工夫の跡が窺われ、決して安易な作とは言えないのである。このことは咄を絵とあわせて見ることによって新たな可笑しみを認識できることからも明らかであろう。

黄表紙全盛を迎えるに当たり確かに杜撰な内容を持つ草双紙仕立噺本の刊行も行われた。ただ、こうした趣向の噺本が刊行され続けていることに注目するならば、草双紙仕立噺本の見方・読み方について再考せねばならない時がきていると思う。

◆注

（1）拙稿「安永期黄表紙仕立噺本考　―鳥居清経本を中心として―」（『鯉城往来』第二号　平成十一年十月）
（2）以下の咄の引用は国立国会図書館蔵本によった。
（3）「四月頃、両国に放屁男見世物に出づ、霜降咲男と云ふ」（『武江年表』（東洋文庫））
（4）モチーフ別分類は『日本小咄集成』（筑摩書房）における浜田義一郎氏、武藤禎夫氏の分類に基づいて行った。

ただし、「誇張譚」に関しては、咄によって「状況愚人譚」等の範疇に属するものもある故、本拙稿においては、異類異形の物を扱う全ての咄を「誇張譚」として分類する。

(5) 安永三年正月市村座所演「結鹿子伊達染曾我」を踏まえた咄であろう。

(6) 安永二年正月森田座所演「色蒔曾我羽翔觴」を踏まえた咄であろう。

(7) 咄の調査は『現金安売噺』『豊年俵百噺』『日待はなし』『友達はなし』『心能春雨噺』（国立国会図書館蔵本）、『夜明茶呑噺』『初笑福徳噺』（東京都立中央図書館加賀文庫蔵本）、『新噺買言葉』（大東急記念文庫蔵本）、『はなしたり〳〵水と魚』（武藤禎夫氏蔵本・宮尾諸男氏のご教示による）、『笑上戸』（武藤禎夫氏蔵本）、『道づれ噺』『難波の梅』（『未翻刻繪入江戸小ばなし十種』）、『酉のお年咄』『江戸むらさき』（『未翻刻繪入江戸小咄十二種』）、『頓作万八噺』『書集津盛噺』『はなし』『今様咄』（『噺本大系』）、『京鹿子』（国文学研究資料館蔵本）によった。

(8) 以下の咄の引用は、武藤禎夫氏・岡雅彦氏『噺本大系』（東京堂出版　昭和六十二年六月）によった。

第三章

江戸落語と戯作

第一節

三馬滑稽文芸と落咄

―『浮世風呂』前編を中心として―

一

『浮世風呂』前編の巻頭図にある巻言は、『浮世風呂』の成立過程を示す文章として注目されてきた。以下、参考の為に記す。

一夕《あるゆふべ》歌川豊国《うたかハとよくに》のやどりにて三笑亭可楽《さんしやうていからく》が落語《おとしばなし》を聞《き》く。例《れい》の能弁《のうへん》よく人情《にんしやう》に通《つう》じておかしみたぐふべき物なし。惜《をしい》かな、其趣向《そのしうし》僅《わづか》に十分《ぶん》が一を述《のへ》たり。傍《かたハら》に書肆《ほんや》ありて吾《われ》とおなじく感笑《かんしやう》して居《ゐ》たりしが、忽《たちま》ち例《れい》の欲心発《よくしんおこ》り、此銭湯《このせんたう》の話《はなし》にもとづき柳巷花街《りうかうかがい》の事《こと》を省《はぶ》きて俗事《ぞくじ》のおかしみを増補《ぞうほ》せよと乞《こ》ふ。則《すなハち》需《もとめ》に応《おう》じて、前編《ぜんへん》二冊《さつ》、まづ男湯の部《ぶ》をこゝろむ。

この巻言が注目される最大の理由は、いうまでもなく、この『浮世風呂』前編が、三笑亭可楽の落語を基にして書かれた滑稽本であると記されている点にある。

これまでもこの巻言を巡っては、多くの先学によって様々な考察が試みられてきた。

たとえば三田村鳶魚氏は、

当時に於ける寄席の流行、寄席の勢といふものを背負ふ為に、今まで手をつけかけてゐた物真似は一切棄てゝ、高座の芸をそつくり取入れた。(1)

と解説され、また山口剛氏は次のように述べておられる。

「浮世風呂」述作の動機は果してこの通りであるか、どうかは明でないが、落語との間に関係のあることは極めて明である。噺本《はなしほん》のうちに「浮世風呂」の滑稽と同想のものを見ることが多いばかりでなく、落語家の話術が篇中の會話に應用されてゐることを指摘し得るからである。(2)

両氏とも、『浮世風呂』と三笑亭可楽の落語との関連に注目され、特に山口氏による、噺本との関係からの両者の結び付きを指摘されたことは、敬聴すべきものである。しかしながら、両氏の説を含め、これまでの研究は、可楽の『浮世風呂』と称する落語が現在伝わっていないことから、非常に曖昧な形での研究に止まっている。右に示した山口氏にしても、何ら具体的な論証は行なわれていない。

本論考は、この問題について、落語の基本要素である落し咄(本論考では以後「落咄」と記述する)との関係から、式亭三馬と『浮世風呂』、『浮世風呂』と可楽について、再度見直すことを目的とする。

以下、まず三馬と落咄の関係について整理しておく。

二

戯作者、式亭三馬以前の三馬と落咄を結びつける記述を、三馬旧蔵本『白拍子の立反古誰が袖日記』[3]（天明四年刊）の識語中に認めることが出来る。以下それを記す。

> これは予が九歳なりける春、翫月堂に梓行せし小冊なり、（中略）。翫月堂は予が妻の父なり、俗称堀野屋仁兵衛（旧称小倉屋金兵衛、後改仁兵衛、再改家号為堀野屋）予九歳の冬より十七歳の秋まで此家に養はれ、甚だ恩ある人なり、仍て文化元年より其家の後室を養ひ、後其娘を妻とし今尚存せり、此家は二代目仁兵衛相続して、後文化元年本石町の家頽廃す。

三馬が九歳から十七歳までの八年間奉公した翫月堂堀野屋仁兵衛は、『話稿鹿の子餅』（明和九年刊）の刊行後起こった江戸小咄大流行の際、専門書肆として逸速く噺本を刊行し、江戸小咄本流行当初、同好の士の自費出版の形で刊行されていた江戸小咄本を、商品として確立させた書肆である。三馬が著作活動に入る直前まで、この翫月堂堀野屋仁兵衛に奉公していたことから、三馬自身これらの噺本を目にしていたことが想像出来、三馬が戯作者として世に出る以前から、江戸落咄に深くかかわっていたと考えられるのである。

堀野屋での奉公を終えた三馬は、寛政六年に『天道浮世出星操』、『人間一心覗替繰』を上梓し、晴れて戯作者の仲間入りをする。

この時から終生名乗ることになる「式亭三馬」という戯号は、「落語中興の祖」と言われる烏亭焉馬[4]と深いかかわりを持っている。三馬と烏亭焉馬との長年に亘る密接な関係は、戯作者三馬と落咄、落咄と三馬の戯作について考察する上で非常に重要であると考える。なぜなら、烏亭焉馬は一時衰えていた江戸落咄を再興した人物であり、江戸落咄の中心として活躍した人物だからである。

三馬はこの烏亭焉馬と交わることによって、絶えず江戸落咄の中心に身を置いていたと考えられる。

以上、述べてきたように、三馬は戯作者として世に出る以前から、翫月堂堀野屋仁兵衛の許で江戸の落咄にかかわりを持ち、戯作者として世に出た寛政六年以降も、烏亭焉馬の許で江戸落咄の中心にいたと考えられるのである。

では、こうした三馬を取り巻く環境は、三馬の戯作にどのように取り入れられることになるのであろうか。

次に、三馬の戯作と江戸落咄について述べていきたいと思う。

三

寛政六年、黄表紙『天道浮世出星操』と『人間一心覗替繰』の刊行を以て、式亭三馬は戯作者としての第一歩を踏み出し、これ以降、『姉は宮城野妹はしのぶ碁太平記白石噺』（寛政七年刊、西宮新六板）、『姉は宮城野妹はしのぶ敵討白石噺』（寛政八年刊、西宮新六板）等、黄表紙を中心としてコンスタントに執筆活動を続けていく。これらの黄表紙作品の中で最初に落咄が用いられたのは、『心教言悟談続引返譬幕明』（寛政十一年刊、西宮新六板）である。

『引返譬幕明』は、自序に、

嘗《かつて》聞《きく》荀子《しゆんし》性悪《せいあく》。孟子《もうし》性善《せいせん》の確言《くハくげん》も。放屁書生《へつひりじゆしや》の腹《はら》の底《そこ》に。つまる処《ところ》ハ一ツ穴狐色《あなきつねいろ》の表紙《ひやうし》にか丶つて。陳《ちん》奮漢文《ぷんかんぶん》。屁《へ》の如《ごと》く新唐古唐《しんとうことう》。唐本《とうほん》の喭囈《ねこと》に等《ひと》しく聞《きこ》ゆれども。是聖賢《これせいけん》の真肤入《しんテツいり》。善《ぜん》に勧《すゝむ》る裏表《うらおもて》。余此語《このご》に不《ふつ》図原《ともとづい》て。忽然一固《たちまちひとつ》の旨趣《しゆかう》を案《あん》じ。悪《あく》を以《もつ》て人《ひと》の心《こゝろ》を即《すなハち》善《ぜん》に引返喩《ひきかへしたとへ》の幕明《まくあき》と題《だい》して。チヨビト心学者流《しんがくしやりう》の茶碗《ちやわん》の端《はし》を擲《たゝ》く事爾《ことしかり》。

とあるように、山東京伝の『心学早染草』（寛政二年刊）以降、黄表紙の趣向の主流となっていた心学物の黄表紙である。この『引返譬幕明』の中で落咄は、「不堪忍」と「不孝」の場面に見いだすことが出来る。以下具体的に示してみる。

こ丶におもしろい古事がある

〽むかしゑんやはんぐハんといふ中ゥ腹な男と、曽我の五郎といふ中ゥ腹が道でばつたりつきあたるとサァ大けんくハになつた。しかる所にかのゑんやはん口ばしを〔絵〕こんなにとんからかして思ふさまあつくなる。こなたもこらへずに〔絵〕こんなにとんがらかして両方中〱かつてんしねへで思ひつかミ合ふ所へ、そのころ名高き男達はんずい長兵衛とんと出、両ほうもらつた〱といへともがつてんせぬゆへ、又この男も〔絵〕こんなにとんからかして双方をなめたりすかしたりしてやう〱中を〔絵〕こんなにまるくすると、それ

〔絵〕こんなものニ成やした。

（「不堪忍」三丁オ）

笑話《せうわ》曰《にいハク》

コレ権八やおのしももうちつとおとなしくしやれ。親にふかうな事ハしねへもんだ。むかしもろこしに廿四孝といふかう〳〵な人が有たが、その内にもかんの内おふくろがたけのこをくひてへといふ。じきにゆきの中から竹のこがでる。又鯉がくひてへといふ。ぢきに池の中からこいがてた。〽ア、 コレ〳〵モウよし〳〵そんな事ハのほりのゑで見てしつてゐるァと内へかへつて、コウかゝさん〽おめへたけのこハくひたくハねへか。〽ハテとんだ事をいふ。ナニかんの中たけのこかあるものか。〽そんならこいハどうだ。〽うんにやこいもたけのこもいやたか、あんまりさむひからあまさけを一ッはいのませてくれやれといへハ、権八はらをたつておふくろをぶちのめし、〽とほうもねへ廿四孝がナニあまさけをのむもんか。

〽ナントあたらしからふ。これだけがおまけた。

（「不孝」四丁ウ）

という文章がそうである。これらの文章は三馬の「ナントあたらしからふ」という言葉に反して、それぞれ、

ごとく

むかふから〔絵〕とびのものがきた。こつちからも〔絵〕とびの者が来た。両方《りやうほう》がけんくわしてゐる所へ、又とびのものがきて〔絵〕中《なか》へはいり、あいさつし、中《なか》を直《なをし》たれバ丸《まるく》〔絵〕なった〔絵〕(5)。

（『落咄今歳咄口拍子二編』安永二年刊、文苑堂板）

〇不孝

親《おや》に不孝《かう》な息子《むす》の友達《ともだち》より合、異見《いけん》して、おぬしハナゼあのやふに、おやに世話《わ》をやかしやる。昔《むかし》ハ廿四孝と云ふて、寒《かん》の内 筍《たけのこ》を掘出《ほりだ》し、氷《こほり》の中より鯉《こい》を取て、親《をや》の望《のぞミ》を叶《かな》へた人も有に、ちと孝行《かう〱》にしやれと云れ、成《なる》ほどゝ感心《かんしん》して内へ帰《かへ》り、おふくろ、筍《たけのこ》をくわつしやるかと云へバ、お袋《ふくろ》、肝《きも》を潰《つぶ》し、寒《かん》の内たけの子が、どふして喰《くわ》るゝ物か。そんなら鯉《こい》をくわつしやい。〽おぬしが夫《それ》ほどに思ふなら、あま酒を一ッはい呑しやれと云へバ、息子《むす》はらを立、お袋を大きにくらわし、廿四孝《かう》の内に、あま酒をくらつた親《をや》が、何、有ものか。

（『初登』安永九年序、堀野屋仁兵衛板）

という落咄を基にして作られている。

以上見てきたように『引返譬幕明』には、二話の落咄が含まれていた。これらの落咄は、直接黄表紙の筋の中で登場人物達によって演じられる滑稽を示すものではなく、場面場面の滑稽として添加されたものである。作中で十分に消化しきれておらず、不自然な感じすらする。ともあれ「不孝」の場面に記された落咄が、三馬の奉公先であった堀野屋の噺本から採られたと考えられるなど、三馬の堀野屋時代に培われた知識が初めて戯作の中に表現されているのである。

三馬はこの『引返譬幕明』以降、『夫南木是嘘気俠太平記向鉢巻』（寛政十一年刊、西宮新六板）による筆禍のため一年間の空白はあるものの、享和元年にはまた『鼻毛が三尺智恵は三文日本一癡鑑』（和泉屋市兵衛板）等を刊行するなど、その後もコンスタントに黄表紙の刊行を続けていくことになる。しかしそれらの黄表紙の中に、落咄を確認することは出来ない。『彼は行童曲是は奉納額封鎮心鑰匙』（享和二年刊、西宮新六板）では、夫婦げんかの場面で、くさぞうしのふうふげんくわハ、ぢぐちでおもしろいことをいふもんだが、ことしのふうふげんくわハ大ぶきやうものにてさつパリおもしろくなし。せめておとしばなしの一ツもしつていれバい丶が、こんなときのやくにた丶ねへ。

と、落咄を知らないことを逆に、笑いの種にするなど、三馬は意識的に自身の戯作から、落咄による滑稽味を除こうとしているようにも思える。このことは、落咄と同根の滑稽文芸と考えられる川柳を、黄表紙の中に数多く採り入れ、笑いのアクセントとして効果的に組み込んでいるのと大きく異なっている。

結局三馬は『引返譬幕明』にのみ、笑いを取る趣向として落咄を用いたことになり、黄表紙を中心とする三馬の初期の戯作活動において、笑いを取る手段として、落咄は積極的に利用されていないことが分かる。

こうした状況は、『浮世風呂』に直接関係することになる滑稽本についても同様であった。

三馬の滑稽本は、享和三年刊『麻疹戯言』を以て第一作とし、『浮世風呂』前編の刊行までに『麻疹戯言』を含め、七冊の滑稽本が刊行されているのだが、これらの滑稽本にもまた、落咄の要素を認めることが出来ない。

滑稽本における三馬の滑稽の手法は、『無而七癖酩酊気質』（文化三年刊、上総屋佐助板）の、

○此書《このほん》は獨覧《ひとりミ》て嬉笑《わらひ》を生《せう》じ頤《おとがひ》を解《と》く體文《かきざま》なれども、傍《かたハら》の人に讀《よミ》て聞《きか》するには、頗《すこぶる》物真似《ものまね》の心《こころ》なき人は酔客《なまえひ》の情《ぜう》薄《うす》く興《けう》少《すくな》き事《こと》もあるべし。（後略）

○此著作《このちょさく》は素《もとより》一夕《いっせき》の漫戯《まんげ》にて櫻川《さくらくハ》甚幸《ぢんこう》に与《あた》へしを、書肆《しょし》の需《もとめ》によりて小冊《せうさつ》とせり。希《ねがハ》くバ甚幸《ぢんこう》が身振《ミふり》に

て見給へ。作意《さくい》あらハれて含笑《おかしミ》又讀《またよ》むに勝《まさ》る。（後略）

という「凡例」の文章からも明らかなように、「浮世物真似」(6)を「写す」手法、言い換えるならば、一般町人社会、あるいは戯場において、ごく日常的に起こる様々な光景を「写す」ことによって生じる滑稽味を表現する方法に向かっており、三馬にとって落咄による滑稽味は、さらに必要としなくなって行ったと考えられるのである。

これまで見て来たように『浮世風呂』以前の三馬滑稽文芸には、三馬自身の落咄に関する豊富な知識にもかかわらず、ほとんどその影響を読み取ることが出来ない。三馬の戯作にとって落咄は滑稽味を表現する手段として不要のものだったのであろう。

次に、この結果を踏まえつつ、『浮世風呂』前編と三笑亭可楽の落語の関係について考察を試みることにする。

四

『浮世風呂』前編と可楽の落語について考えるにあたっては、可楽の『浮世風呂』という落語が現存しない以上、可楽の芸風を手掛かりとするしかないだろう。そこでまず三笑亭可楽の芸風について整理しておくことにする。

三笑亭可楽は、寛政十年六月、大坂から江戸に下って「頓作かる口はなし」の興行を行った岡本万作の大評判に刺激を受け、同じく寛政十年六月、下谷柳の稲荷のヨセにおいて、二三人の友人と共に「風流浮世おとし噺」の興行を開催し、舌耕を業とする生活に入る。この興行は結局、「素人の業にて落話の数すくなきゆゑ日数僅に五日をつとめて最早はなしの種竭たり是非なくそこを五日限に終りし」（『落話会刷画帖』文化十二年成立）とあるように、決して成功したとは言えない興行であった。この最初の興行で可楽が演じたのは、既に両国辺で行われていた浮世物真似の類の芸ではなく、岡本万作の興行と同様の落咄であった。

可楽の芸風については、

○可楽は捷才頓智の人つねに自作を講じて他人の糟粕を嘗らず席に臨て三題話を作る。最も賞するに絶たり。(7)

という三馬の詞からも明らかなように、非常に頓才に豊んだ落咄を得意とする芸であったと考えられ、同じく舌耕を業とする朝寝房夢羅久が、

頓才はあらざれど人情に通じ当世の風俗を穿ッに妙を得たり。(8)

と、頓才ではなく、口調身振りによって風俗を穿つことに優れていると評されているのとは対照的な芸であったと考えられる。つまり可楽の芸は、あくまでも落咄を中心とする話芸なのである。

また三馬が「つねに自作を講じて他人の糟粕を嘗らず(9)」と記す如く、可楽の落咄に新作が多かったことは、可楽の筆になる噺本を一読すれば明らかである。但しそうは言っても全て新作の落咄とはいかなかったことは、『東都真衛』（享和四年刊、岩戸屋喜三郎板）の「諸国珍物」の後半部分、すなわち、

さてつぎハ、唐《から》のうぐひすでござります。よくなきごゑにおきを付《つ》けられませう、つう人〽このなきごへをきくに、〽キコウライパア〳〵となく。其そばにまた日本の鴬《うぐひす》がいて、これハ〽ホウホケキョウ〳〵となくゆへ、つう人〽モシ、このからのうぐひすハめづらしいが、そばにいる日本のうぐひすハなんだね。口上いひ〽ハイ。それハつうじでござります。

という咄が、

唐《から》の雀《すゝめ》

唐《から》の雀《すゝめ》を献《けん》上するに、一羽《いつわ》たりぬゆへに、日本《にほん》の雀《すゝめ》をまぜて上た。殿様《とのさま》御らんなされ、コレハめづらしいものじやが、日本の雀が一羽《いつわ》見へると、御意《きよい》なさるり（ママ）。雀〽ハイ、わたくしは通辞《つうじ》でこさります。

という『今歳咄』などの咄が基になって作られていることからも明らかであろう。つまり可楽の落咄は、新作の咄とともに、既存の落咄も巧みに自作の落咄に組み込んで話していたと考えられる。このことを裏付けるように、可楽の孫弟子にあたる喜久亭寿暁のネタ帳『滑稽集』[10]には、「くびうり」（「首売」『珍話楽牽頭』明和九年刊）、「猫の名附」（「猫」『大御世話』安永九年刊）等、数多くの既存咄との関連が想起されるネタが認められる。

以上、述べてきたように可楽の話芸は、あくまでも落咄（既存落咄も含む）を中心とするものであり、『浮世風呂』前編に可楽の影響を読み取ろうとする場合、第一の要素となるのは、当然の如く落咄の有無なのである。

三笑亭可楽はまた、「三題咄」、「謎解き」といった即興的滑稽を得意とする芸人であった。これらの即興咄を可楽自身、自作の落咄に取り込んでいたことは延廣真治氏の考察によって明らかであり(11)、可楽の影響を考える上で重要なポイントとなる。即興咄的滑稽の有無、これが第二の要素である。

以上記してきたこれらの要素が、可楽の芸の根幹をなすものである。特に可楽の芸にとって最も重要な要素、落咄の有無については前述した通り、三馬の戯作にはほとんど認められないことから本論稿にとって、非常に重要なポイントとなる。

では、次に、これらの点に注意しながら『浮世風呂』前編を読んでいくことにする。

五

『浮世風呂』前編と可楽を結びつける第一の要素、つまり『浮世風呂』前編と落咄の関係について延廣真治氏は、次のように述べておられる。

『浮世風呂』と『浮世床』の差異については、すでに本田康雄『式亭三馬の文芸』をはじめ、諸家の論が備わっているが、オトシバナシとの関連でやや奇異に思われるのは、「落語《おとしばなし》」によったと自らが記す『浮世風呂』前編には、旧来の意味での落咄の要素が見られない点である。すなわち、三馬が「落語《おとしばなし》」によったというのは、実は、生酔の生態など、身振り咄の手法によっているからである。つまり、同じオトシバナシと読んでも、「落語」と「落咄」では、その意味するところに差異が生じたことがわかる。(12)

延廣氏は以上のように述べられ、『浮世風呂』前編と、落咄の関係について否定的な見解を示しておられるのだが、はたしてそうであろうか。

『浮世風呂』前編巻之下には、

▲ざとの坊かんがよいといふ所をじまんにて目あきどうぜんに風呂より出てくるあり。かんのわるい盲人ハしばゐのやみじあひのごとく、あたまとあたまをすれちがふて出るあり。一人の盲人は小おけに湯をくんで、ながし板の上を両手でおしながらゆくとふろから出てくる盲人とあたまをかつちりアイタ、、、、くりのいち〽ヲ、いたい。盲人《もうじん》に鉢合《はちあハ》せをするとは明盲《あきめくら》め。かきのいち〽ヤこいつは、わが方《ほう》からぶつつけておいて、おれがいふ事を先《さき》へぬかしおる。おのれこそ明盲《あきめくら》だはい。くり〽イヤおのれが明盲《あきめくら》だはい。かき〽イヤおれはねぶつて居《ゐ》る盲《めくら》だ。くり〽イヤおれもねぶつてゐる盲《めくら》だ。かき〽又口《くち》まねをしをるか盲《めくら》とあなどつて。くり〽ハテナ、そふいふ声《こゑ》ハ聞《きい》たやうな声《こゑ》だ。かき〽フフムなるほど、わしも聞《きい》たやうだト小くびかたぶけ。くり〽ハ、ア柿《かき》の都殿《いちどの》ではござらぬか。かき〽いかにも貴公《きこう》は栗《くり》の都殿《いちどの》ではござらぬか。二人〽イヤこれは〱。かき〽誠《まこと》に其後《そののち》はうちたえました。くり〽一別《いちべつ》以来《いらい》まづ〱お達者《たつしや》で。かき〽桃栗勾当《もゝくりこうと》の坊殿《ぼうどの》の所《ところ》でお目《め》にかゝつたまゝ、てうど三年になります。くり〽さやうかな扨《さて》〱かやうな麁相《そさう》がなくばおたがひにすれ違《ちがつ》てもわかりませぬ。

という、座頭同士がぶつかる場面がある。この場面は、『座笑産後篇近目貫』(安永二年刊、笹屋嘉右衛門板)の、

対面

座頭同士《とうどうし》突《つき》あたり、イヤ、此目明《あき》づらめが、慮外《りょくわい》千ばんと、杖《つへ》ふりあげれば、コリヤ、そこつめさるな。貴《き》

公《こう》ハ北佐野《きたさの》さの一どのでハ御座らぬか。いかにも、さの一で御座る。シテ貴公ハ、ちよこ一どのでハないか。アイさよふさ。是ハ〳〵御久しぶり。かよふな、ぶ調法《てうほう》でなくハ御目にハかゝるまい。

という落咄によっていると考えられ、また、同じく前編巻之下の、

うしろの人、立てゐてをか湯をあびる。とたんのひやうしに又一人の男、小桶へ水をくんでさげ来りしがすべつてころぶと、なま酔のあたまからざつぶり　酔〽ヲ、ひやつこい。ホイ、〳〵、コレハ〳〵。ヤイあちらの男、ナゼ立《たつ》てゐて、はねをかけた。まだある〳〵。ヤイこちらの男、ナゼころんで水をあびせた。〽ハイ御免《ごめん》なさい。どうも麁相《そさう》だしかたがねへ。酔〽ナニ麁相《そさう》だ。コレ、そつちのころぶは麁相《そさう》でも済《すま》うが、おれに水《みづ》をかけて麁相《そさう》ですむか。湯《ゆ》をくゞらせた上《うへ》で、水《みづ》をかけるとハ野郎《やらう》の索麪《そうめん》と思《おも》ふか〽ハ、、、、、。酔〽イヤ笑《わら》ふな。おかしくないぞ。人に水をかけて是《これ》がほんの水かけ論《ろん》だ。二人《ふたり》ながらおれが對手《あひて》だぞ。コレ、此通《このとほ》り水瓶《みづがめ》が鼠《ねずみ》へ落《おつこち》たやうに十分濡《ずぶぬれ》だ。りやうけんならぬ。二人《ふたり》ながら待《まつ》て居《ゐ》ろ。コレ番頭《ばんとう》。先刻《さつき》から喧嘩《けんか》の對《ゐへ》手《て》が欲《ほし》かつたが、漸《やう》〳〵の事《こつ》で二人一時《ふたりいちどき》に出来《でき》た。とても事《こと》に笊《ざる》を貸《か》セ。湯《ゆ》の中《なか》を探《さが》して見《み》たら、冣《も》う二三人はあらう。

という風呂屋での喧嘩の場面は、

〇湯屋喧嘩

士《さむらい》、風呂《ふろ》の中でけんくわをはじめ、これ亭主。喧嘩《けんくわ》の相手を出しやれ。〽亭主もふろにハ、たれもおりま

せぬといへバ、ナニ居るはつだと、又はたかに成り、風呂へ飛《とび》込ミ、湯ばん、笊《ざる》をかしやれ。

という『近目貫』の落咄を参考にしていると考えられる。

この他にも、前編巻之下の、

ヲイ金公久《きんこうひさ》しく潮来《いたこ》を聞《きか》ねへゼ。ちつとうたはつし。金〽ヘンそんな安《やす》いゝじやァねへ。是《これ》でも大体《てへ〳〵》銭《ぜね》をかけて習《なら》つたのだァ。潮来《いたこ》をさらふとつて、毎日《めへにち》六七十づゝ、銭《ぜね》をつかつたァ。富〽何《なん》につかふ。金〽見あたり次第《しでい》に湯《ゆ》へ這入《へい》つたァ。

という場面などは、類話を見い出すことは出来ないものの、十分落咄に必要なサゲの呼吸を持った場面である。こうした場面は他にもいくつかあり、延廣氏の「旧来の意味での落咄の要素が見られない」という意見には賛同しかねる。『浮世風呂』前編と可楽を結びつける第一の要素は満たされているのである。

第二の要素、つまり「三題咄」、「謎解き」に象徴される即興咄的滑稽の有無についてはどうであろうか。これについては前編巻之下に、

そも〳〵真桑瓜《まくハうり》とかけて何《なん》と解《とく》と、おぎやり申せば弁慶《べんけい》は、少《すこ》しばかりハ小首《こくび》かたぶけ居《ゐ》たりけり引。やう〳〵思按《しあん》が附《つい》たつけと、夫《それ》ハ何《なに》より心易《こゝろやす》し。そも〳〵真桑瓜《まくハうり》とかけては、俵藤太秀郷《たハらとうだひでさと》と解《とき》ます。其心《そのこころ》はあんだんべ。むかでかなハぬと解《とい》たりけり。

という「謎解き」をする場面を指摘することが出来る。

この他にも、前編巻之下の生酔が風呂屋の番頭に絡む、

> 二かい〽イヤモシそんなにお手をおつけなすつては。酔〽ナゼわるいか。おのしが喰物《くひもの》をおれがいぢつたとて、おのしに罰《ばち》もあたるまい。じぎに及《およ》ばぬ。サテト、そんなら手《て》をなめて、また外《ほか》のをいぢつて又なめる分《ぶん》は能《よか》かろう。

という場面などは、現在口演される落語「初天神」の、父子が飴を買う場面で用いられるクスグリと同想のものと考えられ、可楽の「身振り咄」[12]との関係から注目される。

『浮世風呂』前編は、従来の三馬の戯作では、ほとんど確認することが出来なかった落咄（第一の要素）を数多く認めることが出来、また、その他多くの落語的滑稽味（第二の要素）が含まれている滑稽本であった。

では、翌文化七年に刊行された『浮世風呂』二編についてはどうであろうか。

『浮世風呂』二編には、以下のような序文がある。

> 末《まだ》あがらぬかあがらぬかと、草稿《さうかう》を急《いそ》ぐ事長湯《ながゆ》の迎《むかひ》に彷彿《さもに》たり、然《され》と小《ちいさ》な智嚢《ちゑぶくろ》を糠袋《ぬかぶくろ》ほど絞《しぼる》とも、久《ひさ》しい物日《ものひ》の十二銅《じふにとう》、ちよいと捻《ひねつ》た趣向《しゆかう》もなし。

この自序から『浮世風呂』二編は、三馬自身の創作による所が大きい作品だと考えられる。その内容は、前編で見せた落咄を中心とする落語的滑稽はすっかり姿を消し、三馬が既に『酩酊気質』以来とってきた「浮世物真似」、「一般日常生活」を「写す」手法が徹底的に用いられている。これは、従来の三馬の手法を踏襲したものであり、前編とは随分趣の異なった作風となっているのである。

従来、この前編と二編の作風の変化については、「女湯描写に際して、男湯に描いた滑稽から離れる事はむしろ当然の事」(14)(本田康雄氏)と、男湯と女湯という設定の違いから生じたものとされている。大いに賛成できるご意見であるが、前編に落語的要素が多く含まれ、二編に含まれていないことから、落語摂取の違いから生じた変化とも考えられ、両者を併せて考えるべきであると考える。

六

以上述べてきたように『浮世風呂』前編は、三馬自身の豊富な経験にもかかわらず、従来の三馬の戯作には、ほとんど用いられることのなかった、落咄を中心とする落語的滑稽味において異色の作品となっており、「写す」ことによって生じる滑稽を追求する従来の作風からの急激な変化には、何らかの要因が働いたと考えられる。つまりそれが、ある夜、歌川豊国の宿で聞いた、三笑亭可楽の落語と考えられるのである。

◈注

（1）三田村鳶魚氏『評釋江戸文學叢書・滑稽本名作集』百七十三頁（大日本雄辯會講談社　昭和十一年二月）
（2）山口剛氏『日本名著全集・滑稽本集』三十八頁（日本名著全集刊行會　昭和二年一月）
（3）朝倉無声氏著『日本小説年表』（春陽堂　大正十五年九月）による。
（4）延廣真治氏「烏亭焉馬年譜（五）──未定稿──」（『東京大学教養学部人文科学科紀要』第七十一輯　昭和五十五年三月）
（5）三馬はこの「ごとく」という落咄を大変気に入っていたらしく、文政年間に刊行された『しかたばなし一名画ばなし花勝実』の中で、画咄の模範としてこの咄を記している。
（6）本田康雄氏「洒落本・滑稽本と浮世物真似──文芸と演芸の描写法──」（『江戸の笑い』　平成元年三月）
（7）式亭三馬著『落話会刷画帖』（文化十二年刊）による。
（8）（7）に同じ。
（9）（7）に同じ。
（10）延廣真治氏「資料紹介『滑稽集』──文化のネタ帳」（『川柳しなの』　昭和四十三年三月号）
（11）延廣真治氏『落語はいかにして形成されたか』五十七頁（平凡社　昭和六十一年十二月）
（12）（10）に同じ。
（13）中村幸彦氏「落語の文芸性」（『国文学』　昭和四十八年三月臨時増刊号・第十八巻第四号臨時号）
（14）本田康雄氏『式亭三馬の文芸』二百六十三頁～二百六十五頁（笠間書院　昭和四十八年三月）

第四章

噺本の約束事

第一節

愚人考

一

『醒睡笑』巻之一、「祝過るもゐな物」に次のような咄がある。

けしからす物毎《こと》にいはふ者ありて、与三郎といふ中間に、大晦日の晩《はん》いひをしへけるは、今宵《よひ》ハつねよりとく宿《やと》にかへりやすミ、あすは早くおきて来り、門をたゝけ、内よりたそやととふ時、福の神にて候とこたへよ、すなハち戸をあけてよひいれんと、ねんころにいひふくめてのち、亭主ハ心にかけ、鶏《にハとり》のなくと同やうにおきて、門にまちゐけり。あんのことく戸をたゝく。たそ〳〵ととふ。いや与三郎とこたふる。無興中〳〵ながら門をあけてより、そこもと火をともし、わか水をくミ、かんをすゆれとも、亭主かほのさまあしくて、さらに物いはす。中間ふしんにおもひ、つく〳〵思案しゐて、よひにをしへし福の神をうちわすれ、やう〳〵酒をのむころにおもひ出し、仰天《きやうてん》し、膳をあげ、さしきをたちさまに、さらは福の神と御座ある、おいとま申まいらするといふた。(1)

この咄の中に登場する「与三郎」について、鈴木棠三氏は『醒睡笑』（岩波文庫）の注[2]で

仲間・下人など少し間の抜けた男の通名から、擬人名となる。与太郎・弥次郎も同類。

と解説され、また関山和夫氏は「校注『醒睡笑』（二）」[3]の脚注で、以下のように解説される。

ぬけた男のことを「与三郎」「与二郎」「与太郎」という。「与太郎」は現代の落語にも継承されている。

両氏とも「与三郎」「与次郎」「与太郎」を愚人の擬人名として考えておられる。確かに、現在、落語の世界で与太郎は愚人の代名詞となっているのだが、これは醒睡笑の時代から継承された名前なのであろうか。以下この問題について、噺本を中心にみていくことにする。

二

『醒睡笑』（巻之一「祝過るもゐな物」）には次のような咄もある。

町人のものいハひするあり。大晦日に薪《たき、》をかひ、庭なる棚につませけるが、なにとやらんくづれさうなり。亭主あやうき事に思ひ、下主《けす》にむかひて、もし五ケ日の内に、あれなる薪かくつれハ、くつる、といふな、

薪かめてたふなるといへ、とをしへけるか、ハたして元三のかんをいハふ時、崩《くづれ》か丶れり。下主、なふ与二郎、薪がめてたふなるハとよぶ。与二郎ハしりきたり、まかせてをけ、よ二郎がをらふ間は、なにともあれ、めてたふハなすまいぞと。

過度の縁起担ぎをする亭主の意図が理解出来ない愚かな使用人の姿がこの咄にはある。

また次のような咄もある。

① 尾州に米野与兵衛といふ武士あり。た丶事ならす物いミする人なりし。勢田大明神を信仰《しんかう》し、折〻参詣の度、先へ侍をはしらせ、右の方に不吉の物あれハ、右へむきて、たんほ丶といふ。すなハち彼人顔《かほ》を左にし行、左の方に不吉の物あれハ、左へむきて、たんほ丶といふ。すなハち彼人かほを右になして行。奇妙の仕合なりし。ある時の参りに、道に雁《かり》のいきたるか、えた丶すしてゐたり。すなハち右の与兵衛、急度《きつと》雁をつかまへ、是ハかりかね、いやな物、かしかねなれハよいが。又とりまハし、是ハがんすまぬ物、いま〳〵し、唯もていて捨よといへる。おかし。（「祝過るもゐな物」）

② 江州安土《あつち》に、薄打《はくうち》十人計ミな当宗なり。いひあハせ、与兵衛といふなかの使を一人か丶へけり。これは浄土《しやうど》宗なり。とても奉公せむとおもハ丶、日蓮《にちれん》の教門《けうもん》に入やと、頻にす丶むれども合点《かつてん》せず。有時十人の中より、金子一枚《まい》与兵衛につかハし、手前ならすハかさねても合力せんずる、ぜひ受法《しゆほう》せよかしと。与兵衛力をよハす、大乗妙典《ぜうめうでん》を頂戴《ちやうだい》せり。をの〳〵悦ひ、次てに女房をも宗旨になせやとす丶めの時、彼与兵衛申つ

る事のおかしさよ。私こそ貧宝故地獄《びんぼうゆえぢごく》におち候とも、せめて女ともをはたすけたう御さあると。
（「思の色を外にいふ」）

①は度を超した縁起担ぎの男の、常識を逸脱した言動に可笑味があり、また②の咄は過度の浄土宗信者のために笑いが生じている。

これら二つの咄は間の抜けた男を扱った愚人譚というより、過度の性癖を笑う性癖譚ではあるが、「米野与兵衛」「与兵衛」共に、笑いの対象にはなっている。

『醒睡笑』では「与」を冠する名前の人物が、狂歌の中に詠み込まれた「なすひの与一」を含め五話確認でき、狂歌の例を除いた全ての咄で、笑いの対象となっていた。①②は抜けた男という意味からは少し離れているが、「与」のつくものは笑いの対象を示す名前であるとは言えるだろう。

三

では『醒睡笑』とほぼ同時期に成立し、多くの類話を持つ『きのふはけふの物語』ではどうであろうか。『きのふはけふの物語』には以下の三話の咄に「与」を冠する人物の名前が認められる。

①　きく屋の与三郎、ていしゆの留守に、おそれなから、おかた様へ申度事か御座有、かなへさせられハ、申さうといふ。おかた、ハらをたて、うすしほや、其つれな事いふかとて、さん〳〵にしかる。よ三郎聞て、

われらも申かけて御同心なくハ、せひにおよハぬ、かんにんまかりならぬと云。おかたこれをきゝ、おそろしさに、それ程に思はゝ、いつなり共と、いはれた。さらハ、たゝ今といふ。それはあまりきうなといへは、いや〳〵、人のないとき申さうとて、みゝにさゝやきて、朝夕のおめしがくひたらぬ、ちとおしつけてくだされよと申た。

② 山かより、はしめて、むこの来るとて、いろ〳〵様〻、ふるまいをする。こたんに、うとんを出しけれは、山かにて、つゐに見たる事もなし。わかきものゝゐたるに、なは何と申そ、ととふ。此もの、ぬしか名の事とおもひ、与六と申候、御ようの事候はゝ、おほせつけられ候へ、といふ。さて、かへりて、後日のれいふミに、

先度は、ハしめてまかりこし、さま〳〵御ちそう、かたしけなく存候。ことにめつらしき、与六をくだされ今に申出し候。近比、なれ〳〵しき儀に候へとも、なまよろく、少申うけたく候。

しうと、此返事を、あんしくらひた。

③ 長老様へ、与六太夫殿おかた、御ミまひとして、させんまめをもつて、御こしある。しんほち、御ちやうらうさまへ申やう、与六たゆうとのゝお内儀の、是をもつて、御参り候、といふて、ゆひにて、かのものをつくり、御目にかくる。ちやうらう、御らんして、さて〳〵にくひやつちや、人の見る所にて、さやうなる事をするものか、言語道断、くせ事ちや、きやうこうハ、弟子とも思ハねは、ししやうとも思ひそ、はや〳〵まかりたてよ、といふまゝに、かうまの利けんをとつて、おひはしらかし給へハ、たんなしゆあつまり

て、せうしなる事ちや、何事にて、御きにちかふたるそと、しんほちにとへは、いさゝか、おハらのたつ程のことては、御座らぬ、これをしたとて、しかられ申とて、又、くたんの手もとをして、みする。たんな是をみて、それをしたらは、中〳〵申共、きかせられまいとて、とんしやくせなんた。

①の咄は与三郎の真剣な態度に「おかた様」がその頼み事を重大な事と考え狼狽するが、話を聞いてみると、ご飯の盛りを多くして欲しいというたわい無い願い事だったという、勘違いを扱った咄である。この咄の与三郎は、その一途な態度が笑いを誘っている。②の咄は、うどんに間違われる名前として描かれ、笑いのキーワードの役目を果たしてはいるが、与六自体は愚か者ではない。③の咄は寺に訪ねてくるお内儀の亭主の名前であり、愚か者とは無縁である。（尚、①の咄は『軽口露がはなし』（元禄四年刊）巻之一「十二　推量と違た事」、『無事志有意』（寛政十年跋）「丁稚の無心」等に再出するが、それぞれ「久七」「太郎吉」に名前が変わっている）

以上見てきたように『きのふはけふの物語』の場合、①のように愚か者として描かれた咄もあるが、そうでないものもあり、ほとんどを笑いの主体として描く『醒睡笑』とは異なっている。

四

では、『醒睡笑』『きのふはけふの物語』以降の噺本では「与」の字を冠する名前を持つ人物をどのように描いているのだろうか。次に示す表は『噺本大系』等を中心に「与」を冠する名前について調査し、まとめたものである。以下この表を基にして考えてみる。

【表】

刊行年	書名	名前	
元和・寛永頃	きのふはけふの物語	与六太夫殿おかた	×
		与六	×
		きく屋の与三郎	○
元和九年	醒睡笑	与三郎	○
		与二郎	○
		米野与兵衛	○
		与兵衛	○
		なすひの与一	×
寛文十一年	私可多咄	与斎	×
寛文十二年	一休関東咄	はせ川与吉	×
		那須与一	×
寛文十二年頃	竹斎はなし	与吉	×
		与次兵へ	×
寛文末頃	一休諸国物語	かたの丶与助	×
延宝六年	宇喜蔵主古今咄揃	与三郎	○
延宝九年	当世手打笑	与作	○

貞享三年	鹿の巻筆	平川与市左衛門	×
		和泉屋の与三	×
貞享四年	正直咄大鑑	与作丹波	×
		与作	×
貞享四年	篭耳	与三兵衛	×
貞享五年	二休咄	荒木与次兵衛	×
元禄三年	枝珊瑚珠	与九郎と云在郷もの	○
		与九郎と云下男	○
		与茂作	×
		奥丹波の百姓与次兵衛	×
元禄頃	軽口ひやう金房	乞食の大将与次郎	×
宝永四年	露休置土産	内の男与七	×
		与太郎	×
正徳四年	軽口星鉄砲	与次郎	○
享保四年	軽口出宝台	山臥の大楽院の与介	×
享保十七年	咲顔福の顔	上の町の与五右衛門	×
		五人組の与三右	×
正徳・享保頃	水打花	水茶屋の与茂八	○

元文四年	軽口初売買	与勘平	×
元文六年	軽口新歳袋	与五兵衛	○
宝暦三年	軽口福徳利	与太郎	×
明和五年	軽口はるの山	与次兵衛	×
安永三年	福来話有智	与介	○
安永五年	年忘噺角力	加茂与茂七・かんざき与五郎	×
安永五年	一の富	与茂作	○
安永六年	さとすゞめ	与兵衛	○
天明頃	うぐひす笛	隣の与茂三	○
寛政八年	喜美談語	与市兵衛	×
寛政八年	嘶手本忠臣蔵	与一兵衛	×
		与一兵衛	×
寛政九年	臍が茶	与五郎	×
寛政九年	三才智恵	与一兵へ	×
寛政十年	無事志有意	与兵へ	×
寛政十一年	腮の掛金	与一兵衛	×
寛政十三年	滑稽好	与一兵衛	×
享和三年	花の咲	与一兵衛	×

享和三年	福山椒	与一兵衛	×
享和三年	麻疹話	与兵衛	○
享和四年	東都真衛	うそを　与太郎	×
文化七年	落噺常々草	与太郎	×
文化九年	臍の宿かへ	与かん平	×
文化十五年	落咄口取肴	与太郎どの、内儀	×
文政六年	小倉百首類題話	与次郎兵衛	○
文政九年	落噺顋懸鎖	真田の与市義忠	×
		与七	×
文政頃	戯忠臣蔵噺	与市兵へ	×
天保六年	東海道中滑稽譚	与一兵へ	×
天保七年	落噺年中行事	さなだの与市	×
弘化三年	落噺千里藪	与一兵衛	×
		与四郎	×
		与市兵へ	×
		淀与惣右衛門の女房	×
		与次郎の母	×
		那須の与市	×

弘化三年	昔はなし	与一べゑ	×
嘉永頃	大寄噺の尻馬	与市兵衛	×
		与市兵衛	×
		与市兵衛	×
		しうと与一兵衛	×

この表から以下に述べる二点が指摘できると思う。

先ず一つ目は、これらの名前の多くが歌舞伎の役名によっているということである。例えば『当世手打笑』の咄は次のようなものである。

与作《よさく》といふ者《もの》を使《つかひ》にやる事

或侍《あるさふらひ》、与作《よさく》とてたゞ一人《ひとり》の若党《わかたう》を使《つかひ》けり。けふハはれの所へ使《つかひ》にやる程に、口上《こうじやう》つめひらき、よくたしなミて、をれが外分《ぐハひぶん》をつくろへよ。御使《おつかひ》の御名《おな》ハとゝハゞ、与作丹波《よさくたんば》のといふ小哥《こうた》を思ひだして、たんば与《よ》作《さく》とこたへよといへば、かしこまりましたとて使者《ししや》に行《ゆき》けり。あんのごとく、御使者《おししや》の御名《おな》ハと尋《たづね》ければ、丹波をば取ちがへて、しやんとさせ与作といふた。

この咄は、延宝五年十一月、京都北側芝居の顔見せで演じられた「丹波与作」から話材を得た際物咄と考えられる。使いに立つ若党の与作は、主人の適切な忠告にもかかわらず名乗りを間違えてしまうという典型的な愚人として描かれている。しかし、こうした例は多くない。つまり大多数は以下に示すような咄である。

凡商売

石磨

扨打たへて御物遠〻。コレハ〱治郎兵衛さまか。サア〱、マア是へ御通り。ヱきのふハどれへやら。イヤ、きのふハ東の忠臣ぐら見に参りました。扨雛介もよふ致しまするが、富士松も気を付て致します。ソウ聞ましたてや。一ツたいアノ狂言ハ、出ます度にやつぱりはやります。さやうでござる。主のかたきを討て、子孫を残さぬ大石の魂ゆへか、げいに愛がござりますてや。イヤ、アノかたき打迄四十七人共ミな、京にいられましたかイナ。イヤ〱、そうでハごさらぬ。江戸表へ参るものもあり、すでに加茂与茂七などハ北浜に住所いたし、相庭《そうば》の小づかいにやとハれ、大わし源吾ハ江戸で屏風師、かんざき与五郎ハ上かん売とも申、皆其余も大方商内していられました。いかさま尤な事でござる。時に、由良の介ハ芝居の通り、山しなが実《しつ》てごさりますかな。夫ハ違ひませぬ。あれからしゆもく町へかよハれたを、一チ力にしたものでござる。ム、、又由良の介ハ其節、何しやうばいしていられましたナ。ソレハ国元て割符いたした銀子で、田地などかひ、うちふしん立派《りつぱ》に土蔵などたて、敵に油断させせんがため、子孫長久に随分ゆたかな体に、銀子がし致してくらされました。成ほど、是も尤な事でござりますハイ。したが、又其かねの借リ人ハ誰てごさりましたソイナ、夫ハ、ヲ、夫、多くしばいへかされました。ヘヱ、おまへ、夫レ借サれたりや、入ル時に戻りますまいがナア。サアそれが、見への所じやテ。

（『年忘噺角力』）

この咄は「仮名手本忠臣蔵」の世界を題材にしたもので、ここに出てくる「加茂与茂七」「かんざき与五郎」等は愚か者として描かれているのではなく、咄の「くすぐり」の役目をしている。『軽口初売買』の「与勘平」（『蘆屋道満大内鑑』）、『臍が茶』の「与五郎」（『双蝶々曲輪日記』）、『喜美談語』以降、頻出する「与一兵衛」（『仮名手本忠臣蔵』）などもこうした咄であり、直接的には笑いと無関係のものである。

このような例を除くと七十五話中三十六話のみが実体のある登場人物であり、さらに笑いの主体として描かれるのは表の下段に○を付した、わずか十八話に過ぎない。

二点目は噺本における「与」を冠する名前の減少である。用例の数としては減っているとは言えないが、『喜美談語』（寛政八年刊）以降の用例のほとんどが「仮名手本忠臣蔵」の「与一兵衛」になっており、実質的には数が減っているといえるであろう。

以上の二点をまとめると次のような事が言えるのではないだろうか。

一、近世噺本において「与一兵衛」「与市」「与五郎」等「与」の付く名前の者は、芝居の世界から取ったものが少なくなく、またその多くは愚か者として描かれていない。

二、名前の用例自体、時代と共に減少している。

つまり『醒睡笑』においては愚か者として描かれた「与二郎」「与三郎」等の名前は、近世噺本の世界では決して愚か者の典型として存在したものではなく、現在の「与太郎」に継承されるものではない。

五

では、与太郎は愚人ではないのだろうか。噺本に描かれる与太郎について一応確認してみる。

噺本における与太郎の最も早い例は先の表に示したように露の五郎兵衛の遺作とされる『露休置土産』(宝永四年刊)巻之二にある次の咄であろう。

用心ぶかい百姓

ある百姓はたけに物だねをまきゐたりける。となり畑の与太郎見て、なんと次郎作。けつかうな日よりじや。何をまきやるぞ。次郎作、返事すれども聞えず。与太郎ミて、何といふぞ。すきときこへぬといへば、そばへより、耳のはたへさゝやきて、大豆をまくといふ。はて扨、さゝやかいでも大事ない事をといへバ、高ふいへハ鳩がきく。

この咄で与太郎は畑で働く百姓として描かれるが、笑いの主体は次郎作の無知と度を超した警戒心にあり、与太郎自体に滑稽味はない。

『軽口福徳利』巻之五には次のような咄がある。

いたづらも人による

わが子の事といへばよねんもなきおとこ、あるとき、よ所よりかへり、ざしきのかべをミれバ、いろはにほへとと、すみぐろにまがりくねつた筆のあとを、ミるとひとしく大にいかり、そのまゝ市介をよびて、をのれ、留守《るす》させるハなにのためぞ。これ見よ。かべうちはすみだらけになつた。なにもの、しわざなれば、かやうににくさげな事ハしたぞ。まつすぐに申せと、ことのほかにはらたて、いふ。市すけきゝ、それはおまへの御留守《おるす》のうち、与太郎さまがわやくになされましたといふにそ、たちまちきげんをなをし、さてハ与太郎かかいたか。はてさてきような手の。

いたずらの犯人が我が子と知り、かえってその落書きを褒める親馬鹿ぶりが笑いの主体になっている。この咄の与太郎はいたずら者ではあるが、愚か者としては描かれていない。

『落噺常々草』（文化七年刊・桜川慈悲成）にも与太郎が登場する咄がある。

志賀団七

志賀団七、さかど村をとをりけるとき、百せう与太郎がむすめ、田の草をとつてなげしが、団七がのばかまへ土をはねかけければ、団七、大きにはらをたて、与太郎をてうちにせんとひしめきける。与太郎ハいろ〳〵わびことすれ共、とくしんせず。すでに二尺八寸すらりとぬいてふり上ケける。此とき与太郎がこゝろハ、けふ与太郎がからだころされやうとハ、ゆめにもしらず。それゆへゆふべ、ぬけいでゝ寺へもゆかず。今きられる所へ、うかとでたら、こゝろもまつ二つにされてハならぬと、与太郎がはらのなかで、こゝろがぐや〳〵さハぎける。しかも金性にて、こゝろが七つ、けがせぬやうにと、ぐや〳〵するうち、団七、与太郎をけさがけにきれバ、七つのこゝろが一度に、ぽん〳〵〳〵〳〵といづる。団七、びつくりして、たまや〳〵。

この咄なども、切られそうになり焦る与太郎の心と、飛び出してきた与太郎の心に驚く団七が発する「たまや」という一言に笑いの中心があり、先に示した咄同様与太郎自体に愚か者の姿はない。

現在迄に確認できた与太郎の登場する咄は、後述する一例を含め四話のみである。これらの用例から判断すると、咄に限って言うならば、「与太郎」にも愚か者のニュアンスはないと考える方が適当であろう。

六

そもそも近世文学における与太郎は、

おまへもゑぐい与太郎云ぢやト云ながら三みせんを出ス与太郎とはうそつきの事（『二日酔巵觶』[4]）

イ、ヱまだしりしやせん又おめへ「与太郎《うそ》」じやアねへか（『石場妓談辰巳婦言』）

あのお人のわかいじぶんは、伝馬町《てんまてう》の虚多屋《うそだや》与太郎と申して（『四十八癖初編』[5]）

賈人《あきうど》に無掛値《かけねなし》の嘘あり。或は千三萬八《せんみつまんぱち》、或はヨタロウ殻鐵炮《からでつぽう》（『人間万事嘘誕計』）

○鼻を　三月　○さミせんを　三四郎　○口を　佐平次　○うそを　与太郎　○耳を　九月

○どろぼうを　源四郎（『東都真衛』）

という用例からも明らかなように、近世においては「嘘」を表す表現だったようである。試しに『江戸語の辞典』をみると、

操り・浄瑠璃社会隠語。うそ。でたらめ。うそつき。

とあり、愚人の意味を採っていない。他の江戸時代の言葉に関する辞書をみても概ね同様の解釈がなされている。ただし『日本国語大辞典』（第二版）では『吉原すずめ』『後撰夷曲集』『吾輩は猫である』の用例を基に愚か者の意味を採っているのだが、確実に愚か者の意に採れるのは漱石の用例のみのように思える[6]。

では、愚か者の与太郎は存在しないのであろうか。ここで少し視点を変えてみる。

元禄十一年正月京都早雲座初演の「けいせい浅間嶽」に「下人與太郎」の名前を見いだす事が出来る。この芝居の中で道化役者山田甚八演じる与太郎は和田右衛門の下人であり、いわゆる阿呆として表現されている。例えば、中の冒頭には次の様な場面がある。

和田右衛門は阿房《あほう》與太郎《よたらう》を共に連れ、宿へ帰り、編笠を脱ぎ、
（和田右衛門）これ、なぜ取らぬ。汝《おのれ》が手を何《なん》として居つた。
（與　太　郎）握つて居《ゐ》ます。
（和田右衛門）何を握つて居《ゐ》る。

（與　太　郎）寶物を。

（和田右衛門）たわけめが。片手で取れいの。

（與　太　郎）ほんにさうぢや。

中略
（三　　　浦）やい與太郎。なぜに入らぬ。

（與　太　郎）客がある故、遠慮して居まする。

（三　　　浦）これは扨、わが内へ遠慮がいるか。米も仕入れて置けといふに、其儘にして行きおる。憎い奴《やつ》め。

（與　太　郎）はて、其方《そなた》がしたがよいわ。俺が留守なら、飯喰はずに居やしやるか。

（三　　　浦）また、口《くち》答へをしをる。(7)


落語にそのまま出てきそうな与太郎の姿がある。こうした会話は道化役の演じる阿呆の典型的なものではあるが、ここに登場する愚か者の名が与太郎であることには注目したい。「けいせい浅間嶽」は百二十日間も続演された当たり狂言(8)であり、初演以降、繰り返し再演されるなど、其の影響は少なくなかったと思われる。

先に示した「与太郎」の咄の内『露休置土産』（宝永四年刊）のものは、『軽口露がはなし』（元禄四年刊）からの再出咄である。元禄四年の時点では「となりの百姓」となっていたものが宝永四年の時点では、「となり畑の与太郎」(9)となっているのである。この点には興味が引かれる。(10)

「けいせい浅間嶽」の他にも「庵木瓜二人祐経」(元文三年・あやめ座)、「けいせい衣笠山」(延享三年・粂太郎座)、「寄合模様袂ノ白紋」(宝暦三年・三條定助座)、「武者修行餽傳授」(明和元年・三桝座)、「妹背山」(文化元年・藤川友吉座)、「曲輪来伊達大寄」(天保七年・市村座)、「増補黄鳥墳」(天保八年・森田座)などに其の名前が認められ、多くは愚か者の役なのである。或いはこの辺に愚か者与太郎の秘密があるのかもしれない。

七

『醒睡笑』巻之一「祝過るもゐな物」にある愚か者の咄を端緒として、「与二郎」「与三郎」など「与」を冠する名前の者が、現在愚か者の代名詞となっている「与太郎」に継承されたものなのかどうかを探ってみた。噺本に関する限りその用例は極めて少なく、これらの名前が愚か者の擬人名として扱われることは、ほとんどなかったと考えるのが妥当であろう。ただし、浮世物真似・役者物真似など演劇と話芸との関係には密接なものがあり、芝居の世界での与太郎の存在が、何らかの形で影響を与えているように思える。

尚、噺本における愚人名については、また別の機会に述べることがあると思う。

◆注

(1) 武藤禎夫氏・岡雅彦氏『噺本大系』(東京堂出版　昭和六十二年六月)以下の咄の引用は全て本書によった。

(2) 鈴木棠三氏『醒睡笑』(上)(岩波書店　昭和六十一年七月)
(3) 関山和夫氏「校注『醒睡笑』(二)」(『東海学園国語国文』第十七号　昭和五十五年三月)
(4) 洒落本大成編集委員会『洒落本大成』(中央公論社　昭和五十六年四月)以下の洒落本の引用は本書によった。
(5) 本田康雄氏『浮世床四十八癖』<新潮日本古典集成>(新潮社　昭和五十七年七月)
(6) 『日本国語大辞典』には、①智恵の足りない者、愚か者を擬人化していった語。馬鹿。うすのろ。よた。②うそ。でたらめ。また、でたらめをいう人。うそつき。とあり、愚か者の意を採っている。ただしここで挙げられる、「さほひめのもし傾城をめさるなら与太郎月や知音ならまし」(『後撰夷曲集』)「一手さきも見えぬ、うはきがぢなる与太郎は」(『吉原すずめ』)「如何にも与太郎の様で体裁がわるい」(『吾輩は猫である』)の用例のうち確実に愚か者の意ととれるのは漱石の用例のみのように思える。
(7) 『歌舞伎脚本集』<日本名著全集>(日本名著全集刊行會　昭和三年七月)
(8) 井原敏郎氏『歌舞伎年表』第一巻(岩波書店　昭和三十一年八月)
(9) この咄は『醒睡笑』巻之六「詮無い秘密」にも確認できる。咄の中でこの箇所は「隣郷の百姓」となっている。
『軽口福徳利』の場合宝暦三年の時点(『滑稽文学全集』第十一巻による)では咄を確認出来ず、宝暦十五年の再々版の時点で加えられたと考える。この時期には『浅間嶽』(宝暦三年、京、嵐座)、『寄合模様袂ノ白絞』(同、大坂、三条定助座)、『女文字平家物語』(宝暦五年、京、染松座)、『三国小女郎曙櫻』(宝暦九年、京)の芝居で「与太郎」の名前を認めることが出来る。ただし江戸での版と思われるので関係は薄いか。
(10)

第二節

愚人名研究ノート

―噺本を中心として―

一

嘶本は近世を通じて刊行され、多くの笑いを読者に提供してきた。読者は時に愚か者のたわいの無い失敗に腹を抱え、一方で利口者の頓知に納得の笑いを浮かべた。現在、愚か者として直ぐに思いつくのは与太郎であり、頓知では一休であろう。一休が過去から現在に至るまで頓知者の代表として描かれているのは周知の事実である。それに対し与太郎の場合は、少なくとも噺本において愚人として描かれる事が少なかったことについて先に述べた[1]。それでは、噺本には現代の与太郎に相当する愚人は存在しないのだろうか。本稿は、噺本に描かれる愚人名について若干の考察を試みるものである。

近世初期に成立し、後の噺本に多大な影響を与えた『醒睡笑』（元和九年刊）を例に、先ず初期噺本における愚人名について見ていくことにする。

二

『醒睡笑』には千三十余りの短編笑話が収められているが、それらの咄の内から愚人名と認められるものを先ず抜き出してみる。

旦九郎（「謂被謂物之由来」）、井見の庄殿（「鈍副子」）、与三郎・よ二郎・与二郎（「祝過るもゐな物」）、法漸・本覚坊・道見・順欽（「名津希親方」）、専十朗・板持・岩千代（「躻」）、土生・道海・大蔵・或泉坊（「文字知顔」）、磯貝・服部・永玄・了有・三八（「不文字」）、福右衛門・市次郎・とうげの若太夫・刑部兵衛（「いやな批判」）、形部左衛門・菊千代丸（「人はそだち」）、二郎大夫・千代（「詮ない秘密」）、与兵衛（「思の色を外にいふ」）、日念上人（「廃忘」）

以上三十一の愚人名がある。ではこれらはどのような咄の中に出てくるのであろうか、以下で確認しておく。

【愚か息子咄】
旦九郎といふ兄あり。性鈍《せいどん》にて富り。田九郎とて弟あり。性さかしくて貧《まづ》しゝ。ある時弟釜をもとめ、庭にて湯をわかす。たきりゐける処へ兄来れり。其釜をぬき、出居の火もをかぬろにかけぬ。旦九郎見つけ、是ハ火もなふてたきる事如何にとあれハ、弟、それこそ此比来り候、火もなくて湯のわく宝なれとかたるにぞ、兄きもをつふして、金十枚にかふ。金をわたして後、あらひてかくるにわかす。腹立しとへハ、其俔水を入給ハヽわき候ハん物、あらハせ給ふたほどに、今からハ湯わくまじきとて帰りぬ。又ある時馬を一疋かふてつなく。其馬屋に金を二枚入て置けり。旦九郎来り、馬ハいつれよりとゝふ。弟申ける、是こそ世にためしなき名馬に候へ、三日に一度ハかならす金を糞に仕候。又うそをつくとてしかる。馬のゐるあたりを御見せ候へと、人をしてミするに、黄金あり。今ハうたかひなし、われにくれよ、其価金子五十枚つかハさんとてもらひたり。馬屋の結構にしたるに、両ハつなにつなかせ、今や〳〵とまつに其様子なし。大に嗔て、田九郎をよひ、はをぬくに、いや〳〵板の上につなかれし故、心たかひてあり、此後は中〳〵きとくあるましきとそ申たる。是よりうつけを旦九郎とハ云也。(2)

「性鈍にて富めり」と記される兄旦九郎は、「性さかしくて貧し」い弟田九郎に騙され多くの金を取られた挙げ句に「これより、うつけを旦九郎とはいふなり」と言う不名誉まで与えられる。この咄はいわゆる「総領の甚六」(3)という言葉で表現される愚か者の息子（主に長男）を扱った咄である。同様に息子の愚かさを話材とする咄に、家来に対し毅然とした態度を示すことを勧められた井見の庄殿という大名が、八朔の御祝儀を受ける途中で場違いな発言をし恥をかく咄や、お金を拾ったと母親に報告に行くが、肝心の金を落としてしまう岩千代の咄、近所の集まりの折に初対面の人への紹介を兄市太郎の舎弟と紹介され怒る市次郎という息子の咄がある。

【文字知らず】

東西わきまへさるおとこ、年も六十にちかづきければ、棄《き》恩入《をんにう》無《む》為《ゐ》の心さしをおもひより、ほたいをたのむ寺にまうて、しきりにほつたいの望をとげんとす。住持の僧、すなはちかミをそりて、名をば法漸《ほうぜん》とつけたり。法とはのり、のりハそくいひのこと、ぜんとハやうやく、やうやくハかうやくのこと、、道すからおほえ、家にかへれは、人ミなあつまり、法名をとふに、法漸とこたふ。法の字のよミハ、のりを忘れて、そくいひと、漸の字のよミハ、やうやくを忘れ、しハしくふうし、かうやくとこそ申けれ。

東西の違いも理解出来ないような男が法体するが、自身の法名の書き方さえ説明出来ず恥をかくという咄である。醒睡笑には同様の文字知らずの咄が多く採られている。道見・順欽・磯貝・服部・永玄・了有という名前がそれぞれ笑いのキーワードとなっている。この他にも、漢字を読み間違う大蔵・或泉坊の咄、太夫の意味を知らず弟子に中夫と改名を迫る本覚坊等の咄がある。

【愚か村咄】

何者ののぼりくたりにおとしたるやらん、信濃国の山道に烏帽子《ゑほし》あり。ひろひきたり、かやうのすがたなる物世にためしなし、いかさま天人の道具《たうぐ》か、山姥などのたからかや、老たるもわかきもこれを見よや、おかめやと、かちはたしにてはしりあつまる中に一人、是は禰宜《ねぎ》の頭巾《づきん》といふ物ぞ。一人、いや是ハありけうがりのあたまかくしといへば、少もまことにせす、唯奥《たゝおく》の山の刑部兵衛こそ、わかき時殿の夫にさゝれて京へのぼりし者なれは、かれに見せすハすむまいと、はる〳〵もち行見せたれは、是こそ賀茂のまつりに能といふ事有しか、一番に出たさんばそうといふ物よ、これ〳〵、されどもかほからしたへがうせたほどに、必定《ひつでう》三ばさうのぬけからといふ物ぞと。

人里離れた田舎に住む人々が、別の世界に住む人々の生活の一面に触れたとき、時としておかしな言動をする事がある。「愚か村話」と一般的に言われるこの咄は、都会の人々の常識を理解出来ない田舎人の無知を笑う咄である。同様のものに刑部左衛門・とうげの若太夫の咄がある。

この他にも講堂の風呂で騙され頭を叩かれる専十朗、市で出会った知人に家に寝かしてきた息子が起きると、小声で話しかける二郎大夫の咄など田舎者を笑いの対象とする咄は多い。次に示す「愚かな使用人の咄」に登場する愚か者も多くは「這い出」の者達である。

【愚かな使用人の咄】

けしからす物毎《こと》にいはふ者ありて、与三郎といふ中間に、大晦日の晩《はん》いひをしへけるは、今宵《よひ》ハつねよりとく宿にかへりやすミ、あすは早くおきて来り、門をたゝけ、内よりたそやととふ時、福の神にて候とこたへよ、すなハち戸をあけてよひいれんと、ねんころにいひふくめてのち、亭主ハ心にかけ、鶏《にハとり》のなくと同やうにおきて、門にまちゐけり。あんのことく戸をたゝく。たそ〳〵ととふ。いや与三郎とこたふる。無興中〳〵なから門をあけてより、そこもと火をともし、わか水をくミ、かんをすゆれとも、亭主かほのさまあしくて、さらに物いはす。中間ふしんにおもひ、つく〳〵思案しゐて、よひにをしへし福の神をうちわすれ、やう〳〵酒をのむころにおもひ出し、仰天《きやうてん》し、膳をあげ、さしきをたちさまに、さらは福の神と御座ある、おいとま申まいらするといふた。

過度の縁起担ぎを扱った咄である。笑いの主体は言うまでもなく縁起担ぎをして失敗する町人にあるのだが、その原因となるのは亭主の意図を正しく理解出来ない中間の行為にある。同様の愚かな使用人として与三郎・千代・与兵衛がいる。

【その他】
石州に板持《いたもち》といふ侍あり。かたのことくなる大名也。されともうつけ比類《ひるい》なし。ある時西浄《せいじやう》に行、やれ、へびがくひついたハと、高声にわめかるゝ。人ミなあハてゆけは、木履《ぼくり》にて陰嚢《へのこ》をふまへたり。御一種も平等だらりと聞えて侍り。

この咄の他にも板持は、胸懸の伸びたのを馬の首がのびたと勘違いしたり、居留守を使っているにもかかわらず、挨拶に出てしまうという失敗をおかす。この板持なる大名の実像については未詳であるが、具体的な名前入りで三話も採られていることは注目される。

京の当宗の僧日念上人は、弟子に自分の名前は法然の一字を採っていると説明してしまう。また、京の三八は盃を織部というと勘違いし、恥をかいてしまう。

以上、『醒睡笑』の中に出てくる愚人名を確認してみた。『醒睡笑』の場合、愚人名を含む咄は「愚かな息子」「文字知らず」「愚か村」「愚かな使用人」の分類にほぼ収まる事が知れる。個々の名前の特徴についてはどうであろうか。

三

『醒睡笑』には、実在の人物についての逸話風の咄が多く含まれている。愚人名についても「越中に井見の庄殿という大名あり」「石州に板持といふ侍あり」の如く、具体的な地名・所属・地位を明示しているものが多い。『醒睡笑』の場合『戯言養気集』（刊年未詳）にある、

秀次公の御父武蔵守殿、ひけに一段自慢ありけるを、十計見まひ候て、さても〳〵見事なおひけちや、日本にてハ終に見申さぬ、たゝ唐物て御座らふと申けれハ、事外なる御悦喜也。かくて皆〳〵帰ける。其内つね〳〵参てはなし候つる、あひ口の者をよひもとし、こゝへより候へ、此ひけ、真実ハ日本物て有そ、但、人にさたするな、われ計に聞するそとの、御ねんころなり。

という咄の愚人名「秀次公の御父武蔵守殿」を、

大名の、世にすぐれて物見なる大鬚《ひげ》を持《もち》たまへるあり。あまりにひげをまんじ、くるほとの者に、わかひげをハなにといふぞととひたまふ。たゞ世上に殿様《とのさま》のおひげを見る者ことに、から物と申さぬ者ハ御座ないと申あへり。大名うちゑませたまひ、けに、たれもさいふよと、ひげをなで〳〵して、そこなる者こえよとまねかせたまひ、身ちかくよせさゝやきて、ミつからひげをとらへ、弓矢八幡そ、日本物ぢや。

の如く、単に「大名」と改める等して、固有名詞による咄の固定化を防ぐことも行っている。「うつけもを旦九郎という」「石州の板持」等の名は、現在では「うつけもの」の意味として用例を確認する事が出来ない。或いは「策伝某小僧の時より、耳にふれておもしろくをかしかりつる事を、反故の端にとめ置たり」の自序から類推できるように、策伝自身が説教僧として諸国を巡る内に出会った極めて地域性の強い愚人名だったのかもしれない。

『醒睡笑』に見られる愚人名のもう一つの特徴は、愚か者として描かれる者の多くが「侍」「僧侶」である点にある。例えば先に示した過度の縁起担ぎをする主人の意向を理解出来ない与三郎の咄は、後世の噺本に度々再出するのであるが、多くの場合、商家を舞台とする咄になっている。

『醒睡笑』の場合「武蔵守」の咄のように固有名詞を普通名詞に改める事も行われているが、多くの場合は「井見の庄殿」「板持」のような具体的な名前が多い。また、愚人名として記される愚か者の多くが僧侶・武士及びその周辺の人々であるということが特徴といえよう。

四

『醒睡笑』以前、もしくは同時期に成立したと考えられる『寒川入道筆記』（慶長十八年成立）、『戯言養気集』『きのふはけふの物語』（元和・寛永頃刊）についてはどうであろうか。以下で確認しておく。

『寒川入道筆記』「愚痴文盲者口上之事」の場合、愚人は殆ど「天下無双ノウウツケモノ」「右のあほうにましたる程のウツケモノ」「一段と文盲ナル人あり」という形で表現されており、愚人名として認める事が出来るのは自らの名前を説明出来ない「磯谷」（武士）の一例のみである。

『戯言養気集』には、先に示した「秀次公の御父武蔵守殿」の他、「お宮」（若衆。何にでも値を付けて失敗する）、「お福」（町人の娘。場違いな場面で謡をはじめてしまう）、「弥助」（町人。賭をして自ら鼻を剃られる）等の愚人名を認めることが出来る。

また『きのふはけふの物語』には、「ひょうたん屋の四郎三郎」（商人。狼狽してしまい槍で突くのではなく、口でくつさりといってしまう）、「次郎」・「三郎」（自分の母親に有らぬ感情を抱く三男と、それを肯定する次男）等の愚人名がある。

ここに挙げた初期笑話本は『醒睡笑』に較べ所収話数が少ない上、初期笑話本の特徴である、笑話になりきっていない随筆風の咄も多いため、愚人名を数多く確認する事が出来なかった。ここでは愚人名の確認だけにとどめることにする。

初期笑話本においては、『醒睡笑』をはじめとして愚人名を極めて限定的に用いた咄が多いのだが、以後の噺本にその影響を読み取る事は出来るのであろうか。

次に、京・大坂・江戸でほぼ同時期に咄を生業とする人々が輩出した元禄頃迄を見ていく。

五

延宝期以降上方では多くの噺本が刊行されている。これらの噺本から愚人名を拾って見ると次のようになる。

『当世軽口咄揃』(延宝八年刊)仁介・番太郎・道寸
『軽口大わらひ』(延宝八年刊)久八・久三郎
『当世手打笑』(延宝九年刊)与作・久三郎・久三郎
『当世口まね笑』(延宝九年序)ぬく太郎・三八・ぬかりのすけ
『遊小僧』(元禄七年刊)了慶
『初音草噺大鑑』(元禄十一年刊)すね平・出ほうだい鑓右衛門・甚六・甚六・ぬく太郎
『軽口御前男』(元禄十六年刊)ぬく太郎

これを分類すると次のようになる。

下男等の使用人……仁介・久八・久三郎・与作・久三郎・三八・すね平

番太郎……番太郎

僧……道寸

息子……甚六・甚六・ぬく太郎・ぬく太郎

町人……ぬく太郎・ぬかりのすけ・了慶

武士……出ほうだい鑓右衛門

では、江戸ではどうであろうか。

天和・貞享頃から江戸中橋広小路に筵張りの小屋を設けて興行し、大いに繁盛したという鹿野武左衛門には『鹿野武左衛門口伝はなし』『鹿の巻筆』等の噺本がある。これらの噺本の他、武左衛門と関係が深かったと考えられる石川流宣の噺本『正直咄大鑑』『枝珊瑚珠』から、江戸における愚人名を抜き出してみる。

『鹿野武左衛門口伝はなし』(天和三年刊)なし
『鹿の巻筆』(貞享三年刊)作介・明石屋又介・太郎介・次郎
『正直咄大鑑』(貞享四年刊)宗円・角内
『枝珊瑚珠』(元禄三年刊)久八・作内・徳斎・案太郎・与九郎・休徳・八蔵・与九郎・彦左衛門・八内

これらを分類すると次のようになる。

下男等の使用人…作介・角内・与九郎・八蔵・与九郎・八内
商人…明石屋又介・徳斎・休徳・彦左衛門
出家…宗円
百姓…久八・作内
息子…太郎介・次郎・案太郎

『醒睡笑』ではその他の分類にした愚かな商人・町人の咄が出てくるが、他のものは『醒睡笑』と一致している事が分かる。ただし名前に関しては再出の用例は一例もない。

初期笑話本においては、『醒睡笑』をはじめとして愚人名は、具体的な人物を描くものが少なくなく、また、その舞台は武家・寺院としたものが多かった。多くの噺本に影響の跡を読みとることができる初期笑話本ではあるが、固有名詞は言うまでもなく、その他の愚か者の名前も、改作の過程で咄の設定(町人社会で起こる愚かさを主に描く)に合った名前に変えられており、後世に受け継がれることはなかったのである。

六

では、噺本においては現代の「与太郎」の如き愚人名は存在しなかったのであろうか。もう一度上方・江戸の愚人名について確認する必要があるだろう。

用例は多いとはいえないが、元禄頃までの噺本において愚か者として描かれる名前の中心は、商家・武家に使われる使用人及び愚かな息子達であった。上方の使用人では「久」を冠する名前、息子では「甚六」「ぬく太郎」、江戸の使用人では「八」「内」のつく名前、息子では「太郎」の名前が目立つ。これらはいわゆる通り名と呼ばれるものであるが、これらの通り名は愚人の名前として定着していたのであろうか。次に江戸時代、噺本が最も刊行された安永期を見ていくことにする。

【江戸】

『聞上手』（安永二年正月序）久助・長八・太郎平・八兵衛

『興話飛談語』（安永二年正月刊）板東勘八・八助・色香艶庵・竹市愚老庵・番太

『楽牽頭後編坐笑産』（安永二年正月序）三助・孫六・三助・八兵衛

『俗談口拍子』（安永二年正月跋）八介・三右衛門

『落咄今歳咄口拍子二編』（安永二年正月序）おさん

『聞上手二篇』（安永二年三月序）木市・八

『聞上手三篇』（安永二年閏三月序）三介・金助・助七

『坐笑産後編近目貫三編』（安永二年閏三月序）吉・ちよ鶴・角内・源八・染山・治郎兵衛・権兵衛・孫・権助・儀左衛門
『当世口合千里の翅』（安永二年閏三月序）惣太夫・長吉・新五左衛門・七兵衛・藪医庵
『再成餅』（安永二年四月刊）権・番太郎・六助・番太・五郎八・権
『興話都鄙談語三篇』（安永二年四月刊）吉
『芳野山』（安永二年四月序）伝助
『出頬題』（安永二年夏序）八・太郎
『話説仕形噺』（安永二年五月頃刊）権兵衛・三吉・折助

下男等の使用人……久助・八助・三助・三助・八内・おさん・三介・金助・助・角内・権助・長吉・六助・伝助・三吉・折助
町人……長八・太郎平・八兵衛・八介・三右衛門・木市・八・吉・源八・治郎兵衛・権兵衛・孫・七兵衛・権・五郎八・権・吉・八・太郎・権兵衛
武士……板東勘八・儀左衛門・惣太夫・新五左衛門
医者……色香艶庵・竹市愚老庵・藪医庵
番太郎……番太・番太郎・番太
息子……孫六
盗人……八兵衛

女郎……ちよ鶴・染山

【上方】

『軽口大黒柱』（安永二年刊正月）十右衛門・長吉

『安永新板絵入軽口五色帋』（安永三年正月刊）長太・おかぎ・長兵衛

『年忘噺角力』（安永五年正月刊）権兵衛

『立春噺大集』（安永五年四月刊）長吉・権兵衛・八兵衛・八助・市介

『咄の会三席目夕涼新話集』（安永五年七月刊）三介

『咄の会七席目時勢話綱目』（安永六年正月刊）松・長吉・次郎兵衛

下男等の使用人……長吉・長太・長吉・八助・市介・三介・松・長吉

町人……十右衛門・長兵衛・権兵衛・権兵衛・八兵衛・次郎兵衛

女郎……おかぎ

元禄期迄の噺本において愚人名として描かれる事が多かった使用人・息子の内、使用人は安永期においても、愚か者の中心として描かれていることが分かる。

しかし、安永期の噺本の大きな特徴は、元禄期において愚人名を多く含んでいた話群の他に、市井に住む人々が笑いの対象として数多く登場していることにある。もちろん安永期以前にも、こうした人々が登場する咄は多く存在していた。しかしそれらは「ある人」「うつけもの」といった語句で表現されていたため愚人名として確認できなかったのである。

さて、元禄期の愚人名として注目した、「久」「八」「内」のつく名前についてはどうであろうか。先に示した用例からも分かるように全てが安永期においても継承され、愚人名の一部として用いられていることが分かる。特に「八」に関しては用例も多く、また、現在でも「熊さん・八つぁん」と江戸の下町に生きる人々の代名詞のように使われており、愚人名として気になる名前の一つである。この他にも「三」「権」「長」等の名前については用例が多く確認の必要があると考える。

ここでは、噺本における愚人名が安永期以前は「使用人」「愚かな息子」の名に多く見られ、安永期以降は「市井の人々」の名前がこれに加わる事を確認した。ここではこれ以上述べないが、安永以降の噺本についても同様の事がいえることを付け加えておく。

七

では、次に先に示した「八」「長」などを冠する名前が江戸時代を通じて愚人名として用いられていたのか、また名前に地域性が存在するのかなど、個々の名前について具体的に見ていく。次に示す用例は調査の結果頻出度が高いと思われる愚人名を示している。

【八】

八　（上方3江戸18　安永〜文政）
八右衛門（江戸2　安永〜天明）
八公　（江戸1　文化）
八介[4]　（上方7江戸23　安永〜享和）
八蔵　（上方3江戸1　元禄〜寛政）
八とん　（江戸1　寛政）
八内　（上方1江戸2　元禄〜安永）
八兵衛[5]　（上方9江戸10　安永〜文政）
八ぼう　（江戸3　安永〜享和）
八郎兵衛（江戸1　文化頃）

元禄から文政頃までと、幅広く名前を確認することができる。上方・江戸の偏りがないのが特徴といえる。下町の活きのよい男を示すことが多い「八」、使用人の場合が多い「八助」、どちらにも属す「八兵衛」等、人物像の幅も広い。

【久】

久ゑつ　（江戸1　天明）
久九郎　（上方1　享保）

久作　（上方1　寛政）
久三郎（上方4　延宝〜享保）
久助　（江戸4　安永〜文化）
久三　（上方1　安永）
久蔵　（江戸1　元禄）
久八　（上方1江戸2　延宝〜寛政）
久七　（上方3　延宝〜享保）
久平　（江戸1　安永）
久兵へ（上方1　享保）

用例はあまり多いと言えないが、延宝から文化頃まで用例を確認できた。使用人として描かれる事が多く、個々の名前によってばらつきはあるものの、上方・江戸の両地で用いられたと考えてよさそうである。

【権】

権　　（江戸5　安永〜寛政）
権右衛門（上方1　弘化）
権左衛門（江戸1　安永）
権七　（江戸1　享和）
権介　（江戸9　安永〜元治）

権太郎　（江戸２　安永〜文政）
権殿　（江戸１　安永）
権八　（江戸２　文化〜文政）
権七　（江戸４　天明〜文化）
権兵衛　（上方7名1江戸9　安永〜嘉永）

安永以降の愚人名である。這い出の使用人の通り名に多い権介など、権兵衛を除いて主に江戸の噺本の中に出てくることが多い。

【三】

三郎　（上方1　寛永）
三右衛門（江戸１安永）
三吉　（上方1江戸３　元文〜文化）
三五郎　（上方１　享保）
三介　（上方3江戸32　安永〜文化）
三太　（上方5江戸２　享保〜天保）
三太郎　（上方3江戸６　寛保〜安政）
三八　（上方４　元和〜延宝）
三平　（江戸２　文化）

安永以前は上方、以降は江戸で登場する愚人名である。特に安永以降に出てくる「三介」は、江戸の愚かな使用人の名前の代表格といえる。

【長】

長吉　（上方46江戸5　元文～慶応）
長三　（上方1　寛保）
長丞相　（江戸1　嘉永）
長太　（上方3江戸1　享保～安永）
長太郎　（上方2江戸1　安永～寛政）
長八　（江戸2　安永～天明）
長兵衛　（上方6名1江戸1　安永～嘉永）
長松　（上方1江戸5　安永～天保）
長六　（江戸2　安永～天明）

享保以降、主に上方で用いられた愚人名である。商家の使用人（丁稚）として描かれる長吉は、今回の調査で最も用例の多かった愚人名である。

【内】

角内　（上方1江戸5　貞享～文化）

作内　（江戸１　元禄）
徳内　（江戸１　寛政）
八内　（上方１江戸２　元禄〜安永）
可内　（上方１江戸２　寛政〜天保）
門内　（江戸１　宝暦）

用例としてはあまり多くないが、江戸時代を通じて愚か者の名前として描かれていることが分かる。

【太郎】

太郎　（江戸３　明和）
太郎左　（江戸１　安永）
太郎吉　（江戸１　寛政）
太郎作　（上方１　享保）
太郎介　（江戸１　貞享）
太郎兵　（上方２江戸３　明和〜文政）
太郎平　（江戸１　安永）
笑太郎　（江戸１　天保）
ぬく太郎（上方３　延宝〜元禄）
番太郎　（上方１江戸５　延宝〜文化）

＊「権太郎」「三太郎」は「権」「三」を参照。

ぬく太郎・太郎平などは、愚か者の名前として意識的に使われており、愚か者の名としては特別な名前のように思える。なお、番太郎は言うまでもなく、木戸番・夜番を勤めた人を指し、使用人の名である三太郎と共に、他の名とは区別して考えるべきであろう。

以上、愚か者として描かれる名前の主なものを見てきた。この結果から噺本における愚人名についていくつかの事が言えると思う。

先ず、第一に言える事は、愚人名に地域性があるということである。このことは「長吉」という丁稚の名前が上方で多く江戸では少なく、「八介」「三介」の名前が江戸に多い。このように非常に偏った傾向があることから明らかである。

次に言えることは、愚人として描かれる名前の多くが、下男・奴・丁稚といった、這い出の使用人達の通り名であるということである。本論の前半で述べたように、『醒睡笑』において既にこの傾向は現れており、このことがその後の噺本にも同様に受け継がれていることを示している。

三点目は、至極当然の事だが、愚人名も時代によって変化しているということである。これは、咄自体がその時々の社会の中にあり、その時々の流行に敏感に反応しながら改作が行われていることを示している。

八

では、噺本には落語の「与太郎」の如き愚人名は存在したのであろうか。最後にこの点について述べ、本論のまとめとする。

先に示したものから明らかなように、「八」「三」を冠する名前は、江戸時代を通じて、愚か者として描かれていることが分かる。その立場も様々であり、幅広く愚か者の名として読者に認識されていたと考えてもよいのではないか。

もう一人「長吉」については、安永期以降、主に上方の噺本に描かれるのだが、その用例の多さから考えても、愚かな丁稚＝長吉という見方が読者に定着していたと考えて差し支えないものと思う。この長吉と言う名は、おそらく文明開化の世を経て「定吉」に変わっていくのではないだろうか。

現代に通じる類型的な愚人名を確認する事は出来なかったが、近世噺本の中において「長吉」「八兵衛」「三介」等の名は、愚か者を当時の読者に連想させる名前であったと考える。

◇注

（1）拙稿「愚人考」（『青山語文』第二十六号　平成八年三月）が初出。

（2）武藤禎夫氏・岡雅彦氏『噺本大系』（東京堂出版　昭和六十二年六月）以下の咄の引用は全て本書によった。

（3）噺本において愚かな息子「甚六」の用例として現在確認しているのは、『初音草噺大鑑』（「玄関よりにじりあがりの」）の一例である。

（4）八介・八助両方の表記が一つの咄の中で用いられる事から、両者は区別しなかった。

（5）兵・兵へ・兵衛についても区別しなかった。

第三節

息子考

一

近世文学には多くの笑いの対象となる人々が描かれる。武士・町人・僧・田舎者等、その時代に生きた人々が、そのあり方をもって笑いの対象として描かれているのである。ただ、こうした人々も近世期を通じて常に笑いの対象として描かれているのではない。時の世相、時代を包む空気を反映し、ある時は笑いの中心となり、ある時には笑いの対象から外れるのである。本論考では、これらの中から「息子」を取り上げ考察を試みる。

二

宝暦七年に立机した柄井川柳は寛政二年に没するまでの三十三年間に、江戸の前句附点者として三百万句に及ぶ寄句に点を附すことになる。江戸の市井に生きる多くの人々の支持を受け、膨大な数の寄句を集めた川柳点の句は、宝暦・明和・安永・天明・寛政という時代相の一端を反映したものであり、その時代に生きた江戸の人々の笑いの嗜好を読み解く上で格好の材料といえよう。ここでは先ず、川柳点による勝句から「息子」を扱う句について見ていくこととする。

川柳が点者として立机した宝暦七年十月五日開キの万句合の勝句刷に次のような句がある。

惣領は平家のやうなそたちよう　（和らかなこと〳〵　宝七・十・五）[1]

前句の「和らかなこと〳〵」に対し、おっとりとした総領息子の頼りなさを、侍としての猛々しさを失った平家の公達の姿に重ね合わせた付句である。乳母日傘で育てられ独り立ちできない息子の姿が連想される。

翌宝暦八年の勝句刷には次のような句がある。

総領か曲ヶりや妹かおこす蔵　（うつくしい事〳〵　宝八・梅）

分別ハやはりおやじにしよわせ置キ　（さかり成リけり〳〵　宝八・桜・一）

一句目は惣領息子により傾いた家運を妹の働きにより立て直す、妹の働きと出来の悪い惣領の対照が面白い句である。二句目は息子を表す表現はないものの、若い盛りの無分別で遊び回る息子の姿が、親父との対照によって描かれている句である。二つの勝句とも家を顧みず、遊び回る息子の姿を読みとることができよう。

お袋をおどす道具ハ遠ひ國　（目立社すれ〳〵　宝十・櫻・壱）

宝暦十年の勝句であるこの句には、息子と母親との関係が読みとれる。出来の悪い息子の言葉になすすべのない母親の様子が「目立社すれ〳〵」の前句と相まって効果的に描かれている句である。

宝暦十三年の勝句にも息子と母親との関係を表す句がある。

母親はもつたい無ィがたまし能ィ　（氣を付にけり〳〵　宝十三・梅・二）

宝暦十三年の勝句には次のような句もある。

若旦那いつても帯を二タねしり　（たしか也けり〳〵　宝十三・櫻・壱）
かんきんもむす子がすれハにくゝ見へ　（それ〳〵な事〳〵　宝十三・智・二）
おやたちに娵メをしよわせるどらむすこ　（こしらへにけり〳〵　宝十三・信・壱）
馬鹿むすこどう〆の有ル娵をしよい　（さたの無ィこと〳〵　宝十三・靏・二）

どら息子、馬鹿息子、出で立ちを気にする息子など、息子を扱う句の多くが愚か者・不孝者を描いていることが分かる。ただ、宝暦十二年には文字通り万句の寄句を集める万句合興行を三度（十月十五日開キ・十月二十五日開キ・十一月五日開キ）行っていることから考えると、宝暦期における「息子」に対する関心はそれほど高いものとは言えないと考えるのが妥当であろう。

では、明和期になると如何であろう。次に明和期の勝句刷から「息子」の用例を確認していく。

宝暦十四年が改元され明和元年になった年には、息子を扱う次のような勝句がある。

是むす子壱分ンばらす氣ハ無イか　（つらい事かな〳〵　明元・松・三）
若旦那四ッ迄あなの中に居ル　（たつね社すれ〳〵　明元・亀・二）

二句とも遊里関係の句である。ただ、勝句の数としては僅かなものである。ところが、明和二年になるとこうした状況は一変し、息子を描く多くの寄句が勝句として採られるようになる。

どらむすこ一寸〳〵と藏へしまわれる　（とこもかしこも〳〵　明二・宮・三）
きむす子ハうしろへたんとしわをよせ　（廣イ事かな〳〵　明二・宮・四）
どらむすこ二度目の月は座敷牢　（恋しかりけり〳〵　明二・梅・壱）
わか旦那一ト箱明ケてつんのぼり　（ふとひことかな〳〵　明二・梅・四）
商賣のしれぬむすこハしやむか好キ　（さそひ社すれ〳〵　明二・櫻・四）
とらむす子籠の中から娵をとり　（かため社すれ〳〵　明二・櫻・五）
すてに家くつかへさんとする息子　（とまり社すれ〳〵　明二・松・三）
座敷牢となりの息子しらぬふり　（そのはつのこと〳〵　明二・松・四）
きむす子ハ小便所にてきうそくし　（とまり社すれ〳〵　明二・松・四）
ふた親の人とおもわぬたいこもち　（ふしぎ也けり〳〵　明二・仁・四）

下《タ》腹毛たらけている二才客　（つゝみ社すれ〳〵　明二・仁・五）
いつかどのどら口《チ》〳〵へ人を出し　（めいわくなこと〳〵　明二・義・壱）
こんれいのあしたむす子ハ見世でてれ　（いろ〳〵かある〳〵　明二・義・二）
その跡《ト》を大屋のむす子引《ッ》かぶり　（めいわくなこと〳〵　明二・義・三）
一《ッ》家中ひや〳〵おもふ朝かへり　（ならひ社すれ〳〵　明二・禮・三）
母おやの本《ン》をなげ込座敷牢　（おしひことかな〳〵　明二・禮・三）

「きむす子ハ小便所にてきうそくし」は、遊びなれない息子が小便所でこっそり休息している姿を描き、家中の者が心配して朝帰りを待っている「一《ッ》家中ひや〳〵おもふ朝かへり」は、遊びの世界に入っていく息子の姿が家族の不安な様子を通して表現されている。こうした初々しい息子も次第に「わか旦那一《ト》箱明《ケ》てつんのぼり」のような千両箱一箱を遊び尽くす息子となり、商売に全く身が入らない息子は「商賣のしれぬむすこハしやむか好《キ》」の如き三味線ばかり弾いているどら息子へと変貌するのである。行き着く先は当然放蕩の末の座敷牢であり、「どらむすこ一寸〳〵と蔵へしまわれる」状況になる。遊び仲間の息子からは、座敷牢に押し込められたのを知りながらそ知らぬ振りをされる「座敷牢となりの息子しらぬふり」のような状況になり、果ては「母おやの本《ン》をなげ込座敷牢」の如く母親に座敷牢にそっと本を届けてもらうことになるのである。

「遊び」以外をモチーフとする句もある。「こんれいのあしたむす子ハ見世でてれ」などが該当する。婚礼の翌日、店の者に冷やかされる初な息子の姿が読みとれる。

以上のように、明和二年になると息子をモチーフとする句の明らかな増加が見て取れるのである。こうした状況が単に寄句数の増加によるものでないことは、明和元年と明和二年の寄句数の比較からも明らかである。

では、翌明和三年は如何であろう。明和三年の勝句刷には、次のような句が勝句として選ばれている。

下女ふぜいなど丶ちんじる若旦那　（かたひことかな〳〵　明三・満・壱）
母おやのいけんおかむかい丶おさめ　（あまり社すれ〳〵　明三・宮・壱）
若旦那つまらぬものをしよいこまれ　（あまり社すれ〳〵　明三・宮・二）
弟の仕合に成座しきらう　（まよひ社すれ〳〵　明三・櫻・二）
御子息も真木部やへでもかくれる氣　（よわひことかな〳〵　明三・松・四）
ふミ使むす子をはすにまねき出シ　（かくれ社すれ〳〵　明三・仁・壱）
朝かへり母ハはだして二三げん　（かくれ社すれ〳〵　明三・仁・二）
惣りやうハぐうたらべひなことをい丶　（高ひことかな〳〵　明三・仁・三）
御のふけだなと丶むすこハ昼寝をし　（よこに成リけり〳〵　明三・仁・六）
若旦那夜ハおかんでひるしかり　（よこに成リけり〳〵　明三・仁・七）
むす子殿もふくろかもをつれたかり　（せひも無事〳〵　明三・禮・壱）
見や見たがなと丶ハむす子よばない氣　（せひも無事〳〵　明三・禮・壱）
齋日に遣リ手のむす子尋て來　（よろこひにけり〳〵　明三・智・二）
あのむすこそれからやけに成たのよ　（たび〳〵な事〳〵　明三・智・三）

これまで確認してきた句と同想のものが多い。その中で「下女ふぜいなど、ちんじる若旦那」「若旦那夜ハおかんでひるしかり」等は、息子と下女の微妙な関係を扱ったものであり注目される。下女の好色に関する句は川柳評の前句附には多く認められるのだが、こうした頻出するモチーフとの取り合わせは、息子像に新たな一面を加えることになる。また「ふミ使むす子をはすにまねき出《シ》」は、悪事の相談のために文を利用する息子を、「むす子殿もふくろかもをつれたかり」では、取り巻きを伴って街を歩きまわることを願う息子が描かれている。

以上、明和三年も明和二年同様、息子を扱う句が勝句として多数採られていることが確認できた。当然と言えば当然であるが、投句者の視点も広がり、さまざまな息子像が提示されるようになってきている。投句者、その投句を勝句とする川柳、ともにこの時期の息子を滑稽の対象とする関心の高さが窺えるのである。

こうした傾向は、翌明和四年にも続く。

若旦那呼《リ》ハ母のよいきけん　（うれしかりけり〳〵）　明四・奉納亀戸

のような息子の成長を喜ぶ母親の姿を描く微笑ましい句も見出しうるが、多くは既出の句と同様の、

むす子より母か木に成《ル》朝かへり　（はたらきにけり〳〵）　明四・満・壱
拝《ム》からよせとハ母のこわいけん　（よくばりにけり〳〵）　明四・松・二

のようなものである。遊里との関係では次のような句が注目される。

しんぞうを好ク内むす子人がよし　（なしミ社すれ〳〵　明四・仁・壱）

きしやうなと貰てむすこのりか來ル　（たまし社すれ〳〵　明四・義・五）

遊里と息子の関係がより具体的に述べられた句である。初な息子が徐々に遊里の世界に染まっていき、どら息子に変貌する過程が読みとれるのである。

頼りない息子が大人になり、徐々に悪所の水に染まっていく。心配しながらも何もできず、狼狽える親たち、行く末は座敷牢への押し込み、更には勘当という道筋が、この時期頃までに川柳の中に形成されていくのである。

以上、川柳立机の年から息子について描く句を見てきた。

ここで一度、宝暦七年から安永二年迄に勝句として勝句刷に掲載された息子関係の勝句数を確認しておく。(2)

	寄句数	勝句数	息子
宝暦七年	17331	511	1
宝暦八年	36732	1029	4
宝暦九年	58966	1643	0
宝暦十年	（45783）	（1348）	2
宝暦十一年	62666	1878	0

宝暦十二年	(79960)	2348	0
宝暦十三年	(83967)	2590	5
明和元年	116784	3371	2
明和二年	(98233)	2740	17
明和三年	111890	3088	14
明和四年	138708	4082	23
明和五年	112526	2885	19
明和六年	(83592)	2420	34
明和七年	85152	2259	48
明和八年	(87500)	2754	71
安永元年	97877	2664	81
安永二年	93688	2195	42

宝暦七年の立机以降、明和元年までの間は、零もしくは数句のみであったが、明和二年には十七句になり、その後、明和五年までは二十句前後で推移している。明和六年以降は、急激にその句数を増やし、この時期に息子への関心が急激に高まり、川柳点における主要なモチーフとして成長してきていることが知れるのである。

三

川柳点において急激に息子への関心が高まった明和末年から安永初年は、江戸小咄本が近世期を通じて最も刊行された時期にあたる。では、小咄では息子をどのように扱っているのであろうか。以下、確認しておく。

『稿話鹿の子餅』(明和九年刊)[3]には次のような小咄がある。

○鞠《まり》

まりにはまつた息子《むすこ》へ、親父《おやぢ》、遠廻《とをまハ》しの異見《ゐけん》。いかな事聞入《きゝい》れねば、ある時《とき》よびつけ油《あぶら》をとりて、九損一《くそんいつ》徳《とく》、何《なん》のやくにたゝぬ芸《げい》、向後《きやうこう》ふつゝりやむべし。鞠《まり》があれバ蹴《け》たくなる。そのまり、うつちやつて仕廻《しま》へといふに、むすこ、しほ〳〵と鞠《まり》を出《いだ》し、手代《てだい》をよひ、今までもてあそんだ此《この》まり、無下《むげ》にすつるもあんまりじや。せめて庭《には》の隅《すみ》をほつてうめ、しるしに柳《やなぎ》をうへてくりや。

明和から安永にかけて江戸の市井で大流行した蹴鞠を題材とした小咄である。蹴鞠に熱中して家業を顧みない息子に対し、親父が意見をするという設定になっている。こうした芸事に熱を上げる息子を扱う小咄としては他に「○小鼓」(『聞上手』二篇安永二年刊)などがある。

○医案《いあん》

これも一人息子《ひとりむすこ》。よほどの日数《ひかづ》をぶら〳〵わづらひ、くすりや針《はり》の験《げん》も見へねバ、親父《おやぢ》くらうがり、少《すこ》し通り者《もの》を出《た》し、心安《こゝろやす》い若《わか》いしゆを、ひそかにまねいて、市之丞が病《びやう》気、引《ひつ》つこんでばかりのよふぜうハ、けつく、めづらいでわるい。貴様《きさま》たちハ不断《ふだん》も心やすいは、こんな時《とき》じや。ちとさそふて、遊《あそ》び所《しよ》へつれて行て、気《き》を転《てん》じさせて下さいとの頼《たの》ミ。得手《ゑて》に帆《ほ》とうけ合《あい》、息子《むすこ》にあそびすゝむれど、一ゑんすゝミなく、どこへも出るハいやとのあいさつ。そうでハ済《すま》ぬ。そんなら船《ふね》はと、いろ〳〵にいへば、何《なに》もかもいや。しかし、芳町《よしてう》なら遊《あそ》んで見たい気もあるといへば、安《やす》い事と、おやぢに内《ない》ゝかたれバ、とこでも大《だい》じござらぬなれど、ちよつといしやとのへきいてミての事にして下さいと、念《ねん》を入れて直《す》ぐにいしや殿《どの》へ行《いて》、扨市坊《さていちぼう》もおかげてよほど心よふ、しよく好《この》ミがでました。どふぞ、よし町へ遊《あそ》びにまいりたいと申ますが、どうでござりませう。イヤ、それハちとゆるしにくい。野郎《やらう》はうま過てもたれると、不承知《しやうち》のてい。〽しからバ、内《うち》にきれいな二才《にさい》がこざります。これを用ひませうか。〽いや〳〵、地穴《ぢけつ》ハ毒気《どつき》がある。これもなるまい。〽それでハ、せつかくの好《この》ミが無《む》になります。とふぞ御了簡《ごりやうけん》を被成《なされ》て下されませ。〽ハテ、こまつた物と、机《つくゑ》のうへから、こまかに書《かい》た大冊《たいさつ》の書物取出《しよもつとりいだ》しひらき、眉《まゆ》に皺《しわ》よせ、くり返《かへ》しミ、ハ、ア、あるは〳〵。〽何でござります。〽寒《かん》ざらしのやつこのけつがよい。

（『話稿鹿の子餅』明和九年刊）

親父が息子に遊びをすすめる咄である。「ぶら〳〵わづらひ」を煩った息子に、親父が気晴らしのために遊ぶことをすすめる。医者の男色に関するこじつけの論が落ちになっている咄であるが、息子の気晴らしには「遊び所」と考える父親の発想が面白く、また、その父親自身が「通り者」の気を起こすことについては、洒落本に通じるものを感じて興味深い。

物前《ものまへ》

親仁《おやぢ》ハ渡世《とせい》に油断《ゆだん》なく、〳〵息子は色里へゆだんなく通《かよ》ふ程に、親仁大に腹立《はらたて》、やがて二階へ追あげて、何方へも出さず。息子《むすこ》二階にて淋《さみ》しさのまゝ、竹と紙とを買《かひ》よせ、何やら細工をする躰《てい》なるが、盆前《ぼんまへ》なれバ二階より下りて、帳合にてもせよと呼びつけ、扨何の細工《さいく》をしたるぞと問《と》へバ、切子灯籠《ろう》を夥《をびたゝし》く拵へたり。是を売《うら》せたれバ餘程《よほど》の理分《りぶん》あり。親仁《おやぢ》大に悦びけるに、又〳〵元《もと》の如《ごと》く里通ひ、又二階へ追上ると、又〳〵竹と紙とを買ひての細工《さいく》。九月節句前《せつくまへ》に成て、親仁《をやぢ》思ふやう、今度ハ何の細工を仕《し》たるかと、下女に二階を覗《のぞ》かせけれバ、又切子灯籠《きりこどうろう》。

（『興話飛談語』安永二年刊）

遊里通いのため、二階へ押し込められた息子が、汚名返上のために盆に使う切子灯籠をつくり、商売にしようと発案する。親父は大喜びし、一旦は許されるのであるが、またすぐに元のような放蕩生活に戻ってしまう。息子を再び二階に閉じこめたところ、何かを作っている様子に親父は期待するのであるが、作ったものは前と同じで時期はずれの切子灯籠であったという咄である。季節などお構いなしに、愚かな行動を繰り返す息子が笑いの対象となっている。

○野等息子《のらむすこ》

いがミの権《ごん》と来《き》て居《ゐ》る息子《むすこ》、夜更《よふけ》てかへり、火《ひ》もきへてまつくらやミ。親仁《おやぢ》のあたまに蹴《け》つまづき、ハア勿躰《もつたい》ないといふ声《こへ》、母聞《はゝき》つけ、コレおやぢどの。こちのむすこもこゝろが直《なを》つたか、こなたのあたまにけつまづき、もつたいないといひました。息子聞《むすこきゝ》て、ナアニ、おらアめしつぎかとおもつた。

「もったいない」との言葉から、「義経千本桜」の三段目に出てくる「いがみの権」のような不良息子の心根が直ったと勘違いし母親は喜ぶが、それが間違いだと分かり笑いを誘う咄である。

（『話稿鹿の子餅』明和九年刊）

○文

息子《むすこ》、座敷牢《ろう》へ入れおきしに、深川ゟと、うハ書したるふミ、親父の手へわたり、ひらき見るに、吉原の焼だされと見へて、随《すい》分細《さい》字に紙のいらぬよふニ短《みじか》くした、め、物のいらぬ小指《ゆび》を切り、香《かう》箱で有そふな処を蛤貝に入れ送《おく》りしを、親父かんしんして、息子が前へもち行キ、是、見おろう。世間《けん》でハ此よふに商売《せいばい》に身をいれるハ。

（『珍話楽牽頭』安永二年刊）

吉原通いの末に座敷牢に押し込められた息子に対して、小指を切ってまで息子を呼ぼうとする遊女の行動が対照的に描かれている咄である。息子への説教に遊女の行為を用いる親父の発想が笑いを誘う。座敷牢と息子を扱う咄には「格子作り」（『聞上手』安永二年刊）等もある。

○朝帰り

息子遣ひ過し、勘当《かんとう》におよぶ処を、一家《け》のそせうにて、其分にさしおく。有時、ぢびやうおこり、一夜ばかりハしれもせまいと、吉原へ行キ、明《あく》る日戻りて、我《わが》内の首尾《しゆひ》をのそき見れば、また一家どもあつまり居る。

なむさん、又勘当の相談《そうたん》で有ふ。まつ、よふすを聞ふと、飯《めし》たきを呼出し、どふだ、内の首尾ハ。夕部旦那様が頓死《とんし》被成ました。〽ヲ、、それでおちついた。
（『楽牽頭後編坐笑産』安永二年刊）

○平伏

息子、親父の前てあぶらを取られて居るを、友達《ともたち》に見られ、おのしハ親父のまへで、畳《たゝみ》へあたまをこすりつけて居たな。あのよふにあやまらすと、よさそふなものだ。〽なにもしらずハ、だまつていろ。アアあたまを下《さげ》るとな、異見《いけん》がうへを通《とふ》る。
（『楽牽頭後編坐笑産』安永二年刊）

朝帰りの末に、親父が亡くなったと聞いて、勘当されることがなくなったことを喜ぶ不孝息子、また一方では親父の意見を聞き流そうとする不孝息子、二つの咄とも親を親とも思わない、親不孝がモチーフとなっている咄である。

安永二年に刊行された小咄本から息子の行いを笑いとする咄を確認した。度を超した不孝、愚かな息子、母親と息子の微妙な関係、座敷牢に押し込められる息子、これらの咄は概ね川柳点の勝句の中で扱われているテーマと同様のものと言えよう。これまでにも、雑俳と安永期の小咄本の密接な関係については、浜田義一郎氏・武藤禎夫氏・宮尾しげを氏等によって度々指摘されてきた。時として意外性が笑いを生むことがあるが、滑稽の対象となる人物には一定の笑いの型があり、その型の中でさまざまな工夫が行われているのである。

四

この時期に刊行された戯作のうち滑稽を扱うものとして触れなくてはならないものに洒落本がある。『遊子方言』は、明和八年の『虚実馬鹿語』以降、洒落本・談義本中にその書名が認められるため、明和七年以前の刊行とされている。周知の通り、「通り者」「息子」を中心に、吉原好きの「平」、坊主客の他、船宿、遊里で働く者達の姿を描き、以後の洒落本の定型となった作品である。では、『遊子方言』では息子をどのように描いているのであろうか。

『遊子方言』(4)は、通り者番町と息子の出会いからはじまる。以下は、その出会いの場面である。

通《とう》リ者《もの》 これ〱色男〱 むすこ いやこれは どふでございます。此間先生《せんせい》と御噂《おうはさ》中ました 通リ者 先生はさへぬはゑ〱。おまへどこへ行《いき》さなる むすこ 私《わたくし》ハ本所辺《へん》へまいります 通リ者 行《いか》ねばならぬ事か何《なに》しに行《いか》ッしやる むすこ 伯父《おぢ》きの、病気《びやうき》でおりまして、見舞《みまい》にさんじます 通リ者 伯父《おぢ》病気ならば、ぐつとながしたいわい むすこ なぜでござります 通リ者 あんまり、つがもない。よい天気《ひより》じやによつて、正燈寺《しやうとうじ》とくらわせよふとおもふ むすこ なるほど私《わたくし》も正燈寺ゐハ参《まい》りたう御《ご》ざりますが。行《いつ》て来《き》て本所へ参《まい》られませうか 通リ者 行《いか》れます〱。そして、本所ハ大流《おほながし》に、ながしてもよしさ むすこ 何《なん》にもせよ参りましよ 通リ者 そんならぐつと、供《とも》を帰《かへ》しがよかろを。あれが行《いつ》たとても、紅葉《もみぢ》がおもしろくも、なんともないわさ。それよりは、内へ帰《かへ》つてゐた方《ほう》がらくだ。角平《かくへい》なすとんだ通《とう》り者《もの》か。これ色男《いろおとこ》はかまを〱 供角平 それとも御用がござらば、参《まい》りましよふか むすこ いや行《いか》ずともゑい帰《かへ》つて、いをうには、あなたに道《みち》で御目《おめ》にかゝつて御同道《ごどうどう》申正燈寺へまいるによつて角《かく》平をば帰《かへ》します。かならず御あんじ被成ますな 供 かへる。

本所辺に住む伯父の病気見舞いに出かける途中の息子に対し、通り者番長は、正燈寺へ紅葉見物に出かけようと誘う。その際、供の者角平を家に帰すようにすすめられた息子はこれに同意し、「あなたに道で御目にかゝつて御同道申。正燈寺へまいるによつて角平をば帰します。かならず御あんじ被成ますな」と角平に告げ、家に帰すのである。ここで紅葉見物に行く先として指定されている正燈寺は吉原に近接していることから、当時、吉原遊びの方便として使われることが多かった場所である。川柳にも次のようなものがある。

松洞寺むす子のまよふ法リのにわ　（きらひ社すれ〳〵　明七・智・三）
杢洞寺是かいやだと土手ていゝ　（ぜひに〳〵と〳〵　明八・義・二）
ずつ來てずつと出て行杢洞寺　（きはめ社すれ〳〵　安元・満・壱）
杢洞寺こゝ迄來テといふところ　（きはめ社すれ〳〵　安元・満・壱）
杢洞寺むす子むミやうの酒に酔　（やめられぬ事〳〵　安元・仁・三）
杢洞寺女房青ィに氣がつかず　（しれぬことかな〳〵　安二・梅・壱）

本来正燈寺は、

紅葉見といつちや出さぬとむす子いゝ　（うわ氣也けり〳〵　明七・義・壱）

とあるように、吉原行きが容易に連想できる場所であり、通常はその名を出すことがはばかられる寺である。読者がこのことを認知している以上、「かならず御あんじ被成ますな」という息子の家の者への言伝は、読者にさまざまな意味を提供しているように思える。

かんじんの相談をわすれた正燈寺へは、しよせん行《いか》れないによ。貴様ほんに正燈寺へ行と、おもつていたか[むすこ]あい〳〵正燈寺へはいかさまもふおそふ御座りましよ[通リ者]さあ其事《こ》ッた。しよせん正燈寺とは、かりの名、よし原へ、行《いこ》ふといふかねてたくんだ腹《はら》だ。吉原へ行《い》ッても、よからうが[むすこ]あいはやく帰《かへ》りさへすれば、よう御座ります。

とあるように、当初から息子も吉原へ行くことを前提として行動しているようである。朝帰りが息子にとって御法度であることは、先に示した句の他にも、

朝かへりよこへまねくハ母のじひ　（きのとくな事〳〵　明五・櫻・三）

朝かへり入レ歯のぬける程しかり　（はしり社すれ〳〵　明六・満・壱）

のような句が多数あり、こうしたことが「はやく帰りさへすれば」という息子の発言につながっていると思われ

る。

むす子まだ内の出やうをしらぬなり　（いそき社すれ〳〵　明六・義・二）

という生息子にとっては、番長のような男の誘いはまさに渡りに船なのである。

ところで、この「二十才ばかりの人柄のよき柔和そうな子息」は、はたして「初《うぶ》」なのであろうか。中村幸彦氏は「遊子方言評注」(5)の中で、

作者は、この息子を全くおぼこと書いていると思われたなら、とんでもない間違いである。いや通り者はそう思っている風に作ってあるが、余りに素直なところに、この青年もすでに経験者であることを、読者は、そっと知らねばならない。伯父の病気見舞をやめて、紅葉見へ不良の友だちと行く。供のものを、「すとんだ通り者か」とおだてているのを聞かぬふりで、真っ正直そうな口上を供にいわせる。何が「おぼこなものか。おとなしすぎるのが、くわせものである。現に作者も、鎌地屋本次郎を、「折ふしこゝらで見る人じやが」といわせる。伯父きが何時も病気もしまいし、何の用で当人が柳橋あたりをうろつくか。いわずと、これまた語るに落ちたせりふなのである。私は逢った人も悪かったと述べたが、それは客観的批評で、作中の当人には、追い風に帆だったかもしれぬ。

と述べられ、それを否定しておられる。水野稔氏も『黄表紙・洒落本の世界』(6)の中で、

正燈寺行きが吉原遊びの口実であることは当時の常識で、むすこも始めからそれぐらいのことは心得ていたような口ぶりである。

とされ、同様に遊びを知らないという息子を否定しておられるのである。

結局、部屋持ちの女郎にもてた息子は朝帰りをすることになり、明後日の逢瀬までも約束することになる。「あとへ残り、ほち〳〵はなしをしてゐる」息子に対し、新造によって二階から下ろされる通り者は「色男きたないぞへ〳〵」と叫び醜態を晒すことになる。朝帰りをすることになった息子を待っているのは、息子の帰りを心配して待つ母であり、小言の一つも言わないではすまない親父なのである。一方、通り者は、

連レにして面白ク無イいろおとこ　（実なことかな〳〵　宝十・義・壱）

道連レによにこくわるい色男　（引く手あまたに〳〵　宝十三・義・三）

ということを再認識することになる。

以上、『遊子方言』の作中人物である息子に焦点を当てて見てきた。その描かれる姿は一見柔和でまじめそうな若者なのであるが、その裏側には計算されたしたたかさが見え隠れしているように思え、そこにこの洒落本に描かれる息子の味わいがあると考える。こうした息子像が『遊子方言』においてはじめて登場する特殊なものではなく、先に示した川柳・咄等との共通性から、当時の滑稽文学の中で培われた息子像の範疇に収まるもの

と考えられるのである。『遊子方言』の影響かどうかは、なお不確かではあるが、先の表で示した如く、『遊子方言』の刊年と思われる時期を挟んで息子をテーマとする勝句が爆発的に増加していることは注目に値するであろう。息子への関心は『当世風俗通』（安永二年刊）の如き洒落本の他、『遊子方言』を模した数多の洒落本を生み出すことになるのである。

五

川柳評万句合の勝句、安永初年の江戸小咄本、『遊子方言』を例にして、これらの滑稽文芸に描かれる息子について見てきた。頼りない総領息子、家業に身を入れず芸事に熱中する息子、色事に熱中する息子、朝帰りを繰り返し母親を悩ませる息子、父親に叱られる放蕩息子、座敷牢に押し込められる息子等、多岐に渡るのであるが、この時代に生きた作者及び読者の意識の中に共通の息子像が生成されていたことは間違いあるまい。滑稽は意外によって引き起こされるものでもあり、また共通の認識によって引き起こされるものである。『金々先生栄花夢』（安永四年刊）の金兵衛、『江戸生艶気樺焼』（天明五年刊）の艶二郎もこうした息子像の延長線上にあるのではないか。

◇注

（1）以下の川柳の引用は、『川柳評万句合勝句刷』一〜七巻（川柳雑俳研究会　平成五年五月〜平成七年四月）によった。

（2）句数を数えるときは原則として「息子」「惣領」など息子を表わす表現を含む句とした。安永二年までとしたのは、本論考が小咄本との対比を目的の一つとしているためである。なお、勝句刷によって寄句、勝句の数が確定できない年については表の中でカッコを付した。

（3）以下の咄の引用は、武藤禎夫氏『噺本大系』第九巻（東京堂出版　昭和六十二年六月）によった。

（4）以下の『遊子方言』の引用は、『洒落本大成』第四巻（中央公論社　昭和五十四年四月）によった。

（5）「遊子方言評注」（『中村幸彦著述集』第八巻　中央公論社　昭和五十七年七月）

（6）『黄表紙・洒落本の世界』（岩波書店　昭和五十一年十二月）

第四節

噺本に見る閻魔王咄の変遷

一

閻魔王、亡者の生前の罪を裁くとされる冥界の王であり、地獄の主神である。『日本霊異記』（成立年未詳）をはじめとして、『今昔物語集』（成立年未詳）『沙石集』（弘安六年成立）等、仏教説話にも多く描かれる閻魔王は、笑話においても見逃すことが出来ないキャラクターの一つである。本論考では咄に描かれる閻魔王の姿に注目し、その内容の変遷を通して噺本について考えてみる。

二

閻魔王の名前は、『醒睡笑』（元和九年成立）巻之五「婢《きやしや》心《ごころ》」の咄の中に、既に確認出来る。地獄に落ち炎王宮に赴いた博打打ちが、こともあろうに鬼の尻をつめり、その行為を別の意味に解した鬼の言葉が笑いを誘う咄である。この咄で閻魔王は直接描かれているのではないが、咄に閻魔の名前を確認することが出来る最も早い例である。

次いで、寛文四年に刊行された『一休諸国物語』巻之四「一休未来物語」（『一休水鏡』（室町時代末期頃成立）を出典とする）では、死後の魂の行き所について問われた一休が、その問いに答える場面で閻魔王が描かれる。

この咄の閻魔王は、地獄の裁判官らしく亡者に対して判決を下すものとして描かれている。ただ、この咄の閻魔王は一休が若い時に聞いた談義に出てくるものとして語られ、笑いの中心は愚鈍と表現される鬼の方にある。

以上の二話に関しては、閻魔王の名前はあるものの、閻魔王自身の言動が描かれることがないのに対して、次に示す咄には言動を伴う閻魔王が登場する。

寛文一〇年の書籍目録にある『ひとり笑』の改題本とされる『秋の夜の友』（延宝五年刊）巻之二にある「三途《さうづ》川《がは》の姥《うば》」は、二月頃から患い臥していた者が、「くすしの巧者竹斎」の薬に当たり落命し、彼岸に赴くことが発端となっている咄である。地獄では「三途川の姥」と「地蔵菩薩」との間で騒動が起こっており、亡者を迎える状況でないことをよいことにして、地獄から引き返して来て見ると、全てが夢であったという「邯鄲」以来の常套的な趣向でまとめられた咄である。この咄において閻魔王は「三途川の姥」と「地蔵菩薩」との騒動を裁くものとして描かれているのであるが、その存在感は甚だ稀薄である。

同書にはもう一話閻魔王が登場する咄がある。「むしくらひ念仏」（巻之四）に描かれる閻魔王は、威厳のある地獄の支配者として登場する。悪人には乗ることが出来ない三津川の渡し船に賄賂を使って乗り込んだ悪人が、乗り合わせた「八十ばかりのうば」から袋を奪い取り、その袋を手土産にして閻魔王の吟味を受けることになる。

ゑんまわう御らんじて、大きにはらをたて、口のうちより火焔《くハゑん》を出し、目をぐつと見だしてにらミ給ひ、をのれ、しやばにて後生《ごしやう》をねがハず、一期のあひだあそこ爰をぬめりすぎにして、うそをつき、仏にも見しられず、悪《あく》ばかりつくりたり、一々に鉄《くろがね》の札《ふだ》に付置たり、ぢごくへおとすべしとぞいかられける。

この後、悪人は袋の中に念仏があることを理由に、極楽へ送られることを要求するのであるが、中身の念仏が粗悪なものとわかり、却って閻魔王の勘気を受ける。

ゐんまわういよ〳〵はらをたて、をのれハぶせう者にて、なむあミだ仏とハいハずして、なまいだ〳〵ととなへ、字《じ》もたらぬにせ物になし、虫《むし》ぼしさへせずして、むしにつゞらせ、何のようにもたゝず、鬼どもそれとらへて、ぢごくの釜のそこへつきおとせとこそいかられけれ。

（『秋の夜の友』[1]）

悪人は閻魔王の恐ろしさに、思わず声をあげると、その声に驚いた人によって寝ていたのを起こされるという落ちを持つ咄である。この咄も先の咄同様、地獄の様を夢で垣間見る地獄巡りの趣向をとっている。地獄の支配者閻魔王の姿がこの咄にはある。

ところで、この咄、落ちは異なるものの、念仏を袋に入れて冥土に赴いた者から悪人が袋を奪い取り、その悪事が露見して結局は地獄へ落ちてしまうという同様の筋を持つ咄が『噺物語』（延宝八年刊「念仏数取はなし」）、『鹿の巻筆』（貞享三年刊「くどくの念仏」）にもある。近世初期には、好まれた咄なのであろう。

以上の咄の他に「閻魔王」の名前を確認出来る咄が、『噺物語』上巻、『杉楊枝』（延宝八年）巻之三・巻之五にもある。

これら初期の噺本に描かれる閻魔王は、

閻魔《エンマ》王、中ニマシマス。冥官《ミヤウクハン》左右ニ並《ナミ》居タマヘリ。其アリサマ殆《ホトンド》此界ノ形像《ギヤウゾウ》ニ似タリ。多ノ罪《ザイ》人ドモヲ並《ナラ》ベヲキテ、罪《ツミ》ノ軽重《キヤウヂウ》ヲ勘《カンガヘ》玉フ。件《クダン》ノ獄卒《ゴクソツ》ドモ、我ヲ引テ御殿《ゴテン》ノ前ニスヱ置《ヲキ》タリ。大王仰《オホセ》ラレケルハ、「汝《ナンヂ》一生ノ間、タヾ悪業《アクゴウ》ノミヲツクレリ。今一々ニ其責《セメ》ヲ受ベシ」トテ、造《ツクリ》ヲキケル罪業《ザイゴウ》ドモヲ説《トキ》玉フ。我ヲソロシサニ、陳《チン》ジテ見バヤト思フテ、「其事ハ我ナサズ」ナンド云ケレバ、大王嘖《イカリ》タマフテ、「ヤ、汝ハ愚《グ》癡《チ》ナル者カナ。我ヲ誑《タブラ》カサントスルヨナ。諸人ノ善悪《ゼンアク》ハ即時《ソクジ》ニ記《シルシ》トヾメテ一モタガフ事ハナキモノヲ。疑《ウタガハ》シクハ是ヲ聞《キケ》ヨ」トテ、我ガ一生ノ間ナシトナシタル罪過《ツミトガ》ドモ、ソノ月日モ少モ相違《サウイ》ナク、久シクナリテ忘《ワスレハテ》果タル事マデモ、具《ツブサ》ニ記《シルシ》ヲカレシホドニ、今ハ如何《イカン》トモ陳《チン》ジ申スベキ様《ヤウ》モナク、口ヲ閉《トヂ》、涙《ナミダ》ヲナガシタリ。

(『善悪因果集』(2) 宝永八年刊)

の如き説話に描かれる、『冥報記』(永徽三年成立)の受容によって流布し、『今昔物語集』『古今著聞集』(建長六年成立)『沙石集』等の諸説話集の他、『太平記』(成立年未詳)等の諸作にも見える冥土蘇生譚中に描かれる類型的な閻魔像と同様のものが殆どであり、咄の用例自体決して多いとは言えない。尚、この時期には既に『焔魔王物語』(室町末期あるいは江戸初期成立)など、諸仏・地獄の獄卒を擬人化した異類合戦物語が作られているなど、閻魔王を擬人化して描く趣向が存在していた。そのため、こうした趣向を利用した笑話が作られても不思議はないと思われるのだが、実際には笑話に描かれることは殆どなかった。すなわち、これらの初期噺本には積極的に笑話の主人公として閻魔王を描こうとする姿勢を読みとることは出来ないのである。

この期の笑話に描かれる閻魔王について考えるとき、閻魔王は、笑話の主人公として積極的に扱われることはなく、説話に描かれる閻魔王像の範疇にあるものと考えるべきであろう。

三

天和二年の『好色一代男』を生み出す空気は、咄を取り巻く周辺にも確実に及んでいた。江戸では鹿野武左衛門、京では露の五郎兵衛などの舌耕芸者が活躍し、咄も漸く教訓臭から解き放たれたものへと変質していく。貞享四年に刊行された『籠耳』巻之四「二　地獄沙汰銭」には、以下に記すような閻魔王が登場する。

六道銭を持たずに冥土に赴いた与三兵衛は、

> われ冥途《めいど》におもむき、すでに六道《ろくだう》のちまたにゆきかゝりけれバ、焔魔王《えんまわう》出あひ給ひて、六道銭《ろくだうせん》をわたすべきよし申されけるゆへ、腰《こし》のまハりをさがせとも、一銭もなし、子共しつねんいたしぬると見へたり、をつけ盆《ぼん》の聖霊会《しやうれうゑ》まで、御のべ下さるべし、きつとあひすまし申べきよし、いろ〳〵ことハりを申せども、焔魔王《えんまわう》なか〳〵了簡《れうけん》し給ハず、ふたゝび娑婆《しやば》へたちかへり、いそぎ持参《ちさん》すべきよしにて、はる〳〵の冥途《めいど》をたゞ今よみがへりたるぞ。（『籠耳』）

とあるように、六道銭を持参しなかったことを理由に、閻魔王から現世に蘇生し子供から六道銭を貰って来るようにと命じられる。蘇生した与三兵衛を見て家族一同は喜ぶが、未払いになっている六道銭にかかる利息により、来世も貧乏に生まれることを恐れた与三兵衛は家族の願いを振り切り冥土へと戻っていく。冥土に戻る途中で六道銭の中に古銭を見つけ再び娑婆に戻ってくるという行為が落ちとなっている。この世もあの世も、とかく銭の世の中であることを描く世知辛い咄である。この咄の中で閻魔王は、お金という最も現世的な価値観を具現化するものとして描かれており注目される。

　元禄十一年に刊行された『初音草噺大鑑』は、元禄期を中心に刊行された噺本の集大成と言うべき噺本であり、全七巻、二〇五話の咄は元禄期の咄を見極める上で多くの事を教えてくれる。

　さて、この『初音草噺大鑑』では巻之二「十七　極楽《ごくらく》の豊年《ほうねん》」、巻之三「廿八　さいの河原《かはら》の印地《いんち》」、巻之六「廿三　古米《ひね》の念仏《ねんぶつ》」、巻之七「十一　無常《むじやう》ハ碁の生死《いきしに》」の四話に閻魔王の名前を確認できる。ここでは「十七　極楽《ごくらく》の豊年《ほうねん》」「廿三　古米《ひね》の念仏《ねんぶつ》」の二話について見ていくことにする。

十七　極楽《ごくらく》の豊年《ほうねん》

元禄酉戌《げんろくとりいぬ》の比《ころ》、江戸京大坂におゐて善光寺の如来《によらい》を開帳《かいてう》有しに、何が三国伝来《ごくでんらい》の御本尊《ごほんぞん》にてましませバ、都鄙遠境《とひゑんきやう》の僧俗男女《ぞくなんによ》おがミ奉《たてまつ》らぬものハなし。ことに極楽往生《ごくらくわうぜう》の御印文《ごいんもん》をおされしかバ、われも〳〵と額《ひたい》をさし出《だ》して頂　載《てうだい(ママ)》し、決定往生《けつじやうわうぜう》をよろこぶことかぎりなし。それより地獄《ぢごく》へおもむく罪人《ざいにん》、ことの外減《ほかげん》じけるほどに、鬼《おに》の在所迷惑《ざいしよめいわく》におよびければ、焔魔王《ゑんまわう》これを不便《ふびん》におぼしめし、如来《によらい》へ御訴訟《そそう》なされ、御印文《ごいんもん》を御とめ下《くだ》され候やうにと申上《あげ》らる。如来の仰《おほせ》にハ、尤《もつとも》なれ共《ども》、おれも一切衆生《さいしゆぜう》を仏《ほとけ》になさずハ正《しやう》覚《がく》を取まひと口広《くちひろ》ういふてをいたれバ、中《なか》〳〵印文《いんもん》をやめることハならぬ。さるが中《なか》に、おれを頼《たの》まぬ日《にち》蓮宗《れんしう》が大分《ぶん》あるほどに、それを食物《しよくもつ》に仕《つかまつ》れと有ければ、焔王《ゑんわう》かさねて、若い鬼《おに》どもハその通《とを》りでござりまするが、中《なか》でも不受不施《ふじゆふせ》ハとりわき情《じやう》がこハふござりますれば、年寄鬼《としよりおに》どもが歯《あ》にあひますまいといはれし。

（『初音草噺大鑑』）

善光寺の如来の御印文により、決定往生する者が増え、地獄へ送られる罪人が減ったことで鬼達が困窮していることを知った閻魔王は、如来に対し僧俗男女へ御印文を授けることを止めるようにと願い出る。如来にも衆生を仏にしなければならないという事情があり、いったんは断るのであるが、如来を頼まない日蓮宗の者ならば地獄におちてもかまわないという妥協案を提示する。不受不施の堅法華は堅くて食べるにも食べにくいということが落ちになっている咄である。この咄で閻魔王は善光寺の如来とともに、俗化した存在として描かれている。

廿三　古米《ひね》の念仏《ねんぶつ》

さる後生《ごせう》ねがひの親仁《おやぢ》、此世《このよ》の縁《えん》つきてめいどへおもむきしが、四五十年がうち申おきたる念仏を俵《たハら》にして、白瓜《しろふり》の馬《むま》一万駄《まんだ》ほどにつけ、ゑんまの前《まへ》にゆきければ、おにども出て、米《こめ》ざしにて一《いち》々さして見て、まへ〳〵の申をきの念仏そうな。虫がさして一《ひと》つもうけとるべき念仏《ねんぶつ》なし。いハれぬ申おきじや。これでハ極楽《ごくらく》へハやられぬ。新米《しんまい》の念仏《ねんぶつ》ハすこしでもないかといひければ、親仁《おやぢ》、身内《ミうち》をさがしてミて、もうし、りんじうに申ました念仏が四五へんほど、此頭陀袋《このづだぶくろ》にござりまするが、これでハなりますまいかとひければ、ゑんま王《わう》き、たまひて、それでハ不足《そく》なれども、有合《ありあひ》なれバぜひもなしとて極楽《こくらく》へとをされた。

（『初音草噺大鑑』）

後生願いの親父が、日頃貯めて置いた念仏を持って冥土へ赴くが、古い念仏の為に役に立たず極楽へは送られないと閻魔王に極楽行きを断られる。新しい念仏はないかと閻魔王に問われた親父は、臨終の際に唱えた念仏四五へんを差し出す。閻魔王はとても足りないが、あり合わせなので仕方がないと受け取り親父を極楽へ送ることにする。咄の前半部は、前述した『秋の夜の友』（「むしくらひ念仏」）、『噺物語』（「念仏数取はなし」）、『鹿の巻筆』（「くどくの念仏」）と同様の趣向であるのだが、念仏の不足のために地獄に落ちても仕方がない親父を「有合なれバぜひもなし」と許す落ちの部分は前述の咄とは趣を異にしている。

『籠耳』『初音草噺大鑑』中の咄を例として見てきた。地獄の大王としてこれまで類型的に描かれてきた閻魔王が、咄の笑いを作り出す為の役割を担う個性を持つようになってきていることが確認出来るように思える。当時の読者の地獄への関心の高さは、元禄十・年の『小夜嵐』の刊行と、それに続く『寛濶鎧引』（正徳二年刊）、『続小夜嵐』（正徳年間刊）、『新小夜嵐』（正徳五年刊）等、同種の地獄巡りの趣向を持つ浮世草子の刊行によっても明らかである。

では、こうした閻魔王像は後の噺本においても受け継がれて行くのであろうか。

正徳四年刊『軽口星鉄炮』巻之一には次のような咄がある。

二　ゑんまもんだう

此ころある人、はやり病《やまい》にてあいはてられた。ぢごくのあるじゑんま大王へまいりいゝけるハ、私ハしやばにて、あくをつくつた事もござりませぬほどに、極楽《ごくらく》へやつて下されませといふ。ゑんまきゝたまい、もつともあくハつくらねとも、後世《ごせ》をねがふたことがないによつて、ごくらくへハならぬ。今一度《いまいちど》しやばへかへり、ごしやうをねがふてこいといわれければ、いや、わたくしハしやばにてハ大びんぼうなものでござります。まへの所ハいやでござりますといふ。ゑんまきこしめして、そんならバどこへゆきたいととわれければ、四条《てう》通に、かねもちのうつくしい後家がござりまする。これへやりてくださりませとい丶ければ、ゑんまき丶たまへ、そこへハおれもゆきたいといはれた。

（『軽口星鉄炮』）

悪事を働くことも後世を願う事も無かった男が、閻魔王の前にやってくる。地獄へ落とすことも出来ず、また極楽へもやられない男に対し、閻魔王はもう一度娑婆に戻って後生を願うようにとすすめる。娑婆へ戻りもう一度、後世を願えという筋立ては、所謂冥土蘇生譚に繋がる趣向といえる。冥土蘇生譚の場合、多くは亡者を弁護する地蔵等の取りなしによって娑婆への蘇生が許されるのであるが、この咄では閻魔王自身の判断によって行われている。閻魔王のこうした判断は、後半部の落ちへと続いていく。蘇生するにしても元の貧乏な境遇には戻りたくないという亡者の返答に対し、蘇生する場所についての希望を聞き、「かねもちのうつくしい後家」の所へ生まれ変わりたいと聞くや、我を忘れて自らが行きたいと言ってしまう。この思いがけない閻魔王の独り言が落ちとなっているのである。ここには、もはや威厳に満ちた地獄の支配者の姿はない。

『軽口こらへ袋』（享保一一年刊）「十三　中嶋勘左衛門ぢごくにてあく事」には、次のような芝居がかった閻魔王が描かれる。

中嶋勘左衛門ぢごくにてあく事

こゝに中嶋勘左衛門あいはて、ちこくへ来る。ゑんま御らんし、ぜんざい〳〵、なんぢしやばに有しその時、きやうけんききよとは申せ共、大あく人のやくめゆへ、今八大ぢごくへつかはす也、と仰有。勘左衛門はつとかうへを地に付、仰御尤に存候へ共、拙者かたき役をつとめし事、その昔のきをねは、しつあく事つとめし候へは、いそぎごくらくへ御遣し下されかし、と申上る。大王げきりんまし〳〵、おろかやいつわるまし、まことをてらすしやうはりのかゝみをみよ、との給へは、勘左衛門やかてかゝみにむかへば、ふしきやめんしよくかわつてすさましく、色あかくまなこ付までおそろしく有しに、ちかはぬかたきやく。勘左衛門もはつとおとろき、さしうつむきていたりける。ゑんまをはしめおに共こへ〳〵に、いや□□さあ、のかれは有まい。あらそふやとつめかくる。勘左衛門、今は是迄、とつつ立あかり、さしやあ、あらはれたよなあ、ゑんまともに、うつてとれ、といふたもおかし。（『軽口こらへ袋』[3]）

地獄へ来た実悪の役者、中嶋勘左衛門が閻魔王を相手にして堂々と敵役を演じ切る所に笑いが存在する。この咄の中で閻魔王は勘左衛門に合わせて芝居がかった物言いをする者として描かれている。

これら二話の他にも個性的な閻魔王が描かれる咄がある。次にそれらの咄について概観してみる。

『水打花』（正徳享保頃刊）「閻魔《ゑんま》の懐旧《くわいきう》」

江戸の近在から出開帳に来ていた閻魔王が類火にあい、首から下の部分を失ってしまう。閻魔像再興の為に焼け残った首を据えて勧進するが、一向に奉加金が集まらないばかりか、通行人に悪口まで浴びせられてしまう。閻魔王を気の毒に思い涙を流す堂守に対し、腹を立てようにも腹がないと言う閻魔王の言葉が可笑しい咄である。

『軽口浮瓢箪』（寛延四年刊）「鬼《おに》の死骸《しがい》」

病死した赤鬼の扱いに苦慮する閻魔王は、その方法を五道の冥官達に問う。娑婆世界の鬼界嶋、新しく適当な場所を造る等の意見が出るなかで、倶生神の鬼味噌にして食べてしまうという奇抜な方法の提案が落ちとなっている。

『軽口腹太鼓』（宝暦二年刊）「めった仏」

身持ちが悪い閻魔王は、西方の旦那殿によって官を取り上げられ地獄を追放されてしまう。閻魔王に代わって地獄の主となった六道の地蔵（地蔵大王）は、その慈悲の心から罪人までも極楽へ送ってしまい、その結果極楽には行儀の悪い仏が増え困ってしまう。閻魔王が送った仏がけうとい仏であったという対照が可笑しい咄である。

『軽口片頬笑』（明和七年刊）

頓死した芝居の若女形が、閻魔王の前に引き出され、地獄の冥官の詮議を受ける。若女形は、罪、善根共になく、また念仏も称えていなかったために、極楽・地獄のどちらへも行くことが出来ず、また娑婆に戻ることも出来ない。結局閻魔王の裁定により鬼として六道の辻で働くことになるが、根が若女形だけあって、様にならない。新しく冥土に来た髭奴に恫喝され、それに対して精一杯鬼らしく振る舞い言い返すが、肝心の言葉が女形風では全く迫力がない。女形が鬼になるという趣向が可笑しい咄である。因みに、この咄は宝暦一三年に刊行された『根無草』同様、若女形荻野八重桐の溺死事件をヒントとして作られた咄と考えてよいだろう。

さて、ここまで『初音草噺大鑑』から明和期に至るまでの閻魔王を描く咄について確認してきた。亡者の願いを羨む一方で、その亡者に軽んじられ、厳格であるべき判決には優柔不断な面を見せる。閻魔王については、地蔵菩薩と一体とする考え方が密教にはあり、慈悲の心を閻魔王に見ることも可能なのではあるが、そうした地蔵の優しさを考慮しても本来の閻魔王とは全く別のものであることは明らかであろう。『籠耳』『初音草噺大鑑』で確認した閻魔王像は以後の噺本においても踏襲されていた。閻魔王は笑話を構成し、読者の笑いを誘う存在として読者から意識されていたと考えられるのである。

では、咄に描かれるこうした閻魔王像は日本で作られた固有のキャラクターなのであろうか。以下、この点について考察する。

四

先に取り上げた「ゑんまもんだう」(『軽口星鉄炮』)についてであるが、この咄の原話と思われる咄を中国笑話集『笑府』巻一古艶部に確認することが出来る。

清福

一鬼托生時、冥王判作富人、鬼曰、不願富也、但願一生衣食不缺、無是無非、焼香吃苦茶過日、足矣、王曰、要銀子便再與你幾萬、這清福不許你亭。

一説鬼云々、王降座問曰、有這等安閒受用的所在千萬挈帯我去。

(『笑府』)

ある亡者が人間に生まれ変わるとき、閻魔王は金持ちにしようとした。亡者が、「富みは望みません。ただ、一生衣食に不自由せず、是もなく非もなく、香を焚き、お茶をすすりながら日を過ごすことが出来ましたら、満足です」というと、閻魔王がいうには、「銀が望みならば、幾万も授けるぞ。だが、そのような清福は授けるわけにはいかない」と。

ある話によると、亡者が右のように言うと、閻魔王は座を降りてきて尋ねて言うには、「そのような安楽なところがあるのなら、是非私も連れて行ってくれ」と。

概ね、先の「ゑんまもんだう」と同内容の咄と考えてよかろう。このことは初期の噺本には見られなかった閻魔王を笑いの対象とする創作態度が既に中国笑話に存在していたことを示していよう。『笑府』には、この咄の他にも閻魔王を描く咄が複数含まれている。以下簡単に確認しておく。

巻二腐流部

「窮秀才」…娑婆にいた時、栄耀栄華を楽しんだ男を罰するための方法として、秀才として生まれ変わらさせ、五人の子の親にするという閻魔王。貧乏の子沢山という罰。罰する方法が可笑しい咄。

「頌屁」…放屁した閻魔王が、秀才の機転を効かせた言動で救われ、それを喜ぶ咄。

「読破句」…句読を誤る師匠の多さに業を煮やした閻魔王は、お忍びで講義を巡見する。折良く『大学』を教授するところに出くわすのだが、はたして誤読を教えている。早速獄卒に師匠を捕らえさせ、その罪を責め罰するが、師匠は判決文までも誤読してしまう。閻魔王の面目は無いに等しいという咄。

第三世諱部

「扛」…閻魔王の命令で蔡青を捕らえに行った獄卒が間違えて債精を連れて来る。閻魔王は間違いに気づいて債精を娑婆に戻そうとするが、逆に匿ってもらいたいという返答が可笑しい咄。

第四方術部

「冥王訪名医」…閻魔王は獄卒に娑婆から名医を連れて来るようにと命じる。閻魔王の「門前に亡霊がいない医者が名医だ」という教えに従って名医を探すが見つからない。やっと門前に亡霊が一人しかいない医者を見つけ、その亡霊に聞いてみると、昨日看板を出したばかりの医者であったという咄。

第八刺俗部

「猴」…人間に生まれ変わりたいと願う猿の願いを聞き入れる閻魔王。ところが毛を一本抜いただけで泣いてしまう猿は、結局人間には成れなかったという咄。

「造方便」…閻魔王の名前はあるものの、咄には直接描かれていない。

「刁民」…娑婆で殺してしまった虱に訴えられた亡者が閻魔王の前で虱と対決する事になる。虱が言葉につまったため、亡者は娑婆に戻ることになるのだが、戻った娑婆で再び虱を見つけ、今度は注意深く処置しようとする言動が可笑しい咄。虱の訴えを取り上げてやる閻魔王。

第十形体部

「又（巨卵）」…病気で死んだ男は、娑婆で悪事をはたらいた罰として閻魔王によって驢馬の姿にされてしまう。後に冤罪とわかり人間の姿に戻され娑婆に戻ることになったのだが、蘇生を急いだため、局所だけは驢馬のままの姿で生き返ってしまう。気付いた男は冥土に戻って元の体に戻して貰おうとするが、女房はそれを引き留めるという艶笑咄。
第十二日用部
「喫素」…閻魔王の前で、一生精進を守ってきたからもう一度人間に生まれ変わりたいと願う亡者。閻魔王が亡者のお腹の中を調べさせてみると涎と唾ばかりだった。裁判官としての閻魔王を描いている咄。
第十三閨語部
「魔王反」…閻魔王が鬼を率いて反乱を起こすが、観音様の呪文によって鬼たちは瓶の中に捕らえられてしまい降参する。瓶の中でひもじくはなかったかと問う閻魔王に対して、一番弱ったのは押しつぶされそうになったことと答える鬼の返答が可笑しい咄。

これらの咄の内、「冥王訪名医」は『笑顔はじめ』(天明二年刊)にそのまま翻訳され、「又(巨卵)」は『正直咄大鑑』(貞享四年刊)「無想の馬薬」に改作される。また、「頌屁」の前半部は閻魔王を遊女に換えて多くの類話が造られている。「魔王反」は、咄にこそ採り入れられていないが、先に記した『焔魔王物語』を思い起こさせる内容となっており、注目される。

笑話本に描かれていると考えれば当然の事かも知れないが、これら『笑府』に描かれる閻魔王は、亡者の運命を握る恐怖の大王というイメージが薄い。亡者の願いをうらやましがり、亡者の追従を真に受け、亡者の機転をありがたがる。また、猿・虱の願いを聞き届け、反乱を起こして簡単に降伏してしまい、その後、部下の鬼達の心配までしているのである。身近な存在の閻魔王の姿が『笑府』にはある。『笑府』では、笑話を構成するキャラクターとして閻魔王が認識されていることが知れよう。こうした描かれ方は、貞享以降の噺本に描かれる閻魔王像と同種のものと考えてよいように思う。

ところで、『笑府』をはじめとする中国笑話本と噺本との関係については武藤禎夫氏の論考及び数々の著作があり、それらの報告によって、近世初期から噺本が中国笑話の影響を少なからず受けていたことが知られている。本格的な中国笑話の受容については明和五年以降、相次いで刊行された『笑府』抄訳本をはじめとする漢文体の噺本の刊行以降であることは、安永期以降の江戸小咄本に含まれる多くの中国笑話を原話とする類話の存在からも明らかである。ただ、その本格的受容が明和期に突然始まったことではないことも、明和期以前の噺本中に中国笑話の類話が存在していることから明らかなのである。近世小説と『笑府』の関係について佐伯孝弘氏は、「其磧気質物と噺本」[4]の中で、其磧気質物と『笑府』との関係を明らかにし、明代笑話の享受について明和年間の『笑府』抄訳本刊行以前から、もう少し広い範囲で考えるべきと論じている。江島其磧が『笑府』を利用していたことが明らかになったことで、其磧の手がけた噺本の扱いについても注意が必要になってくる。其磧の噺本と『笑府』との関係については直接類話を指摘することは出来ないものの、其磧の噺本『咲顔福の門』(享保一七年刊)には、安永期の小咄を思わせる短い咄が多数あり、さらに全ての咄が体言止めで終わるなど、中国笑話集の影響を考えて良いと思われる点がある。更に注目すべきは、こうした形態の咄が其磧独自のものでなく、享保期辺りの噺本に散見するということである。[5]なお慎重に考察を試みる必要があると思われるが、こうした咄の流行の一因に中国笑話の影響を考えてよいように思う。

五

咄における閻魔王像の変化を通して、噺本の変遷について考察を試みた。噺本に描かれる閻魔王像の変化については、大きくは、文学史の流れ―仮名草子から浮世草子へ―に象徴される咄の中世的説話的文学からの脱却、地獄遍歴物浮世草子などの刊行に見られる当時の読者の地獄への関心の高さなどにその理由を求めるべきであろう。ただ、こうした要因の他に、近世笑話が確立して行く段階で、明代の中国笑話の影響を受けた可能性があることを考慮しなければならないことが明らかになった。その一つの例証が今回取り上げた閻魔王の咄なのである。

◆注

（1）武藤禎夫氏・岡雅彦氏『噺本大系』（東京堂出版　昭和六十二年六月）。以下の咄の引用は特に注を付さない限り本書によった。

（2）西田耕三氏『仏教説話集成一』叢書江戸文庫16（国書刊行会　平成二年九月）

（3）檜谷昭彦氏・石川俊一郎氏「『軽口こらへ袋』解題・翻刻」（『藝文研究』第四八号　昭和六十一年三月）

（4）佐伯孝弘氏「其磧気質物と噺本」（『國語と國文学』七三―一二　平成八年一二月）

（5）鈴木久美氏「前期噺本の表現スタイルについての一考察」（早稲田大学教育学部『学術研究（国語・国文学編）』四八号　平成十二年二月）

第五節

噺本に見る巻頭巻末咄の変遷

一

近世を通じて刊行された噺本は、殆どその形態、内容を変化させることが無かった点で、近世文学の中で異彩を放つ文学ジャンルである。とはいっても全く変化が無かったという訳では勿論ない。主に半紙本の書型で刊行されていた噺本が、『話稿鹿の子餅』（明和九年正月刊）以降、小本の書型になり、その後、中本を書型に持つ戯作の台頭が噺本の書型にも少なからず影響を与えていることは周知の事実である。また、噺本の作者・編集者により話柄に違いが存在し、地域性・刊行時期によって愚人名に違いがあることも明らかになりつつある。[1]そこで本論考では、主に噺本の巻頭・巻末咄を取り上げ、近世初期から江戸小咄本の開基『話稿鹿の子餅』（以下、『鹿の子餅』と表記する）に至る変遷について確認し、併せて『鹿の子餅』の巻末にある一文について考察する。

二

『鹿の子餅』は文運の東遷により出版の中心が江戸に移っていく時期に刊行され、翌安永二年以降の江戸小咄大流行の口火を切ることになった噺本である。後に大田南畝が『奴凧』で、「小本に書しは、卯雲の鹿の子餅をはじめとして百亀が聞上手といふ本、大に行れたり」(2)と記しているように、『鹿の子餅』は、内容、形態等、様々な面で江戸小咄本の開基と称せられる噺本である。この『鹿の子餅』の巻末には注目すべき次のような一文がある。

下司《ケス》咄《ノハナシ》屎《クソテ》果《ハツル》以《ノモツテ》二古語《コゴヲ》一先此巻是切《マツコノマキハコレキリ》

こうした表現は、『俚言集覧』にも「下衆の咄は糞でをさまる」という文で確認することが出来る。下様の人々の咄は最初は上品な内容でも、終わりは下品な話題で終わるという譬えである。では『鹿の子餅』の咄は実際どうなっているのだろう。まず巻頭の咄から確認してみる。

○桃太郎《もゝたろう》

むかし〳〵の桃太郎《もゝたろう》ハ、鬼《をに》か嶋《しま》へ渡《わた》り、もとで入らすに多《お》くの宝《たから》を取《とつ》て来《き》たげな。これほど手《て》みじかな仕《し》事《ごと》はない。しかし、犬《いぬ》と猿《さる》ときじが供《とも》をしたとある。おれもきやつらをこまつけるがよいと、かの日本一《につほんいち》の秬団子《きびだんご》をこしらへ、腰《こし》につけて行《ゆ》く。向《むか》ふの岩《いわ》ばなに猿《さる》が出《で》て居《ゐ》る。まづしてやつたりとうれしく、件《くだん》の団子ぶらつかせ行過《すぐ》るを、猿よびかけ、おまへ、どこへござる。おれか。おれハ鬼《おに》がしまへ、たからを取《と》りにゆく。腰《こし》につけたハ何でござる。是《これ》は日本一《につほんいち》のきびだんご。猿《さる》、うかぬ皃《かほ》にて、こいつ、うまくないやつだ。

（『鹿の子餅』）

昔ばなし「桃太郎」のつづきを当世の風潮に即して創作した咄である。『半日閑話』に「此頃浅草門跡前に日本一黍団子出来る。家号むかしや桃太郎[4]」と記される黍団子屋の開店を当て込んだ際物話と考えられる。

『鹿の子餅』には六十三話の咄があるが、動物を擬人化した趣向の咄はこれ一話であり内容としては特殊である。「はなし」の本としての意識が卯雲にこうした御伽草子・赤本等に取り上げられる昔話を話材とする咄を巻頭に配置させたのであろう。この咄には巻頭咄に対する卯雲の明確な意図を感じることができる。

　では、『鹿の子餅』以前に刊行された噺本ではどうであろうか、以下で確認してみる。

三

慶長十八年に著された『寒川入道筆記』の巻頭咄は次のような咄である。

一　我等下人ニ天下無双ノウツケモノアリ。当年正月ノ事ナルニ、庭前掃除ス。彼者ひとりことに、連歌士や又数寄者ナトハ、此様なる雪ノ朝夕ヲ心カケ、数寄ヲモ出シ、発句ヲモ思案スルコソ本意ナラメ、扨〻大寐哉ト云ヲ聞テ、枕を上ケ、雪ハいか程フリタルトとへハ、中〱申されぬことじやといふ。洛中ニハ昔より、左様ニ大雪ハふらぬが、キトくナル事哉、先いかほとふりたるそといへは、彼うつケもの申やう、上へハ一寸にタルタラズ候が、横へハいかホトとも、かきりが御座なひと申タ。

雪がどの程度積もっているかと問われた下人が厚さばかりでなく横幅までも答えてしまうという落ちを持つ典型的な愚人譚である。この咄は『醒睡笑』『百物語』『あられ酒』『坐笑産』『新口一座の友』等、後世、度々再出する咄なのだが巻頭にこの咄を配しているのは『寒川入道筆記』のみである。また、この咄『寒川入道筆記』では「正月ノ事」としているのに対し、諸本では「夜もいまたあけやらぬ」、「夕部」などとしている。

では、『醒睡笑』の巻頭の咄はどうなっているだろうか、確認してみる。

そらことをいふ物を、などうそつきとハいひならハせし。されはにや、うそといふ鳥、木のそらにとまりゐて琴《こと》をひく縁《えん》によせ、そらことをうそつきといふよし。

「謂被謂物之由来」に分類されるこの咄は、「そらごと」の語源について説明したものであり、正月など巻頭を連想させせる表現は確認できない。ただ、『醒睡笑』自体が「うそばなし」であることを示すために、巻頭にこの咄を配置しているとも考えられる。『戯言養気集』ではどうであろう。

○しんほちいの故事

ある人、正月七日の事なるに、すきやにかまをしかけ、りん〳〵とたぎるを聞て、福田助十郎と云人のかたへ、一ふく申さうと、文をやりければ、助十かみをそりて参らではとて、たれかれをよべども、今日は遊び日にて有とて、皆〳〵出て候と言ひしかば、いかゞせんと思ひいたる所へ、だんな坊主、年玉なんどさゝげまいられければ、福田悦て、さてもよき所へ御出有物かな、即頼申とて、かみをあらひ、一しきこねてかゝる。此僧、坊主あたま計そりつけたるゆへにや有けん、かたこびんよりめき〳〵とそりおとしければ、これは〳〵と、きもをつぶし、以外腹を立、是非もなき御さいばんにて侍ると、の丶しりしかば、いな事を承る、何とも御このみもおはさぬ間、とんせいなされ候かと存、仕て候とて、腹を立、そりさしていなんと云しを引とめ、此上はそり度やうに御そり候へと申しければ、則新しほつけになしけり。正月なるにより是を新発意のはじめとす。評して云、人をふかう思ひ入し事有時は、たれもかくあらんとおもひ、くはしく云ことはらで、度々あやまちに至る事有。此助十郎も、いそぎかみをそり、はんなりとすきにあはん事をのみ思ひ、さかやきをとこのまざりしゆへ、存じもよらぬとんせい者になりにけり。

初釜の招きを受けた福田助十郎は身だしなみのため、髪に剃刀をあてようとするが、正月のこと故、生憎適当な人物がいない。折良く年始に訪れただんな坊主に剃刀をあててもらうが、出家の望みと誤解しただんな僧は福田の頭を丸めてしまう。誤解から生じた滑稽であるが、初釜・福など、巻頭を飾る表現が目に付く。『きのふはけふの物語』では、どうであろう。

むかし天下をおさめたまふ人の御うちに、はうちやくなるものともあつて、禁中へ参り、ちんにとらふといひて、やりの石つきをもつて御もんをた丶く。御つほねたち、出あひたまひて、是ハこれたいりさまとて、下丶のたやすく参る所てはないそ、いそき何かたへもまいれとおほせけれは、此家をちんにとらせぬといふりくつのあらは、ていしゆまかり出て、きつとことはりを申せといふた。

天皇に対して不遜な態度をとる、時の権力者の家来の無知を描いている。この咄自体には、巻頭咄としての特別な意味は無いと考える。

以上、近世の初期に成立した噺本の巻頭咄について見てきた。咄の口開けとして、場面を正月とし、名前にも縁起の良い名を使っている咄がある一方で、巻頭の咄としてあまり意識されていないものもあると言うのがこの時期の噺本の特徴と言えよう。

次にもう少し範囲を広げて、噺本が文学ジャンルとして一応の完成をみる延宝期迄を見ていくことにする。

『わらいくさ』（明暦二年十一月刊）

使いに出された若党の過度の気遣いが笑いの主眼となっている。巻頭咄としての意味は無いか。

『百物語』（万治二年初夏上旬刊）

『事文類集』『徒然草』などを踏まえながら、手習い習得の方法について記した教訓的な内容であり、純然たる笑話とは言い難い咄である。

『かなめいし』（寛文三年頃刊）

寛文二年五月朔日に起こった地震を扱った狂歌咄。

『理屈物語』（寛文七年三月刊）

『晏子春秋』から晏子が楚へ使いに行った折の活躍を記す咄。巻頭咄としての意味は無いか。

『私可多咄』（寛文十一年孟春刊）

百済からの渡来人王仁の本朝での住居についてを、狂歌によって示した狂歌咄。咄の中に、「むかし〳〵、天下泰平におさまり、今此御代のことく国土ゆたかなりしハ」と寿ぐ表現が見られる。

『狂歌咄』（寛文十二年仲夏刊）

柿本人麻呂に関する逸話を扱った狂歌咄。和歌の祖として、狂歌咄を集めた噺本の巻頭を飾ったか。

『宇喜蔵主古今咄揃』（延宝六年刊）

初茶湯を開いた亭主が天井裏の鼠に困り猫の真似をするという咄。

『当世軽口咄揃』（延宝七年刊卯月下旬）

せんしょうを言いたがる江戸商人の度を超した言い種が笑いの中心となっている咄。

『軽口大わらひ』（延宝八年青陽刊）

松囃子の謡を謡うことになった男が、出だしを忘れてしまいおかしな謡を謡ってしまう。それにつられて周りの者も同様におかしなことを口走ってしまうという滑稽を描く咄。正月の芸能を話材とする。

『噺物語』（延宝八年仲秋上旬刊）

日本一の名医が自らの目を取り出し、また元に戻すという咄。巻頭咄としての意味は無いか。

『当世手打笑』（延宝九年正月刊）

花見の帰りに羽織を拾ったという話を聞いた二人の男が、自分達もと羽織を拾いに町に出る。犬に先を越されるのだが、犬も羽織を拾いに来たと考える男達の愚かさが笑いの中心となっている咄。

『当世口まね笑』（延宝九年三月上旬序）

据え風呂を知らない愚かな男の言い種が可笑味の咄。

以上、見てきたように、巻頭を表すような内容を持つ咄は多くない。これは刊記が示すように、例示した噺本の多くが正月刊行ではないことが大きく影響しているように思われる。また、この時期に刊行された出版物は教訓的・実用的な内容に娯楽性を持たせた物が多く、噺本も単に娯楽性を追求する笑話のみを集めた物ではないことも影響しているように思われる。

この時期、笑話との影響が指摘されている狂言の台本集が相次いで刊行されている。狂言は活字化されることにより、一種の笑話として読むことが可能であると考えられるのだが、これらの狂言台本では巻頭をどう扱っているのだろうか。参考程度に確認しておく。

万治三年以降、刊行された『狂言記』[5]を見ると、『ゑ入狂言記』（万治三年三月刊）「烏帽子折」、『新板絵入狂言記』（元禄十三年五月刊）「張蛸」、『絵入続狂言記』（元禄十三年九月刊）「連歌毘沙門」、『絵入狂言記拾遺』（享保十五年十二月刊）「三本柱」というように主従狂言大名物・福神狂言が巻頭を飾っている。これらを含め狂言記の配列を見ると、主従狂言大名物・福神狂言の他、主従狂言果報者・聟狂言を前の方に配置していることが分かる。こうした配列は、狂言諸流の名寄の類から、ほぼ狂言の上演順を意識して行われていることが知られている。『狂言記』に関して言えば、巻頭の意識があるといえよう。

論を噺本に戻す。次の頁に示す表は、江戸・上方に舌耕芸者が登場し、噺本の刊行が本格化した、天和以降、江戸で小咄の大流行を引き起こす『鹿の子餅』刊行以前の噺本について調査したものである。

天和から元禄にかけて刊行された噺本の多くは江戸の舌耕芸者鹿野武左衛門、上方の舌耕芸者露の五郎兵衛・米沢彦八らの手に成る物、及びその人気を当て込んだ物が上梓されている。これらの噺本の刊行時期は表に示した通り不定期であり、延宝期以前の刊行形態と同様である。内容についても同様に巻頭の咄としての意図をあまり読みとることが出来ない。これはこうした噺本が舌耕芸者それぞれの話芸の特徴を示すことを目的としていたためとも考えられる。

ところが正徳頃になると、前述の舌耕芸者の影響を考えなければならない噺本の刊行は減少し、舌耕芸者以外の作者の手になる噺本が刊行されるようになる。この時期になると表が示すように噺本の刊行は、ほぼ正月に固定化されてくる。こうした出版形態の変化は、噺本に少なからぬ影響を与えたものと思われる。つまり、噺本の正月刊行が一般的になるにしたがい読者は噺本を正月の読み物として認識するようになり、当然そのことは作者の意識するところとなったと考えられる。結果として多くの噺本の巻頭に新年を寿ぐ内容を持つ咄が配

露五郎兵衛新はなし	元禄十四年八月刊	菱屋治兵衛	×	×
都名物露休しかた咄	元禄十五年刊	未詳	×	△
軽口御前男	元禄十六年六月上旬刊	敦賀屋九兵衛他	×	×
軽口ひやう金房	元禄頃刊	菱屋治兵衛	×	×
当世かる口露休置土産	宝永四年正月刊	田井利兵衛	○	×
御伽咄かす市頓作	宝永五年正月刊	小川彦九郎	○	○
軽口星鉄炮	正徳四年三月刊	万屋庄兵衛	○	欠
軽口福蔵主	正徳六年正月刊	菱屋治兵衛	○	△
軽口出宝台	享保四年正月刊	菊屋七郎兵衛	○	×
軽口こらへ袋(7)	享保十一年正月刊	角井筒屋	○	×
軽口はなしとり	享保十二年正月刊	菱屋新兵衛	○	×
軽口扇の的	享保十二年正月刊	藤屋武兵衛	○	×
軽口機嫌嚢	享保十三年正月刊	万屋作右衛門	○	○
当世座狂はなし	享保十五年正月刊	小川彦九郎他	×	×
軽口噺シ咲顔福の門	享保十七年正月刊	須原屋茂兵衛他	○	○
頓作噺シ軽口独機嫌	享保十八年正月刊	銭屋庄兵衛他	○	○
軽口蓬莱山	享保十八年正月刊	谷口七郎兵衛他	○	○
軽口もらいゑくぼ	享保頃	安井弥兵衛	×	×
軽口初売買	元文四年正月刊	笠屋半右衛門他	○	×
ゑ入新作軽口福おかし	元文五年正月刊	額田正三郎	○	◎
新板絵入軽口春福路	元文六年正月刊	額田正三郎	○	×
ゑ入新作軽口耳過宝	寛保二年正月刊	額田正三郎	○	×
軽口若夷	寛保二年刊	前川六左衛門他	○	×
軽口へそ順礼	延享三年正月刊	菊屋利兵衛	○	×
軽口瓢金苗	延享四年正月刊	いせ屋伊右衛門	○	×
軽口笑布袋	延享四年正月刊	梅屋判兵衛	○	○
軽口浮瓢単	寛延四年正月刊	大塚屋宗兵衛他	○	×
軽口腹太鼓	宝暦二年正月刊	河内屋茂兵衛	○	×
軽口福徳利	宝暦三年正月刊	吉文寺屋次郎兵衛他	○	×
軽口豊年遊	宝暦四年正月刊	岡権兵衛	○	×
口合恵宝袋	宝暦五年正月刊	梅村宗五郎他	○	×
軽口東方朔	宝暦十二年正月刊	渋川大蔵	○	○
軽口はるの山	明和五年正月刊	小幡宗左衛門	○	△

●噺本に見る巻頭巻末咄の変遷

書　名	刊行年	版　元	巻頭	巻末
寒川入道筆記	成立年未詳	写本	○	◎
戯言養気集	刊年未詳	未詳	○	×
きのふはけふの物語	刊年未詳	未詳	×	×
同上(整版九行本)	寛永十三年刊	未詳	×	△
醒睡笑	元和九年序	写本	○	○
わらいくさ	明暦二年十一月刊	九兵衛	×	×
百物語	万治二年初夏上旬刊	松長伊右衛門	×	×
かなめいし	寛文二年頃刊	未詳	×	×
理屈物語	寛文七年三月刊	山本五兵衛	×	◎
私可多咄	寛文十一年孟春刊	うろこかたや	○	○
狂歌咄	寛文十二年仲夏刊	鈴木権右衛門	○	×
宇喜蔵主古今咄揃	延宝六年刊	未詳	○	○
当世軽口咄揃	延宝七年刊卯月下旬	銭屋儀兵衛他	×	×
軽口大わらひ	延宝八年青陽刊	小林久左衛門他	○	×
囃物語	延宝八年仲秋上旬刊	満足屋清兵衛	×	△
当世手打笑	延宝九年正月刊	敦賀屋弥兵衛	×	△
当世口まね笑	延宝九年三月上旬序	菱屋治兵衛	×	△
鹿野武左衛門口伝はなし	天和三年九月中旬刊	柏屋与市	×	×
鹿の巻筆	貞享三年二月刊	未詳	×	△
正直咄大鑑	貞享四年皐月刊	藤本兵左衛門	×	△
当世はなしの本	貞享頃刊	未詳	×	×
枝珊瑚珠	元禄三年初夏刊	相模屋太兵衛	○	△
露がはなし	元禄四年七月刊	未詳	×	×
遊小僧	元禄七年正月刊	吉田三郎兵衛他	○	×
座敷はなし(6)	元禄十年正月刊	伊丹屋太郎右衛門	○	△
鹿露懸合咄	元禄十年六月刊	和泉屋長左衛門他	×	×
露新軽口はなし	元禄十一年正月刊	藤兵衛	×	×
初音草噺大鑑	元禄十一年正月刊	川勝五郎右衛門	○	△
軽口あたことたんき	元禄十二年卯中春刊	吉田六兵衛	×	◎
当世軽口あられ酒	元禄十四年正月刊	町谷村多兵衛他	×	×

置されるようになったのであろう。

こうした状況の中で、『鹿の子餅』は刊行されるのである。新年を寿ぐ祝言という意味からは少しずれてはいるが、巻頭の咄を特別視する咄の配置は『鹿の子餅』刊行以前の手法を踏襲していると考える。

四

では巻末の咄については如何であろうか。『鹿の子餅』の巻末には以下のような咄がある。

○糞《くそ》

古人《こじん》の糞《くそ》を集《あつ》める奴《やつ》あり。執心《しうしん》の客来《きやくきた》つて、一覧《いちらん》を乞《こ》ふ。亭主《ていしゆ》よろこびて、香箱《かうばこ》やうの物《もの》、いくらともなく取出《とりいだ》し見《み》す留《る》に、一《ひと》つ〳〵に見《み》て、扨々《さて〳〵》おとろき入《いり》ました。めづらしい糞《くそ》どもでござります。せつ者《しや》も、とし久《ひさ》しう好《す》きまして、大既《たいがい》は目利《めきゝ》もいたしまする。ちとあてゝ見《み》ませうかといへば、それハおたのもしい義《ぎ》で御座《ござ》ります。せつ者《しや》も修行《しゆきやう》の為《ため》、いざ、お目利《きゝ》を承《うけたまハ》りましたい。先此《まづこの》くそハ時代凡《じたいおよそ》六七百年《ひやくねん》、しかも勇《ゆう》ある大将《たいしやう》のくそ。しかし、旅《たび》にくるしんだ相《そう》がござれば、大《おゝ》かた源《みなもと》のよしつねの糞《くそ》でござらうやとぞんします。なるほど、義経《よしつね》のくそ。御目利《めきゝ》、いやはや、神《しん》のごとくでござります。扨《さて》このくそは、侍《さむらい》かとぞんずれバ坊主《ばうず》くさい所《ところ》も見《み》へ、是《これ》もつわものゝくそ。時代《じたい》もよしつねと同時代《どうじだい》と見《み》へますれバ、これハもし、武蔵坊弁慶《むさしばうべんけい》が糞《くそ》ではござりませぬか。弁慶で御座《こざ》ります。御功者《かうしや》のほど、感心《かんしん》いたしました。いざ〳〵迚《とても》の事《こと》、其次《そのつぎ》も承《うけたまハ》りましたい。ハ、アこれはむづかしい。ちとしれかねます。それハ此方《このほう》でも、いろ〳〵

吟味《ぎんみ》いたしまするが、しれませぬ。いや、しれぬと申事《こと》ハないはづ。これも弁慶《べんけい》と同《おな》じ事《こと》で、出家《しゆつけ》と武士《ぶし》とのひりませに見《み》へまするが、いかう位《くらゐ》が有《あつ》て、うづ高《たか》うござります。少《すこ》し削《けづり》て見《み》ましてもくるしうござりますまいかな。そつともくるしうござりませぬ。お削《けづり》なされませ。然《しか》らばと削《けづ》り、扨《さて》こそしれました。是《これ》ハ最明《さいめう》寺の糞《くそ》でござります。してまた、それは何《なん》でしれました。ハテ、削《けづ》つた所《ところ》に、ちら〳〵粟《あわ》が見《み》へます。

（『鹿の子餅』）

卯雲自身が巻末で明言する一文と符合するように、『鹿の子餅』の巻末は、古人の「糞」について、糞の形状に縁のある話をこじつけながら可笑しく目利きしていくという、下がかった咄で閉じている。繰り返すが卯雲は「下司咄屎果以古語先此巻是切」と前例を踏まえて下がかった咄で終わると言う（この表現そのものについての出典については未詳）。

では、『鹿の子餅』以前に刊行された噺本では、どのような咄が巻末に配置されているのであろうか。先に記した表を再び参照してみる。

表に巻末咄の分類として祝言（◯）、教訓（◎）、下がかり（△）、その他（×）を付してみた。

近世初期から噺本が一応の形態を確立する延宝期頃までに上梓された噺本の巻末には、「祝言」が三例、「教訓」が二例、「下がかり」が四例、その他が八例ある。用例が少ないため何とも言えないが、「下がかり」の咄の四例は決して少ない数とは言えないだろう。特に延宝期以降に目立つ点が注目される。

天和以降、江戸では鹿野武左衛門、上方では露の五郎兵衛、米沢彦八等の舌耕芸者を作者とする噺本が次々刊行されていく。上方で刊行された五郎兵衛、彦八関係の噺本では、巻末咄のほとんどが「その他」の分類の咄で占められているのに対して、江戸の武左衛門及び、その周辺の人達によって刊行された噺本では、巻末に「下がかり」の咄が目立つ。

宝永期以降になると舌耕芸者以外の作者によって噺本は刊行されていく。先に示した通り、噺本が正月刊行となる時期にあたり、咄の冒頭には巻頭を意識した咄が配置されるようになる。巻末には依然として「その他」の分類の咄が最も多いのだが、巻頭と同様に巻末にも寿ぐ内容を持つ咄が数多く確認できるようになる。その一方で、「下がかり」「教訓的」な内容を持つ咄はほとんどない。

以上、表から確認できることは、元禄期以前の噺本においては「下がかり」の内容を持つ咄が比較的多く、それ以降の噺本ではあまり確認できないということであろう。

では、武左衛門の言う「古語」とは昔の噺本と考えればよいのであろうか。

『鹿の子餅』には次のような咄がある。

○上《あが》り兜《かぶと》

ちんぼうの看板《かんばん》たてる幟《のぼり》かなと、人にもいわゝれたむすこ。その母《はゝ》、のろまの玉子《たまご》をのむと夢見《ゆめみ》て孕《はらみ》しゆへにや、廿越《はたちこ》へても古今《ここん》のぬけ作《さく》。四月《しぐわつ》のはじめから、二階《にかい》へ引《ひき》こもつて、何《なに》をするかしれず。五月の節句《せつく》前《まへ》に出《で》て来《き》て、先途《せんど》から、ちつとばかり細工《さいく》をいたしました。これ売《うつ》て、小遣《こづか》ひ銭《ぜに》にでもなされませと、うつくしいきれではりぬいた上《あが》りかぶと。二親《ふたおや》もきもをつぶし、人にもふいちやうし、日頃《ひごろ》は足《た》らぬやつとおもふていたが、大《おゝ》きな相違《そうゐ》とほめちぎる親馬鹿《おやばか》。その上《あが》りかふとも時節《じせつ》の物《もの》とて、早速《さつそく》に売《う》れ、思《おも》ひ寄《よ》らぬ銭《ぜに》もうけ。聞《き》く人舌《ひとした》を振《ふる》ひし。又《また》八月のはじめから二階《にかい》ごもり。今度《こんど》は何《なに》が出来《でき》るぞとおもふて居《ゐ》た所《ところ》、九月節句前《せつくまへ》に出《で》て来《き》て、先途《せんど》からこしらへました物《もの》、おめにかけませふとの事。今度《こんど》は何《なに》ンじや。早《はや》ふ見《み》たいといふに、出《だ》した所《ところ》、又《また》あがりかぶと。

（『鹿の子餅』）

端午の節句に上り兜を作って誉められた愚か者の息子が、重陽の節句にもまた上り兜を作ってしまうという典型的な愚か息子咄である。この咄の中で愚かな息子は、母親がのろまの玉子を飲む夢を見て妊娠し、誕生後「ちんぼうの看板たてる幟かな」と祝福され育つが、二十歳過ぎても「古今のぬけ作」という設定になっている。そもそも母親が飲んだ「のろまの玉子」の「のろま」とは愚か者を指す表現であろう。この「のろま」を愚か者とする言葉は、寛文・延宝頃江戸和泉太夫芝居で野呂松勘兵衛が操った道化人形、野呂間人形[8]によって定着したと考えられるのだが、『鹿の子餅』刊行時も「人形の中でのろまは毒らしき」[9]（『武玉川』五編）、「のろまづかひもらうそくで喰」（『武玉川』十編）、「銅杓子かしてのろまにして返し」[10]（『柳多留』初編）等、生きた言葉として江戸の市井に定着していたと考えられる。現在では野呂間人形は新潟県佐渡市の「広栄座」で演じられるが、「生き地蔵」「そば畠」「お花里帰り」など現存する演目は裸にされた木之助人形が放尿する場面で終わることになっている。こうした演出は卯雲の「下司咄屎果」という表現に符合しないだろうか。「是切」という芝居他、見世物興行などの終演時の口上の決まり文句が使われている点も見逃せない。いささか牽強付会の論に過ぎたであろうか。

この咄を取り上げた理由がもう一つある。咄のはじめに置かれた前句付の存在である。『鹿の子餅』には先に示した「ちんぼうの看板たてる幟かな」の他、「傾城の遠い思案も遠からず」（『武玉川』初編）、「雨の降る日は真の浪人」（『武玉川』七編）、「俳名なくて為になる客」、「足軽の心和らぐ前句付」などの前句付や、前句付と同想の咄が多く見られ、この俳諧味がこの噺本の特徴ともなっている。こうした特徴が偶然ではなく意図的であったことは、卯雲自身の文芸活動が『武玉川』の編者慶紀逸に師事することから始まり、俳書の中にその名を認めることが出来ることからも明らかであろう。卯雲が『鹿の子餅』の創作を始めた明和初年頃は、柄井川柳の「川柳評万句合」が投句数二万句を超えて活況を呈していた時期にあたり、その影響は少なくなかったと思われるのである。ここで注目すべきは川柳では句の末番・大尾に「破礼」と称し、淫らな・下がかりの句を配置することが多いという点である。例えば、『鹿の子餅』刊行の前年、明和八年の『川柳評万句合勝句刷』[11]を見ると以下のようになっている。

上ハぬりの左官そばかきかへるやう　（明和八・八・五）
おそろしい下女こんた衆にやにやとい丶　（明和八・八・十五）
かうし丁國分のミ〳〵直をつける　（明和八・八・廿五）
花見さと下女かる石て手をこすり　（明和八・九・五）
ぬれる外能ィちゑの出ぬ雨舍り　（明和八・九・十五）
おやかして見せるとさかミ目を廻し　（明和八・九・廿五）
おふやうは御子だと乳母ハ二番させ　（明和八・十・五）
鼻声てしにげ〳〵とおつかける　（明和八・十・十五）
氣がわるくなつても女かさばらす　（明和八・十・廿五）
なだをのるやうにさかミハゆり上ヶる　（明和八・十一・五）

朝かへり下女をしかつてつつこまれ　（明和八・十一・十五）

礼の供こしをかけるとたわいなし　（明和八・十一・廿五）

巻末に下がかりの句が配置されていることは明らかである。卯雲がこうした、勝句刷を参考にしたとしても不思議ではないと思われる。

以上、『鹿の子餅』に含まれる咄及び、刊行時の江戸の文芸界の状況から『鹿の子餅』巻末の言葉について考察してみた。この問題を解決する手がかりは他に無いだろうか。

『噺物語』の中に「中納言子安貝物語」という咄がある。これは言うまでもなく『竹取物語』の「燕の子安貝」の咄である。苦労の末にやっと手に入れたと思った子安貝が実は燕の糞であったという咄であり、中納言の「あな、かひなのわざや」の一言によって「甲斐なし」の言葉が出来たという咄は、落語の最初の落ちとされている。実際『竹取物語』は、『喜美談語』（寛政八年正月刊）の叙に「竹取物語ハ桃太郎の本店」と記されるように、咄の種本として意識されており、この咄が卯雲の脳裏にあったと考えても差し支えないであろう。「桃太郎」の咄が『鹿の子餅』の巻頭にある点も注目されよう。

様々な考察を試みて来た。先に示した一つ一つの要因が絡み合って「下司咄尿果以古語先此巻是切」という表現になったと考えられる。

『鹿の子餅』以降については、以後「咄もはや糞まであびたれば、お定まりの通り、是きりにて筆を止」（『千里の翅』安永二年閏三月序）という表現からも明らかなように、巻末に下がかりの咄を配置する噺本が数多く確認できるようになる。『鹿の子餅』の影響の大きさが再認識できる。

五

噺本の成立期から『鹿の子餅』に至る巻頭咄・巻末咄について考察を試みた。巻頭咄については噺本の正月刊行が一般化した正徳頃から変化が見られ、巻末咄についても同様のことが言えた。ただ下がかった咄に関しては『鹿の子餅』刊行後に増えておりその影響の大きさが再確認できた。

噺本は時と共に少しずつではあるがその形態を変えている。その一端を今回の考察によって指摘できたと考える。

注

(1) 拙稿「愚人名研究ノート」噺本を中心として」(『山陽女子短期大学研究紀要』第二十三号　平成九年三月)
(2) 『大田南畝全集』第十巻（岩波書店　昭和六十一年十二月）
(3) 以下の噺本の引用は特に注を付さない限り武藤禎夫氏・岡雅彦氏『噺本大系』(東京堂出版　昭和六十二年六月) 及び宮尾與男氏『元禄舌耕文芸の研究』(笠間書院　平成四年二月) によった。
(4) 『大田南畝全集』第十一巻（岩波書店　昭和六十三年八月）
(5) 橋本朝生氏・土井洋一氏『狂言記』新日本古典文学大系58 (岩波書店　平成八年十一月)

（6）武藤禎夫氏『未刊軽口咄本集下』（古典文庫　昭和五十一年十一月）
（7）檜谷昭彦氏・石川俊一郎氏「『軽口こらへ袋』解題・翻刻」（『藝文研究』第四十八号　昭和六十一年三月）
（8）信多純一氏・斎藤清二郎氏『のろまそろま狂言集成』（大学堂書店　昭和四十九年十一月）の「道化人形の系譜」に、のろまそろま人形の変遷、人形と下がかった演出との関係についての御考察がある。
（9）山澤英雄氏『誹諧武玉川』（一）（岩波書店　昭和五十九年十月）
（10）宮田正信氏『誹風柳多留』新潮日本古典集成（新潮社　昭和五十九年二月）
（11）中西賢治氏『川柳評万句合勝句刷』六巻（川柳雑俳研究会　平成六年十一月）

第五章

諸国咄読解の視点

第一節

『西鶴諸国はなし』巻二の一「姿の飛のり物」試論

―『信長公記』との関係から―

東洋大学附属図書館蔵

一

『西鶴諸国はなし』巻二の一「姿の飛のり物」は「津《つ》の国池田《くにいけだ》にありし事」とされる咄であり、現在でも大阪の怪談として伝えられる咄となっている。籠に乗った美しい女性が、「うつくしき禿《かぶろ》」「八十余歳《よさい》の翁《おきな》」などに姿を変えつつ、瀬川、芥川などを飛行するという不思議な咄である。

「姿の飛のり物」は、『西鶴諸国はなし』では特異な、「寛永二年」という具体的な年が記されている咄でもある。このような具体的な年が記されている咄であるならば、他の文献にも同様の記載があってもよさそうなものであるが、そうした記録が残されていないこともこの咄の謎となっている。

「姿の飛のり物」にも他の咄と同様に一枚の挿絵が描かれている。この挿絵には、提灯を持った男の前に、籠に乗った女性が描かれている。籠の中には、「美人《びじん》といふは是《これ》なるべし」と言われる女性と共に、「御所落鳫《ごしょらくがん》、煎榧《いりかや》、剃刀《かみそり》」などがあるという。(安田文吉氏から、この剃刀によって籠の女性が死人であることを示しているのではないかとのご教示を得た)また、籠の下からは耳の生えた奇妙な生き物が二匹顔を出している。咄の中に「左右《さゆふ》へ蛇《へび》のかしらを出し」とあることから、この二匹の奇妙な生き物が蛇であることが分かる。この二匹の蛇は籠に乗った女性の足のようにも見える。

　蛇の足を持ち、既に亡くなっている女性、それも摂津の国と関わりを持つ女性はいないかと思いつつ、咄の中に登場する呉服の宮山ゆかりの謡曲『呉服』、「飛のり物」が飛んで行く芥川から、これも謡曲の『芥川』などを検討してみた。比較を行ったが関連を裏付ける事項を見つけることができないまま、調査を継続していたところ、小瀬甫庵著の『信長記』（元和八年刊）に描かれる一人の女性が目に止まった。織田信長に謀反を起こした荒木村重の妻、荒木だしその人である。『信長記』巻十二「○荒木《アラキ》一族《ソク》於テ京都ニ被《ラル、》レ誅《チウセ》事」には「だし」のことを以下のように記している。

　　○荒木《アラキ》一族《ソク》於テ京都ニ被《ラル、》レ誅《チウセ》事

十二月十四日ニ京都ニ御着《チヤク》座有。同十六日ニ荒木一類ノ妻子ドモ一条ノ辻《ツジ》ヨリ車一兩ニ二人宛《ツヽ》ノせテ引せ給フ。御奉《フ》行ニハ佐《サツ》々内蔵《クラノ》助、前《マヘ》田又左衛門尉、金森《カナモリ》五郎八、不破《フハ》河内守、原《ハラノ》彦次郎 兵具《ヒヤウク》キヒシク備《ソナヘ》テ警《ケイ》固《コ》ノ體《テイ》尤トモ厳重《ケンチウ》也。一番《ハン》荒木カ弟吹《スイ》田廿歳、荒木 妹《イモト》野村丹後守カ妻《メ》十七歳。二番荒木カ娘《ムスメ》隼人ノ佐カ女房十五歳。是ハ折シモ懐妊《クハイニン》ニテ有ケルトカヤ。荒木カ妻出《メタ》シ年廿一。三番荒木娘十三歳、吹田カ女房十六歳。四番荒木志摩《シマ》ノ守カ嫡《チヤク》子渡邊《ワタナヘ》四郎生年廿一、同弟荒木新《シン》丞ウ。五番伊丹安《ヤス》大夫カ妻年三十五、同子松千代《マツチヨ》八歳、北河原《キタカハラ》與《ヨ》作カ妻十七歳。六番荒木與兵衛カ妻十八歳、池田和泉守カ妻生年廿八。七番荒木越中守妻十三歳、牧《マキノ》左兵衛尉カ妻生年十五。此二人ハ共ニ出《タシ》カ妹《イモト》也。八番伯《ハウ》々部《カヘ》五十六歳、荒木久左衛門尉 嫡《チヤク》子自然《シ子ン》生年十四歳。其外ハ不レ及レ記《シルスニ》。サスガ世ニシタカヒタル者共ノ妻子《サイシ》ナレハ、事ノ外ナル氣色《ケシキ》モナカリケリ。中ニモ出《タ》シト云シ女房ハ世ニ無レ類《ルイ》美《ヒ》人也ケルカ、車ヨリ下《ヲ》リ帯《ヲヒ》シメナヲシ西《ニシ》ヲ禮《ライ》シ頸《クヒ》サシ出シ斬《キラ》レケリ。

自然《シせン》松千代兩人カ最後《サイコ》ヲトナシヤカニテ車ヨリ下リ、東《ヒカシ》ハ何《イツ》レ正方ソト問テ西方ヲ定メ觀念《クハン子ン》シケルガニ只殘《ノコリ》多ハ一度《タヒ》敵ニ逢《アヒ》シ事ナケレハ世ニ名ヲ殘《ノコ》ス事ヲ衛ス、殊《コト》ニ父母ニ且孝《カツカウ》ヲモ行《ヨコナヒ》候ハスシテ死ンハ誠禽獣《キンシウ》ニ不《ス》レ異《コトナラ》、無念至也トハケシミシケルカ、イヤ〳〵父ノ命ニカハル幸《サイハ》イト目出シ、徒《イタツラ》ニ身ヲ失《ウシナウ》ニアラスト顔色《カンシヨク》ニ快《コヽロヨク》シテコソキラレケレ。

（『信長記』元和八年刊[1]）

落城した有岡城から京都に移送され、六条の河原で処刑された荒木村重の妻の名は「出シ」二十一歳、「世ニ無レ類《ルイ》美《ヒ》人也」と記される。「姿の飛のり物」に描かれる女性は、「廿二三」、「美人《びじん》というは是《これ》なるべし」と描かれていた。二人の女性は、似ているように思える。また、籠から出た二匹の蛇を足と見立て、蛇の足、つまり「蛇肢」と読むことが許されるのであれば、二匹の蛇は「出シ」そのものを示しているように思える。さらに「飛のり物」を「山車」と考えれば、これも「出シ」を示しているのである。

小瀬甫庵著の『信長記』は、太田牛一著の『信長公記』を基にして書かれたものであることは、甫庵の自序からも明らかである。ここで、『信長公記』についても確認しておこう。

十二月十六日、辰刻、車一両ニ二人つゝ乗て、洛中をひかせられ候次第

一番

廿計　吹田、荒木弟

十六七　丹後々家、あら木いもと

二番

十五　荒木むすめ、隼人女房、懐妊也

廿一　たし

三番

十三　荒木むすめ、たこ、隼人女房妹

十五六　吹田女房、吹田因幡むすめ

四番

廿一　渡辺四郎、荒木志摩守兄むすこ也。渡辺勘大夫むすめニ仕合、則養子する也。

十九　荒木新丞、同弟。

五番

卅四五　宗さつむすめ《伊丹源内事を云》　伊丹安大夫女房、此子八歳

十七　瓦林越後むすめ、北河原与作女房

六番

十七八　荒木与兵衛女房、村田因幡むすめ

廿七八　池田和泉女房

七番

十三　荒木越中女房、たし妹

十五　牧左兵衛女房、たし妹

八番

五十計　泊々部

十四　荒木久左衛門むすこ自念

此外、車三両には子供御乳付〳〵七、八人つゝ乗られ、上京一条辻より、室町通洛中をひかせ、六条かはらまで引き付けらる。御奉行、越前衆、不破・前田・佐々・原・金盛五人、此外役人、觸口・雑色・あをや、河原の者数百人、具足、甲を着、太刀、長太刀抜持ち、弓ニ矢をさしはけ、さもすさましき仕立にて、車の前後警固也。女房たち何れも膚に、経帷、上には色よき小袖うつくしく出たち、歴〳〵の女房衆にてましませは、のかれぬみちをさとり、少も取まぎれす、神妙也。だしと申はきこへある美人也。古しへは、かりにも人にまみゆる事無を、さもあらけなき雑色共の手ニわたり、こかいなつかんて車に引乗らる。寂後の時も、彼たしと申は、車よりおり様に帯しめなをし、髪高〳〵とゆいなをし、小袖のゑり押退て、尋常ニきられ候。是を見るより何れも寂後よし。されとも、下女半物共は、人めをも憚らす、もたへこかれ、なきかなしみ、哀也。久左衛門むすこ十四歳の自念、伊丹安大夫むすこ八歳のせかれ、二人の者おとなしく、寂後所は爰かと申して、敷皮ニ直り、頸ぬき上て切るゝを、上下ほめすといふ事なし。荒木一人の覚悟にて、一門親類上下の数を知らす、してうの列をなし血の涙をなかす、諸人の恨おそろしやと、舌を巻ぬ者もなし。兼てたのみし寺〳〵の御僧、死後を取かくし申さるゝ。莫太敷御成敗、上古より初なり。

（『信長公記』慶長十五年成立）[2]

『信長公記』には、「だし」が処刑される場面が、甫庵の『信長記』より詳しく記述されていた。『信長公記』でも刑場である六条河原に引かれていく二番目の車に乗せられた女性として「だし」の名前を確認することができるのである。「きこへある美人」であった「だし」は「古しへは、かりにも人にまみゆる事無」き女性と描かれる。この女性が、今は「あらけなき雑色共の手ニわたり、こかいなつかんて車に引乗らる」という辱めを受けつつ六条河原まで引かれていくのである。この記述には注意したい。「姿の飛のり物」で飛のり物に乗る美人は、瀬川という宿の砂濱に飛び、そこで、「所《ところ》の馬《むま》かた」が「手《て》をさしてなやめる」という場面があるからだ。『信長記』より『信長公記』の方が類似点が多く興味深い。

「だし」についての記述は、禁裏御倉職をつとめ、正親町天皇の使者として織田信長との交渉を担当した、京都の土倉、立入宗継が残した『立入左京亮入道隆佐記』にもある。

又京都へは荒木つのかみか女房。城の大手のだしにをき申女房にて候故。名をはだし殿と申し候。一段美人にて。い名はいまやうきひと名つけ申候。一条より六条河原へ。車十二りやうにてわたされ候。其人数は出殿年廿四だし殿いもうと二人。

いまやうきひ大坂にて川なう佐衛門尉と申者むすめなりおとゝい三人
みかくへき心の月のくもらぬは光と共に西へこそ行
荒木女房ちよほ
たし殿廿四
(『立入左京亮入道隆佐記』成立年未詳(3))

「だし」という名前の謂れが示され、大坂の川なう佐衛門尉の娘ちよほが本来の名前だということも、この記録から知ることができる。立入宗継が残した記録からも、「だし」が今楊貴妃と賞賛される美しい二十四歳の女性であったことが分かるのである。

蛇の足を持ち、既に亡くなっている女性、それも摂津の国と関わりを持つ女性を探し、荒木村重の妻「だし」に行き着いた。「姿の飛のり物」の女良と「だし」、両人とも、美人であり、年齢も近い。また、身分違いの男達の手に悩まされるという類似点があることも注目されよう。

前置きが長くなったが、本論考では、こうした類似点を端緒として、「姿の飛のり物」と『信長公記』との関連について検討してみたい。尚、『信長公記』については、池田家に伝わる池田家本系と建勲神社に伝わる建勲神社本系のものがある。拙論では、諸本の比較を目的としていないため、太田牛一自筆本と言われる池田家本を使用することにした。

二

「姿の飛のり物」と『信長公記』の類似点を明らかにするために、先ず、籠に乗る「都《みやこ》めきたる女良《じよらう》」の姿に注目したい。

黒髪《くろかみ》をみだして、すゐを金《きん》のひらもと結《ゆひ》をかけ、肌着《はだぎ》はしろく、うへには、菊梧《きくきり》の地無《ぢなし》の小袖《こそで》をかさね、帯《おび》は小靏《こつる》の唐織《からをり》に、練《ねり》の薄《うす》物を被《かづ》き、前《まへ》に時代《しだい》蒔繪《まきゑ》の、硯箱《すゝりはこ》の蓋《ふた》に、秋《あき》の野《の》をうつせしが、此中《このうち》に御所落鴈《ごしよらくがん》、煎榧《いりかや》、さま〳〵の菓子《くはし》つみて、剃刀《かみそり》かたし見へける。

（『西鶴諸国はなし』貞享二年刊）[4]

飛のり物の女良は、「黒髪《くろかみ》をみだして、すゑを金《きん》のひらもと結《ゆひ》をかけ」とある。六条河原で処刑される時、荒木だしは「髪高〳〵とゆいなをし」たとされている。六条河原に引かれていく途次で乱れてしまった黒髪を処刑される前に結い直したのであろう。続いて、「肌着《はだき》はしろく、うへには、菊梧《きくきり》の地無《ぢなし》の小袖《こそで》をかさね、帯《おび》は小靏《こつる》の唐織《からをり》に、練《ねり》の薄《うす》物を被《かづ》き」と女良が身に着けている着物の様子が記される。肌着の白さが強調され、菊桐（「姿の飛のり物」では「梧」）など、通常では身に着けることが難しいと思われる着物の模様が印象的である。『信長公記』では、「だし」たちの姿を次のように記している。

昨日までは口言をいわれし歴〳〵の侍共、妻子兄弟捨置、わか身一人つゝ助るの由申こし候。此上は、とても遁ヌ道なれは、導師を頼申さんとて、思ひ〳〵ニ、寺〳〵の御僧を供養し、珠数・経帷申請、戒《も》をたち、御布施には金銀をまいらせ候られ候人もあり。着たる衣装をまいらせ候する者も有。古しへのれうらきんしうよりも、今の経帷有難。世ニにありし時は、聞もいま〳〵しき経帷ニ、かいみやうさつかり、頼母敷思はれ候。

（中略）

女房たち何れも膚には経帷、上には色よき小袖うつくしく出たち、歴〳〵の女房衆にてましませは、のかれぬみちをさとり、少も取まぎれす、神妙也。

謀反人として、刑場に引かれる身の上になるまでは、縁起の悪い着物と思っていた経帷子が、浄土に向かうという運命が定まった時、この上もない着物へと変わったのである。素肌に経帷子を身につけ、上着には色よい小袖を纏った美しい女房達の中に「だし」もいたのである。

女良の召し物には菊桐の模様が一面に施されている。菊、桐の模様は高貴な模様とされ、常人が簡単に身に着けることができないものであった。畑中千晶氏が付された、西鶴研究会編の『西鶴諸国はなし』[5]（三弥井書店）の注を参照してみると、「菊・桐は皇室ゆかりの高貴な文様。ともに吉祥文様である」との説明がなされている。化け物に人間の価値基準を当てはめること自体、無意味なことかもしれないが、何かこの模様に意味はありはしまいか。菊桐の模様についても、『信長公記』との関係から少し考えてみたい。

菊・桐は畑中氏が解説されるように、皇室ゆかりの文様である。戦国の混乱期を含め、皇室に対し功績のあるものに家紋として下賜されたという歴史を持つ。それでは「姿の飛のり物」で、この菊桐が意味するものは何か。

荒木村重の謀反の影には、足利義昭、本願寺、毛利輝元がいたことは次の資料からも明らかである。

一　知行方之儀、惣別不二相構一候、取分其方知行分猶以無二意趣一候、百姓等事いつくも守護次第候、其上為二此方一不レ可レ令二介錯一事

一　摂津国之儀者不レ及レ申、御望之国〻々右ニ如レ申、知行方従二当寺一裁判なき法度ニ候へとも、被レ対二中公儀并芸州一へ御忠節之儀候間、被レ任二存分一様、随分可レ令二才覚一、毛頭不レ可レ有二如在一事、其方

へ被二相構一牢人之儀、於二当寺一許容不レ可レ在レ之事、
右之趣於二相違一者、可レ有二
西方善逝照覧一者也、但誓詞如レ件

天正六
十月十七日　　光佐（花押）

荒木摂津守殿
荒木新五郎殿(6)

光佐（本願寺十一世顕如）が荒木村重、新五郎親子に宛てた書状である。村重の知行を犯さないこと、荒木の領内の百姓を援助して一揆を起こさせるようなことはしないこと、摂津の国は勿論のこと、他国で知行を望む時は、将軍義昭、毛利輝元へ働きかけをすること、村重が追放した牢人などを迎え入れることはしないことなどが記されている。天正六年の十月の時点で四者の間で謀反の合意がなされていたことは明らかである。

このことを踏まえ、籠の中の女良を荒木だしだとすれば、籠の中に描かれるものとして奇異に思えた模様は、残りの三者を暗示していると推論した。

『寛永諸家系図伝』によれば、毛利元就の項目に、

陸奥守《むつのかみ》　右馬頭《うまのかみ》　征夷将軍義輝《せいゐしやうぐんよしてる》のとき、元就大膳大夫《もとなりだいぜんのだいぶ》に任《にん》じ、且菊《かつきく》・桐《きり》の紋《もん》をたまふ。

とあり、家紋については、

一文字《もんじ》三星《ぼし》　勅《ちょく》して菊《きく》・桐《きり》の紋《もん》を元就《もとなり》にたまふ。

（『寛永諸家系図伝』寛永十八年成立）(7)

とある。『寛政重修諸家譜』には更に詳しく、元就の項目に、

三年（※永禄三年）さきに正親町院御即位の料をたてまつりしかば、其賞として二月十五日陸奥守に任ぜられ、かつ菊桐の御紋をたまふ。

とあり、輝元の項目には、

このとし（※天正三年）靈陽院義昭、紀伊國宮崎より備後國鞆浦《ともうら》に來り、輝元をたのみてふたゝび歸京せん事をこはれ、代々嫡流に桐の紋をゆるさる。（中略）九年退隱す。寛永二年四月二十七日萩にをいて卒す。年七十三。

と記されている。また、家紋については、

一文字に三星　澤瀉　今の呈譜に、永祿三年正親町院より元就に菊桐の御紋を勅許せられ、また天正の初

め靈陽院義昭より輝元に桐の紋をたまはり、代々総領たるものこれを用ふといふ。

（『寛政重修諸家譜』文化九年成立）(8)

と記される。以上の記述から、毛利家の惣領は、元就、輝元以降、代々菊と桐の紋の使用が許された武家だったことが分かる。

小袖に続いて、女良が身につけていた帯は「小靍《こつる》の唐織《からをり》」とある。この「小靍」について『西鶴諸国はなし』（三弥井書店）では「金襴模様の一。蔓草模様の小さいもの」と注が付されており、他の諸注釈でも同様の説明がなされている。ただ、西鶴は「小蔓」ではなく「小靍」と書いているのである。では、靍で示されているものは何か。『本願寺年表』(9)によると、准如上人の時代の寛永五年に、『法流秘録』という文献に基づいて、寺紋を「鶴丸」から「八ツ藤」に改めたとある。因みに、現在、西本願寺では「下がり藤」、東本願寺では「牡丹」が寺紋として用いられている。それでは、本願寺が使用した「鶴丸」の紋とは何か。親鸞は日野有範の息子とされ、その子孫も順如まで日野家の猶子となっていた。このことから、本願寺と日野家が深い関係にあったことが知れる。その日野家の家紋が鶴丸なのである。女良の帯の模様として描かれる「小靍」は本願寺を示しているのではないか。

女良の前には時代蒔絵の硯蓋が置いてある。その中には、御所落雁（「姿の飛のり物」では「鳫」）と煎榧の菓子が積まれていた。この御所落雁と煎榧が意味するものは何か。

御所落雁を『広辞苑』（第六版）で引いてみると、次のような説明がある。

溶かした氷砂糖で糯米（もちごめ）の挽粉を捏（こ）ねて製した干菓子。富山県井波の名産。長方形で紅色と白色がある。

（『広辞苑』第六版(10)）

現在、富山県の井波の名産として残る干菓子であるとの説明である。この井波と落雁との関係を記す資料が、金沢市立玉川図書館『加越能文庫』所蔵の板倉家文書『稟告江湖諸君』にある。

抑本朝製菓ノ濫觴ハ、我家傳ニ曰。文明ノ頃山城國愛宕郡壬生ノ里ニ板倉治部ト云者アリ。即我祖先ナリ。米ヲ碎粗《アラ》粉《コ》トナシ煎テ菓子ヲ製シ時ノ天皇ニ奉リケル。是其濫觴ナリト云。其後兵乱ヲ避テ本願寺八世蓮如上人ニ随従シテ北国ニ下リ、明應ノ頃ヨリ越中国砺波郡井波ノ里ニ住メリ。其曾孫弘方ナル者天正ノ頃ヨリ専ラ家傳ノ菓子ヲ製シ業トナセリ。而シテ墨形《スミカタ》菓子ノ名ノ事ハ関ヶ原軍事ノ吉例ニ因テ領主前田家ヨリ徳川氏ヘ調進物トナルヿ久シ。正保ノ頃迄ハ我家ニ命セラレ製シテ納メタリ。其後命アリテ加州金沢菓子師ヘ製造ヲ傳授ス。夫ヨリ金沢ノ名産トハナレリ。

（『稟告江湖諸君』明治年間写(11)）

御所落雁は、本願寺八世蓮如とともに、越中国砺波郡井波ノ里に移り住んだ板倉治部が作り出した菓子であることが分かる。落雁はその後、浄土真宗の供え物の菓子として広く普及していく。また、一向一揆の時には、一揆勢の兵糧として食された。御所落雁は蓮如・浄土真宗縁の菓子だったのである。

煎榧についてはいかがであろうか。文化六年刊の『二十四輩順拝図会』に親鸞と煎榧を関連づける記述がある。

田上といふ里に西養寺《さいようじ》といへる寺あり。此庭《にハ》に高祖聖人の植《うへ》給ふ繫榧《つなぎかや》の木といへるあり。聖人糸にてかやの実《ミ》をつなぎ其まゝに埋《うづ》ミ給ひしが、今も其実《ミ》の繫《つな》ぎたるがごとき形《なり》に生《を》ひ出れば名《な》として是も舊跡《きうせき》の一つなり。

（『二十四輩順拝図会』文化六年刊(12)）

江戸時代から、「逆さ竹」「焼鮒」「八房梅」「数珠掛桜」「三度栗」「片葉の芦」と共に、「越後の七不思議」とされる「繫ぎ榧」についての記述である。田上の「繫ぎ榧」については、『越後名寄』（書写年不明）、『北越雑記』（文化文政頃）にも記載がある。真宗大谷派三条教務所のご教示によれば、繫ぎ榧の伝承は、現在、以下のように伝えられているという。

通称田上の繫ぎ榧と申しておりますのは、護摩堂山の麓にあるご旧蹟のことでございます。ある日のこと聖人が、護摩堂城の城主宮崎但馬守に招かれて参上し、み仏の法話を説かれた折、城主は、お茶うけにと榧の実を献じられました。この榧の美は、農民が年貢米の代わりに納めたり、飢饉や洪水でお米の獲れない時に食用にしたもので、糸を通して数珠のように繫いで保存したものだそうです。そのため一粒ごとに繫いだ穴の跡が残っています。聖人は、その一粒を地に植えて仏縁を説かれたところ、芽を出して生え茂り美を結んだとのことでございます。しかも不思議なことに、青々とした葉が表と裏ひっくり返しになっているのが見受けられるのです。これをお手返しの榧とも呼んでおります。

我が跡を　慕うて来いよ　繫ぎ榧　み法のあとを　通すひとすじ

と聖人は詠まれております。

了玄寺の庭にあります天然記念物の榧の老木（樹齢約七六〇年）は、五〇〇年ほど前、城跡から移植されたものと伝えられております。（「田上の繋ぎ榧」[13]）

こうした伝承がいつ頃からあるのか確認できないのであるが、越後の七不思議にも数えられる親鸞と榧にまつわる伝承は、早くから門徒の間で共有されていたと考えてもよいのではあるまいか。榧は、親鸞に饗せられた浄土真宗縁の菓子だったのである。

「剃刀かたし」はいかがであろう。本拙稿の冒頭で安田氏からいただいたご教示として紹介したが、これは死者を守るための守り刀と見てよかろう。浄土真宗との関連で考えるならば、在家の者の頭に剃刀をあて、剃髪のさまに擬して仏門に帰依した証とする儀式、帰敬式、所謂「おかみそり」を連想してもよいのではないか。

浄土真宗と西鶴については、既に、江本裕氏の「『好色一代男』私論―親鸞伝と寓言と」[14]、杉本好伸氏の「西鶴この一行　かりに此世にあらはる、か―『好色一代男』巻二の二「髪きりても捨られぬ世」」[15]によって指摘がなされている。中でも、浄土真宗と西鶴の関係を指摘する下記の杉本氏のご高説は、拙稿の趣旨とも一致する。

西鶴の住んでいた鍵屋町は大坂城三の丸の壊平地だという。まさに鍵屋町から御城までは目と鼻の先だ。今更言うまでもないが、石山本願寺の跡に大阪城は築かれた。今でも大阪城公園内には、本願寺建立の際の足跡が「蓮如水」「蓮如松（切株）」として残っている。だとすれば、元禄当時においては尚更のこと、本願寺・蓮如の存在は至極身近なものとしてあったに相違ない。

西鶴は本願寺と縁のある「御所落鴈」「煎榧」「剃刀」を知っていたのであろう。

「御所落雁」「煎榧」「剃刀」は時代蒔絵の硯箱の蓋の上に置かれている。硯箱に三つのものが乗っている形は、線の位置が逆ではあるが、一文字三星の毛利家の家紋が連想できよう。

籠の外に目を移してみよう。馬かたに言い寄られ、難渋する女良を救うためか、籠の下から「左右《さゆふ》へ蛇《へび》のかしら」が出てくる。蛇は『本草綱目』（寛文一二刊）[16]では「鱗部」、『和漢三才図会』（正徳頃刊）[17]では「龍蛇部」に分類されていることからも分かるように、龍と同一のものと見なされている。周知の事実だが、足利家の家紋は、丸に二つの線を引いた、二つ引両である。沼田頼輔の『日本紋章学』[18]によれば、「引両の名は、引きたる龍の義なることを知るべし」とある。左右の蛇を龍と見なすならば、「左右《さゆふ》へ蛇《へび》のかしら」は足利家の家紋「二つ引両」になるのである。

このような見立てが許されるのであれば、女良が乗る籠の様子として描かれる「菊梧」「小靏」「御所落鴈」「煎榧」「剃刀」「硯箱の蓋」「左右へ蛇のかしら」は、荒木村重と共に織田信長と戦った毛利、本願寺、足利を示していると考えられるのである。更に『信長公記』によれば、有岡から京都に送られた荒木一類の者は、

十二月十二日、晩景より、夜もすから、京へ被召上、妙顕寺ニ、ひろ籠を拵、卅余人の女共とり籠被置、泊々都、吹田、久左衛門むすこ自念、これ三人は、村井春長軒所にて、らうへ入させられ

とあるように、妙顕寺、村井春長軒のところで「姿の飛のり物」の女良と同様に、籠の中に籠め置かれるのである。

ここで、二匹の蛇について、博物学の視点から考えてみたい。『和漢三才図会』を引いてみると、二つの頭を持つ蛇「両頭蛇」が立項されている。その説明には、

本綱会稽ノ人ノ云 是越王ノ弩絃ノ所化スル故ニ名レ之博物志云馬髓食テ二牛ノ血ヲ一所トレ化亦タ自ラ有リ二種類一非二盡ク化生スルニ一大サ如ク二小指ノ一長尺餘リ背ニ有リ二錦文一腹ノ下鮮紅《マアカイ也》両頭ニシテ而一頭ニハ無シ二口目一倶ニ能ク行ク如見レハレ之不吉也ト云。然トモ嶺外ニハ極テ多而人視ヲ為レ常ト不二以為セ一レ異

『和漢三才図会』（正徳頃刊）

とある。一方には目口があり、もう一方には目口がないという蛇である。この説明は、「姿の飛のり物」の「或《あるひ》は兒《かほ》ふたつになし、目鼻《めはな》のない姥《うば》とも成《なり》」という一文との関連で注目される。「姿の飛のり物」の挿絵では耳の生えた蛇が描かれるが、同じく『和漢三才図会』の「青蛇」の挿絵を見ると、耳が描かれており、当時の常識としては、蛇に耳があることは、不思議なものではなかったと考えられるのである。

『和漢三才図会』の「両頭蛇」の項目が、『西鶴諸国はなし』執筆時、既に刊行されている『本草綱目』『博物志』などを参考にして記述されていることを考えれば、西鶴が『本草綱目』『博物志』の記述から同様の知識を得ていたと考えてもよいように思える。西鶴は博物学の知識も使用して「姿の飛のり物」を書いたのである。

三

「姿の飛のり物」の不思議さは、女良が乗った飛のり物が一カ所に留まらず、諸所を飛行することにある。飛

のり物は、「津の国池田《つの(ママ)くにいけだ》の里《さと》の東《ひがし》、呉服《くれは》の宮《みや》山、きぬ掛松《かけまつ》の下《した》」、「瀬川《せがわ》といふ宿《しゅく》の、砂濱《すなはま》」、「芥川《あくたかわ》」「松《まつ》の尾《を》の神前《しんぜん》」「丹波《たんば》の山ちかく」「陸縄《くがなわ》手」へと飛び回る。何故飛のり物はこの場所に現れるのであろうか。これも『信長公記』との関連で考えてみたい。

十月廿一日、荒木摂津守、企二逆心一之由、方々より言上候。

天正六年十月二十一日、信長の元に荒木村重が謀反を起こしたとの知らせが届く。

霜月九日、摂州表御馬を被出、其日、山崎御陣取。次日、滝川左近、惟任日向、惟住五郎左衛門、蜂屋兵庫、稲葉伊予、氏家左京亮、安藤平左衛門、芥川、糠塚、太田村、れうじ川辺に陣取、御敵城茨木《イバラき》城へさし向、大田の郷、北の山に御取出の御普請被申付候。三位中将殿、北畠殿、織田上野守殿、三七殿、越前衆、不破、前田、佐々、原、金盛、日根野備中、日根野弥治右衛門罷立、天神之馬場に御陣を懸られ、高槻《タカツキ》へ差向、天神山御取出の御普請被申付。信長公、あまと申所、山手ニ、御陣を居させられ、あまニもつなきの城被仰付。然而、高槻の城主高山右近、だいうす門徒候。信長公被レ廻二御案一、伴天連を被二召寄一。此時、高山御忠節仕候様に可レ致二才覚一。さ候ヽ、伴天連門家何方ニ建立候共、不レ苦。若御請不申候ヽ、宗門を可被成御断絶の趣、被仰出、則、伴天連御請申候。佐久間右衛門、羽柴筑前、宮内卿法印、大津傳十郎、同心申し、高槻へ罷越、色々教訓仕候。勿論、高山人質雖レ被二出置一、小鳥を殺、大鳥を扶、佛法可二繁昌一の旨、相存知、此上は、高槻の城進上申し、高山は伴天連沙弥の由、御請申候。御祝着不斜。茨木へ差向候付城、太田の郷御取出御

普請出来申ニ付て、越前衆、不破、前田、佐々、原、日根野、金盛、入置。

霜月十六日、高山右近、郡山へ致祗候、御礼申上候処、被レ成二御祝着一、御膚《ハダ》ニめさせられ候御小袖ぬかせられ、被下、幷、埴《ハイ》原進上の御秘蔵の御馬、拝領、忝次第也。今度の為二御褒美一、攝州芥川郡被二仰付一、弥被レ励二御忠節一、可然の旨、御使衆被申訖。

十一月九日、信長は村重討伐のため軍勢を率いて山崎に陣を取る。「陸縄《くがなわ》手（久我畷）」は京から山崎を結ぶために整備された計画道路であり、京を発進した信長軍もこの道を通って山崎に至ったのであろう。翌日、信長は、敵将中川瀬兵衛が立て籠もる茨木城、高山右近が立て籠もる高槻城攻略のために軍勢を進める。

高槻の城主高山右近は、だいうす教の信仰のために、村重を裏切り信長の陣に加わることになる。十一月十六日、信長の元に伺候した高山右近は、その場で摂津の国の内、高槻城がある芥川郡を与えられるのである。信長は更に陣を進める。

霜月廿七日、郡山より古池田ニ至而、被レ移二御陣一。其日の朝、風吹て、寒気不レ成二大形一。及レ晩、中川瀬兵衛、御礼ニ古池田へ祗候。

十一月二十七日に信長は郡山から荒木村重が立て籠もる有岡城にほど近い古池田に陣を移す。これ以降、信長は池田城を拠点として、有岡城に籠城する荒木村重と一年近く戦うことになる。

ところで、「松《まつ》の尾《を》の神前《しんぜん》」はどこか。先行研究による諸注釈では、松の尾を京都市西京区嵐山宮町の松尾大社と説明する。だが、この注釈には疑問を感じざるを得ない。なぜなら、池田にほど近い山本に松尾神社があるからである。松尾神社の略記には以下のようなことが記される。

松尾神社略記
御祭神　坂上田村麻呂公
　　　　大山咋命
由緒沿革　創建年月不詳・社伝に安和年間（西暦九六八〜九七〇）とある
　　　　創建時は松尾丸社と称された

阿智王（中国後漢帝の子孫）は応神天皇二〇年（西暦二八九）に我国に帰化し大和朝廷で武・法・文を掌どり準内大臣に昇り、その一族は同祖秦族と共に各地において建築・織物・染色・鍛冶・陶器・彫刻・農耕・治水などの技術を伝え我国文化の基礎を作った。

『柏葉集』『松尾丸社縁起』によるとその阿智王から八代目坂上苅田麻呂が京都松尾大社に祈り得た子が坂上田村麻呂であり、幼名を松尾丸と名付けられた。後に田村麻呂公は桓武、平城、嵯峨の三帝に仕え、蝦夷討伐をはじめ各地を平らげその勲功により延歴一六年（西暦七九八）征夷大将軍に任じられ、他に嵯峨天皇の命により京都東山に清水寺を建立した。

時下って清和源氏・源満仲は田村麻呂公を祖とする坂上党武家団の頭梁、坂上頼次に山本郷を委ね、頼次は田村麻呂公の遺品を奉載して山本郷を開郷し一族を配し多田政所の警衛にあたった。中でも坂上季長は九城（川西市久代）に住み武略・弓術を指導し信任厚く、その子季猛も渡辺綱、碓井貞光、坂田金時らと共に仕え源氏四天王といわれた。

安和年間その季猛が先祖を祀り山本郷の産社とし、天下平治を祈った。これが松尾丸社創建の伝詳である。以後将軍家の祖神として崇敬され、なかでも源頼朝の信仰が厚かった。

室町幕府の衰退により塩川伯耆守国満が信長の下に走り天正年間（西暦一五七三～）に山本郷を襲い、松尾丸社をはじめ武家舘悉く炎上し、その後現在の場所に移し松尾神社と改称して今日に至る。

現本殿は寛文十一年（西暦一六七一）の再興で昭和五七年に市文化財に指定される。

本殿覆、幣殿、拝殿、神輿庫、薬師堂は昭和六三年に、社務所は平成元年に改築された。

（『松尾神社略起』松尾神社）(19)

多田院御家人である坂上党の頭領、坂上頼次が創建した神社が松尾丸社であった。多田院御家人の一員でありながら、足利義昭を裏切り、信長の麾下に加わった塩川国満によって松尾丸社は焼かれたのである。多田院御家人が荒木方として戦っていたことは、『信長公記』の記載の内、有岡城落城時の様子を描く、

岸の取出、渡辺勘大夫、楯籠候。同者紛ニ多田の舘まて罷退候を、兼而申上儀も無之、曲事の旨御諚にて、勘大夫生害させられ候。

という記述からも明らかである。

往時の松尾丸社の様子については、文明年中に作られた山本郷を示す絵図によって知ることができる。その絵図によれば、松尾丸社の社前は、山本荘司の舘を中心に侍屋敷が建ち並び、弓場、馬場などもある、さながら砦のような様相を呈している。拙稿の趣旨をご理解いただき、摂津の国の出来事として「姿の飛のり物」を読むならば、「松《まつ》の尾《を》の神前《しんぜん》」は京都の松尾大社ではなく、山本郷の松尾神社とするのが妥当であろう。

織田信長は荒木攻めの時、丹波の波多野氏とも戦っていた。例えば『信長公記』の十二月十一日（天正六年）の記述に、

惟任日向は、直に丹波へ相働、波多野か舘取巻、四方三里かまはりを、塀柵を、幾重も付させ、透間もなく、塀際に諸卒、町屋作に小屋を懸させ、其上、まはり番の警固を中付、誠獣の通ひもなく、在陣也。

とある。丹波八上城主、波多野秀治は、荒木村重の謀反に先立って信長に反旗を翻し、八上城に籠城して惟任日向守と戦っていた。八上城は、現在兵庫県篠山市にあった城であり、摂津の国に接している。『荒木略記』[20]によれば、荒木家は「丹波の波多野一門にて御座候」とあり、波多野氏と荒木氏は一門とも考えられるのである。波多野秀治は、翌天正七年、兵糧が尽き惟任日向守に降伏し、六月四日、安土にある慈恩寺町末で磔にされ、その生涯を閉じている。この波多野氏の家紋は丸に竪二つ引両、挿絵に描かれる二匹の蛇そのものの形である。「丹波の山ちかく」もまた、信長との戦いの舞台であった。

残るは瀬川である。有岡城落城後、残された子女が京都に移され、六条河原で処刑されたことは先に述べた。信長にとって池田は、有岡城に籠城する荒木村重攻めの拠点であった。当時の京都を実質的に支配していたの

は信長であろう。上京一条（信長）から車に乗せられ、六条河原まで引かれる状況と、池田の呉服の宮山（信長の拠点）から瀬川の宿の砂浜に移動する状況は一致すると見なしてもよいのではないか。尚、だしと女良、それぞれが雑兵、馬かたによって、辱められる共通点を持つことは先に指摘した。

では、何故、瀬川なのであろうか。最初に飛行する場所が砂浜でよいのであれば、芥川でもよいはずである。このことについて視点を変えて論じてみたい。

そもそも織田信長の麾下で、摂津の国を与えられるほど重用された武将であった荒木村重が何故謀反を起こしたのであろうか。その理由については、中川瀬兵衛の部下が、当時、信長と戦っていた石山本願寺へ兵糧を運び入れたことが露見した、明智光秀の謀略等諸説あり、現在もその真相は明らかではない。村重にとっての誤算は、山城の国と摂津の国の国境にある山崎から攻めてくる信長軍を、荒木軍の両輪である高槻城の高山右近、茨木城の中川瀬兵衛とともに防ぎ、毛利の援軍を待って、本願寺勢と挟撃するというもくろみが、両者の裏切りにより、計画通りに進まなかったことにある。高山右近については、信仰を守るための寝返りであったことは先に述べた。中川瀬兵衛はどうか。『立入左京亮入道隆佐記』には、次のような記述がある。

天正六年の秋の頃より。津国有岡面に。雑説申書。しきりに信長へ御敵に罷成由風聞候。さ様には有間敷事哉と。れき〳〵被差下。調共依有之。荒木信濃守も雑説可申方由申。茨木城まで罷上。則安土へ罷越候処。中川瀬兵衛尉茨木城守候処。是非共安つちへ御越不及覚悟候。安土にて腹を可仕より。津国表へ引請。及合戦候共。手にためず切崩可申処を安土にていぬ死さたのかぎりと申留。即有岡江荒木立帰。おもはず不計。御敵を仕候。其刻国中之年寄共よせ及談合候処。中川瀬兵衛申処尤と各同心申。中に高つきの城もり高山右近。親は高山飛騨守言語道断。荒木摂津守覚悟相違。曲事之子細也。信長之御芳志忝処。只今相忘御敵申さるゝ段。沙汰限と一人申破といへとも。悉以同心いたし。高山申処一圓に各同心申さず候により。不及是非摠次にどうし申候。

村重謀反の噂があり、荒木親子が信長から召喚されていたことは、以下の東京大学資料編纂所所蔵の「益田文書」にある「織田信長自筆書状」からも明らかである。

（墨引）　つのかミ殿　信長
新五郎
早々出頭尤候、待覚候
其元様躰、言語道断無㆓是非㆒候、誠天下之失㆓面目㆒事共候、存分通両人申含候、かしく(21)

召喚に応じ、安土へ向かう村重が立ち寄った茨木城で、中川瀬兵衛は、安土で腹を切らされるより、摂津の国で一戦を交えることを進言し、このまま安土に赴けば犬死に同然と村重に謀反を促したのである。ところが、この後、信長軍が進撃してきたとき、瀬兵衛がとった行動は次の通りである。

霜月廿三日、惣持寺へ重而御成、次日。廿四日ニ刀根山御取出御見舞として、御年寄衆計被㆓召列㆒。其日廿四日亥刻、雪降、夜もすから、以外時雨候き。御敵城いはらきに、石田伊予・渡辺勘大夫・中川瀬兵衛両三人楯籠候。

霜月廿四日、夜半計ニ御人数を引請、石田・渡辺両人の者を追出、中川瀬兵衛御身方仕候。

村重謀反の原因が、中川瀬兵衛の家臣による石山本願寺への兵糧の運び入れであったとすれば、瀬兵衛の裏切りは、村重にとってまさに青天の霹靂であったことであろう。瀬兵衛は、自身で村重謀反の原因を作り、村重の信長への弁明を思いとどまらせ、後に村重を裏切り、荒木家を滅亡へと導いたのである。『荒木略記』の荒木摂津守の項目には、「母ハ中川佐渡守妹、佐渡ハ中川瀬兵衛親にて御座候」とある。この記述が正しいとすれば、村重と瀬兵衛は従兄弟の関係になり、村重は最も信頼していた親族に裏切られたことにもなるのである。『中川氏御年譜』[22]では、瀬兵衛と右近の立場が逆に描かれるのであるが、これは裏切り者の誹りを避けるための後世の改変のように思える。『立入左京亮入道隆佐記』に記される内容が事実とするならば、荒木家にとって、この戦いで中川瀬兵衛以上に憎むべき対象を見つけることは難しいのである。

話題を瀬川に戻したい。

「姿の飛のり物」が『信長公記』を踏まえて記述されたとする読みが認められるのであれば、「瀬川《せがわ》といふ宿《しゆく》の砂浜《すなはま》」は、六条河原の刑場となるだろう。そこで命を奪われる原因を作ったのは、中川瀬兵衛である。このように考えると、中川瀬兵衛の「川瀬」をひっくり返し「瀬川」とし、西鶴が「瀬川」の地名に瀬兵衛の裏切りの意味を込めたものと読むことはできないであろうか。

飛のり物が飛行した場所を考察してきた。それぞれの場所は、『信長公記』の荒木攻めの記録の中で重要な意味を持つ場所だったのである。

四

拙稿は、これまで「姿の飛のり物」と太田牛一の『信長公記』との関連を中心に論じてきた。拙稿冒頭でも記した通り小瀬甫庵の『信長記』より、類似点が多いからである。ただ、ここに大きな問題がある。甫庵の『信長記』は、元和八年に刊行されているのに対し、太田牛一の『信長公記』は、江戸時代を通じて刊行されていないことだ。刊行されていない書籍を西鶴は利用できたのであろうか。以下このことについて私見を述べたい。

一つ目の仮説は師である西山宗因から伝えられたというものだ。西山宗因は、もともと加藤正方に仕えた加藤家の武士であり、戦国の世から遠くない時期において、織田信長についての事跡を知りうる立場にあったと考えられる。談林派の俳書には、軍記を基にして作られたと思われる句が散見する。例えば、『尾陽鳴海俳諧喚続集』（延宝七年序）には、

そのかたち聞しに増る鬼しやぐわん　吉親
加藤殿事今に　（『尾陽鳴海俳諧喚続集』延宝七年序）(23)

とある。この判詞は西鶴のものであるが、加藤清正については、今でも話題になると評価している。談林の俳諧において、清正の活躍を描く軍記などが材料になっていたことが確認できるのである。ただ、『信長公記』の内

容がどれほど、周知の事実であったのかについては確認できていない。

　二つめの仮説として、鴻池を通じて知ったというものである。談林の俳諧を行うものが鴻池にいたことは、先学の研究によって明らかである。現在、太田牛一自筆の『信長公記』は備前池田家に伝わっているのであるが、備前池田家と鴻池の関係を考えるなら、池田家から鴻池に『信長公記』がもたらされたという可能性は否定できないであろう。更に、この書が、鴻池から談林俳諧を行うものへと伝播したと考えても良さそうである。

　実際、『信長公記』が秘密の書ではなく、写本として読まれていたことは、先学の諸研究によって明らかである。詳しくは、和田裕弘氏の「信長公記の諸本」（堀新編『信長公記を読む』）、金子拓氏『織田信長という歴史 信長記の彼方へ』をご参照願いたい。

　川柳の「勇士の筆を世にのこす尼ヶ崎（一一二28）」[24]等は、以下の『信長公記』の有岡城（ここでは伊丹城となっている）で囚われの身となった荒木方の子女と尼崎城で籠城する村重との相聞歌を念頭に置いて創作されているように思える。

　津田七兵衛殿、伊丹城中御警固として、御人数入被置、櫓《ヤグラ》〳〵ニ御番被仰付候。弥、詰籠のしたてにて、互ニ目とめを見合、あまりの物うさに、たし、哥よみて、荒木方へ遣候。
　　霜かれに残りてわれは八重むくらなにはのうらのそこのみくつに
　　荒木返哥、
　思ひきやあまのかけ橋ふみならし難波の花も夢ならんとは
　　あこのかたより、たしかたへの哥、

ふたり行何かくるしきのりの道風はふくともねさへたへすは

お千代、荒木かたへの哥、

此ほとの思ひし花はちり行て形見になるそ君かおもかけ

荒木返哥、

百年におもひし事は夢なれや又後の代の又後の世は

いかがであろうか。市井の人々は『信長公記』の内容を知っていたのである。

『信長公記』が読み物としてだけではなく、話芸にも使用されていたことを示す証拠も存在する。時代は下るが、安永から天明にかけて活躍し、その軍書講釈は古今無双の名人だったと伝えられる講釈師に吉田一保がいる。その一保がまとめた『和漢軍書要覧』(安永七年刊)の中に『信長公記』と思われる記述がある。

信長記　三巻　信長祐筆太田和泉守撰

織田《ヲタノ》家系《カケイ》父子《フシ》ノ戦功和泉守《イツミノカミ》　面《マノアタリ》　見《ミ》タル事跡ヲシルス故《ユヘ》ニ諸書ニスグレテ委《クハ》シキアリ。又闕《カケ》タルアリ。然《シカ》シ実記《シツキ》ナル者歟。

信長記　二十巻　小瀬甫庵撰

此書初《ハジメ》十二巻ハ平仮名《ヒラカナ》ニテ信長一代ノ叙事《ジヨシ》ヲ記シ、又八巻ハ片仮名《カタ》ニテ諸家ノ秘録《ヒロク》ヲ探《サグ》リ事実《シジツ》ヲ正《タマ》シ後《コウ》編《ヘン》トス。前後《ゼンゴ》合テ一部トス。

※他にも信長関係では、『織田軍記』二十二巻、『織田真記』十巻（平長時撰）について記されている。
（『和漢軍書要覧』安永七年刊）(25)

両書は明らかに区別して書かれている。完本ではないが安永期には『信長公記』が講釈種として使用されていたことが分かる。講釈師は『人倫訓蒙図彙』（元禄三年刊）にも記されているが、これら講釈師によって『信長公記』も早くから軍書講釈として読まれていたのではないか。

五

これまで論じてきたことは、可能性として否定できないものの、西鶴との関わりを考えたときに到底人を説得するだけの根拠を有していない。目処が立たないまま研究が行き詰まっていた時に、松尾神社の金岡俊彦宮司から、資料をご恵贈頂いた。頂戴した資料の中に、先に例示した『松尾神社略起』の中にも記される『柏葉集』という文書を紹介する書籍があった。その書籍の冒頭には、この書の編者でもある阪上太三氏の「『柏葉集』について」と題される以下の一文が載せられている。

本書の編者や編集の年代は明らかではないが、同じ筆跡と思われるものに「坂上系図《さかのうえけいず》」があり、そしてその序文には、大和国高市郡桧隈《やまとのくにたかいちぐんひのくま》の地へ、倭漢族頭梁《やまとかんぞくとうりよう》阿智王《あちおう》が入朝して定住してから、江戸時代中期までの家系《かけい》の詳細がみられ、その序文の末尾に…

于時《ときに》　元禄《げんろく》十年五月二十三日

山本太郎右衛門　坂上頼屋《よりいえ》記

とある。本書も同人が同じ時代に編集したものと思われる。山本郷は武神坂上田村麻呂の裔《えい》によって組織され、全国の三十ヶ所余りに屯する坂上党武家団の本拠地であって、足利源氏《あしかがげんじ》室町幕府の倒壊まで、浦辺《うらべ》坂上《さかのうえ》代々《だいだい》が山本の荘司《そうし》として郷内を統べてきた。第三四代山本荘司坂上頼泰《よりやす》（木接太夫）は郷士となっていたが、豊臣秀吉の招きにより、大阪城内に出仕し、文禄朝鮮の役に出陣したが、慶長《けいちょう》の役には出ることなく、武家を廃して町人となり、酒造、鉱山、両替などを生業《なりわい》とする大富豪であった。そして長男の頼満《よりみつ》、次男の頼之《よりゆき》を池田に出し山本屋《やまもとや》と称し、満願寺屋・大和屋《やまとや》・鍵家・菊屋らと並ぶ大酒造家となり、池田の経済界に重きをなした。

その頼満《よりみつ》から四代目。坂上頼屋《よりいえ》こと山本屋太郎右衛門は生業を広げ、元禄《げんろく》一〇年（一六九七）の酒造米石《こく》数《すう》は三六二石と記されている。

頼屋《よりいえ》は号を稲丸《とうまる》と云う有名文人で、大阪の宗因《そういん》、西鶴《さいかく》、西吟《さいぎん》ら、京都の任口《にんこう》や言水《ごんすい》ら、江戸の不角《ふかく》、芭《ば》蕉《しょう》、其角《きかく》らとも親交があり、元禄九年（一六九六）には、句集『呉服絹《くれはぎぬ》』の編纂をするなど池田を代表する文人として位置を不動のものにした。

一方、穴織社《あやはのみや》（伊居太神社《いけだじんじゃ》）の再建にも力を注ぎ、山本の松尾神社神主などをつとめたと云う。出身地の山本が坂上党武家団《さかのうえとうぶけだん》の本拠地としての面目と維持につとめ、そのなかで『坂上系図』や『柏葉集《はくようしゅう》』を編したものと確信する。

『柏葉集《はくようしゅう》』にみられる山本郷の範囲と、国郡郷里制《くにぐんごうりせい》に云う山本郷とに範囲の違いがみられるのは、坂上党武家団本家《ほんけ》十二流《じゅうにりゅう》の配置範囲を山本郷としたことによるものと思われる。尚、『柏葉集《はくようしゅう》』の柏葉《はくよう》とは松尾神社の神紋である。坂上氏はこれを家紋としている。

阪上太三（『柏葉集』(26)）

『柏葉集』は、山本郷を本拠地とする坂上党武家団の歴史を記す書であることが分かる。坂上家は、室町幕府が倒れるまで、山本荘の荘司として山本荘を統治し、また松尾神社の神主を務める家だったのである。幕府滅亡後は、郷士となり、後に、池田の商人山本屋となったことが記される。秀吉との関係で言えば、第三十四代山本荘司であった坂上頼泰が秀吉の命により出仕し、文禄の役に従軍していることが知れる。頼泰は、接ぎ木の技術に長じていたことから、秀吉より木接太夫との称号を授けられたとされる人物でもある。なお、頼泰を顕彰する碑が阪急山本駅前に立てられている。頼泰は秀吉に近侍する者だったのである。

頼泰の子孫は池田に出て山本屋という商家となったのであるが、頼泰の子頼満から四代目にあたる頼屋がこの『柏葉集』をまとめたのである。頼屋は俳号を稲丸と言い、元禄九年には『〈俳諧〉呉服絹』を上梓している。阪上氏の説明によれば、西鶴とも親交があったとされる。

稲丸と西鶴の関連を調査したが、二人の名前が同時に載る俳書の初出は元禄六年の『〈誹諧〉浪花置火燵』であった。そもそも承応三年（一六五四）生まれの稲丸と寛永十九年（一六四二）生まれの西鶴とでは一世代、世代が違っているのである。ところが、阪上氏が紹介された『俳諧呉服絹』（元禄九年刊）を読んでいて思わぬ発見があった。当然のことではあるが、頼屋には父親がいたのである。

見事さや牡丹からくさ錦織　　良因軒　頼久
呉服穴織いとゆふなれや機の音　松山軒　西夕
　此吟は一とせ奉納の句なりしを社まうてせし折写置ぬ頼久は祖父西夕はやつかれ父なり。
（『俳諧呉服絹』元禄九年刊）[27]

『俳諧呉服絹』には、頼屋の祖父「良因軒頼久」と父「松山軒西夕」の名前が記されていた。両者と西鶴との関係を俳書で調べたところ、西鶴と西夕の名前が『草枕』（延宝四年）[28]、『俳諧物種集』（延宝六年刊）[29]、『三鉄輪』（延宝六年刊）[30]、『二葉集』（延宝七年刊）[31]、『点滴集』（延宝九年刊）[32]、『俳諧引導集』（貞享元年刊）[33]、『俳諧呉服絹』（元禄九年刊）[34]に確認できた。特に『草枕』（延宝四年）では、西鶴と西夕が四吟歌仙を行っており、その関係が親密であることが窺えるのである。

西夕の四代前の頼泰は、荒木攻めが行われた時期に生きた坂上党武家団の党首であり、松尾神社の神主でもあったと思われる。文禄の役に従軍した後に隠居し、接ぎ木を楽しむ趣味の人となる。その能力は秀吉によって愛され、木接太夫の称号を与えられるのである。当時、秀吉の麾下には同じような境遇の武将がいた。太田牛一である。両者の間に接点があったと考えても不思議ではあるまい。

先に論じた松尾神社は、『信長公記』の中には記載されない場所であった。西鶴が西夕から『信長公記』の内容を提供されたと考えるならば、西夕の話によって加えられた場所と考えてもよいのではないか。

六

西鶴と『信長公記』を結びつける糸は見つかった。次にもう一つの問題について検討してみたい。「寛永貳年」と「慶安年中」の持つ意味である。有働裕氏は、『西鶴諸国はなし』(三弥井書店)[35]のあとがきで次のように記されている。

「実像が」が最後までわからないという点では、巻二の一「姿の飛のり物」の方がはるかに難物でしょう。この作品中にあっては珍しく「慶安年中まで」と年代が記されていたり、最後に狐川という地名が出てきたりするのは、何かの暗示でしょうか。

有働氏の仰る通りだと思う。

筆者は、この年代についても『信長公記』との関係から考えてみたい。

荒木村重が、毛利、本願寺、足利の合力を頼りにして謀反に踏み切ったのは歴史の事実であろう。その中でも、毛利に対する期待が大きかったことは、『信長公記』の記述から読み取れる。例えば、天正七年十一月十九日、有岡城で囚われの身となっている妻子を救うために、有岡城から村重が籠城する尼崎城に赴いた荒木久左衛門の詠んだ歌がある。

いくたひも毛利をたのみにありおかやけふ思ひたつあまの羽ころも

毛利の来援を待ち続けたが叶わなかった無念さがこの一首には感じられる。『信長公記』によれば、天正七年十二月十六日に荒木一類の者を都で成敗せよとの命令が信長から下されたとされる。その時の記述に荒木謀反の顛末が記されているのであるが。その中に、

安芸の毛利、正月十五日過候は、かならす馬を出し、西宮かこし水辺に、大将陣を居、吉川、小早川、宇喜田を尼崎へうつし、雑賀、大坂の者共ニ先を申付、両手より切かゝり、御陣取追払、荒木存分ニ可申付事、案の内と、誠現々歟、誓紙を仕て、越申候間、我人神仏へも祈をかけ、是を頼にいたし候處、

行末いかに成果候はんと、物思ひにて候へ共、春夏の内ニ毛利被出候はゝ、定而一途候はんと、待暮し、如何なる森林も、春は花もさかりと咲出候まゝ、百花ひらけ、国もひろく成候はんと明暮待申し候處、

さて又、いかゝあるへきとて、西国へ数々使遣し候へは、人馬のはみ物出来て、七月中ニ罷立候はんと、申延候。叉、八月には、国に物いひ出来たる由、申越候。今ははや、木々も落葉し、森も次第ニ枯木ニなり、頼すくなく成果て、力を失ひ、詮かたなし。

とひたすら毛利の来援を信じて待った、荒木方の様子が記されているのである。結局、毛利は来なかった。毛利は、天正六年七月上月城の合戦で勝利するものの、十一月木津川の海戦で敗退してからは、淡路島以東の制海権を失ってしまう。本願寺が力を失う中、毛利も自国を守ることで精一杯だったのである。

毛利が、村重を見限っていなかったことは、『寛永諸家系図伝』『寛政重修諸家譜』に記された内容からも明らかである。

時に池田《いけだ》勝入《せうにふ》父子《ふし》等《とう》、信長の命《めい》をうけて尼崎《あまがさき》・花隈《はなくま》をせめて、あひたゝかふ事数月《すげつ》なり。翌年《よくねん》三月にいたりて、村重城をさりて備後《びんご》にいたり尾道《おのみち》に留在《りうざい》す。

（『寛永諸家系図伝』[36]）

村重援兵をこはんがためひそかに城をのがれ、尼崎の城に至るのゝち、つゐに有岡没落す。村重また尼崎を去て備後国尾道《おのみち》にかくる。

（『寛政重修諸家譜』[37]）

村重は、尾道にある時宗の寺、西江寺に毛利によって匿われた。西江寺は足利尊氏縁の寺、浄土寺に隣接する寺でもある。毛利は援軍を出すことはなかったが、最終的には、荒木村重を織田信長から守ったのである。

「寛永貳年、冬のはしめ」に話を戻そう。『信長公記』の荒木村重謀反の記述は、天正六年十月二十一日に始まる。「冬のはしめ」は、この十月二十一日を踏まえているのではないか。

それでは、「寛永貳年」は何を意味するのか。先に述べたように、荒木村重は最後まで毛利を信じた。毛利はこの戦いにおける約定を守ることはできなかったが、村重の生命を最後まで守り通したのである。この時の毛利の当主は輝元であった。先に家紋について論じた時に、毛利輝元の略歴についても『寛政重修諸家譜』を引用して記した。これによれば、毛利輝元は「寛永二年四月二十七日萩にをいて卒す」とあるのである。つまり、荒木村重を守った輝元が亡くなった時から、この飛のり物は摂津の国に現れるのである。

それでは、その目的は何か。この答えも『信長公記』にあった。それは、「だし」が六条河原で処刑される直前の記述にある。

千年万年とちきりし婦妻、親子、兄弟の間をはなれ、思はすも、都にて諸人ニはちをさらす事も、此上は、更に荒木をもうらみす、先世の因果あさましきとはかりにて、たし、哥あまた読みおき候。

きゆる身はおしむへきにもなき物を母のおもひそさわりとはなる

同

のこしおくそのみとり子の心こそ捨おきし身のさわりとはなれ

「だし」には、「みとり子」という、あの世へ心安らかに赴くことができない、この世への断ち切りがたい心残りがあったのである。

慶安二年、「だし」は輝元に代わって、この「みとり子」を守らねばならなくなった。その場所は、芥川、松の尾の神前、丹波の山近く、陸縄手である。芥川は、先に荒木村重を裏切った高山右近が治めた場所と論じた。だが、芥川と関わりを持つ武将がもう一人いたのである。それは高山右近の父、高山飛騨守である。右近が寝返りを決断した時、有岡城には飛騨守の娘、右近の妹が人質としていた。その後、飛騨守は右近と袂を分かち、有岡城に入る。飛騨守が有岡城落城の時まで荒木家と共に信長と戦ったことは、天正七年十二月五日の以下の記述から明らかである。

十二月五日、高山飛騨、去年、伊丹へ走入、不忠者たるニ依て、青木鶴御使にて、北国へ被遣、柴田ニ被成御預候。

芥川も最後まで荒木家のために戦った者の縁の地であった。陸縄手は摂津の国と山城の国の国境、その他の場所は、荒木村重に与し信長と戦った人々が住む場所だったのである。「だし」は、この人たちと共に「みとり子」を守るために飛行し、時には旅人の肩に乗り、歩行の妨げとなったのである。

それでは、この「みとり子」とは誰か。それは、岩佐又兵衛である。

岩佐又兵衛勝以者荒木攝津守村重末子也、村重仕信長屢有軍功、攝津太守居伊丹城、後畔信長命、信長父子攻城數年、村重去而委之、奔尼崎自殺矣、此時又兵衛年纔二歳、乳母懐之潛居於京師西本願寺中、改姓岩佐以外戚之姓也、及長仕信雄、性耽丹青、有餘力則學而不釋筆、遂爲妙手、新摸寫前人所未圖之體、世態風流別成一家、世稱之曰浮世又兵衛、信雄亡之後漂泊、寓居於越前福井、其名彌籍甚、達家光公臺聴召到武城、木原木工允書翰傳於家適方千代姫釐隆尾州光友公之時、令又兵衛畫其裝具、向發福井之日、忠昌公深惜之、不許挈家而去、獨淹留武城有年矣、又兵衛老而病、豫知其不可愈而自圖其像遠寄與故郷之妻子、慶安三年庚寅六月二十二

日遂卒於武城
一、岩佐源兵衛勝重者又兵衛嫡子也、繼父業不堕家馨、光通公賜月俸、寛文年中畫福井之城鶴之間及梠戸、延寶元年癸丑二月二十日卒
一、長谷川等哲雪翁者源兵衛弟也、長谷川等伯養爲子、畫武城躑躅之間
一、岩佐陽雲以重者源兵衛子也　源兵衛死賜父之月俸、精丹青亦慕盧陸之風、貞享三年丙寅春有故將行、昌勝公召賜禄茶道兼畫工、昌勝公薨仕宗昌公宗矩公、處職若舊
享保辛亥秋馬淵享安謹記
（『岩佐家譜』享保十六年成立）[38]

岩佐又兵衛
又兵衛父ヲ荒木攝津守ト云、信長公ニ仕テ軍功アリ、公賞シテ攝津國ヲ豫フ。後公ノ命ニ背テ自殺ス。又兵衛時ニ二歳、乳母懐テ本願寺ノ子院ニ隱レ、母家ノ氏ヲ仮テ岩佐ト稱ス、成人ノ後織田信雄ニ仕フ、畫圖ヲ好テ一家ヲナス、能當時ノ風俗ヲ寫スヲ以、世人呼テ浮世又兵衛ト云、世ニ又平ト呼ハ誤也、畫所預家ニ又兵衛略傳アリ。
（『好古日録』寛政八年序）[39]

有岡城落城の時、二歳の又兵衛は密かに助け出され、本願寺に匿われた後に、絵師となる。「傾城反魂香」の主人公「吃の又平」にも擬されることからも明らかなように、近世初期において又兵衛は著名な絵師だったのである。又兵衛の代表作『山中常盤物語絵巻』は、母を慕う子の視点で描かれているように思える。この又兵衛の没年が『岩佐家譜』に示されるように慶安三年なのである。

「だし」は、荒木氏（又兵衛）の後ろ盾であった輝元が没した寛永二年から、愛する息子又兵衛を守るために摂津の国を飛行するのである。そして又兵衛が亡くなった慶安年中に、その役目を終え、又兵衛と共に心安らかに冥土に赴いたのである。

七

「姿の飛のり物」の目録題には、「因果」の文字が記されている。この言葉についても『信長公記』が謎解きをしてくれる。先に記した「みとり子」を残す母の気持ちを詠んだ「だし」の歌の前には、

千年万年とちきりし婦妻、親子、兄弟の間をはなれ、思はすも、都にて諸人ニはちをさらす事も、此上は、更に荒木をもうらみす、先世の因果あさましき。

とあった。ここに「因果」の言葉を見つけることができるのである。夫婦、親子、兄弟のちぎりを無にする先の世の「因果」、夫村重を恨まないとの言葉とは裏腹に、先の世の「因果」を「あさましき」と「だし」は、嘆じる。『武家義理物語』巻一の五に「死なば同じ浪枕とやに」という話があった。荒木村重の家臣、神崎式部は、同役の森岡丹後の息子丹三郎を死なせたことを侘びるために、自身の一人息子勝太郎に死んでくれと頼み、勝太郎はそれに応じて果てるという話である。神崎式部のかたくなに同役との約束を守る姿勢は、毛利との約束に殉じた村重の生き方に通底する。男達の義理によって翻弄される女性達の悲しみが描かれているように思えてならな

い。

「姿の飛のり物」に描かれる籠に乗った女良は、得たいの知れない化け物ではなかった。夫村重の生き方に翻弄され、愛する息子と別れて一人冥土に赴かねばならなかった女性の想いが作り出した姿だったのである。「姿の飛のり物」は、息子を守り通した母親の愛の咄だったと言えよう。

飛のり物に乗る者は「うつくしき禿《かぶろ》」「八十余歳《よさい》の翁《おきな》」「皃《かほ》ふたつになし、目鼻《めはな》のない姥《うば》」に姿を変える。中でも「うつくしき禿《かぶろ》」には、荒木久左右衛門の息子自念、伊丹安大夫のむすこの面影が投影されているように思える。これら異形の者は、信長によって処刑された荒木一族だったのではないか。村重謀反の戦いの中で、犠牲になった飛のり物に乗るもの達の戦いが、決して人を殺めることのない戦いだったことは意味があるように思う。「だし」は、息子又兵衛と共に冥土に赴いた。ただ、橋本狐川のわたりには、同じような想いを残して亡くなったもの達の、執着の心が残っているのである。この想いは玉火となって、「だし」のように飛ぶのである。

◇注

(1) 引用は、三原市立中央図書館蔵本によった。なお、以下の引用で資料の翻刻を行った際、句読点が付されていない資料については、私に句読点を付した。
(2) これ以降の同書の引用は、『信長記』(福武書店　昭和五十年七月)によった。
(3) これ以降の同書の引用は、『続群書類従』二十上(続群書類従完成会　昭和八年七月)によった。
(4) これ以降の同書の引用は、『西鶴諸国はなし　翻刻』〈西鶴選集〉(おうふう　平成十二年四月)によった。

（5）西鶴研究会編『西鶴諸国はなし』（三弥井書店　平成二十一年三月）
（6）引用は、『荒木村重研究序説　戦国の将村重の軌跡とその時代』（海鳥社　平成十年六月）によった。
（7）引用は、『寛永諸家系図伝』第十二（続群書類従完成会　昭和六十三年十一月）によった。
（8）引用は、『寛政重修諸家譜』第十（続群書類従完成会　昭和四十年四月）によった。
（9）本願寺史料研究所編纂『本願寺年表』（浄土真宗本願寺派　昭和五十六年十一月）
（10）引用は、『広辞苑』第六版（岩波書店　平成二十年一月）によった。
（11）引用は、金沢市立玉川図書館近世史料館蔵本によった。
（12）引用は、架蔵本によった。
（13）真宗大谷派三条教務所から頂いたご教示。
（14）江本裕氏「『好色一代男』私論―親鸞伝と寓言と」（『江戸文学』創刊号　平成元年十一月）
（15）杉本好伸氏「西鶴この一行　かりに此世にあらはる、か―『好色一代男』巻二の二「髪きりても捨られぬ世」」（『西鶴　挑発するテキスト』国文学解釈と鑑賞別冊、平成十七年三月）
（16）（1）と同じ。
（17）これ以降の同書の引用は、『和漢三才図会』（東京美術　平成七年七月）によった。
（18）沼田頼輔氏『日本紋章学』（明治書院　大正十五年三月）
（19）引用は、『松尾神社略記』（松尾神社）によった。
（20）これ以降の同書の引用は、『群書類従』第拾四輯（経済雑誌社　明治二十七年五月）によった。
（21）（6）と同じ。
（22）『中川氏御年譜 年譜』（竹田市　平成十九年三月）
（23）引用は、前田金五郎氏『西鶴連句注釈』（勉誠出版　平成十五年十二月）によった。
（24）引用は、岡田甫氏『誹風柳多留全集』新装版（三省堂　平成十一年六月）によった。
（25）（1）と同じ。

(26) 引用は、阪上太三氏『柏葉集』(山本六人会　平成十六年三月)によった。
(27) 引用は、「池田叢書第四編『呉服絹』」(池田史談会発行　大正十四年三月)によった。
(28) 今栄蔵氏『貞門談林俳人大観』(中央大学学術図書　平成元年二月)
(29) (28)と同じ。
(30) (28)と同じ。
(31) (28)と同じ。
(32) (28)と同じ。
(33) (28)と同じ。
(34) 佐藤勝明氏、伊藤善隆氏、金子俊之氏、雲英末雄氏『元禄時代俳人大観』第一巻(八木書店　平成二十三年六月)
(35) (5)と同じ。
(36) 引用は、『寛永諸家系図伝』第八(続群書類従完成会　昭和六十年十二月)によった。
(37) 引用は、『寛政重修諸家譜』第十三(続群書類従完成会　昭和四十年七月)によった。
(38) 辻惟雄氏『岩佐又兵衛』〈日本美術絵画全集〉(集英社　昭和五十五年二月)
(39) (28)と同じ。

〔付記〕本稿をまとめるにあたり、松尾神社金岡俊彰氏、新潟市文化観光・スポーツ部文化政策課伊藤早苗氏、大谷派三条教務所の皆様、安田文吉氏、東海近世文学会の皆様にご教示を賜りました。御礼を申し上げます。また、本書に掲載いたしました『西鶴諸国はなし』の挿絵の使用をご許可くださった東洋大学附属図書館、貴重な資料の翻刻をご許可くださった三原市立中央図書館、金沢市立玉川図書館に御礼を申し上げます。

第二節

『西鶴諸国はなし』巻二の五「夢路の風車」試論

―焰硝の里、五箇山との関係から―

東洋大学附属図書館蔵

一

『西鶴諸国はなし』巻二の五「夢路の風車」(1)は、山人が道もない場所を草木を分け入っていくのを奉行が見つけ、その跡を追ってたどり着いた異境で、殺人事件を解決し、国王の忠告に従い、風車に乗って元の世界に戻ってくるという咄である。

この咄については、近藤忠義氏によって、『太平広記』巻百二十七の「蘇娥」を基にして創作されたとの指摘(2)がなされ、冨士昭雄氏はこの「蘇娥」の話が『合類因縁集』（貞享三年刊）巻七の六にもあることを指摘(3)された。更に、江本裕氏によって『因縁集』（刊年不明）の「王法牢獄」にもあることが報告(4)されている。『合類因縁集』『因縁集』に採られる話は、それぞれ『太平広記』の「蘇娥」を和刻したものであることは、先学の考証によって明らかである。このことを踏まえ、先ず、「夢路の風車」の執筆時に西鶴が参考にしたと思われる、話の全文を引用してみる。

△昔漢ノ世河敞《シャウ》ト云人交州ノ刺史《クニノカミ》ト也任ニ赴キ蒼梧郡ノ高要縣ト云處ニ行暮テ鵠奔亭《チン》ト云驛舎《タヒヤ》ニ宿ス。夜ル

未レ半ナラ若女一人出二樓閣ノ下ヨリ一語テ云。我カ姓ハ蘇氏。名ハ娥。字ヲハ號ス二珠娘ト一本ハ信廣縣ノ循里ト云フ處ノ者也。早ク後レテ二父母ニ一又無二兄弟一。不幸ニシテ喪シレ夫。成テレ孀《ヤモメ》無レ子。我已ニ迫テ二困究ニ一自不レ能レ保コトレ家。帛《キヌ》百廿疋ト譜代ノ婢《ツカイ女》ニ致富ト云者一人ヨリ外ハ世ニ可レ頼者ナシ。彼帛ヲ賣テ同キ縣ノ平伯ト云人ニ車ヲ貸《カリテ》我及錢帛ヲノセテ故鄕ニ歸ル。去年四月十日此ノ亭ニ行暮テ宿ヲ借テ止マル。亭ノ主シ自刀ヲ抜テ戟《ホコヲ》持來テ我ニ問曰。婦人ハ何クヨリ來車ノ上ニハ何ヲカノセタル。男夫《ヲトコ》ノ件《トモナヒシ》者ハ有リヤ無ヤト。我レ怖《ヲソロシク》思テ答ヘス。卽刀ヲ振テ我ト婢トヲ刺シ刹《(マヽ)》シテ樓閣ノ下ニ埋ミ財物ヲ取リ收メ牛ヲ殺シ車ヲ燒テ牛骨ヲハ亭ノ東ノ井ノ中ニ深メタリ。我レ告ケ訴フヘキ所ナシ。明君適來リ玉ヘリ。此ノ故ニ出テ、自陳《ノフル》也ト云テ嗚咽《ヲイント》ムセヒ泣ク。河敞カ云。汝カ屍骸ヲ發《(ママ)アハキ》出サン。何ヲカ驗トセンヤト。女ノ曰。我レ上ヘ下ヲ皆白キ衣ニシテ青絲ノ履《クツヲ》ハケリ。尚未レ朽ト云テ卽失タリ。河敞卽夜明テ後樓ノ下ヲ堀セシカハ二人ノ女ノ尸《カハネ》有リテ果シテ然也。卽亭ノ長襲《シウ》壽ヲ捕ヘテ考問スルニ罪ニ伏ス。信廣縣ニ人ヲ遣《ツカハシテ》問ニ蘇娘カ語ニ不レ違ハ。由テレ之ニ襲壽及ヒ父母兄弟悉ク獄ニ繫終ニ族誅シテ誡トス。太平廣記ニ見

（『因縁集』刊年不明）(5)

岡本勝氏は、「『西鶴諸国はなし』の方法」(6)で典拠と考えられるこの「蘇娥」の話と「夢路の風車」を比較し、その違いについて、次のように指摘された。

『太平広記』では、交州刺史の何敞（『因縁集』では河敞）が任地へ赴く途中、その明君なるを知った女の霊から敵討ちを頼まれ、見事に悪人を退治する話であるのに対して、「夢路の風車」では、隠れ里の不思議な話というところに、重点がおかれているようである。『太平広記』には、殺された女の着物を証拠とするが、「夢路の風車」では、女の死体を埋めた所に、柳が生えたのを証拠とし、「其里人集り、今迄は見なれぬ

柳とおどろく」などと記して、奇譚であることを強調している。また、奉行が「くれなゐの風車に乗られ、浮雲とりまきて、目ふる間に、すみなれし国にかへ」ったという描写や、その後、その場所を捜しても見つからなかったというのも、「夢路の風車」が奇を語ることに力点のあることを示している。

「夢路の風車」は、『太平広記』の「刺史」を意識して「奉行」を登場させるなど、素朴な説話の翻案という手法を思わせるが、しかし、一方では、単なる中世的説話集には見られぬ、西鶴らしさがこの一章にもあるといえよう。女の霊が敵討ちを頼むということで、『太平広記』の方も奇譚といえるのであるが、既に見たように、「夢路の風車」では随所により奇譚性を高めるような表現をしている。

以上のように、岡本氏は、『太平広記』は敵討ちの話に重点がおかれているのに対し、「夢路の風車」では隠れ里で起こる事件の不思議さに重点がおかれているとされ、女達の死体が埋めらた所に柳が生えている点、くれないの風車に乗って帰ってくるという翻案の枠を超えた改変が、「夢路の風車」の奇譚性を高めていると述べられる。また、「夢路の風車」の出だしと文末は、明らかに『桃花源記』を意識したものとし、「いってみれば、『桃花源記』の額縁に『太平広記』を嵌め込んだ形で作り上げたのが、「夢路の風車」の一章なのである」と結論づけられた。

殺人事件の被害者である二人の女性を描く場面については、井上敏幸氏が「『西鶴諸国はなし』攷―仙郷譚と武家物―」[7]で、お伽草子『松風むらさめ』及び謡曲『松風』を彷彿とさせる叙述に満ちていると指摘され、更に、お伽草子との関係では、奉行が岩穴を抜け出た場面、隠れ里で仮寝する場面で『かくれ里』が利用されていると指摘された。

ここまで先行研究について見てきた。「夢路の風車」が『太平広記』『桃花源記』『松風』『松風むらさめ』『かくれ里』を利用して創作された咄であることは間違いない。ただ、いくつかの疑問が残る。岡本氏が「夢路の風車」と『太平広記』の比較から導きだされた「女達の死体が埋めらた所に柳が生えている点、くれないの風車に乗って帰ってくる」という設定の違いである。また、そもそも何故、この咄には飛騨の地名が記されているのであろうか。この問いについて宮本祐規子氏は、『西鶴諸国はなし』（三弥井書店）の「観賞の手引き　異世界の記号」[8]の中で、

飛騨の山は森林と鉱山という宝の山だった。また、飛騨の国境は山の中が多く、明確な区分がなされていないこともあったようだ。山の中の境界の曖昧さと、その中に眠れる宝というイメージを得やすい土地を選んだと考えられる。

と説明される。確かに、飛騨の国は、神岡鉱山に象徴される如く、文字通り宝の山を有する国であった。金森長近は天正十四年に飛騨の国に入封後、越前大野から伴ってきた、糸屋彦次郎（後の茂住宗貞）に命じ、金山の開発を積極的に行っている。そのため、飛騨の山々には多数の坑道が掘られていた。奉行が隠れ里に至る岩穴がある場所として西鶴が飛騨を選んだのは、適切であったと言えよう。

それでは、奉行が、岩穴を通り抜けた先で、春の景色の中に見た巷見城のある場所とはどこなのであろうか。岡本氏が未解決のまま残された「女達の死体が埋めらた所に柳が生えている点、くれないの風車に乗って帰ってくる」という問題も含め、本論考で試みる考察の目的は、隠れ里はどこなのかを明らかにすることにある。

二

鉱山の坑道が数多くある飛騨の国の岩穴から奉行がたどり着いた隠れ里はどこか。この問題に対して、本論考では、奉行が訪れた隠れ里を越中の国五箇山として「夢路の風車」を読んでみたい。筆者が、五箇山を隠れ里と考える理由を以下に述べていく。

平成七年十二月九日、五箇山は白川郷とともに「白川郷・五箇山の合掌造り集落」としてユネスコの世界遺産に登録された。白川郷、五箇山に残される合掌作りの家屋、及び合掌作り集落で営まれる大家族制度、地域の生産体制に見合った土地利用が評価されたという。世界遺産登録後は、観光客の増加で静かな山間の集落の雰囲気が損なわれたとの声も聞かれるようになったが、現在もその長閑な山村の営みを感じることができる。

では、近世期の五箇山は、どのような場所と考えられていたのであろうか。津村正恭の『譚海』(寛政七年序)「越中国五箇荘の事」では、次のように五箇山を記している。

○同国期箇の荘といふ所は、飛騨にちかき深山中の村にして、居人千軒程有。前田家の領地なり。凡此村に至るには深谷のかけ橋などをあまたへていたる事故、同地のものといへども往来する事稀也。尤加州より猥に他国の人渡る事を禁じ、番所有て人を改む。ゆるしをえざれば往来する事あたはず。九山八海と称する地にて、一山をこえて一山に入、その際はみな平か成路也。第八山までの人家は千軒の外也。外郭八山迄五十萬石耕作する所といへり。一山の周匝三十五里づつ有といへり。其道中百間或は二百間あり。谷にむかふよりこなたへ藤つるの縄を引わたし、其縄に籃をくゝりつけ、往来の人は籃の内に坐し、此方の峯に人有て籃をしやれば、籃四五十間もはしりて中間にしてぶら〳〵ととゞまる。それより自身籃の中にて縄をたぐり向ふの涯に至り、籃より出て途につく事也。縄断絶すれば深谷へ暴死す。危嶮言語道断也。如レ此谷を十六こえざれば荘に至りがたし。然して村中の人みな寿考也。百歳已上の人まゝあり。八十歳已下にて死する者をば、夭折のごとく覚えたり。村中煙硝を産す。悉く加州城中へ運びとる。凡壹年に二千金ほどの価也。それを加州より給すれば、千軒高下なく平分に分ちとるゆへ、貧富貴賤の家なし。家々同等なれば他を願ふ情なく、七情薄き故に寿考も多き事としられたり。又貧富なきゆへに奉公する人なし。他国の人来住する事なければ、僕従といふものなし。親子兄弟のみにてかせぐ所也。此こかの荘に神宮《(ママ)》皇后の御所と号するもの今にありとぞ。すべて常人の宅も結構美麗にして、他邦になき所、別世界のごとし。日本開闢已来一度も兵革の憂に逢たる事なき所ゆへ、居人の言語も古代のものいひにて、平安の人よりはものいひやさしく聞ゆるといへり。千軒の人の給は、七年づつの糧をもみにて加州より運送すと云り。中央の地に瑪瑙の山あり、流水の水上也。黄金にて鋳たる龍の口より水をはくといへり。居人みな白き衣に白き袴を著る。即其地にて織出す五條きぬと云もの也。軽くて奇麗なる事いふべからざる物也。婦人袴を著て髪はから子にて瓔珞をさぐると云。淫欲甚しといへり。男子は総髪にて袴を著るといへり。此山の内外みな浄土真宗にて餘宗なし。第八山までに浄刹百五十箇寺ありとぞ。中央の事は寺数しれず。前田家入部の時一回巡見せらるゝ事とぞ。

（『譚海』寛政七年序）(9)

『譚海』の説明で、先ず注目されるのが、「同国期箇の荘といふ所は、飛騨にちかき深山中の村」という記述である。加賀前田家の領地であるにも関わらず、その位置関係を示す場合、飛騨を基点として五箇山は説明されている。それは何故か。「加州より猥に他国の人渡る事を禁じ、番所有て人を改む。ゆるしをえざれば往来する事あたはず」という記述が示すように、加賀藩がこの地への立ち入りを厳しく管理していたからである。

　もともと五箇山には「此村に至るには深谷のかけ橋などをあまたへていたる」とある如く、簡単にはたどり着くことができない苛酷な自然があった。更に、村に入るためには、「谷にむかふよりこなたへ藤つるの縄を引わたし、其縄に籃をくゝりつけ、往来の人は籃の内に坐し、此方の峯に人有て籃ををしやれば、籃四五十間もはしりて中間にしてぶら〳〵ととゞまる。それより自身籃の中にて縄をたぐり向ふの涯に至り、籃より出て途につく事也。縄断絶すれば深谷へ暴死す。危嶮言語道断也」という危険を冒さなくてはならなかったのである。ただし、そこで生活す

る村人の生活は豊かであるとする。「村中の人みな寿考也。百歳已上の人ま丶あり。八十歳已下にて死する者をば、夭折のごとく覚えたり」とあるように、五箇山は長寿の村であり、生産される焔硝（本論稿では引用の場合を除き「焔硝」と表記する）によって、一年に二千金という富がもたらされる村でもあったのである。家々には貧富の差がなく、奉公人と呼ばれる身分のものもいないとされる。村には神功皇后の御所と呼ばれるものがあり、村人の家は「結構美麗にして、他邦になき所、別世界のごとし」と表現される家である。その豊かさは「中央の地に瑪瑙の山あり、流水の水上也。黄金にて鋳たる龍の口より水をはく」という記述から明らかであろう。一度も兵乱にあったことがないこの村に住む人々は、「言語も古代のものいひにて、平安の人よりはものいひやさし」い言葉を使用し、五条絹で仕立てた、白い衣と袴を着ている。村人は皆浄土真宗の門徒であり、他の信仰を持つ人はいない村と津村正恭は説明する。いささか誇張もあると思われるが、これが津村正恭が認識していた五箇山なのである。

浄土真宗との関係で五箇山について記された資料がある。享和三年に刊行された『二十四輩順拝図会』である。この書は、高祖聖人御経廻国の旧跡及び、二十四輩の寺院を名所図会風にまとめたものである。この書の中で五箇山は、天明八年に消失した東本願寺の御影堂、阿弥陀堂が、寛政九年、寛政十年に再建された時、切り出された用材を輸送するために利用された雄神川の記述とともに記されている。詳細は次の通りである。

城端を去《さる》事六里斗に人形山《にんぎやうやま》といへる大山あり。四五月の頃消《きへ》のこりたる深雪《みゆき》人の手を取かわして立《たて》るに似《に》たり。依《よつ》て土人《どにん》是を人形《にんぎやう》山と云。此人形のかたち携《たづさ》へたる手を放《はな》さんとする時節《じせつ》漸《ようやく》に猟師樵夫《かりうどきこり》道をたづね山に入初《そむ》るといふ。黄連山葵《わうれんわさび》の名品《めいひん》を出す。此所美濃飛騨越中《みのひだゑつちう》三ケ國の境《さかい》にして嶮山《けんさん》並《なら》び聳《そびへ》いふばかりなき難所《なんじよ》也。其中にいとも高く秀《ひいで》たる峻嶺《しゆんれい》を五箇《ごか》山といふ。此嶮山《けんざん》の中に大河あり。雄神《をかミ》川といへり。

古哥に

雄神川やしろ高かやふミしたき取芦《あし》つきもせなかためにぞ

河源《かげん》ハ飛騨《ひだ》国二俣《また》川より出て越中《ゑつちう》射水《いミ》郡《こほり》伏水《ふしミ》にて海《うミ》に入。不通《ふつう》の大河《たいか》にに(マヽ)してしかも両方の岸《きし》高く聳《そハだち》屏風《ひやうぶ》を立たるがごとし。渡《わた》りの橋《はし》を設《もふ》くる便《たより》なし。藤蔓《ふぢかづら》を以《もつ》て其太《ふと》さ二尺廻りの大綱《つな》を作《つく》り川の両岸《りやうきし》に引渡《わた》し、ひとつの籠《かご》を彼《かの》大綱《つな》にかけて僅《わづか》かに往来の便《たより》とす。しかれども絶壁高《ぜつへきたか》くして藤綱《ふぢつな》ハ数《す》十丈《ぢやう》の上に有故《ありゆへ》に、此大綱《つな》より梯子《はしご》を河端《かハばた》に釣《つり》さげ河《かハ》を渡《わた》らんとする人ハ、先《まづ》此梯子《はしご》を逆上《さかのぼ》るに、大綱《つな》たハミ梯子《はしご》ゆらめき、川風山颪《やまをろし》などに吹漂《ふきたゝよハ》され西に東に打《うち》なびきたるハ、誠《まこと》に蜘《くも》の糸《いと》をのぼるがごとく危《あやう》き事限《かぎ》りなし。辛《から》ふして上るる。大綱《つな》に取付て彼籠《かのかご》の中へ身《ミ》を納《をさ》め扠登《さてのぼ》りし梯子《はしご》を離《はな》るゝや否《いな》や身《ミ》の重《をも》ミに大綱《つな》たハミ、矢《や》を射《いる》ごとく三四十間落《をち》下りて大綱《つな》の真中《まんなか》に鎮《しづ》と成り、動揺震《ゆらめきふる》ふ事尤甚《もつともはなハだ》し。此時眼《め》くるめき魂《たましい》消《き》へ殆《ほとん》ど人事《にんじ》を忘却《ぼうきやく》す。実《まこと》に天下第一の行路難《かうろなん》。蜀《しよく》の桟道木曽《さんだうきそ》の掛橋《かけはし》ハいふにも足《た》らず人傳《ひとづて》の物語《ものがた》りに聞《きく》さへ冷敷《すざましき》に、此所に生立《をひたち》し土人《ど》ハ常常《つね》の事に習《なら》ひてさは恐《をそろ》しからぬにや、米などを背《せな》に負《をひ》ながら此藤梯子《ふぢばしご》をのぼり難《なん》なく向《むか》ふの岸《きし》へ通《かよ》ふよし。都の人の夢《ゆめ》にだに為《な》すべき業《わざ》にはあらず。扠《さて》それより手藤《てふぢ》といふ細《ほそ》き藤綱《ふぢつな》を大綱《つな》へ打《うち》かけ、ひたすらたぐり登《のぼ》るに、やゝもすれバ気労《きつか》れ腕弱《うでよハ》りて此手藤《てふぢ》を大綱《つな》へ掛損《かけぞん》じ、忽《たちま》ち後《うしろ》さまに旧《もと》の真中《まんなか》へ戻《もど》る事多《をゝ》しとかや。此川筋《すじ》に籠《かご》の渉《わた》り十一ケ所有といへども、此五箇《ごか》山のわたりなん河幅《かハはゞ》八十間に余り、大綱《つな》も高く中空《なかぞら》にかゝり渡《わた》り難所《かたきところ》なり。古歌《こか》に

〽いたづらにこえて来《き》つらん山伏《やまぶし》の籠《かこ》の渉《わた》りもあれば有なり

近《ちか》き頃東の本願寺御再建《さいこん》の時、御用木と飛騨《ひだ》山より伐《きり》出せしに、さしもの巨材《きよさい》悉《ことゞ》く此雄神《をがミ》川へ伐落《きりをと》し、越《ゑつ》

中《ちう》より運送《うんそう》してやす〳〵と都に登《のぼ》り、御堂《ミだう》いよやかに造《ざう》立せしも、御門下《ごもんか》の男女心力《なんによしんりよく》を盡《つく》したると此雄神《をがミ》川の便《たよ》りよきながれあるによれり。

五箇《ごか》山雄神《をがミ》川の両辺数《りやうへんす》十ケの村あり。係《かゝ》る嶮岨《けんそ》の山奥《をく》なれバ世《よ》の人と交《まじ》ハる事なく、人物皆質素《ミなしつそ》にして神代《かミよ》の民《たミ》もかくや有んと思ひやらる。男女ともに冬《ふゆ》の寒《さむ》きにも単物《ひとへもの》を着《ちやく》し、曽《かつ》て綿袍《わたいれ》の制作《せいさく》なし。婦人《ふじん》ハ白き絹《きぬ》の寂長《いとなが》きを蝋巻《はちまき》にし、帯《をび》も同じく白き絹《きぬ》を結《むす》び下《さ》げ、白き手帕《てぬぐひ》を肩《かた》に打《うち》かけ、佳節祝《かせついハ》ひ日にハ他國《たこく》の初々《うい〳〵》しき客《きやく》あるにも必《かなら》ずかくのごときかたちに出だち對面《たいめん》を成《な》すを此里の婦女《ふぢよ》の礼服《れいふく》とせり。さながら其《その》様能狂言《さまのうきやうげん》の女によく似《に》たり。始《はじ》めて見るもの絶倒《ぜつたう》して笑《わら》ふに、此所に筑子《こきりこ》おどりといふ踊《をどり》あり。或ハ年《とし》のよく登《ミの》りたる歓《よろこ》び、或ハ神をいさむる祭《まつ》りなどには男女打群鄙風《うちむれひなび》たる謡哥唄《はやしうたうた》ひ、得《え》もいへぬ形《なり》して踊《をど》るなど、誠《まこと》に古代《こだい》のさまにして都の方《かた》の踊《をどり》とは甚異《はなハだこと》也。踊哥《をどりうた》一ツ二ツ聞覚《きゝおぼへ》しまゝ記《しる》し侍《はべ》る。

〽おもいと恋《こひ》と笹《さゝ》ふねにのせておもひハしつむこひは浮《うく》

〽いろはの文字《もじ》にこゝろがとけて此身《ミ》をせこに任《まか》せつれ

〽かそいろしらでひとりの處女《なぢよ》がいつしかなしていわたおび

唱哥《せうが》さま〴〵なれども皆《ミな》是に同じ作躰《さくてい》なり。

（『二十四輩順拝図会』享和三年刊）[10]

『二十四輩順拝図会』でも、「美濃《ミの》飛騨《ひだ》越中《ゑつちう》三ケ國の境《さかい》にして嶮山《けんさん》並《なら》び聳《そびへ》いふばかりなき難所《なんじよ》也。其中にいとも高く秀《ひいで》たる峻嶺《しゆんれい》を五箇《ごか》山といふ」とある如く、五箇山は深山に閉ざされた難所にある場所として描かれる。続いて『譚海』でも言及される、籠によって雄神川を渡る「渡《わた》り」についての記述が続く。五箇山で生活する人々は「世《よ》の人と交《まじ》ハる事なく、人物皆質素《みなしつそ》にして神代《かみよ》の民《たみ》もかくや有んと思ひやらる」とある如く、隠れ里の雰囲気を連想させる記述となっている。その服装は「男女ともに冬《ふゆ》の寒《さむ》きにも単物《ひとへもの》を着し、曽《かつ》て綿袍《わたいれ》の制作《せいさく》なし。婦人《ふじん》ハ白き絹《きぬ》の寂長《いとなが》きを顱巻《はちまき》にし、帯《をび》も同じく白き絹《きぬ》を結《むす》び下《さ》げ、白き手帕《てぬぐひ》を肩《かた》に打《うち》かけ、佳節《かせつ》祝《いハ》ひ日にハ他《た》國《こく》の初々《ういく》しき客《きやく》あるにも必《かなら》ずかくのごときかたちに出だち対面《たいめん》を成《な》すを此里の婦女《ふぢよ》の礼服《れいふく》とせり。さながら其《その》様能狂言《さまのうきやうげん》の女によく似《に》たり」とあるように、単衣物を着、顱巻《はちまき》、帯、手帕《てぬぐひ》に絹を用いたとされる。絹の使用は五箇山の一つの特徴と言えよう。

『譚海』と『二十四輩順拝図会』を読み比べると、五箇山が深山と川で閉ざされた山間の集落であること、入村するために蔓で渡した渡りを利用しなければならないことが詳細に記述されていること、村民が絹をまとっていることなどの共通点が認められる一方で、記述に違いがあることにも気づく。つまり『譚海』には『二十四輩順拝図会』では記されなかった、「加州より猥に他国の人渡る事を禁じ、番所有て人を改む」こと、「村中煙硝を産」し、その収益によって村民が豊かであったこと、村民の全員が浄土真宗の門徒であることが記されているのである。

『譚海』は公刊されなかった随筆であり、『二十四輩順拝図会』は公刊された浄土真宗縁の地をテーマとした名所図会である。この辺りに記述の違いの理由が隠されているように思われる。

次に、『二十四輩順拝図会』に記載されなかった点について、もう少し掘り下げてみよう。

『譚海』には、五箇山において焔硝が生産されていたとの記述がある。五箇山の焔硝については、多くの研究があるが、ここでは、『富山県史』(11)『上平村誌』(12)『越中五箇山平村史』(13)『利賀村史』(14)、板垣英治氏の「加賀藩の火薬 1. 塩硝及び硫黄の生産」(15)等を参照しながら紹介していく。

五箇山で焔硝の生産を始めたのはいつか。このことについては織田信長と石山本願寺が戦った石山合戦に遡るとされている。「養照寺由緒書控」には、西勝寺が五箇山の焔硝を集め、石山合戦に送ったと記される。また、城端の善徳寺六世空勝僧都が五箇山焔硝丸薬を石山合戦の折に本願寺に送ったとする。同様の記録は複数あり、天正頃には五箇山で焔硝が生産され、火薬の原料として大坂に送られていたことが分かるのである。五箇山は、天正十三年に前田利勝（後に利長）の所領となって以降、前田家によって統治され明治を迎える。稲作に適さない環境のため、米による年貢が納められない五箇山は、慶長十年から金子及び焔硝を年貢として収めるようになり、慶長十四年以降は、「塩硝役金子」として、焔硝生産に課税がされるようになる。焔硝自体は「御用塩硝」として加賀藩による買い上げが行われるが、早くから、その一部が諸国に流通していたことは、寛文八年に記された古文書（「諸留覚書第七」）、天和三年に記された古文書（「赤尾口利賀口運上銀取立帳」）の記載からも明らかである。正保二年刊の『毛吹草』巻四「従二諸國一出ル古今ノ名物聞觸見及類載レ之但シ庭訓ニ用分ハ除クレ之ヲ」の越中の項目に「鹽硝《エンセウ》　黄連《ワウレン》　龜谷鉛《カメガエナマリ》　白川絲《シラカハイト》　八講布《ハツコウヌノ》　栗柄琢砂《クリカラノミガキズナ》　松波鮓《マツナミスシ》世俗ニ蚫ノ鮓ト云龍ニ似タル魚ト云　鰤《ブリ》　九万疋《クマビキ》ツノ字ヲ云」[16]と記載があり、元禄十年刊の『国花萬葉記』[17]にも、これと同様の名物を載せる。また、正徳頃刊の『和漢三才図会』巻六十一「焔硝」の項目には「按焔硝出ル二於加賀ヨリ一為レ上ト筑前次クレ之」[18]とあり、ここでも加賀からもたらされる焔硝を上物としている。

「培養法」と呼ばれる焔硝の生産法は、当時世界中で、五箇山及び元禄頃に製法が伝えられたという飛騨白川でのみ行われる特殊な生産法であった。この「培養法」では、五箇山のもう一つの重要な産業であった蚕の糞が利用された。加賀藩、五箇山は、特殊な方法で生産された焔硝によって、財を蓄えていた。五箇山はまさに宝の山だったのである。

五箇山には、加賀藩によって定められた流刑地としての一面もあった。『譚海』に記される「加州より猥に他国の人渡る事を禁じ、番所有て人を改む」は、加賀藩が五箇山を流刑地に定めることにより、合理的な取り締まりを可能にしていたことを意味している。正保四年の『越中道記』(川合文書)によれば、五箇山にもいくつかの架け橋があったことが記される。雄神川(庄川)の右岸が流刑地として定められた後は、橋は取り払われ、十三カ所に設けられた籠の渡りのみが渡河の手段となる。この状況は文化五年頃まで続いたとされる(中山文庫『五ケ山諸事覚帳』)。

『加賀藩史』によれば、五箇山への最初の流刑は元禄三年であるが、これとは別に、前田家家老長連頼の家で起きた家臣同士の内紛(浦野事件)で、長氏の家臣中村八左衛門等六名が寛文七年に五箇山に流されたという記録が残っている。このことを考慮するならば、元禄三年以前から五箇山が流刑地であったと考えても誤りではあるまい。記録によれば、明治維新までの間に一五〇人余りのものが五箇山に流されたとされる。流人は、罪状によって流刑小屋の中に檻を作り閉じ込める「禁錮」、檻には入れられないが、流刑小屋から出られない「お縮小屋」、集落内に限って出歩くことが許可される「平小屋」の三種類に分けられていた。加賀騒動の大槻伝蔵も延享五年に五箇山に流されている。

極寒の五箇山は、流刑地としても好都合の場所だったのである。

加賀藩は、焔硝の生産及び生産方法を、五箇山を流刑地として定めることによって、隠匿することに成功する。

このように見てくると『譚海』に記される内容が、実際の五箇山を伝えていることが分かる。このことを確認し、話を「夢路の風車」に戻したい。

三

奉行が岩穴を通ってたどり着いた場所は、「唐門《からもん》・階《きさはし》、五色《しき》の玉《たま》をまきすて、壵見城《きけんじやう》のとは、今《いま》こそ見れ、是《これ》なるべし」と思われる理想郷であった。一方、五箇山は「中央の地に瑪瑙の山あり、流水の水上也。黄金にて鋳たる龍の口より水をはく」場所だったのである。五箇山は、年貢として納める米の収穫ができない程の土地であった。この場所に七十に及ぶ村があり、多数の人々が生活できたのは、焔硝、生糸の生産による収益が大きかったからであろう。五箇山は豊かだったのである。

奉行の夢に現れる二人の女商人は、嶋絹を織って渡世するという。『譚海』『二十四輩順拝図会』によらなくても、五箇山が生糸の産地であったことは先にも記したように歴史の事実である。二人の女性の生業としてふさわしいと言えよう。

「夢路の風車」が『太平広記』の「蘇娥」を踏まえていることは明らかであるため、そのまま利用したとも考えられるが、この生業は五箇山とも関連するのである。

二人の女商人は、「谷鉄」と言う土地の大力によって殺害されたと、奉行に夢の中で訴える。前述の通り、五箇山は流刑地であり、村内を自由に歩くことが許された罪人もいた。このことから考えると、奉行が迷い込んだ理想郷に、悪人が存在することも容易に理解できるのである。また、五箇山、焔硝との関係で「谷鉄」の名前を考えると、「谷」が五箇山、「鉄」は鉄砲あるいは玉からの連想で創作されたものであるように思える。

二人の女商人は、谷鉄によって自分達が殺された証拠として、「是《これ》より南《みなみ》にあたつて、廣野《ひろの》あり。つねは木《き》も草《くさ》もなき所也。我等《われら》を堀埋《ほりうめ》し後《のち》に、二またの玉柳《たまやなぎ》のはへしなり」と二人の遺体のありかを告げ、奉行は夢から覚める。不思議に思った奉行が女に言われた場所に行ってみたところ、里の住人達が、見慣れぬ柳に驚いていたため、夢で告げられたことが事実であると確信した奉行は、夢で聞いた話を国王に告げる。国王が多くの人を派遣し、この場所を掘らせてみると、女二人の遺体が首を斬られた状態で昔の姿のまま発見される。このように咄は展開していく。

二人の女が埋められていた場所は、二またの玉柳の下であった。焔硝との関連でこの二またの玉柳を解釈すると、「玉」は鉄砲の弾、「二玉」は、二つ玉(用例が『信長公記』にある)つまり鉄砲となる。「又」は、種子島で八板金兵衛から鉄砲製造技術を習得し、後に「鉄砲又」と呼ばれた堺の商人、橘屋又三郎の又。柳は、木炭として、焔硝、硫黄と共に火薬の原料に用いられていたものであり、その下に埋められているものは、秘密の製法で生産される焔硝と解釈できる。

二人の女性の願いを叶えた奉行は、事件解決の後に国王から褒美として「から織の嶋《をりしま》きぬ」を賜るが、一方で「汝此國《なんじくに》にては、命みぢかし。いそひで古里《ふるさと》」に帰れと、国王に言われる。

異国から来た奉行の夢物語を信じ、見事に谷鉄を捕らえた国王であったが、殺人事件解決の功労者である奉行に対し、この国では命の保証ができないと告げ、帰国を促すのである。何故国王は、奉行を帰国させる必要があったのであろうか。

これまで述べてきたように、五箇山は流刑地であり、培養法という特殊な製造法によって上質の焔硝を生産する里であった。五箇山焔硝と同様の製造法によって飛騨白川で焔硝が生産されるのは、元禄頃と言われている。焔硝を巡る歴史的背景を踏まえて考えるならば、国王は、この秘密を守らねばならなかったのである。ただ、秘密を守ることを国王が第一に考えるならば、奉行を五箇山にとどめ置くこと、または、秘密を守るために奉行の命を奪うこともできたはずである。国王は、そのような方法を選択することなく、奉行に帰国を勧めるのである。このような計らいをなす国王は誰か。

四

『西鶴諸国はなし』執筆時の五箇山の領主は、前田綱紀である。荻生徂徠は『政談』巻の一の中で、

某十七八ノ時、上総ノ国ニテ承ルコトアリ。加賀ノ国ニハ非人一人モナシ。非人出レバ小屋ヲ立、入置、草履ヲ作ラセ、縄ヲナワセ、種々ノ業ヲ申附。加賀守是ヲ養フ役人ヲ附置、其縄・草履等ヲ売セテ、又元ノ如ク店ヲ持スルコト也ト、加賀ノ国ヨリ逐電シテ来リ、上総ニ住居スル者ノ語リシヲ聞テ、誠ニ仁政ナル哉ト存ジタル也。今ハ如何ナランカ知ラズ。

（『政談』享保頃）[19]

と綱紀の治世を賞賛する。これは、寛文九年の飢饉の対策として翌寛文十年六月に金沢城下に設けられた非人小屋による庶民救済を踏まえてのことであろう。前田綱紀は、徳川光圀、池田光政と並び称される江戸時代を代表する名君だったのである。

国王は、隠れ里にある㐂見城の城主であり、殺人事件を訴える奉行の夢物語を真実として行動し、事件を解決した名君であった。また、奉行に褒美を与え、奉行の身に危険が及ぶことを危惧し、帰国を促したのである。

この国王として前田綱紀は、誠にふさわしい人物ではないか。

五

岩穴をくぐり抜けて隠れ里にやってきた奉行であったが、古里に戻るために使用されたのは、「くれなゐの風《かざ》車《くるま》」であった。空飛ぶ「風車」は、仮名草子の『梵天国』、浄瑠璃の「賢女の手習并新暦」にも描かれ、その挿絵から牛車のような乗り物であることが分かる。つまり空飛ぶ牛車で、「風車《ふうしゃ》」なのである。だが、「夢路の風車」では、「ふうしや」ではなく「かざくるま」と読みが記されている。何故、「ふうしや」ではなく「かざくるま」なのであろうか。これも五箇山との関連から考えてみたい。

前田家の家紋は「加賀梅鉢」と言われる紋である。剣梅鉢とも言われる前田家の家紋は、中心から五つの剣と花びらに延びる線に特徴がある。これを「かざくるま」に見立てることはできないであろうか。つまり「くれないの風車」は「くれないの梅（紅梅）」で「加賀梅鉢」を暗示していると考えたい。

ただ、この考えが的外れだったとしても、奉行が風車に乗って帰ってくるという設定が、五箇山であるために仕組まれた内容であったことは明らかである。

先に述べたが、五箇山へ至る正式な道は、谷に渡した蔓を籠で渡る「籠の渡り」、つまり空路しか用意されていなかったのである。

六

まとめに入るとしよう。この「夢路の風車」は、既に先学によって明らかにされた如く、『太平広記』（種々の『因縁集』）の内容を『桃花源記』によって包み込む形で創作された咄であった。ただ、この咄の隠れ里を飛騨から岩穴を通ってたどり着く場所としたのには、理由があった。それは、焔硝製造の方法を守るために人為的に作られた隠れ里「五箇山」を複層的に描くためだったのである。

西鶴は、「人ハばけもの。世にない物ハなし」と言う。飢饉に苦しむ人々のために善政を施す加賀の名君前田綱紀は、一方で「隠れ里」を作り出し、人を殺生するために用いる焔硝を作り続けていたのである。人ハばけものとする西鶴にとって、五箇山と前田綱紀は、うってつけの話材だったのである。

◆注

（1）これ以降の同書の引用は、『西鶴諸国はなし　翻刻』〈西鶴選集〉（おうふう　平成五年十一月）によった。
（2）近藤忠義氏「西鶴「大下馬」の原話一、二」（『文学』二十八巻十一号　昭和三十五年十一月）
（3）冨士昭雄氏「西鶴の素材と方法」（『駒澤大学文学部研究紀要』二十七号　昭和四十四年三月）
（4）江本裕氏「西鶴諸国はなし　翻刻」〈西鶴選書〉（おうふう　平成五年十一月）
（5）引用は、『内外因縁集・因縁集』〈古典文庫337〉（古典文庫　昭和五十年二月）によった。

（6）岡本勝氏「『西鶴諸国はなし』の方法（『西鶴と周辺』〈論集近世文学3〉勉誠社　平成三年十一月）
（7）井上敏幸氏「『西鶴諸国はなし』攷―仙郷譚と武家物―」（『国語国文』第四十五巻十号　昭和五十一年十月）
（8）西鶴研究会編『西鶴諸国はなし』（三弥井書店　平成二十一年三月）
（9）引用は、『譚海』（国書刊行会　昭和四十五年十月）によった。
（10）引用は、架蔵本によった。なお、以下の引用で資料の翻刻を行った際、句読点が付されていない資料については、私に句読点を付した。
（11）『富山県史』（富山県、昭和四十五年～昭和六十二年）
（12）『上平村誌』（上平村役場、昭和五十七年三月）
（13）『越中五箇山平村史』（昭和五十八年四月　昭和六十年五月）
（14）『利賀村史』（利賀村、平成十一年三月　平成十六年十月）
（15）板垣英治氏「加賀藩の火薬　1．塩硝及び硫黄の生産」（『日本海域研究』第三十三号　平成十四年三月）
（16）引用は、『毛吹草』（岩波書店　昭和六十三年二月）によった。
（17）引用は、三原市立中央図書館蔵本によった。
（18）引用は、『和漢三才図会』（東京美術　平成七年七月）によった。
（19）引用は、『荻生徂徠』〈日本思想大系36〉（岩波書店　昭和五十五年七月）によった。

〔付記〕本稿をまとめるにあたり、南砺市文化・世界遺産課浦辻一成氏にご教示を賜りました。御礼を申し上げます。

また、貴重な資料の翻刻をご許可くださった三原市立中央図書館に御礼を申し上げます。

第三節

『西鶴諸国はなし』巻三の七「因果のぬけ穴」試論

―垂仁天皇との関係から―

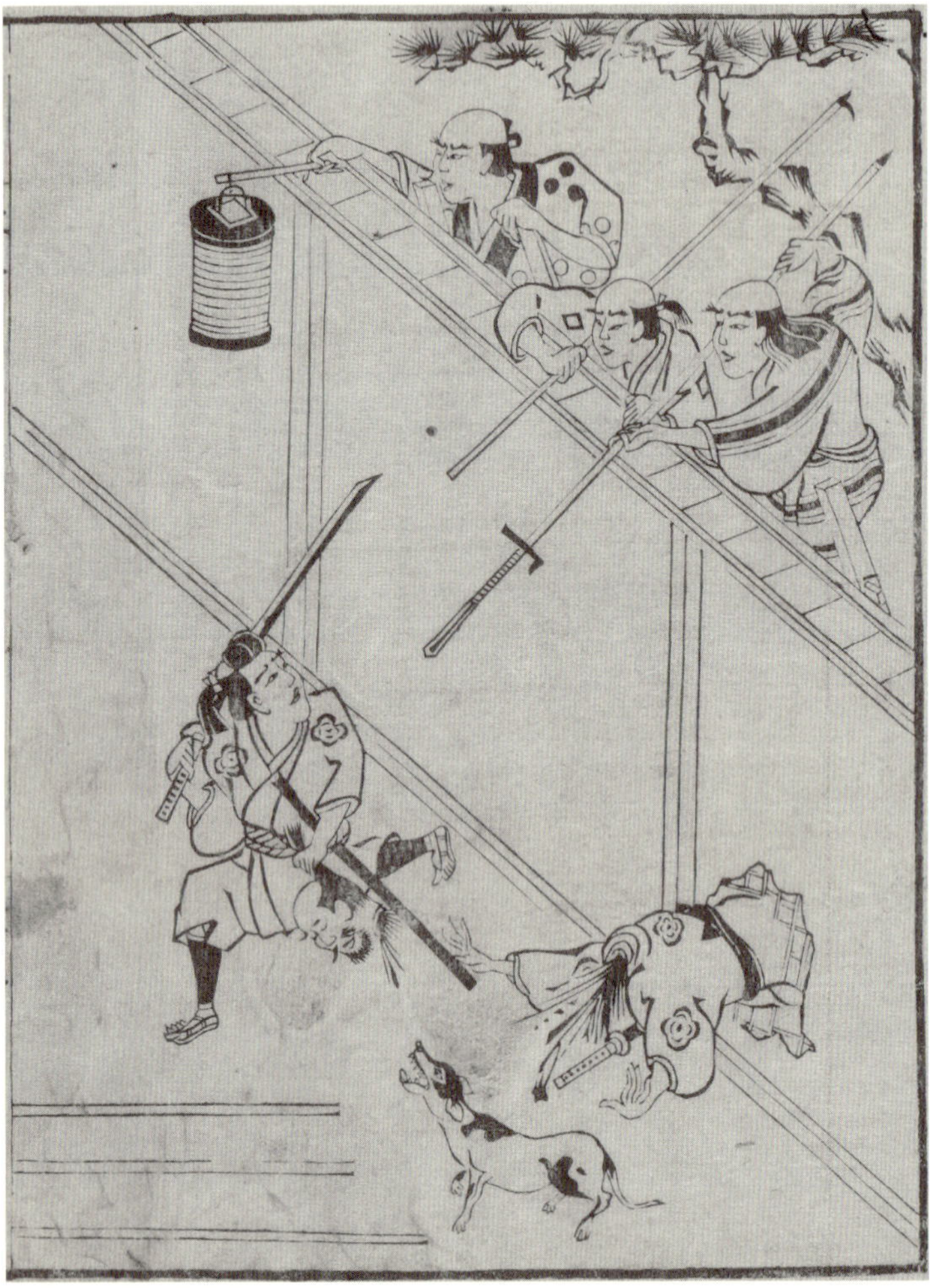

東洋大学附属図書館蔵

一

『西鶴諸国はなし』巻三の七「因果のぬけ穴」[1]は、兄の敵討ちを兄嫁から依頼された男が子を連れて、敵討ちの旅に出、親子諸共に返り討ちにあい果てるという内容を、因果と関連づけながら展開させていく咄である。敵の屋敷に忍び込んだところ見つけられ、逃げ遅れた父親の首を息子が切り取り、その首を持って逃げるという場面は、敵討ちの本懐を遂げるためとはいえ、凄惨な光景を読者に提示している。

この場面については、既に前田金五郎氏[2]、早川光三郎氏[3]、宗政五十緒氏[4]等によって典拠についての検討が行われ、その報告がなされている。

典拠とされる『生経』巻二の十二、『法苑珠林』巻三十一に載る話は、『今昔物語集』『堪忍記』『源平盛衰記』などに取り入れられている。宗政氏は、これらの諸書の内、盗みに入る二人が親子の関係であること、逃げる時に父親が足を掴まれること、「因果のぬけ穴」と話の筋が類似していること、子の名前の荊保の「荊」の文字の草体が判八の「判」に似ていることから、次に示す『源平盛衰記』を「因果のぬけ穴」の原拠とされる。

又荊保《けいほ》といふものありき。家まづしうして父《ち》をやしなひけるが、飢饉《ききん》のとしにあひて、父がいのちをたすけがたかりければ、父とともに隣《りん》国に行て、他のたからをびやかして、ぬすみてかへりけるを、家のあるじ人をあつめてこれを追《をふ》。父子二人にげはしる事、ねずみのねこにあふがごとし。子はさかりにしてさきだちてにぐる。父はおとろへてはしる事をそし。父垣《かき》の中をくゞりにぐるに、かしらをば出してあしをばとらへられたり。荊保《けいほ》たちかへりて、父がはぢみん事をかなしひて、つるぎをぬきて其くびをきつて持家にかへりたりけるをば、時の人称《せう》して、孝養《けうやう》の子といひけるなり。

（『源平盛衰記』成立年未詳(5)）

先行研究によって指摘された通り「因果のぬけ穴」に、『生経』以降、諸書に頻出するこの話を西鶴が利用したことは動かしがたいと思われる。

また、敵討ちに関しては、井上敏幸氏が新日本古典文学大系『好色二代男　西鶴諸国はなし　本朝二十不孝』(6)の脚注において、『古今武士鑑』巻二の七に記される、天和二年に但馬の国村岡であった敵討ちが、下敷きになっている可能性を指摘しておられる。

先行研究によれば、「因果のぬけ穴」は、実際に起こった敵討ちを下敷きにし、『源平盛衰記』を利用しつつ創作された咄ということになる。

筆者は、これらの他に、西鶴が本咄執筆の際に参考にした文献が存在すると考えた。それは、『日本書紀』『古事記』に描かれる垂仁天皇等の事跡である。以下、敵討ちとは無縁の垂仁天皇記が、どのように「因果のぬけ穴」に関わっているのかを示していく。

先ず、内容を確認するために本咄の概略を記す。

二

江戸詰めの武士大河判右衛門は、家中でも評判の高い使者男であった。国元の豊後で、兄の判兵衛がささいなことで寺田弥平次という男に討たれる。判兵衛には敵討ちをする子がいなかったため、判兵衛の妻に依頼された判右衛門が主君から敵討ちの許しを得て、一子判八を連れて弥平次を追う旅にでる。二人は、弥平次が但馬の百姓家に身を隠しているのを突き止め、その家に敵討ちのために忍び込む。しかし、庭に潜んでいるところを見付けられ、塀のぬけ穴から出ようとするが、判右衛門は後ろから足を押さえられ逃げ遅れてしまう。先に外へ出ていた判八は、素性を隠すために、判右衛門の首を切って立ち退く。山奥へ逃げた判八が、判右衛門の首を埋めようとして穴を掘ると、そこからしゃれこうべが出て来たため、並べて埋めて弔った。その夜、夢にそのしゃれこうべが現れ、自分は判兵衛(原文では判右衛門)の幽霊であり、こうなったのも前世で弥平次の一門を八人まで殺した因果であるから、敵討ちはあきらめて出家せよと告げて消える。しかし判八はこの言葉に従わずに敵討ちを続け、返り討ちにあって果てる。

兄嫁に敵討ちを依頼された男が子を連れて旅にでるが、返り討ちにあってしまうという悲惨な咄である。この咄の内、逃げ遅れた父判右衛門の首を息子判八が切り取り、持ち去るという場面は、先学によって『源平盛衰記』などとの関係が指摘されている。このことについては先に紹介した。ところで、『源平盛衰記』ほどは似ていないが、同様の場面は、『古事記』の垂仁天皇を描く箇所にも存在する。則ち以下の沙本毘古王、謀反の場面である。

爾、天皇詔シテ云ハク、吾、殆《ホト、》見《レナン》レ欺《アザムカ》乎、乃興ンレ軍ヲ撃玉フ二沙本毘古ノ王ヲ一之時、其王、作リ二稲城《イナギ》ヲ一以テ待戦《マチタ、カフ》。此時、沙本毘売ノ命、不レ得レ忍フコトヲ二其兄ニ一、自二後門《シリヘノミカド》一逃ケ出テ而、納ル二其之《ソレガ》稲城ニ一。此時、其后、妊身《ハラメル》。於是、天皇、不レ忍《シノビ》二其后ノ懐妊《ハラメル》ニ一、及《シキテ》二愛重《ウツクシミ》ヲ一至ル二于三年ニ一。故レニ、廻《メクラ》シ二其軍ヲ一、不二急《スミヤカ》ニ攻迫ラ一。如クレ此ノ逗留《スマフ》之間、其所ノレ妊メル之御子既ニ産《アレマス》。故レニ、出シ二其御子ヲ一、置マツリ二稲城ノ外ニ一、令玉ハクレ白サ二天皇ニ一、若此御子、天皇之御子ト所ラ二思看《オボシメセ》一者《バ》、可ト二治メ賜フ一。於是、天皇詔シテ、雖レ怨ト二其兄ヲ一、猶不レ得レ忍玉フコトヲレ愛ムニ二其后ヲ一。故レニ、即チ有リ二得ントノレ后ヲ之心《ミコヽロ》一。是ヲ以、選《エラビ》二聚《アツメテ》軍士《イクサビト》之中ニ力士《チカラビト》ノ軽捷《ハヤワザスル》ヲ一而、宣フ者《ハ》、取ラン二其御子ヲ一之時、巧ニ掠メ二取レ其母《イロハ》ノ王ヲ一。或ハ髪《ミカミ》、或ハ手《ミテ》、當下随《マヽニ》二取リ獲ン一而掬《ツカミ》テ以テ控出《ヒキイダシマツル》上。爾、其后、有リ三豫《カ子》テ知ルコト二其情《ミコヽロ》ヲ一、悉ク剃《ソリ》二其髪《ミクシ》ヲ一、以テレ髪ヲ覆ヒ二其頭ヲ一、亦、腐《クタシ》二玉緒《タマノヲ》ノ、三重纏手《ミヘノタマデ》ヲ一、且、以テレ酒ヲ腐《クタシ》二御衣《ミソ》ヲ一、如クス二全キ衣服《ミソ》ノ一。如レ此ノ設ケ備ヘテ而、抱キテ二其御子ヲ一、刺二出ス城外《キノホカ》ニ一。爾、其力士等《チカラヒトラ》、取リ二其御子ヲ一、即握ントス二其御祖《ミオヤ》ヲ一。爾、握レハ二其御髪《ミクシ》ヲ一者、御髪、自《ヲノヅカラ》落チ、握レハ二其手《ミテ》ヲ一者、玉緒《タマノヲ》、且《マタ》絶ヘ、握レハ二其御衣《ミソ》ヲ一者、御衣、便チ破レヌ。是ヲ以テ、取二獲テ其御子ヲ一、不レ得二其御祖《ミオヤ》ヲ一。故レニ、其軍士等、還リ来テ奏言、御髪、自落、御衣、易クレ破、亦、所ルレ纏《マトヘ》二御手《ミテ》ニ一之玉緒《タマノヲ》、便チ絶ヘヌ。故レニ、不レ獲二御祖ヲ一、取二得タリ御子ヲ一。爾、天皇、悔恨テ而、悪《ニクミ》テ二作玉《タマスリ》ノ人等ヲ一、皆奪玉フ二其地ヲ一。故レニ、諺ニ曰ク、不ルノレ得レ地《トコロ》ヲ玉作也。

（『古事記』[7]）

垂仁天皇の后、沙本毘売命は、兄沙本毘古王から天皇の暗殺を命じられるが、果たすことができず、垂仁天皇に計画を打ち明ける。垂仁天皇は、すぐに沙本毘古王討伐の命を下し、討伐軍を差し向ける。沙本毘売命は兄を思う気持ちを抑えられず、垂仁天皇の元を去り、沙本毘古王が籠もる城に入る。この時、沙本毘売命は垂仁天皇の御子を身ごもっていた。生まれてくる御子、三年連れ添った沙本毘売命を思う垂仁天皇は、城を取り囲んではいるものの、攻めることはしなかった。その内に、御子が生まれ、沙本毘売命は城の外にこの生まれた御子を出すことにする。垂仁天皇は、沙本毘売命も一緒に連れ出すことを力士に命じる。垂仁天皇の意向を察していた沙本毘売命は、そり落とした髪で作ったもので頭を覆い、玉の緒を腐らせて手に巻き、酒で召し物を腐らせて身にまとっていた。御子が先に城から出され、御子を受け取った力士たちは、沙本毘売命も連れ出そうとするが、髪は落ち、玉の緒は切れ、服は破れてしまい、結局、沙本毘売命は城の中に戻ってしまう。御子だけが、外に出、頭を覆った髪を残して沙本毘売命は城に残るのである。

「因果のぬけ穴」では、判八のみが弥平次が匿われている百姓家から脱出し、父判右衛門は百姓家に体を残して首だけが外にでるという咄になっている。二つの咄の内容は大きく異なっているが、この抜け出すという場面の設定は似ているように思える。

『古事記』『日本書紀』の垂仁天皇の事跡を記す箇所には、他にも「因果のぬけ穴」に類似する内容がある。以後も『古事記』『日本書紀』との関係を中心に指摘していく。

「因果のぬけ穴」は、大河判右衛門の故郷、豊後の国での出来事が咄の発端となっている。妙福寺の碁会で、判右衛門の兄、判兵衛が助言を巡る口論から寺田弥平次に殺害されることからこの咄は始まるのだが、これらの設定には俳諧の付合が利用されているように思える。『誹諧類舩集』[8]によれば、碁の付合語として「石、敵、殺、死、城」などの語があり、また、碁石の付合語として「豊後西海道」がある。本話冒頭の豊後、碁という設定によって、この咄が殺人、敵討ちの咄であることが連想できる仕掛けになっているのである。

敵（石の付合語）の弥平次は判兵衛殺害後、豊後の国から逃げだし、行方不明になってしまう。自身で敵を討つことができない判兵衛の妻は、判右衛門に敵討ちを依頼し、判右衛門は息子判八をつれて、敵討ちの旅に出ることになる。

本咄の冒頭は、敵（石）が逃げだし、それを追っていくという内容になっている。この石を追って旅に出るという咄が『日本書紀』の中にもある。それは、垂仁天皇の事跡に記される都怒我阿羅斯等が来朝する話である。

一云、初都怒我阿羅斯等有《ハム》ヘ國ニ之時ニ、黄牛《アメウシ》負テ田器《タツハモノ》ヲ将ユク往田舎《井ナカニ》。黄牛忽ニ失ヌ。則尋《マヽニ》レ迹覔《マク》之、跡留レリ一郡《ムラ》ノ家中ニ。時有テ一リノ老夫《ヲキナ》曰、汝ノ所求《モトムル》牛ハ者入レリ於此ノ郡家中ニ。然郡公《ムラツカサ》等曰、由テ牛ノ所負物《ヲホセタル》ニ而推《オシハカルニ》之、必設殺食《コロシクラハントマウケタルナリ》。若其主覔《マキ》至ハ、則以テレ物ヲ償《ツクノヘツ》耳ト云テ、即殺食《コロシハムテキ》也。若問三牛直ニ欲《ヲモフト云ハ》レ得ト二何物ヲ一、莫望財物《ナノソムシテタカラヲ》。便欲ト得《オ》ント郡内ノ祭神云爾《イハフヲシカイヘト云テシハラクアツテ》。俄而郡公《ツカサ》等到テ之曰、牛直ニ欲フ得ト何物ヲ。対コト如ニス老父《オキナ》之教ヘノ。其所祭《マツル》神ハ是白石ノ也。以テ白石ヲ授《アテツ》牛主ニ。因テ以将来《モテ》置于寝中《子ヤノ》ニ。其神石化美麗童女《不讀イシナスカホヨキヲトメ》ニ。於是阿羅斯等大歓テ之欲合《マクハヒセム》。然阿羅斯等去他処《アタシトコロニイタルマテニ》之間、童女忽ニ失ヌ也。阿羅斯等大驚テ之、問テ己カ婦ニ曰、童女何処去矣《イツチカイシ》。対曰、向東方《イニキヒムカシノカタニ》。則尋テ追求《ヲヒマク》。遂ニ遠浮海《トヲサカリテウミ》ニ、以テ入日本国ニ。所求童女者詣《イタリ》テ于難波ニ、為比売語曽《ヒメコソノ》社ノ神ツ、且ハ至テ豊国ノ国前郡《ミチノクチノクニヽ》、復為比売語曽社神。並二処ニ見祭焉《イハヽレタマウ》。（『日本書紀』[9]）

都怒我阿羅斯等は、連れていた黄牛がいなくなり、探していると、一老夫が黄牛は郡家の中に入り、郡公らによって既に食べられたという。この時、都怒我阿羅斯等は老夫から、代わりの物で弁償すると言われたら、郡内で祭っている神が欲しいと言えと助言される。その通り郡公に答えると、白い石を渡される。この白い石を持ち帰り寝室に置いたところ、美しい童女になった。都怒我阿羅斯等は喜びこの童女と交わろうとした。ところが、都怒我阿羅斯等が外出した間に童女はいなくなってしまう。都怒我阿羅斯等は、妻に童女の行方を聞いたところ東方に行ったという。都怒我阿羅斯等は童女を追って海を渡り日本にやってきた。童女は、難波へ来て比売語曾社の神となり、また、豊国国前郡に来て、比売語曾社の神となった。都怒我阿羅斯等来朝の話は、このように記される。この難波の比売語曾社については、西鶴が『西鶴諸国はなし』の執筆に使用した『本朝神社考』（寛永年間刊）にも立項されている。

囲碁の助言で口論になり、弥平次は敵（石）となり、いなくなる。後に分かることであるが、その行く先は但馬の国、つまり豊前の国からは東になる。夫の敵を討って欲しいと兄嫁から依頼された判右衛門は、敵（石）を追う旅に出るのである。ここで先ず、白い石から変化した童女が、都怒我阿羅斯等から逃がれ難波及び豊国国前郡に来て、比売語曾社の神として祭られていることに注目したい。

この話、『古事記』では、応神天皇の事跡の箇所に天之日矛伝説として描かれる。

又、昔、有リ二新羅国王之子《シラキノコキシ》一。名ヲ、謂二天之日矛《アマノヒボコ》ト一。是人、参渡来ル也。所《ユ》二以《ヘ》参渡来ル一者《ハ》、新羅ノ国ニ有リ二一ツノ沼《ヌマ》一。名ハ、謂フ二阿具奴摩《アクヌマ》ト一。自阿下ノ四字以レ音ヲ。此沼之辺《ホトリ》ニ、一リノ賤女《シヅノメ》、昼ル寝《イヌ》。於是、日ノ輝《ヒカリ》、如クレ虹《ニジノ》、指ス二其陰上《ホド》ヲ一。亦、有リ二一リノ賤夫《シヅノヲ》一。思ヒレ異《アヤシ》ト二其状《カタチ》ヲ一、恒ニ伺フ二其女人《ヲトメ》之行《フルマヒ》ヲ一。故レニ、是女人、自二其昼寝《ネ》ノ時一、妊身《ハラミ》テ、生ム二赤玉《アカダマ》ヲ一。爾、其所ノレ伺フ賤夫《シヅノヲ》、乞二取リ其玉ヲ一、恒ニ裹《ツヽミ》テ著クレ腰ニ。此人、営《イトナム》二田ヲ於山谷之間ニ一。故レニ、耕人《タカヘスヒト》等之飲食《ヲシモノ》ヲ、負セテ二一ツノ牛ニ一而、入二山谷之中ニ一、遇《アヒ》二逢《アフ》其国主《コキシ》之子、天之日矛《アマノヒボコ》ニ一。爾、問テ二其人ニ一曰ク、何ゾ汝飲食《イマシヲシモノ》ヲ負セテレ牛ニ入ル二山谷ニ一。汝、必殺シ二食ハン是牛ヲ一、即捕ヘテ二其人ヲ一、将レ入ント二獄囚《ヒトヤ》ニ一。其人答ヘテ曰ク、吾、非レ殺シトニレ牛ヲ。唯送ル二田人《タツクル》之食《ヲシモノヲ》一耳。然トモ、猶不レ赦サ。爾、解《トキ》テ二共腰之玉ヲ一、幣《マイナフ》二其国主《コキシ》之子ニ一。故レニ、赦ン二其賤ノ夫ヲ一、将来テ二其玉ヲ一、置ケハ二於床辺《トコノベ》ニ一、即化《ナル》二美麗嬢子《カホヨキヲトメ》ト一。仍チ婚《アワセシテ》、為二嫡妻《メ》ト一。爾、其嬢子、常ニ設ケ二種種之珍味《クサグサノメヅシキアジモノ》ヲ一、恒ニ食《ミヲシス》二其夫《セナ》ニ一。故レニ、其国主《コキシ》之子、心奢リテ詈《ノル》レ妻ヲ、其女人ノ言《イハク》、凡、吾者、非下応ノ為《タル》二汝ノ妻一之女ニ上。将《ス》レ行ント二吾カ祖《ヲヤ》之国ニ一、即窃ニ乗リ二小船《ヲフ子ニ》一、逃遁《ニゲ》レ度リ来リ、留《トヾマル》二于難波ニ一。此者、坐ス二難波之比売碁曾《ヒメコソ》ノ社ニ一、謂二阿加流《アカル》比売ノ神ト一者也。於是、天之日矛《アマノヒボコ》、聞テ二其妻遁レシコトヲ一、乃追渡来リ、将《スル》レ到ント二難波ニ一之間、其渡《ワタリ》之神、塞《フサギ》テ以テ不レ入レ、故レニ、更ニ還、泊リ二多遅摩《タヂマ》ノ国ニ一。

新羅の国王の子に天之日矛というものがいた。一人の賤しい男が、一人の賤しい女の昼寝の姿を見ていた。女の陰上に光が指すのを見た男は、その後も、この女のことを窺うことを続けていたところ、女は身ごもり赤い玉を産んだ。女から赤い玉を貰い受けた男は、この玉をいつも腰につけていた。男は田を谷間に作っていた。耕作人たちの食物を牛に背負わせて谷に行ったところで、天之日矛に出会った。男は天之日矛に牛を殺すつもりだろうと言われ、捕らえられ牢に入れられる。男は助かるために腰につけていた玉を天之日矛に賄賂として贈った。天之日矛は、玉を受け取り、男を赦免する。天之日矛は、玉を持ち帰り、床に置いたところ、たちまち美しい乙女となった。天之日矛はこの乙女と結婚し、正妻とした。妻はいつもおいしい料理を作り天之日矛に食べさせた。天之日矛が思い上がって妻を罵ったところ、妻は「だいたい、私は、あなたの妻になる女ではない。私の祖先の国に帰る」と言って、ひそかに船に乗り、日本に渡ってきて、難波にとどまった。これが、難波の比売碁曾社にいらっしゃる阿加流比売神という。天之日矛は、妻が逃げたことを聞きすぐに後を追って日本に渡ってきて難波に着こうとしたが、渡の神が行く手を塞いで入ることができなかった。そのため、引き返そうとして、多遅摩国の国に泊まった。

『日本書紀』と『古事記』を合わせて読むと興味深いことに気づく。妻を娶るまでの経緯に違いはあるものの、新羅の国から日本に渡ってきた女を追って男がやってくるという話は一致する。『古事記』の赤玉の女が祭られた社は、難波の「比売碁曾社」となっており、『日本書紀』では「比売語曾社」となっている。同じ神だと思われるが、「碁」と「語」の違いには注目したい。また、『日本書紀』では、都怒我阿羅斯等は日本に渡来したところで記述が終わるが、『古事記』の天之日矛は難波の国に入れず、多遅摩国に泊まることになっている。

先に『日本書紀』の記述を基にして、「因果のぬけ穴」の発端部分との類似点を指摘した。更に『古事記』を合わせて読めば、妻を追って日本に渡ってきた天之日矛が、但馬の国にとどまることが記されている。「因果のぬけ穴」において、判右衛門、判八親子が敵弥平次を見つけ出すのが但馬の国なのである。天之日矛を置き去りにして日本に渡った女は難波で比売碁曾社に祭られる阿加流比売神となったとされる『古事記』では、比売碁曾社の表記に「碁」という文字が使用されている。このことも注意してよかろう。

俳諧における付合、『日本書紀』の都怒我阿羅斯等、『古事記』の天之日矛の話を利用すれば、「因果のぬけ穴」の事件の発端から敵弥平次を但馬で見つけ出すまでの構成が説明できるのである。

敵、弥平次には「但馬《たじま》の國《くに》に、里人《さと》に親類ありとや」との情報を得た判右衛門、判八親子は、但馬の国に弥平次が潜んでいるものと当たりをつけ赴く。予想通り、弥平次は、親類の家に匿われていた。里人の親類は、「百姓《しやう》の門作《もんつく》りに、二重垣《ふたへがき》をして、牢人《らうにん》をあまたかくまへ、用心《やうじん》の犬《いぬ》迄何疋《なんびき》か」飼って、弥平次を匿っていたのである。この百姓家に忍び込んだ親子が、敵討ちに失敗し、息子判八が父判右衛門の首を切って逃げる場面については、先に論じた。ただ、先に指摘しなかったことが一つある。敵弥平次が匿われた百姓家についてである。垂仁天皇の后、沙本毘売命は、謀反を起こした兄沙本毘古王と共に城に立て籠もったのだが、その城を『日本書紀』『古事記』では「稲城」と記しているのである。おそらく稲で防備を固めた城なのであろう。弥平次の百姓家と沙本毘売命の稲城、この二つの間に関連を考えても良いのではないか。

弥平次が匿われた百姓家には、牢人が沢山雇われていた。謀反人として稲城に立て籠もった沙本毘古王には家来がいたと想像して『日本書紀』を読んでも差し支えなかろう。また、百姓家には用心のために犬も飼われていた。『日本書紀』(垂仁天皇)にも次のような犬が描かれている。

昔丹波国ノ桑田ノ村ニ有人。名ヲ曰甕襲《ミカソ》。則甕襲家ニ有犬。名テ曰足往《アユキ》。是犬咋テ二山獣《シ》名ハ牟士那《ムシナ》ト云ヲ而殺ッ之。則獣ノ腹ニ有八尺瓊勾玉《ヤサカニノマカリタマ》。因テ以献之。是玉ハ今有石上ノ神宮。

石上神社に祭られている八尺瓊勾玉が発見される経緯を記した箇所である。甕襲に飼われた犬の名は「足往」という。足往は、山の獣である牟士那を殺し、牟士那の腹の中から八尺瓊勾玉が見つかったという話である。おそらく、日本の文学史上最初に登場する番犬である。「因果のぬけ穴」では、百姓家に忍び混んだ判右衛門、判八親子が最初に行ったことが番犬への対策であった。挿絵を見ると塀の外で、親子に吠えかかる犬が描かれている。百姓家に忍び混んだ判右衛門が、逃げ遅れる場面に、「跡《あと》より大勢《あふぜい》両足《りやうあし》にとりつき、すこしも身のうごきならす」とあるが、判右衛門を中心に考えると、首だけが息子判八と逃げ延び、足は行ってしまったということになるのである。この「足往」という犬の名前にも注意が必要であろう。

敵弥平次を討つために忍び混んだ判右衛門、判八の親子であったが、敵に巡り会う前に発見されてしまう。俘囚の身となる恥を受け入れることができなかった判右衛門、判八親子は、息子判八が、父判右衛門の首を切り取るという悲惨な結末でこの夜討ちは終わってしまうのである。その後、父判右衛門の首を切り取った判八は、首を持ち、入佐山の奥深くへ逃げ延びる。

この入佐山は、但馬の国の歌枕の地として有名であり、『好色一代男』の冒頭でも世之介の父夢介の出身地として描かれる場所である。

では、判八が逃げる場所は何故、入佐山なのであろうか。この答えも『日本書紀』（垂仁天皇）、『古事記』（応神天皇）にある。

三年春三月、新羅王子天《アマノ》日《ヒ》槍《ホコ》来帰《マウクリ》焉。将来物《モテキタル》ハ、羽太玉《ハフトノタマ》一箇《ヒトツ》・足高《アシタカノ》玉一箇・鵜鹿鹿《ウカカ》ノ赤石《アカシ》ノ玉一箇・出石小刀《イツシカタナ》一口《ツ》・出石桙一枝《ツ》・日鏡一面《ツ》・熊神籬《クマノヒモロキ》一具《ヒトソナヘ》、并テ七物《ナヽクサアリ》。則蔵テ于但馬国ニ、常ニ為神ノ物也。一云、初天ノ日槍乗テ艇《ヲフ子ニ》泊《ハシフ子ニトヽマリ》テ于播磨国ニ、在於宍粟《シサハ》ノ邑ニ。時ニ天皇遣三輪君カ祖大友《トモ》主与ヲ倭ノ直ノ祖長尾市《ヲ伯父チ》於テ播磨ニシテ而問《トハシ》テ天日槍ニ曰、汝也誰人《タレソ》。且何ノ国ノ人ソ也。天日槍対テ曰、僕《ヤツカレ》ハ新羅国ノ主《キミ》之子也《コナリ》。然聞テ日本国有《マス》ト聖ノ皇《キミ》、則以己カ国ヲ授テ弟知《ホリン》ノ、古ニ而化帰《マウケリ》之。仍テ貢献物《タテヒツルモノ》ハ葉細珠《ハホソタマ》・足高ノ珠・鵜鹿鹿赤石珠・出石刀子・出石槍・日鏡・熊神籬・胆狭浅《イササ》ノ大刀并八物《ヤクサ》アリ。仍テ詔テ天日槍曰、播磨国出浅《イテサ》ノ邑淡路嶋ノ完粟《シサハ》ノ邑是二邑ハ汝任意居之《コヽロノマヽニハヘシト云》。時ニ天日槍啓《マウ》シテ之曰、臣将住処《ヤツスマントコロハ》若垂テ天恩聴《ミメクミヲユルシタマハヽ》、臣カ情願地《コヽロニ子カハシキ》ヲ者、臣親歴視《メクリミ》テ諸国《クニ〳〵》ヲ一、則合《カナヘル》ヲ于臣心ニ欲被給《タマハラムトオモフ》。乃聴《ユルシタマフ》之。於是天日槍自菟《ウ》道河泝《サカノホリテ》、北入テ近江国吾名《アナ》ノ邑ニ、暫住ム、復更自近江経テ若狭国ヲ、西到但馬国ニ、則定住処《井トコロ》ヲ也。（『日本書紀』）

故レニ、其天之日矛持渡リ来ル物者、玉津宝《タマツタカラ》ト云フ而、珠《タマ》二貫、又、振《フル》レ浪ニ比礼《ヒレ》、比礼ノ二字以ス音ヲ。下效レ此ニ。切《キル》レ浪ヲ比礼、振《フル》レ風ニ比礼、切《キル》レ風ヲ比礼、又、奥津《オキツ》鏡、辺津《ヘツ》鏡、幷セテ八種也、此者、伊豆志《イツシ》之八前《ヤマヘ》ノ大神也。（『古事記』）

『日本書紀』の天日槍、『古事記』の天之日矛が日本に渡海し、但馬の国に着いた時に持っていた宝物の記述である。これらの宝は、現在、但馬国一宮出石神社で、出石八前大神として祭られている。先に敵弥平次（白石・赤玉）を追う判右衛門、判八（都怒我阿羅斯等・天之日矛）について言及した。判右衛門を天之日矛とすれば、判八が宝ということになるだろう。確認する必要もないと思うが、『誹諧類舩集』によれば、「子」と「宝」は付合の関係にある語である。つまり子（判）が八つあって、判八なのである。判右衛門の首を切り落とした判八は、首を抱えて出石にある入佐山にたどり着いた。

その後、判八は入佐山で父の首を埋めようとしたところ、もう一つの首を見つけることになる。二つを並べて埋め、手向けをした後、その場でまどろんでいたところ、先に埋めたしゃれこうべが出てきて話し出すという場面になる。

この首の場面も『日本書紀』（垂仁天皇）にある。

二十八年冬十月丙寅朔庚午、天皇母弟《ハヽハラカラ》倭彦命薨。十一月丙申朔丁酉、葬倭彦命ヲ于身狭桃花鳥《ムサノツキ》坂ニ。於是集《ツト》テ近習者《チカクツカマツリシヒト》ヲ、悉生《イケナカラテ》而埋立於陵《ミサヽキメクリ》ノ域ニ。数日《シハ〳〵》ハ不死テ、昼夜泣吟《イサチニトヨフ》。遂死テ而爛臭《クチクサリヌ》之、犬・鳥聚噉《ハム》焉。

垂仁天皇の異母弟倭彦命が薨去された折の葬送の様子である。倭彦命の近習の者達が陵の境界に生き埋めにされ、数日間昼夜を通じて泣き呻く姿が描かれている。この声を聞いた垂仁天皇は次のような命令を出す。

天皇聞テ此泣吟《イ》之声ヲ、心《ミ》ニ有悲傷《イタキワサ也》ト。詔テ群卿ニ曰、夫以テ生所ヲ愛《メクミシ》令殉亡《シタカハシヌルニ》者、是甚タ傷矣《イタキワサナリ》。其レ雖二古《イニシヘ》ノ風《ノリ》ト一之、非良《ヨカラス》ハ何ゾ従ム。自今以後、議テ之止レ殉《ヤメヨシヌルニシタカハシムルコト》。

垂仁天皇は、「生きていた時に寵愛されたからと言って殉死させられるのは、傷ましいことである。それが昔からの風習であったとしても、よくないことであれば、どうして従う必要があるだろうか。今後は、諮って殉死をやめさせよ」と命じるのである。これ以降、人に替わって埴輪が置かれることになる。生き埋めにされた近習の泣き呻く声を聞いた垂仁天皇が、殉死の無意味さを説き、即刻弊習をやめるよう命令を下している。高貴な身分のものに寵愛されたという理由だけで、殉じることを要求される無意味さを説いているのである。

「因果のぬけ穴」では、しゃれこうべが判八の夢枕に立ち、次のように告げる。

我《われ》は判右衛門が、あさましき形《かたち》也。我為《わがため》とて、かたきを打《うち》に來《き》て、汝《なんじ》が手《て》にかゝる事は、是定《さたま》る道理《とうり》あり。前世《せんぜ》にて、弥平次が一門、ゆへなき事に、八人迄うしなひければ、天《てん》此科《とか》をゆるしたまぬを、今此身《いま》になりて覚《おほゆ》る。其方《そのほう》とても、是をのがれがたし。武勇《ぶゆう》の本意《ほんい》をやめて、墨染《すみぞめ》の身となりて、先《さき》立し、二人が跡《あと》をよく〳〵吊《ともら》ふべし。此言葉《ことば》の證據《しやうこ》には、我形《わがかたち》あるまじ。二たびほつて見るべしと、つげてうせける。

自分達が命を落としたのは、前世で弥平次の一門を理由もなく殺し、それを天が許さなかったからであると告げる。このまま敵討ちを続けるなら、判八も父・伯父同様に命を落としてしまうから、武勇の本意をやめて仏門に入り、二人の菩提を弔うようにと諭し、敵討ちという武家に課された使命を捨て去り、仏門に入るよう勧めるのである。

しゃれこうべは、自身の言葉が正しいものであることを証明するために、消滅すると告げ、消えていく。ところで、見つけ出されたものが消えるという話が、『日本書紀』（垂仁天皇）にもある。先に示した出石神社の宝である。

八十八年秋七月巳酉朔戊午、詔テ群卿ニ曰、朕聞、新羅王子天日槍《ヒホコ》、初テ来《マウコシ》之時ニ、将来《モチ》ル宝物今有但馬ニ。元《ハシメ》為ニ国人ノ見レテ貴《タフトマ》、則為《ナリタリ》神宝ト也。朕欲見《ミマホシ》其宝ノ物ヲ。即日遣テ使者ヲ、詔テ天日槍之會孫清彦《ヒヽコキヨヒコ》ニ而令献。於是清彦被勅《ウケタマハリテ》ヲ、乃自捧テ神宝ヲ而献之。羽太玉《ハフトノタマ》一箇《ヒトツ》・足高玉《アシタカノ》一箇・鵜鹿赤石玉《ウカヽノアカシ》一箇・日鏡一面《ヒトツ》・熊ノ神籬一具《ヒモロキヒトソナヘ》一具。唯有小刀《カタチ》一。名ヲ曰出石《イツシ》ト則清彦忽ニ以為非献刀子《カタナハタテマツラシトオモテ》、仍匿シテ袍中《メコロモノウチ》ニ、而テ自佩《ハケリ》之、天皇未タ知匿《シロシメサシナメタル》小刀之情ヲ、欲シテ寵《メクマムト》清彦ヲ、而召テ之賜酒《タマフミキ》ヲ於御所《ミモト》ニ。時ニ刀子《カタチ》従袍ノ中出テ而顕ル之。天皇見《ミソナハシテ》之、親ヲ問テ清彦ニ曰、爾《イマシ》カ袍ノ中ノ刀子ハ者何スル刀子《ナ》ソ也、爰清彦知シ不得匿《エカクスマシキ》刀子ヲ、而呈言《アラハシマウサク》、所ノ献スル神宝之類《タクヒナリ》也。則天皇謂テ清彦曰、其神宝之豈得ム離コト類《タクヒヲ》乎。乃出テ而献焉。皆蔵於神府《ミクラ》ニ。然後開テ宝府《ミクラ》ヲ而視ニ之、小刀自ニ失。則使《シメテ》レ問《ト》清彦ニ一曰、爾所献《タテマツリシ》刀子忽ニ失ヌ矣。若シ至二汝ノ所《モト》ニ一乎。清彦答テ曰、昨夕《ヨムヘ》、刀子自然《ヲノツカラ》ニ至二於臣家《ヤツコカ》ニ一、乃明旦《ケサ》失ヌ焉。天皇則惶《カシコマリ玉フ》之テ、且更《マタ〳〵》勿覓《モトメタマハス》。是後ニ出石刀子自然ニ至レリ于淡路嶋ニ。其嶋人謂《ヲモテ》神ナリト、而為刀子立祠ヲ。是於今ニ所ラル祠也。

「新羅の王子天日槍が初めて日本に来たときに持ってきた宝が、今は、但馬にある。その宝は最初から但馬の国の人に貴ばれて、神宝になっている。私はその宝物が見たい」と垂仁天皇が仰るのである。早速使者を送り、天日槍の曾孫清彦に詔をして、宝を献上させることにする。清彦は勅を承って、直ぐに神宝を自ら捧げて献上することにする。ただ、清彦は、羽太玉一箇・足高玉一箇・鵜鹿赤石玉一箇・日鏡一面・熊神籬一具は、献上したが、出石という刀だけは献上できないと考え、袍の中に隠し、自らが帯びることにする。清彦の気持ちを知らない天皇は、清彦を寵遇しようと思い、召し出して酒を御所でお与えになった。その時、刀が袍の中から出てしまう。天皇は刀を見て、「お前の袍の中の刀は、何をする刀なのか」とお尋ねになった。清彦は刀を隠すことはできないと思い、「献上した宝の一つです」と申し上げた。そこで天皇が清彦に仰るには、「その神宝は、どうして宝物の類から離すことができるだろうか」と仰った。清彦は、刀を出して献上することにする。全ての宝を神府に納めた。だが、その後、天皇が宝府を開いて御覧になると、小刀が自然になくなっていた。そこで、天皇は清彦に「お前が献上した刀が、急になくなってしまった。もしかしたら、お前のところに戻っているのではないか」とお尋ねになった。清彦は「昨夕、刀が自然に私の家にやってきましたが、今朝は、なくなってしまいました」とお答えした。天皇は恐れ入りなさって、再び刀を求めようとはなさらなかった。この後、出石の刀は、自然に淡路島に至った。島の人々は、神だと思って刀のために祠を建てた。これは、今でも祭られている。

以上が天日槍が持参した出石という刀が消えてしまうという話の顚末である。この話で先ず注目されるのは、天日槍の曾孫、清彦が出石という刀子を袍の中に隠し、自らが帯びたという箇所である。判八にとって、父判右衛門の首は宝物以上のものであり、これを大切に持ち去ったという咄と類似するように思える。また、天皇の望みによって、出石という刀子は、他の宝物と再び一緒になる。これは、父判右衛門と伯父判兵衛の首が、入佐山で一緒に葬られるという場面を連想できよう。更に、天皇の宝府から消えた刀子は、清彦の下に現れ、翌朝消えてしまうのである。これは、判兵衛と思われるしゃれこうべが現れ消えてしまうという設定と一致していないであろうか。

このように、首が現れ、消えてしまうという咄も『日本書紀』（垂仁天皇）にあるのである。

「因果のぬけ穴」は、しゃれこうべの忠告を聞かなかった判八が、その後も判兵衛、判右衛門の敵である弥平次を討とうとし、返り討ちにあい果てるという結末になっている。この結末と同様に、物事を正しく理解しなかったため短命に終わってしまった天皇の話が『日本書紀』（垂仁天皇）にある。倭大神が大水口宿禰に神懸かりして話す場面である。

先ノ皇《ミカト》御間城ノ天皇雖祭祀神祇ヲ、微細《クハシクハ》未探《サクリタマハ》其源根《モトヲ》、以テ粗留《オロソカニト、メタマヘリ》於枝葉《ノチノヨニ》。故其天皇短命《ミシカシミイノチ》也。
是以今汝御孫ノ尊悔テ先皇之不及《カケタルコトヲ》、而慎ミ祭《ツ》ハ、則汝《タイ(ママ)》尊寿命《イノチ》延長《ナフ》、復天下太平《タヒラカム》矣。

垂仁天皇の兄、御間城入彦五十瓊殖天皇（崇神天皇）は、神祇をお祭りになったが、詳しくはその根源を知らなかったために、短命だったとしている。また、垂仁天皇が、先の天皇がなさったことを悔やんで、慎んで祭祀を行えば、寿命が長く、天下も太平だと神懸かりした大水口宿禰は言うのである。

判右衛門は、立派な武士であったが、「定《さたま》る道理《とうり》」を知らず、「武勇《ふゆう》の本意《ほんい》」を全うする生き方をしたため、短い人生を終えた。判八もまた、しゃれこうべが話す、「定《さたま》る道理《とうり》」を聞き入れず、武士に課された「武勇《ふゆう》の本意《ほんい》」を全うしたため、悲劇的な結末を迎えたのである。

神意を受けいれた垂仁天皇が、在位九十九年、百四十歳（『古事記』では百五十三歳）の齢を保ったとされるのとは対照的な人生である。

「因果のぬけ穴」の結末にあるしゃれこうべの出現及び、判八に対する警告と、その悲劇的な結末を連想させる話が、『日本書紀』の中にも記されていたのである。

「因果のぬけ穴」冒頭で、判右衛門は、

　鑓持《やりもち》・乗馬《のりむま》をひきつれて、家中《かちう》にまたなき使者男《ししやおとこ》、大河《あふかわ》判右衛門が風俗《ふうぞく》、世《よ》に見ならへといわれし。

と紹介される。一方、本論考でたびたび言及した天日槍は、『日本書紀』（垂仁天皇）によれば、

　三年春三月、新羅王子《コキシノコ》天《アマノ》日《ヒ》槍《ホコ》来朝《マウクリ》焉。

と記されている。天日槍は、新羅からの使者であり、その名前の中に「槍」の文字が含まれている。これは、大河判右衛門の人となりを記した記述と関係がありそうである。番犬については先に説明した、牟士那の腹の中か

ら取り出した八尺瓊勾玉が納められた石上神宮は、日本最古の神社の一つであり、武門の棟梁たる物部氏の総氏神として祭られた神社である。『誹諧類船集』では、「石上大和」と「劔」は付合であり、石上神宮の付合の連想の中にも、その特徴が示されている。『日本書記』（垂仁天皇）には、剣が神宝として石上神宮に納められたという記述もある。

三十九年十月、五十瓊敷命　居《マシマシテ》　於茅驣《バキ》ノ菟砥川上宮《ウチミカハカミノ》ニ一、作剣《ツルキ》　一千口《チ、ヲ》ヲ。因テ名テ其剣ヲ謂川上部《カハカミトモ》ト一。亦名ヲ曰裸伴《アカハタカトモ》。裸伴《ラハ》、此云阿箇播娜我等母。ヲ蔵于石上神宮ニ也。是後ニ　命《ミコトオホセ》　ヲ五十瓊敷ノ命ニ、俾《シム》主ノ石上ノ神宮ノ之神宝ヲ。

五十瓊敷命に命じられて造られた剣千振が、石上神宮に納められたことが分かる。この時、納められた剣は「川上部」「裸伴」と名付けられたという。剣と武士を結び付ける連想は可能であろう。川上部の表記は、『古事記』では「河上部」となっている。「伴」の文字を刀を意味する「刂」で表記すると「判」となる。「大」は「世に見《よ》ならへ」と言われた立派さを意味すると考えてみた。これを組み合わせると大河判右衛門の名前になるのである。牽強付会の感はあるが、大河判右衛門の名前自体が、『日本書記』『古事記』の記述を利用して創作されたものと読めるのである。

三

「因果のぬけ穴」を『日本書記』『古事記』と重ね合わせて読むという試みを行ってきた。垂仁天皇記に描かれる、都怒我阿羅斯等・天日槍（『古事記』では天之日矛）来朝の話は、豊後の国で起こる寺田弥平次と判兵衛の刃傷沙汰、判兵衛の妻の願いによって判右衛門、判八親子が敵討ちの旅にでること、弥平次が但馬の国の百姓家に隠れていること、判八が判右衛門の首を切り取り、判八が入佐山に逃げ込むこと、判兵衛の首が出てきて消滅することと重ね合わせることができた。併せて判右衛門と判八の名前も『日本書記』、『古事記』を読めば、解釈が可能なのである。

弥平次が隠れる百姓家に忍び込んだ親子が敵に見つかり、逃げ出すことに失敗して父判右衛門の首を、息子判八が切り取り逃げるという場面は、沙本毘古王、謀叛の時の沙本毘売命の話に重ね合わせることもできる。しゃれこうべが夢枕に立ち話す場面は、殉死禁止の場面に重ねることができよう。「武勇《ふゆう》の本意《ほんい》」よりも「定《さだま》る道理《とうり》」の方が大切であるという、しゃれこうべの忠告は、大水口宿禰に神懸かりした倭大神の言葉として、発せられていた。いかがであろうか。

この他にも、八尺瓊勾玉が石上神宮に納められる謂れを描いた番犬の話は、『日本書紀』と「因果のぬけ穴」をつなげる仕掛けになっているように思われる。

四

さて、西鶴は、『日本書紀』『古事記』を利用して創作した「因果のぬけ穴」で何を描きたかったのであろうか。『日本書紀』『古事記』に描かれる活目入彦五十狭茅天皇、後の垂仁天皇は、最愛の妻沙本毘売命を謀叛の戦いの中で失うという悲劇を経験する。それでもなお、殉死を禁じるなど、その人生において、人々に対して仁の心を垂れた天皇であった。時に神の啓示を受け、時に自身の考えにより、旧弊を改め、新しい道を開いた天皇であった。一方、判右衛門、判八の生き方はというと、武士に課せられた敵討ちというしきたりに、何の疑問も持たずに従い、しゃれこうべの忠告に耳を傾けることもなく武士のありようと自らが信じるものに殉じて一生を終えるのである。討てば討たれるという因果は続く。その抜け穴が用意されているにもかかわらず、敵討ちという美名に殉じ死を選ぶ武士の生き方に西鶴は不思議を感じたのであろう。垂仁天皇のような生き方ができれば、判右衛門、判八親子は、いとも簡単に生き続けることができたのである。「因果のぬけ穴」のきっかけになった囲碁の助言で命を落としてしまう判兵衛を含め、男の勝手な生き方が、「行く末の宝舟」(巻二の五)のような、後に残される悲しい女性を生み出すのである。

◆注

(1) これ以降の同書の引用は、『西鶴諸国はなし　翻刻』〈西鶴選集〉(おうふう　平成五年十一月)によった。
(2) 前田金五郎氏「西鶴題材小考」(『語文』七輯　昭和二十七年十一月)
(3) 早川光三郎氏「西鶴文学と中国説話」(『滋賀大学学芸学部紀要』三号　昭和二十九年一月)
(4) 宗政五十緒氏「西鶴と仏教説話」(『西鶴の研究』未来社　昭和四十四年四月)
(5) 引用は、三原市立中央図書館蔵本によった。
(6) 井上敏幸氏『好色二代男　西鶴諸国はなし　本朝二十不孝』〈新日本古典文学大系七十六〉(岩波書店　平成三年十月)

（7）これ以降の同書の引用は、豊橋市立中央図書館蔵本（貞享四年跋）によった。なお、以下の引用で資料の翻刻を行った際、句読点が付されていない資料については、私に句読点を付した。

（8）これ以降の同書の引用は、『俳諧類船集』〈近世文芸叢刊〉（昭和四十四年十一月）によった。

（9）これ以降の同書の引用は、豊橋市立中央図書館蔵本（慶長十五年跋）によった。

〔付記〕本稿をまとめるにあたり、貴重な資料の翻刻をご許可くださった三原市立中央図書館、豊橋市立中央図書館に御礼申し上げます。

第四節

『西鶴諸国はなし』巻四の三「命に替る鼻の先」試論

―織田信長の紀州攻め及び本能寺の変との関係から―

東洋大学附属図書館蔵

一

『西鶴諸国はなし』巻四の三「命に替る鼻の先」(1)は、高野山に現れた天狗と、高野山を守るために自ら天狗となった僧侶達の咄である。

本咄については、先学によって既に多くの指摘がなされている。

宗政五十緒氏は、『駿台雑話』（享保十七年成立）巻一「飛騨山の天狗」が、本咄冒頭の女の子に化けた天狗と檜物細工職人のやりとりと同想であると指摘する。(2)

それに付きて、あやしき事なから、加賀にありし時人の語りしは、北國にいやしき工《たくみ》の、飛騨《ひだ》山にゆきて、杦を採《とり》てへきて生業《なりはひ》とする者ありき。ある時山中に杦をへきて居けるに、ひとりの山伏の鼻《はな》の隆《たか》きが来りしを見て、心に、ふ思議ものかな。天狗にやと思ふに、汝はなにとて我を天狗とおもふそといふ。はやくされかしとおもふに、汝はなと我をいとひてされかしとおもふそといふ。何にても心におもへは、はやしりてとかむる程に、後は是非なく、そのへきし板のなかくはへたるを綰撓《つかねたは》めて、縄して括《く》らむとしけるに、心ならす取りはつして板はねける程に、其板の末、天狗の鼻にした、かにあたりしかは、汝は心ねのしれぬものかな。おそろしとて行きさりぬるとそ。板のはねけるは、思慮より出さる事なれは、こ、には天狗も及はぬにこそ。是にてしるへし。念慮《ねんりよ》なき所は、鬼神も窺《うかゞ》ひえさるになんありける。

（『駿台雑話』享保十七成立）(3)

舞台が飛騨になり、女の子が山伏に代わってはいるものの、『駿台雑話』に書き留められた咄が「命に替る鼻の先」と同想の内容を持つ話であると考えてよさそうである。この他にも同様の話は、「さとりのわっぱ」などの民話として各地に数多く残っており、中川光利氏によって高野山にも伝承されていることが報告されている。その中川氏によって、本咄が高野山に伝わる覚海の伝承を踏まえていることが明らかにされている。詳しくは中川氏のご論考(4)をお読み頂くとして、ここでは、中川氏が示された資料を一つ紹介する。

釈覚海字ハ南證対馬ノ人。嘗登二高野山一遊シム二刄《そう》（創）義学一。神悟天発シ義解精絶ナリ。住シテ二華王院一恢二張ス講席ヲ一。有二法性道範等一。時ニ称ス二義龍ト一。皆出タリ二其門ニ一。建保五年補セラル二検校ニ一。行業多シレ異、嘗テ祈テ二弘法大師ニ一知レリ二七生ノ事ヲ一。先レ是ヨリ山中魔事熾盛ニシテ動モスレハ擾シ二行者ヲ一妨二礙ス善事ヲ一。海誓テ欲ス三調伏シ以護セント二教法ヲ一。一日両腋忽ニ生シ二羽翮ヲ一踢二翻シテ門扉ヲ一凌テレ空而去ル。時ニ年八十有二、実ニ貞応二年八月十七日也。山中迄マテレ今往往ニ有ト二見者一云フ。

（『東国高僧伝』延宝三年成立、貞享五年刊(5)）

覚海は、高野山に棲む魔物を鎮めるために、教法を以て調伏し、自らが羽を生じて登天することで、降魔を成し遂げたとされる高野山の高僧である。この高僧伝を、「命に替る鼻の先」に照らし合わせて読めば、西鶴が執筆時に、この覚海の伝承を知っていたことは間違いないと知れよう。

「命に替る鼻の先」では、杓子を持った弟子坊主が、師の坊主と共に登天する。この部分については、岸得蔵氏が明らかにしている。

荒川経蔵の前の芝を云《いふ》也。明王院如法上人・久安元年四月十日白日に、都《と》率《そつ》天に往詣し給ふ時、御沓《くつ》のかたく〳〵落《おち》て松の枝にかかれり。世に鞋懸《くつかけ》の松と云是也。明王院東辺の山上にあり御弟子帰従小如法と云上人の御跡をしたひ、おなしく天上しけると也。其時いかがありけん。杓子と云物を持《もち》てけるか、ここへものしけるを以《もつ》て、ここの名とすと、俗にいひつたへ侍る。

（『高野山通念集』寛文十二年または延宝元年成立刊[6]）

杓子を持ったまま、師である明王院如法上人の後を追った、小如法という弟子坊主が高野山にはいたのである。

以上、先学によって明らかにされた如く、「命に替る鼻の先」は、高野山の高僧の逸話を利用して創作された咄であることは間違いない。ただ、西鶴がこの咄に込めた意図はそれだけであろうか。西鶴は高野山に伝わる高僧の逸話を利用しつつ、全く別の意味を「命に替る鼻の先」に忍ばせているのではないか。

筆者がこれから述べることについて着想を得た語句が「命に替る鼻の先」の中にある。それは「高野」「天狗《ぐ》」

「うつくしき女の子《こ》」「此御山を焼払《やきはら》ひ」「ほうき院《ゐん》」などの語句である。筆者はこれらの語句から織田信長、紀州攻め、本能寺の変を連想したのであるが、本論考では、その理由について述べていきたい。

二

「命に替る鼻の先」は高野のおだはら町で檜物細工を行う職人のもとに「十二三の、うつくしき女の子《こ》」が訪れる場面から咄が始まる。何気なく咄は始まるのであるが、周知の通り、高野山は女人禁制であり、子どもであっても女性である女の子が、この場所に現れること自体が先ず不思議なのである。

筆者はこの「女の子」を織田信長だと考えた。その理由は、『信長公記』首巻に以下の記述を見つけたからである。

七月十八日おどりを御張行
一、赤鬼　平手内膳衆　一、黒鬼　浅井備中守衆
一、餓鬼　滝川左近衆
一、地蔵　織田太郎左衛門衆　弁慶に成り候衆、勝《すぐ》れて器量なる仁躰《じんてい》なり。
一、前野但馬守　弁慶　一、伊東夫兵衛　弁慶　一、市橋伝左衛門　弁慶　一、飯尾近江守　弁慶
一、祝《はふり》弥三郎　鷺《さぎ》になられ候。一段似相《にあい》申し候なり。
一、上総介殿は天人の御仕立に御成り候て、小鼓を遊ばし、女《おんな》おどりをなされ候。

津島にては堀田道空庭にて、一おどり遊ばし、それより清洲へ御帰りなり。

（『信長公記』寛永年間以前か）(7)

信長が天人の仕立てで女おどりを踊ったことが記されている。同書巻十四、天正九年正月八日の左義長の様子を記したものには、

信長公、黒き南蛮笠《なんばんがさ》をめし、御眉《まゆ》をめされ、赤き色の御ほうこうをめされ、唐錦《からにしき》の御そばつぎ、虎皮の御行縢《ばき》。蘆毛《あしげ》の御馬、すぐれたる早馬、飛鳥の如くなり。

とあり、また、同年二月二十八日に京で行われた馬揃えでも、

御内府の御装束、御眉にて、きんしやを以てほうこうめされ、

と記される。眉を引くことが女装と直ちに結びつくものではないが、先の津島の女おどりと合わせて読めば、信長の女装を連想しても差し支えないように思える。この時、安土で行われた左義長は近江八幡の左義長へと引き継がれたとされるが、現在、この祭りで男性が女装することは、信長との関連で説明がなされている。信長の女装は、現代にも生き続けている伝承なのである。

女の子の姿で現れた信長が何を意味するのか。女人禁制の高野山では、女の子は忌避されるべき存在であろ

う。そこに居てはならないものなのである。元亀元年から天正八年までの本願寺との戦いの中、本願寺の主力として敵対する雑賀衆は、天下統一を目指す信長にとって、排除しなければならない敵であった。この時の、雑賀衆の軍事組織としての特徴は、鉄砲によって高度に武装化されている点にあった。天正八年、石山本願寺の開城には成功したものの、中国の毛利、四国の長宗我部と戦闘状態にあった信長にとって、背後に位置する紀州の不安要素は早急に取り除かなくてはならない状況にあった。紀州にある高野山もまた信長にとって危険な存在であったことは言うまでもあるまい。一方、延暦寺の焼き討ち、石山本願寺の開城を目の当たりにしてきた高野山にとって、信長は脅威の対象であり、招かれざる客であった。つまり信長は、女の子と同様、高野山にとって忌避される存在だったのである。

職人の前に現れた女の子は、「鍬屑《かんなくず》をなぶり、あたら椙《すぎ》の木をきりてと、是を惜《をし》み、いろ〳〵じやまを」する。女の子にとって杉は大切なものだったのである。

天正五年、石山本願寺との戦いが膠着状態であった信長は戦況打開のため、本願寺勢の主力であった雑賀衆の本拠地、紀州雑賀への攻撃を開始する。この戦いは信長の勝利に終わるのだが、この戦いで重要な働きをしたのが雑賀衆の三緘の者と根来寺の杉之坊こと津田監物算正である。杉之坊が雑賀攻めで重要な働きをしたことは、『信長公記』の天正五年の記述からも明らかである。

二月二日、紀州雑賀《さいが》の内三緘《みからみ》の者、并《ならび》に根来寺《ねごろじ》杉之坊、御身方《みかた》の色を立て申すべきの御請《う》け申すにつきて、則《すなわ》ち、三十日に御動座なさるべきの趣、御国〳〵へ仰せ出だなさる。

十七日、根来衆杉之坊参り、御礼申し上げ、雑賀表御一篇の御請《う》け申し候ひき。

廿二日、志立へ御陣を寄せられ、浜手《はまて》・山方《やまかた》両手を分けて、御人数差し遣はさる。山方へは根来杉之坊・三《み》緘《からみ》衆を、案内者として、佐久間右衛門、羽柴筑前、荒木摂津守、別所小三郎、別所孫右衛門、堀久太郎、雑賀の内へ乱入し、端〳〵《はしばし》焼き払ふ。

この戦いの後、天正五年に根来衆は信長軍に組み込まれた。高野山にとって杉之坊は危険な存在になったのである。女の子が信長であれば、紀州の地で杉（杉之坊）が切られることを惜しむという言葉も理解できる。

ここで、俳諧に於ける「杉」について確認しておこう。『誹諧類船集』（延宝五年序）を引いてみると、付合の語として、「時鳥、夏山、社、神垣《カキ》、花の雪、峯、かすむ嵐、関路、鴉《カラス》、槇、檜原、三輪、天のかく山、相坂、布留、初瀬、山田の原、横《ヨ》川、足柄《カラ》、三上山、酒はやし、折重《ヲリヂウ》、箸、障子《シヤウシ》、庵、菜、香椎《カシイノ》宮、窓、苔《コケ》、つく〳〵し、箱、護、楊枝、天狗」(8)が記されている。女の子を信長と考えなくても、杉は天狗と縁のあるものであった。杉を杉之坊と考え、信長と関連づける読みは、現時点では無理があるように思える。

話を続けよう。いろいろじゃまをする女の子に腹を立てた檜物屋は、横矢でぶとうとするが、女の子は察して逃げる。砥石を投げようとすると、心を読んで、砥石を投げられるのは好かないと笑う。呆れ果てて追い払う方法を考えていた時に、割挟のせめが自然に外れて女の子の鼻の先に偶然に当たる。心は読めても、偶然は読めなかった女の子は、天狗に姿を変えて飛んで行く。偶然を檜物屋の仕業と思い込んだ天狗は、檜物屋を恐れ、高野山ともろともに焼き払おうとするのである。もう一度確認するが、雑賀衆の武器は鉄砲である。

鼻が天狗を連想させるものであったことは、『誹諧類船集』の「鼻」の項目「岩、象《ザウ》、天狗、鷹犬、尺八、垂木《タル》、猪《イノシ》、香《カウ》、縁先《エンサキ》、会釈《アヘシラヒ》、馬、女、宮女ねたむ、夫をおもふ、女の智恵、牛、眼鏡《メガネ》、垔《シラツチ》、咳気、心替る女」の語句で確認できる。天狗の正体を暴くことになる割挟のせめは、最もふさわしい場所に当たったのである。ここで女の子は天狗の姿に戻った。次に天狗と信長の関係について考えてみる。

天狗は、中世以来盛んに行われてきた謎にしばしば登場する。例えば『寒川入道筆記』（慶長十八年頃成立）にある「天狗の土蔵」(9)という謎だ。この答えは天狗が「魔」、土蔵が「蔵」で「まくら」である。『なぞたて』（永正十三年）にも、次のような謎がある。「ふるてんぐ」(10)という謎だ。この答えは「ふる」が「古」、「てんぐ」が「魔」で、答えは「こま」となる。中世以来の謎では、天狗は「魔」と置き換えることが謎解きの約束だったのである。つまり信長は天狗であり魔なのである。

『誹諧類船集』で檜物屋（『誹諧類船集』では「檜物師」）を引いてみると、「へぐ、鉋、正直」とある。「正直」を引いてみると檜物師とともに神仏が付合の語として記されている。女の子にじゃまをされる檜物屋は高野山そのものを意味していたのである。

信長と高野山の諍いは、元亀年中に発生した和州宇智郡内の寺領の帰属問題から始まったとされるが、信長と高野山の関係に決定的な亀裂が入るのは、天正九年に、荒木村重の家臣だった牢人を高野山が匿ったことによる。『信長公記』は、このことについて次のように記している。

八月十七日、高野聖《こうやひじり》尋ね捜し、搦捕《からめ》へて、数百人、万方より召し寄せられ、悉く誅せられ候。子細は、摂津伊丹《いたみ》の牢人《ろうにん》ども、高野に抱《かか》へおき候其の内にて、一両人召し出さるべき者候て、御朱印を以て、仰せ遣はされ候ところ、其の儀、御返事をば申し上げず、剰へ、御使に遣はせられ候者十人ばかり、討ち殺し候。毎度御勘気を蒙る者抱へ置く、緩怠につきて、かくの如く候なり。

この高野聖成敗に先だって、高野山を震撼させる事件があった。空海が出家したとされる槇尾寺が信長によって破滅させられたことである。この時の様子を『信長公記』は以下のように記す。

さる程に、和泉国御領中、差出《さしだし》等、堀久太郎申し付け、槇尾寺《まきのおでら》領、是れ又、改められ候のところ、既に欠落《カンラク》に及ぶ事、歎かはしきの由、申し候て、寺中の悪僧ども、山下の郷中相抱《かか》へ、承引これなし。これ等の趣、信長聞こしめし及ばれ、御詫言《わびごと》申し上げずして、上意に背くは、曲事《くせごと》なり。急ぎ攻め破り、一々頸《くび》を切り、焼き払ふべきの旨《むね》、仰せ出ださる。

抑《そもそ》も槇尾寺《まきのおでら》と申すは、高山峨々《がが》と聳《そび》へ、深山〓茂《ハヘ》り、嶮岨《ケンソ》にして、のぼれば、右手に十町ばかりの滝の水、生便敷《おびただしく》落つる。流水泌《タギ》つて、漲《ミナギ》り下《クダ》り、滝鳴りて、巌石《ガンセキ》殊に砕きて、節所大形《せつしよおおかた》ならず。これに依り、一旦相抱《かか》ふべきの行《てだて》なり。然ればぼ、堀久太郎人数を以て、山下を取り詰められ、越訴《おつそ》ども抱へがたく存知、槇尾寺僧退出すべき覚悟にて、資財雑具、縁〱に引き退け訖《おは》んぬ。抑も槇尾寺本尊は、西国三十三所四番目の順礼観音、霊験あらたなる大伽藍。富貴繁昌、高野山の境内なり。空海御幼稚の御時、岩淵権枢《スウ》僧正、資師相《シシそう》承《じよう》の契《ちぎり》を残さず、御手習御座。一字を十字、千字に悟《サト》り、十二歳の時、岩淵の権枢《スウ》僧正を御戒の師にて、槇尾寺にて御出家あり。其の後、無上の道心を発し、国〱の霊地を尋ねて、修し給ふ。なかんずく、阿波国大滝峰にて、五穀を断ちて、求聞持《くもんじ》の秘法を行ひ給ふ。結願の暁、明星飛び下りて、和尚の御口の内に入りて、後は八万聖教は心の内に覚り玉ふ。信長公御威光に恐れ、濁世末代となって、観世音の力も尽き果て、当寺、狐狼《ころう》野干の棲《すみか》とならん事を、造次顚沛《ぞうじてんぱい》、歎けども、叶はず。四月廿日、夜に入り、寺僧老若七・八百人、武具を着し、闘諍堅固専《もつぱら》にして、各観音堂に参り、御本尊に名《な》残《ごり》を惜しみ、故郷離散を悲しみ、噇《どつ》と一度に叫ぶ声、諸伽藍に響き、雷電、なるかみの如くなり。その後、足弱《あしよわ》〳〵と漂《タダヨイ》、泪と共に槇尾寺を立ち出で、縁〳〵に心さし、散〳〵に老若退出。哀れなる次第、目も当てられず。承和二年乙卯《いつぼう》三月廿一日、寅《とら》一点に、御歳六十二と申すに、大師御入定以来、当年七百四十七年なり。今般、日こそ多けれ、今月廿一日槇尾寺退散、偏《ひとえ》に高野山も破滅の基《もとい》か。

太田牛一は、「高野山も破滅の基《もとい》か」と言う文章で、この記録を締めくくっている。信長によって、空海が出家した槇尾寺が焼き払われ、数百人の高野聖が処刑された。高野山にとって最大の危機が訪れたのである。「命に替る鼻の先」の女の子に化けた天狗によって下される、「此御山を焼拂《やきはら》ひ、細工人《さいくにん》目をはだかになすべし」という命令は、信長が比叡山、槇尾寺に行ったことと同じであり、高野聖の処刑に続いて高野山に対しても同様の命令が下される可能性があることは、容易に想像できるのである。

天正十年、信長は武田家を滅ぼすために信濃へ出陣する。その時、出された命令が『信長公記』二月九日の記録に残っている。

一、信長出馬に付ては、大和の人数出張の儀、筒井召し連れ罷り立つべきの条、内々其の用意然るべく候。但し、高野手寄の輩少し相残し、吉野警固すべきの旨、申しつくべきの事。

一、河内連判鳥帽子形《えぼしがた》・高野・雑賀表へ宛ておくの事。

信長が明確に高野山を敵として意識していたことが窺える記述である。

この時、直ちに高野山への攻撃がなされなかったのは、甲斐の武田を滅ぼすことを優先させたからであろう。天正十年三月武田勝頼を滅ぼした信長は、その矛先を中国、四国、紀州に向けようとしていた。その時、本能寺の変は起こったのである。

三

ところで、高野山が存亡の危機を迎えていた時、ほうき院は、昼寝をしていた。御山を焼き払うという天狗の声で夢が覚めたほうき院は、高野山の身代わりに魔道へ落ちて政道すると念じ、明り障子を羽にして登天する。ほうき院も天狗になったのである。

天狗を『誹諧類舩集』で引いてみると「あたこ」という付合の語がある。確認のために「愛宕」を引いてみると「天狗」が記されいる。天狗は愛宕とも付合だったのである。

天正十年五月二十六、惟任日向守こと明智光秀は愛宕神社にいた。この時の様子を『信長公記』では、以下のように記す。

五月廿六日、惟任日向守、中国へ出陣のため、坂本を打ち立ち、丹波亀山の居城に至り参着。次の日、廿七日に、亀山より愛宕山《あたごやま》へ仏詣、一宿参籠《さんろう》致し、惟任日向守心持御座候や、神前へ参り、太郎坊の御前にて、二度三度まで鬮《くじ》を取りたる由、申候。廿八日、西坊にて連歌《れんが》興行。

発句　惟任日向守

ときは今あめが下《した》知る五月《さつき》哉《かな》　光秀

水上《みなかみ》まさる庭のまつ山　西坊

花落つる流れの末《すえ》を関《せき》とめて　紹巴

か様に、百韵《いん》仕り、神前に籠《こめ》おき、

五月廿八日、丹波国亀山へ帰城。

光秀は愛宕神社に一宿参籠し鬮を取り、「ときは今あめが下《した》知る五月《さつき》哉《かな》」の句に決意を込めた後、亀山の居城に戻る。ほうき院が夢から覚めた後、決意の言葉を残し登天する姿に光秀の行動は重なりはしまいか。『信長公記』には記述されていない話であるが、愛宕山連歌会における紹巴に関する逸話が、巻一の一「公事《くじ》は破《やぶ》らずに勝《かつ》」に取り入れられているという指摘が、藤井隆氏[11]、井上敏幸氏[12]、篠原進氏[13]によってなされている。西鶴が本能寺の変について関心を持っていたことは、明らかであろう。

六月朔日、夜に入り、丹波国亀山にて、惟任日向守光秀、逆心を企て、明智左馬助、明智次右衛門、藤田伝五、斎藤内蔵佐、是れ等として、談合を相究め、信長を討ち果たし、天下の主《しゅ》となるべき調議を究め、亀山より中国へは三草《みくさ》越えを仕り候ところを、引き返し、東向きに馬の首を並べ、老《おい》の山へ上《のぼ》り、山崎より摂津の国の地を出勢すべきの旨、諸卒に申し触れ、談合の者どもに先手を申しつく。

『信長公記』にあるように、信長に対する謀反の決意を固めた光秀は、六月一日亀山城から出陣した。この時、光秀が出陣した亀山城は、後に、徳川家康の命により天下普請が行われ、その美しさから亀宝城と称されるようになる。

筆者が本書で先に論じた「姿の飛のり物」についての拙論の中で、「瀬川」は荒木村重を裏切った「中川瀬兵衛」の名前を逆さにしたものであるとの私見を述べた。このことを「命に替る鼻の先」にも当てはめるなら「ほうき」は「亀宝」を逆さにしたもの、つまり「ほうき院」は、裏切り者、惟任日向守光秀を示していることになるのである。また、『誹諧類船集』によれば、「亀」の付合の語には、「占」があり、「ほうき院」の語からは、光秀が愛宕山で取ったという鬮も連想できる。

ところで、『西鶴諸国はなし』より、成立が遅れるが『明智軍記』(元禄頃成立)には、高野山との関係から本能寺の変が描かれている。

偖又高野山金剛峯《コンガウホウ》寺ハ、嵯峨ノ天皇ノ御宇弘仁七年ニ弘法大師草創《サウ〳〵》有テ、真言秘密《ヒミツ》ノ宗旨ヲ留《トヾ》メ、三會《ヱ》ノ暁ヲ侍レケル靈地《レイチ》ナルヲ、近年信長公是ヲ亡スベシトノ企アリ。其ノ故ハ三好、松永、荒木、細川、佐久間ナトガ郎等共、主君滅亡《メツバウ》ノ後高野山ニ餘多閉籠《トヂコモリ》ケルニ付、織田殿ヨリ使ヲ立ラレ、其輩ノ中可キ被召抱《カヽへ》者ノ有ル之間皆々罷出候ヘト仰遣サレケレトモ、信長公ハ僞《イツハリ》多キ大将ナレバ始終頼母《タノモ》シカラズトテ一人モ不ル出ニ付、又々使者ヲ遣ハサレ、是非々々罷越ベキ由、使者事ノ外悪口《アクコウ》シテ申ケレバ、牢人ノ輩其儀ニテハ猶以テ罷出ッマジキ者ヲトテ、彼使者五人下々共二三十餘人ヲ討果シケレバ、信長公大ニ立腹《リツフク》有テ、總シテ高野山ト云所ノアルニヨリ係《カヽ》ル儀モ出來ヌレ、所詮《シヨセン》次テヲ以テ坊主共迄一人モ殘サズ打殺シテ永ク彼ノ山ヲ斷絶《ダンゼツ》セントテ、先ッ高野聖《ヒジリ》ノ下僧商賣《シヤウバイ》ノ爲《タメ》ニ京都并ニ諸國ニ行脚《アンギヤ》シテ有ケルヲ二百餘人縛捕《シバリトラヘ》テ、悉ク殺害セラレケルコソ不便《フビン》ナレ。偖和泉河内ノ士卒ニ仰セテ高野山ヲ攻メラレケリ。依テレ之ニ一山ノ僧徒《ソウト》爲何《イカヾ》セント周章《シウシヤウ》スル事不斜《ナヽメナラ》。各〳〵僉議《センギ》ノ上ニテ齢《ヨハヒ》六十以下修學者《シユカクシヤ》ニ至ル迄忍辱《ニンニク》ノ衣ノ袖ヲ結《ムス》ビ、脛《ハギ》高ク褰《カヽ》ゲ降魔《ガウマ》ノ利劍《リケン》ヲ携《タヅサヘ》ツヽ、口々《クチ〳〵》ニ出向ヒ防キ戰フ事限リナシ。老僧分ハ當山堅固《ケンゴ》ノ爲メ敵ヲ調伏《テウブク》セントテ、大塔《タフ》、金堂、常行堂、大師御廟《ミビヨウ》ノ前ニシテ、各〳〵敵ヲゾ咒咀《ジユソ》シケル。一七日ニ充ケルハ六月二日也。此日信長公御父子京都ニ於テ生害有シ當日ナリ。誠ニ利スルレ人ヲ者ハ天必ス福《サイハイス》レ之ニ。賊スルレ人ヲ者ハ天必ス禍《ワサハイス》レ之ニトイヘリ。

（『明智軍記』元禄頃成立）(14)

三好、松永、荒木、細川、佐久間等の郎等が、高野山に逃げ込み、信長から引き渡しを求められるが、高野山が応じなかったために、高野聖が処刑されたことが記される。更に、信長が、和泉、河内の士卒に命じて高野山を攻撃したために、高野山は「齢《ヨハヒ》六十以下修學者《シユカクシヤ》ニ至ル迄忍辱《ニンニク》ノ衣ノ袖ヲ結《ムス》ビ、脛《ハギ》高ク褰《カヽ》ゲ降魔《ガウマ》ノ利劍《リケン》ヲ携《タヅサヘ》」防戦し、老僧は「大塔《タフ》、金堂、常行堂、大師御廟《ミビヨウ》ノ前ニシテ、各〳〵敵ヲゾ咒咀《ジユソ》」したとある。

続いて、本能寺で信長を討ち果たす光秀について『明智軍記』は次のように記す。

去ル元龜二年ノ秋モ信長俄ニ比叡《ヒヱイ》山延暦寺ヲ攻崩《セメクヅ》シ、神社佛閣一宇モ不スレ殘燒拂ヒ、僧俗共ニ殺害シテ其跡明智光秀ニ賜《タマ》ヒケル砌《ミギリ》、以後此ノ山ハ永ク再興《サイコウ》不ルレ可カラレ致ス由兩度迄仰渡サレシカドモ、元來光秀ハ醫イ王《ワウ》山王ヲ信仰《シンカウ》シケルニ付、潜《ヒソカ》ニ二十一社并諸堂佛閣ヲ形《カタチ》計リ經營《ケイエイ》シ、因々《ヨリ〳〵》人ヲ遣シ不淨《フジヤウ》ヲ清《キヨ》メ掃除《サウジ》等ヲ申沙汰シ、彼ノ時分死殘《シニノコ》リタル僧綱《ソウガウ》ニハ密々《ミツ〳〵》手飯《ハン》ヲ與《アタ》ヘ、菴室《アンジツ》ヲモ結《ムス》バセナドシテ、此ノ十餘年ノ間憐愍《レンミン》ヲ加《クハ》ヘシトゾ。其ノ比人毎ノ夢ニ猿《サル》共夥《ヲビタ》シク群《ムラガ》リツ、水色ノ旗ヲ持《モチ》都ヘ上《ノボ》リ、家々ニ立テ置ヌト見ヘケルトカヤ今ゾ知ヌ。信長父子ハ信長殺セリ。更ニ明智ニ非サル事ヲ。サレドモ定《サダマ》レル運命《ウンメイ》有リト云ヒ傳《ツタ》ヘシハ誠成《ナル》哉ヤ。

元亀二年の信長による比叡山焼き討ちの後、この地を信長から光秀が賜ったことが記される。信長からは「永ク再興《サイコウ》不ルレ可カラレ致ス由兩度迄仰渡サレ」たが、「醫王《イワウ》山王ヲ信仰《シンカウ》」をしていた光秀が、比叡山を密かに守護していたことも記される。

『明智軍記』には、正月二日に信長が見たという初夢の逸話も記されている。

當正月二日ノ夜、信長公御夢ニ鼠《子ズミ》出テ、馬ノ腹ヲ喰破《クヒヤブ》リシカバ、其馬 忽《タチマチ》死ケリト御覧シテ、自《ミヅカ》ラ夢ヲ判《ハン》ジ玉ヒケルハ、今年我レ四十九ニテ午ノ歳ナリ。然レバ子《子》ノ年ノ人有テ怨敵《ヲンテキ》トナルベキ先表《センヒヨウ》ニモヤ有《アラ》ント思召テ、則チ諸國ノ大名并家來大身ナル輩ノ年共ヲ筭《カゾヘ》サセラレニ、日向ノ守計リ子ノ年ニテ當年五十五歳ニゾ成リニケル。織田殿聆召《キコシメシ》此ノ者ハ係《カヽ》ル事スベシトモ覺ヘズ、偖ハ虚夢《キヨム》ニテゾ可シレ有ト宣ヒシカトモ、終ニ光秀ニ討レ給ヒケルコソ不思議《フシギ》ナレ。

「鼠《子ズミ》出テ、馬ノ腹ヲ喰破《クヒヤブ》リシカバ、其馬 忽《タチマチ》死ケリト」という夢である。午年生まれの信長が鼠年生まれの者によって殺されることを暗示する夢であったため、信長は直ぐに鼠年生まれのものを調べさせる。光秀のみが該当するのであるが、光秀に対して全幅の信頼を寄せていた信長は、光秀を疑うことなく「虚夢《キヨム》」と判断し、結果として光秀によって討たれることになったとする。この逸話が、近世期の人々の間に浸透していたことは、「丹波の鼠京へ出て馬を喰ひ（安九・智五）」[15]などの川柳が残っていることからも明らかであろう。なお、先に記した「鼻」の付合の語の中に「天狗」とともに「馬」があったことも付け加えておく。

『明智軍記』を参考にするならば、高野山、信長、光秀、そして本能寺の変は、密接に関係していた。光秀は、信長に謀叛し、その命を奪った。主従の順逆を破った光秀が魔道に落ちたことは言うまでもない。

ほうき院は、高野山を天狗の焼き討ちから守るために、自ら天狗となって登天した。『明智軍記』の記述に従えば、光秀もまた、高野山を守るために、魔道に落ちて行ったのである。

四

「命に替る鼻の先」では、ほうき院が登天した時、何か盛形をしていた弟子坊主も、師に従って登天する。この杓子を持った天狗は大門の杓子天狗と言われるようになり、現在でも杓子を持った姿で見ることができると「命に替る鼻の先」では説明する。

この杓子天狗は何者か。先学のご指摘より、この杓子天狗が、明王院如法上人に従って登天した帰従（小如法上人であることを、先に示した。拙稿では、この弟子法師を光秀との関係で考えてみたい。

「命に替る鼻の先」に描かれる挿絵を見ると、松の木に登っている杓子を持った天狗が描かれている。着物の模様は梅鉢である。何故梅鉢なのであろうか。

明智家の家老に斎藤利三という武将がいた。光秀が本能寺で信長を討つことを決した場に、明智左馬助、明智次右衛門、藤田伝五とともにいた明智家の家老である。

現在、斎藤利三の家紋は撫子紋とされることが多いが、近世期に梅鉢紋と考えられていたことは、『美濃國諸舊記』（寛永末～正保頃成立）の記述から知ることができる。

斎藤氏神天神社の事

斎藤氏は、大織冠鎌足公四代の孫、魚名卿より五代の末、鎮守府将軍左近将監利仁の後裔、故ありて当家は、菅原の霊を尊敬す。利仁の子孫、加賀・越前・越中に住す。所謂加賀の国、林・富樫の一類、越中の井ノ口氏、越前国の吉原・河合・斎藤の一類、皆各菅神を祭りて、氏神と崇め奉る。則ち加賀の国江沼郡敷地山の天神は、林・富樫・井ノ口・斎藤・吉原・河合家の氏神なるに依って、今濃州にある所の斎藤氏、是又、彼の一族なる故に、少しの間にても、斎藤氏が居住せし所には、此社を勧請せずといふ事なし。所謂厚見郡・加納・岐阜・長良・武儀郡関・本巣郡文殊・北寺、池田郡白樫・堀・宮地、安八郡加々野江・三井・八神・前田・各務・鏡島・其外所々に至る迄、皆是れ斎藤一族の住しける所にして、天神の社を建て、則ち之を守護としけり。斎藤数代当国に住しける故に、一族の旧跡、其数多くありて、容易く知れず。委しくは尋ね知るべし。悉く天神の社あり。彼の斎藤家の定紋所には、梅鉢を用ふるといふ事も、是れ氏神を信じて以て、天神の定紋を申受けて、紋となす事と見えたり。

（『美濃國諸舊記』寛永末～正保頃成立）[16]

それでは、杓子が意味するものは何か。光秀謀叛の原因とされるものに、徳川家康に対する饗応を信長にとがめられたというものがある。『川角太閤記』（元和七年～元和九年頃成立）は、この時の様子を次のように記している。

同年四月初め頃に、安土の御城え御馬を納れられ候。然るに家康卿は駿河の国御拝領の御礼のため、穴山殿を御同道なされ、御上洛の由聞こしめさるるにつき、御宿には、明智日向守所御宿に仰せつけられ候ところに、御馳走のあまりにや、肴《さかな》など用意の次第御覧なさるべきために、御見舞候ところに、夏故、用意のなまざかな、殊の外、さかり申し候故、門へ御入りなされ候とひとしく、風につれ、悪しき匂《にお》ひ吹き来たり候。其のかほり御聞き付けなされ、以《もつて》の外《ほか》御腹立にて、料理の間へ直《じき》に御成《おなり》なされ候。此の様子にては、家康卿馳走はなる間敷と、御腹立ちなされ候て、堀久太郎所へ御宿仰せ付けられ候と、其の時節の古き衆の口は、右の通りと、うけ給はり候。信長記には、大宝坊所を家康卿の御宿に仰せつけられ候と、御座候。此の宿の様子は、二通りに御心得なさるべく候。日向守面目を失ひ候とて、木具《きぐ》、さかなの台、其の外、用意のとり肴《ざかな》以下。残りなくほりへ打ちこみ申し候。其の悪しきにほひ、安土中へ吹きちらし申すと、相聞こえ申し候事。

（『川角太閤記』元和七年～元和九年頃成立）(17)

また、『川角太閤記』では、光秀が本能寺で信長を討つことを決した場で謀叛の理由を次のように述べたと記している。

日向守殿は、しやうぎよりおり、敷皮《しきがわ》をのべさせ、其の上に居なをり、存ずる旨申し出だすなり。上様かほどに御取立てなされ候儀は、各《おのおの》存ぜられ候通りなり。我が身三千石の時、俄かに廿五万石拝領仕り候時、人一円に持ち申さず候故に、大名衆の者どもよび取り候ところに、岐阜において三月三日の節句、大名高《こう》家《け》の前にて面目失ひし次第、其の後、信濃の上《かみ》の諏訪《すわ》にての御折檻《ごせっかん》、又、此の度、家康卿御上洛のとき、安土にて御宿仰せ付けられ候ところに、御馳走の次第、油断の様に、御しかりなされ、俄かに西国陣と仰せられ候。条数再三に及び候上は、終《つい》には我が身の大事に及ぶべしと存じ候。又、つら〳〵事を案ずるに、右の三か条の遺恨の次第、目出度事にもや成るべし。

これらの記述から、近世の初期においては、家康への饗応、つまり料理が光秀謀叛の原因の一つと考えられていたことが分かるのである。梅鉢模様の着物を着、杓子を持って饗応の差配をした明智家の家老斎藤利三は、光秀とともに本能寺に向かった。このように考えれば、「命に替る鼻の先」で、ほうき院とともに高野山を天狗の焼き討ちから守るために魔道へ向かった弟子坊主と利三を重ね合わせることは可能なのではないか。

挿絵には冠木門の屋根を持った天狗も描かれる。「命に替る鼻の先」の本文では、「其寺《てら》のかぶき門《もん》、數《す》百人しても、うごくまじきを、ある夜《よ》やね斗《はかり》を、海道《かいとう》におろし置《おき》ぬ」とあり、冠木門を下ろしたものが何者か、はっきりしないのであるが、この挿絵から、天狗の仕業であることが知れる。

「門」を『誹諧類船集』で引いてみると「やぐら、二王、獅子こまいぬ、城、額、尊《タウト》き寺、雨やどり、医書の目録、番、市、町、玄関《ゲンクハン》、医者」とある。また、「主」を引いてみると「古池、歌の詞、若衆、神木、家、塚《ツカ》の木、道具、盗《ヌスミ》物、城、人魂《タマ》、守仏、荷物」とある。門は城を意味し、主は城を意味していた。

信長の居城、安土城は、七層の天守を持つ城であった。『信長公記』には、「上七重め、三間四方、御座敷の内、皆金なり。そとがは、是れ又、金なり」と記されており、また、ルイス・フロイスは、「この建物全体と家並みとの金縁瓦」[18]と記している。安土城は、黄金に輝く屋根の美しさが際だった城だったのである。

数百人でも動かすことができないと思われた門ではあったが、ある夜に屋根だけが降ろされる。この場面は、天下統一を目前にしながら、光秀の刃に倒れた信長・信忠を失った織田家を示しているように思う。

それでは、屋根を持っている天狗は何を意味しているのか。挿絵を見ると着物の模様は散らし菱形である。ルイス・フロイスによれば、武田信玄が信長に送った手紙に「天台座主沙門信玄」と書いたことに対して、信長は自らを「第六天魔王」[19]と記し返書を送ったとする。拙論では、女の子に化けた天狗を信長として論を進めてきたが、信長自身が「第六天魔王」つまり天狗と名乗っていたのである。

戦国に生きた武将達が高野山に対して尊崇の念を抱いていたことは、山内に残される多くの墓碑からも明らかであろう。高野山の成慶院、引導院（持明院）は武田家と師檀関係にあった。武田家が、戦国の武将の中でも、特に高野山と密接な関係を持っていたことは、多くの遺品が現在、持明院に残されていることからも明らかである。武田家は高野山にとっては守護者であり、信長が第六天魔王（天狗）となることにも深く関わっていた戦国大名だったのである。こうしたことを前提にして挿絵を見ると、仏法の守護者である武田が、破壊者である信長を、これも仏法の守護者であった光秀と協力して天守の座から降ろしている場面のように見える。

信長が本能寺で倒れた天正十年が、武田勝頼との戦いに決着を付けた年であることを、『信長公記』は多くの行文を以て伝えている。

武田が滅び、信長が倒れ、そして光秀も倒れた。

信長が高野山と戦った天正十年は、甲府の新府の舘、京都の本能寺、安土の安土城、坂本の坂本城が焼け落ちた年であった。武田勝頼、織田信長、明智光秀縁の場所は、「それより人絶《たへ》て、この寺天狗の住所《すみどころ》」となったのである。

五

「命に替る鼻の先」を『信長公記』『川角太平記』などの諸書及び『誹諧類舩集』を基にして、俳諧の付合を使用しながら読んでみた。本咄が、冒頭で紹介した、高野山に関連する覚海上人、如法上人・帰従等の高僧伝及び「さとりのわっぱ」などの話を話材として西鶴が創作した咄であることは間違いない。ただ、西鶴が描いたのはそれだけではなかった。西鶴は、高野山に伝わる高僧伝の裏側に、戦国の世に翻弄された高野山の姿を描いていたのである。

本書で先に論じた「姿の飛のり物」には、信長と荒木、毛利、本願寺の戦いが仕組まれていた。これも先に、「夢路の風車」で隠れ里の場所として論じた五箇山は、石山合戦の折に、信長と戦う石山本願寺に、人と焔硝を送った門徒衆の里であった。本書の「姿の飛のり物」についての拙論で引用した杉本好伸氏のご指摘のように、大坂は本願寺の町だったのである。徳川の世になり、本願寺は京都に去ったが、本願寺と共に戦った一向門徒衆は大坂に残った。これらの人が中心になり大坂に新たな町を作ったと考えても差し支えなかろう。そうした読者を西鶴は対象としていたのである。慶長二〇年（一六一五）に大坂夏の陣で戦国の世は終わる。貞享二年（一六八五）に『西鶴諸国はなし』は出版された。出版時に、読者の多くが関西の地で繰り広げられた数多の戦いを知っていたことは、平成二十五年（二〇一三）を生きる私たちが、昭和二十年（一九四五）に終戦を迎えた大戦の話を直に聞くことができることからも明らかであろう。

巻三の六「八畳敷の蓮の葉」は、信長が登場する咄であり、咄の最後に描かれる策彦の泪の解釈は、未だに定まっていない。拙論で示したことも含め再検討が必要だと思われる。

西鶴は「天狗」を不思議なものと言う。「命に替る鼻の先」によれば、天狗は人が変化したものということになる。自らの意志によって天狗となって魔道へ落ちることを選択する人間を、西鶴は不思議なものとして描きたかったのではないか。

◆注

（1）これ以降の同書の引用は、『西鶴諸国はなし　翻刻』〈西鶴選集〉（おうふう　平成五年十一月）によった。

（2）宗政五十緒氏「『西鶴諸国はなし』のあとさき」（『西鶴の研究』未来社　昭和四十四年四月）

（3）引用は『日本随筆大成　新装版』第三期６（吉川弘文館　平成七年八月）によった。

（4）中川光利氏「「命に替る鼻の先」の素材と方法―『西鶴諸国はなし』考」（『近世文芸稿』二十七号　昭和五十八年三月）、「「命に替る鼻の先」の素材と方法の再検討―『西鶴諸国はなし』考」（『高野山大学国語国文』九・十・十一合併号　昭和五十九年十二月）、「『西鶴諸国ばなし』と伝承の民俗―「巻四の三」の素材と方法を中心として―」（『西鶴とその周辺』〈論集近世文学３〉勉誠社　平成三年十一月）

（5）引用は、「『西鶴諸国ばなし』と伝承の民俗―「巻四の三」の素材と方法を中心として―」（『西鶴とその周辺』〈論集近世文学3〉勉誠社　平成三年十一月）によった。
(6)（5）と同じ。
(7)これ以降の引用は、『改訂信長公記』（新人物往来社、昭和六十一年六月）によった。なお、本論稿では論を進める上で首巻の記述を必要とするため、首巻を有する建勲神社本系の底本による翻刻が行われた『改訂信長公記』を使用することとした。
(8)これ以降の同書の引用は、『俳諧類船集』〈近世文芸叢刊〉（昭和四十四年十一月）によった。
(9)引用は、武藤禎夫氏・岡雅彦氏『噺本大系』（東京堂出版　昭和六十二年六月）によった。
(10)引用は、『中世なぞなぞ集』（岩波書店　昭和六十年五月）によった。
(11)藤井隆氏「西鶴諸国はなし小考」（『名古屋大学国語国文学』四号　昭和三十五年三月）
(12)井上敏幸「『西鶴諸国はなし』の素材と方法―巻一之二「公事は破らずに勝つ」」（『静岡女子大学国文研究』九号　昭和五十一年三月）
(13)篠原進「西鶴諸国はなしの〈ぬけ〉」（『日本文学』三十八号　平成元年一月）
(14)これ以降の引用は、三原市立中央図書館蔵本によった。なお、以下の引用で資料の翻刻を行った際、句読点が付されていない資料については、私に句読点を付した。
(15)引用は、『川柳評万句合勝句刷』10（川柳雑俳研究会　平成八年四月）によった。
(16)引用は、『國史叢書』（國史研究會　大正四年七月）によった。
(17)これ以降の同書の引用は、『太閤資料集』〈戦国資料叢書1〉（新人物往来社　昭和四十年二月）によった。
(18)引用は、「『日本史』4キリシタン伝来のころ」〈東洋文庫164〉（平凡社　昭和四十五年六月）によった。
(19)引用は、『日本耶蘇会年報』によった。

〔付記〕本稿をまとめるにあたり、貴重な資料の翻刻をご許可くださった三原市立中央図書館に御礼申し上げます。

第五節

『西鶴諸国はなし』巻五の六「身を捨て油壺」試論

―謡曲『黒塚』との関係から―

東洋大学附属図書館蔵

一

『西鶴諸国はなし』巻五の六「身《み》を捨《すて》て油壺《あぶらつぼ》」[1]は、河内枚岡神社（『西鶴諸国はなし』では平岡神社。これ以降、引用を除いて平岡神社と記す）の姥が火伝説を踏まえた咄とされ、姥が火となった老婆が「油さし」の一言で消えてしまうという結末を持つ。この結末については、これまでにも様々な言及がなされてきたが、必ずしも納得のいく解釈が行われたとは言えない状況である。本論考では、この問題について、これも本咄解釈上の問題となっている、姥が火に変化する老婆の前半生を咄に付加した意味を踏まえながら論じていきたい。

「ひとりすぎ程《ほど》、世《よ》にかなしき物はなし」という文章で始まる「身を捨て油壺」は、次のような内容の咄となっている。以下、確認のために概略を述べておく。

河内の国、平岡の里に、よしある人の娘として生まれた女性は、山家の花と、小歌に歌われたほどであった。だが、どうした因果か、縁づいた男性十一人が悉く早世するという悲劇に見舞われ、女性に好意を抱いていた里人も、後は恐れて近づかなくなり、十八才の冬から、八十八才迄後家を通す人生となる。死なれぬ命を保つため、木綿の糸を紡いで生業とするが、松火もなく、ともし油にも事欠き、毎夜、平岡明神の燈明を盗んで、生活の頼りとしていた。

一方、平岡明神では、神主たちが集まり、毎夜、毎夜、灯火が消えることを不審に思い、このままでは責任を問われることになると、対策に乗り出す。弓・長刀をひらめかし、内陣で様子をうかがっていたところ、夜半の鐘が鳴る時、山姥が神前に上がってきたため、一同気を失いそうになるが、見張りの中にいた弓の上手なものが雁股を射て、山姥の首を切り落としたところ、頭は口から火を噴き出して、天に上がっていった。夜が明けて確認して見ると、八十八歳まで後家を通している一人住まいの老婆だということが分かったが、誰一人不憫なことをしたという里人はいなかった。

この姥が火は、その後も夜な夜な里に現れ、往来の人々を悩ませた。この火に肩を飛び越されたものは、その後、三年も生きられなかった。

姥が火は、一里を一瞬のうちに飛び来るが、近寄ってきた時に「油さし」と言うと、忽ちに消えてしまうのは可笑しいことである。

以上が咄の概略である。山家の花と呼ばれた、よしある人の娘が、良縁に恵まれなかったという理由で、十八歳の冬から、さびしい人生を送ることになる。一人で生きて行くことを余儀なくされた八十八歳の女性が行き着いた先は、生活のために平岡神社の油を盗むことであり、それが原因で命を失うという悲劇的な結末を迎えることになる。この世への執着であろうか、その姥の魂はこの世に残り、姥が火と人々から恐れられる化け物へと変化するのである。西鶴が生きた時代に、平岡神社の姥が火の伝説が広く人々に認識されていたことは、近藤忠義氏によって紹介(2)された『河内鑑名所記』の記述から明らかである。

二

では、その伝説とはどのようなものであったのであろうか。西鶴の作意を明らかにするために、以下で確認しておく。

『西鶴諸国はなし』に先だって刊行された『河内鑑名所記』（延宝七年刊）では、姥が火について以下のように記述している。

〇姥か火、此因縁を尋に、夜る〳〵平岡の明神の灯明油を盗侍る姥有しに、明神の冥罰《めうばつ》にやあたるらし、彼《かの》姥なくなりて後、山のこしをとびありく光り物いてきて、折〳〵人の目をおとろかしけるに、彼火炎《くわゑん》の躰は、死しける姥か首よりしてふきいたせる火のことく見へ侍る故に、かの姥か妄執《もうしう》の火にやとて、則世俗《ぞく》に姥か火とこそつたへけれ。高安恩（ママ）知迄も飛行、雨けなとには今も出ると也。

（『河内鑑名所記』延宝七年刊(3)）

この姥が火についての因縁譚によれば、平岡神社の燈明の油を盗む姥が、明神の冥罰によって命を落とすが、亡くなって後、姥の首は火のようなものを吹き出す姥が火として人々を驚かせることになったとする。妄執の火と伝えられる姥が火は、高安恩智まで飛び回り、現在でも雨の時には出るとされている。『河内鑑名所記』では、「身を捨て油壺」に描かれる、前半部分、つまり何故老婆が燈明の油を盗まなくてはならない人生を送ることになったのかについての理由は記されていない。ここで、『西鶴諸国はなし』刊行後に上梓された文献の中から平岡神社の姥が火について記述を持つ『国花萬葉記』（元禄十年刊）、『和漢三才図会』（正徳頃刊）、『諸国里人談』（寛保三年刊）、『河内名所図会』（享保元年刊）などの辞典・地誌についても確認してみる。

『国花萬葉記』には、次のように記される。

姥《ウハ》が火　此火高安恩智《タカヤスヲンチ》迄も飛行、雨気などには今も出ると也。俗傳に古へ一人の姥平岡明神の灯明の油を盗める。其冥罰《メウハツ》を蒙りけるか、死して執心の猛火となり、ひかりて折〳〵心をおとろかし侍る也と云。

（『国花萬葉記』元禄十年刊）(4)

雨の時、高安恩智まで飛ぶ、姥が火が紹介されている。平岡明神の燈明を盗んでいた姥が明神の冥罰により死に、その執心が猛火となって人々を驚かせるというものである。

『和漢三才図会』巻第五十八の「粦《おにび》」の項には、以下のような記述がある。

本綱云　田野ノ隣火ト及牛馬ノ兵死スル者ノ血入テレ土ニ年久所レ化ス皆精霊ノ之極也。其色青クレ状如炬《タイマツノ》或ハ聚《アツマリ》或ハ散シ来逼《セマリテ》奪二人ノ精気ヲ一。但以テ二馬鐙《アフミヲ》一相戞《ウツテ》作ストハレ聲ヲ即滅《キユルト》。故ニ張華カ云、金葉一タヒ振テ遊光歛《ヲサムト》レ色ヲ

△桜螢火ハ常也。狐火亦不レ希《マレナラ》。鼬《イタチ》鵁鶄《ゴイサギ》蜘蛛皆有リレ出スレ火ヲ。凡ソ霡霂《コサメフリ》闇夜無寸ハ二人聲一則隣出ッ矣。皆青

色ニシテ而二焔芒《ホノホ》一也。

比叡山西ノ麓毎夏月闇夜燐火多ク飛フ二於南北ニ一。人以テ為二愛執ノ之火ト一。疑ラクハ此レ鵁鶄ノ之火ヤラン矣。七条朱雀ノ道元カ火、河州平岡ノ媼《ウハカ》火等古今有リ二人口ニ一相傳フ。是モ亦鳥也。然トモ未タレ知ラ二何鳥ト云コトヲ一也。

（『和漢三才図会』正徳頃刊）(5)

比叡山の西の麓に飛ぶ燐火、七条朱雀の道元の火と共に、愛執の火とされる姥が火は、鵁鶄などと同様の火と考えられている。ここで示される比叡山の西の麓に飛ぶ燐火とは、おそらく次に示す、比叡山中堂の油を盗む化け物のことを示していると思われる。

第七　叡山中堂《えいざんちうだう》油盗人《あぶらぬすびと》と云ふばけ物付青鷺《あをさぎ》の事

かたへの人の云《い》はく、「坂本両社権現《さかもとりやうしやごんげん》の某坊《それがしはう》と云《い》へる人の物語《ものがたり》に、そのかみ叡山全盛《えいざんぜんせい》のみぎり、中堂《ちうどう》の油料《あぶらりやう》とて壱万石《いちまんごく》ばかり知行《ちぎよう》ありしを、東近江《ひがしあふみ》の住人《ぢうにん》此油料《あぶらりやう》を司《つかさど》りて家富《いゑと》みけるに、其後世《そののちよ》かはり時《とき》移《うつ》りて、此知行退転《ちぎようたいてん》せしかば、此東近江《ひがしおふみ》の住人世《ぢうよ》にほいなき事に思ひ、明《あ》けくれ嘆《なげ》きかなしみしが、終《つゐ》に此事を思ひ死《し》にして死《し》ににけり。其後夜毎《そののちよごと》に此者《もの》の在所《ざいしよ》よりひかり物出《い》でて、中堂《ちうどう》の方へ来《き》たりて、彼《か》の油火《あぶらび》のかたへ行くとみえしが、其さますさまじかりし故《ゆへ》、あながち油《あぶら》を盗《ぬす》むにもあらざれど、皆《みな》人油《あぶら》盗人《ぬすびと》と名付《なつ》けたり。はやりおの若者《わかもの》ども、是れを聞《き》きて、如何様《いかさま》にも其者《もの》の執心油《しうしんあぶら》にはなれざる故《ゆへ》、今《いま》に来《き》たるなるべし。しとめて見ばやとて、弓矢鉄砲《ゆみやてつはう》をもちて飛《と》び来《き》たる火《ひ》の玉《たま》を待《ま》ちかけたり。あんのごとく其時節《じせつ》になりて、黒雲一叢《くろくもひとむら》出《い》づると見えし。その中《なか》に彼《か》の光《ひか》り物《もの》あり。すはやといふ内に、其若者《わかもの》どもの上《うへ》へ来《き》たりしかば、何《いづ》れもあつといふばかりにて、弓矢《ゆみや》も更に手につかず。中にもたしかなる者《もの》ありて見とめしかば、怒《いか》れる坊主《ぼうず》の首《くび》、火焔《くはゑん》を吹《ふ》きて来《き》たれる姿《すがた》あり〳〵と見えたり。是れ百年《ひやくねん》ばかり以前《いぜん》の事《こと》にてさふらひしが、その後《のち》は絶《た》え〳〵に来《き》たりて、只今《ただいま》も雨夜《あめのよ》などには其光物《ひかりもの》折々《おり〳〵》出《い》で申し候ふを、湖水辺《こすいへん》の在所《ざいしよ》の者は坂本《さかもと》の者にかぎらず、何《いづ》れも見申し候ふ。此事かくあるべきにや」と問ひければ、先生答《せんせいこた》へていはく、「人の怨霊《をんりやう》の来《き》たる事、何《なに》かの事に付けて申すごとく、邂逅《たまさか》にはあるべき道理《どうり》にて侍る故《ゆへ》、其油《あぶら》盗人《ぬすびと》もあるまじきにあらず。しかしながら年経《としへ》て消《き》ゆる道理《どうり》は、うぶめの下にてくはしく申せし通《とを》りなり。其死《し》ぬる人の精魂《せいこん》の多少《たしやう》によりて、亡魂《ばうこん》の残《のこ》れるにも遠近《ゑんきん》のたがひあるべし。また只今《たゞいま》にいたりて、其物《もの》に似《に》たりし光《ひか》り物《もの》あるは、疑《うたが》ふらくは青鷺《あをさぎ》なるべし。其子細《しさい》は江州高島《がうしうたかしま》の郡《こほり》などに別《べつ》してあるよしを申し侍る。青鷺《あをさぎ》の年《とし》を経《へ》しは、よる飛《と》ぶときは必《かなら》ず其羽《はね》ひかり候ふ故《ゆへ》、目《め》のひかりと相応《あいおう》じ、くちばしとがりてすさまじく見ゆる事度々《たび〳〵》なりと申しき。されば其ひかり物《もの》も今に至《いた》りて見ゆるは、青鷺《あをさぎ》にや侍らん」。

(『古今百物語評判』貞享三年刊)[6]

比叡山中堂へ油を納める商人の司として巨万の富を築いたものが、知行退転のため零落し失意の内に落命する。その思いはこの世に残り火の玉となって、栄華を支えた、比叡山中堂に現れるというものである。この話の場合、坂本の油商人が、自身の富を支えた比叡山中堂の油への執着心によって変化し、火の玉となったとされている。

『諸国里人談』では、次のように説明される。

○姥火《うはひ》

河内国平岡《ひらおか》に、雨夜《あまよ》に一尺はかりの火の玉、近郷《きんかう》に飛行す。相傳ふ、昔一人の姥《うは》あり。平岡社の神燈《しんとう》の油を夜毎に盗《ぬすむ》。死《し》て後燐火《おにひ》となると云々。さいつころ姥火《うはひ》に逢ふ者あり。かの火飛来て面前《めんせん》に落る。俯《うつふし》て倒《たをれ》て潜《ひそか》に見れは、鶏《にハとり》のことくの鳥也。觜《はし》を叩音《たゝくをと》あり。忽《たちまち》に去ル。遠く見れは圓《まとか》なる火なり。これまつたく鵁《こひ》鶄《さぎ》なりと云。

（『諸国里人談』寛保三年刊）(7)

一人の老婆が平岡神社の神燈を夜ごとに盗み、その老婆が死んで後、燐火となって飛行したとする伝承を紹介している。この老婆がどのような人生を送り、どのように亡くなったのかについての言及はない。更に、この燐火自体を、鵁鶄《こひさぎ》の見まちがいとしている。

『河内名所図会』では、姥が火を次のように説明する。

姥ケ火《うばがひ》　土人《とじん》の諺《ことハざに》云。むかし枚岡《ひらおか》の神燈《しんとう》の油《あぶら》を盗取《ぬすミ》りし姥《うは》有しに、明神の冥罰《みやうばつ》にやありけん、かの姥見る沢《さハ》の池《いけ》に身《み》を投《なげ》、空《むな》しくなる。それより此池の名《な》を姥《うば》が池といふ。雨夜《あまよ》には此ほとりより光《ひかり》もの出て、ゆきゝの人を悩《なやま》す。其火炎《くハゑん》は姥が首《くび》より吹《ふき》出せる火のやうに見へ侍るにより、妄執《もうしう》の火なりとて、世俗に姥か火といひ囃《はや》しける。高安恩智《たかやすをんち》までも飛行《とびゆき》、雨夜などにハ今も出るとなり。これは地火といふものなり。粗《ほゞ》霖雨《りんう》の後、暑熱地氣《しよねつちき》に籠《こも》りて、陰氣に刻《こく》し自然《しぜん》と火を生し地を去《さ》る事遠《とを》からず。往来《ゆきゝ》の人を送《をく》り、あるひは人に先立て飛行なり。これ地中の湿氣《しつき》の発《はつ》するなり。恐るゝに足《た》らず。くはしきハ馬場信武《ばゞのぶたけ》の本朝天文志に見へたり。

（『河内名所図会』享和元年刊）(8)

平岡神社の神燈の油を盗んだ姥が、冥罰に当たったのかは不明であるが、見る沢の池に投身して果てる。その後、この池は姥が池と呼ばれるようになるのだが、雨の夜になると光るものが出て、往来の人々を悩ますことになる。その光は姥の首から吹き出す火焔のように見えたため、姥の妄執が火焔となったとされ、姥が火と言いはやされることになったとする。ここでも、科学的な根拠が示され、変化のものであることは最終的に否定されている。そして、この『河内名所図会』でも、何故、姥が神燈の油を盗まなくてはならなかったのかについての言及はないのである。

以上、平岡神社の姥が火について、辞典・地誌を確認した。「身を捨て油壺」に記される、良縁に恵まれず、一人で生きていくことを余儀なくされた老婆の悲しい人生は、描かれていなかった。悲しい老婆の人生は、西鶴の創作によるものと考えてよさそうである。

西鶴は「身を捨て油壺」の目録題に「後家」という言葉を記している。人間を最も理解できないものとして描く『西鶴諸国はなし』の中で、理解できないものの一つとして、「後家」を挙げているのである。この咄を読む上で、このことは注意しておかなくてはならない。

三

そもそもこの姥が火を描く咄の舞台となった平岡神社とはどのような神社なのであろうか。『延喜式』には、

［延喜式 八祝詞］春日祭

天皇我 大命爾 坐世 恐岐 鹿島坐健御賀豆智命、香取坐伊波比主命、枚岡坐天之子八根命、比売神四柱

能 皇神等能 広前仁 白久、○。下略

（『延喜式』(9)）

とあり、健御賀豆智命、伊波比主命、天之子八根命、比売神が祭られる神社であることが知れる。

神護景雲二年に、天児屋根命、比売御神の二神が春日山山本の峰に影向され、春日神社に祭られることになる。その後、宝亀九年に春日神社より、経津主命、武甕槌命を迎え、それ以降、四神が祭られているとされる。現在の平岡神社には、この天児屋根命、比売御神、経津主命、武甕槌命が祭られている。

ただ、西鶴の生きた一七世紀は、若干違ったようである。寛文十年刊行の『神社啓蒙』によると、次のような神が祭られている。

平岡《ヒラヲカ》神社 在二河内ノ國河内ノ郡一ニ

社記云所ノレ祭四座所謂ル第一殿天子屋《アマノコヤ子ノ》命第二殿彦波瀲武鸕鷀草葺不合尊《ヒコナギサタチウカヤフキアハセスノミコト》第三殿大國主神《ヲホクニヌシノ》第四殿ハ天

照太神也又若宮一座天ノ兒屋命《コヤ子ノ》ノ子《ミコ》天ノ押雲《ヲシクモノ》命也

（『神社啓蒙』寛文十年刊(10)）

となっており、現在、平岡神社に祭られている神々と異なっている。貞享二年刊行の『本朝諸社一覧』では、

○平岡社《ヒラヲカノ》　河内郡ニ有リ　祭神四座　第一殿　天子屋命　二彦波瀲武鸕鷀草葺不合尊　三大国主命　四天照太神　葺不合尊　彦火々出見尊子母豊玉姫

（『本朝諸社一覧』貞享二年刊）(11)

と『神社啓蒙』と同様になっている。元禄十年刊行の『国花萬葉記』でも、

平《ヒラ》岡大明神　社領百石　祭神四座春日同躰　第一天児屋根《子》命　第二葺不合尊　第三大國主《ヌシ》命　第四天照太神

と『神社啓蒙』『本朝諸社一覧』と同様の神がまつられているとされている。ところが、姥が火についての記述がある『河内鑑名所記』では、

○　枚岡《ひらおか》大明神　一　枚岡天児屋根命《ひらおかあまのこやねのみこと》　二　鹿嶋武甕槌《かしまたけみかづちの》命　三　香取経津主《かとりふつぬしの》命　四　會殿姫《あひとのひめ》天照太神
也　若宮殿天押雲命《わかみやとのあまのおしくものみこと》

となっており、『延喜式』『神社啓蒙』『本朝諸社一覧』『国花萬葉記』と違った神が記されている。天児屋根命が主神として祭られている神社であるということは確かであり、女神とともに祭られていることも一致しているが、その他の違いが何故生じたのか、残念ながら、現時点では、その解答を持っていない。

この平岡神社を舞台にして、悲しい運命の人生を生き、神官によって射殺された後、姥が火としてさまよう

女性の物語が描かれるのである。

ここまで、西鶴が本咄を執筆した貞享頃を中心に、姥が火および平岡神社についてまとめてみた。姥が火の伝説は、本来、姥が油を盗み、冥罰によって亡くなり、その後、姥が火として飛行し、人々を悩ませた話であることを確認した。何故、姥が燈明を盗まなくてはならない零落した人生を送ることになったのかについての咄は、西鶴によって作り出されたものと考えてよかろう。また、舞台となる平岡神社については、天児屋根命を主神とする神社であることだけは確認できたと思う。

四

次に、前述した内容を踏まえ、西鶴によって造形された姥の人物像について、再確認してみる。

姥は、河内の国、平岡の里のよしある人の娘として生まれた。器量もよく、山家の花と歌に歌われるほどの女性に成長する。ところがどうした因果か、一緒になった男が十一人も早世するという悲劇に見舞われる。その後は、この娘に恋い焦がれていた里人も恐れて言葉も交わさなくなってしまい、十八の年から後家を通すことになってしまう。八十八歳の時には、頭に霜をいただく、見るも恐ろしい山姥のような姿となってしまう。死のうと思っても死ぬことができない命をつなぐために、木綿の糸を紡ぎ、燈明の油にも不自由する姥は、平岡明神の油を夜な夜な盗み生活の頼りとするのである。

夫に先立たれた女性が一人で過ごす悲惨な生活、それが「後家」の生活なのである。

本咄の姥については、これまで、文中の「山姥」および「かしらに霜をいただき、見るもおそろしげ」等の表現から謡曲『山姥』との関係が指摘されてきた。ただ、内容に類似点が見られないため、これ以上の言及はあまりなされていない。そもそも、山姥は奥山に住む老女の姿をした妖怪であり、鬼女、鬼婆と同一のものとされている。こうして範囲を広げて見ると謡曲には鬼女を扱った作品が多数ある。山姥は謡曲『山姥』でなくてもよいのである。以下、謡曲『黒塚』との関係から、「身を捨て油壺」を読む試みをしてみたい。

謡曲『黒塚』は、那智の東光坊の阿闍梨祐慶と同行の山伏が廻国行脚の途次、陸奥の安達原に着くものの、日が暮れてしまい、遠くに見える火影をたよりに野中の一軒屋を訪ねる場面から始まる。


〔次第〕〈次第〉ワキ・ワキツレ＼旅の衣は篠懸《すずかけ》の、旅の衣は篠懸の。露けき袖や霑《しほ》るらん。

〈名ノリ〉ワキ＼是は那智の東光坊の阿闍梨、祐慶とは我事也。

〈サシ〉ツレ＼それ捨身抖擻の行体は、山伏修行の便なり。ワキ＼熊野の順礼廻国は、みな釈門の習ひなり
二人＼然るに祐慶此間、心に立る願あつて、廻国行脚に赴かむと。〈上歌〉二人＼我本山を立ち出て、我本山を立ち出て。分行末は紀の路方、塩崎の浦をさし過て、錦の浜の折々は。猶しほりゆく旅《たび》衣、日も重《かさ》なれば程《ほど》もなく、名にのみ聞し陸奥《みちのく》の、安達原に着にけり、安達原に着にけり。

〈着キゼリフ〉ワキ「急候程に、是ははや陸奥の安達原《あだちがはら》に着きて候、あら咲止や日の暮て候。此あたりには人《ひと》里もなく候、あれに火の光の見《み》え候程に、立寄《よ》り宿を借らばやと存候。

（『黒塚』）[12]

祐慶と同行の山伏が、野中の一軒家の前に立つと、家の中から女の声が聞こえてくる。

〈サシ〉女〽実侘《わ》び人のならひ程、悲しき物はよもあらじ、かかる憂《う》き世に秋《あき》の来て、朝けの風は身にしめども、胸を休《やす》むる事もなく、昨日《きのふ》も空《むな》しく暮ぬれば、まどろむ夜半ぞ命なる。荒定めなの生涯やな。

一人で過ごす生活の侘びしさに飽き飽きし、自身の生涯を嘆いている声であった。祐慶らは、一夜の宿を請うために、この女性を訪ねる。

〈問答〉ワキ「いかに此屋の内へ案内申候　シテ「そもいかなる者ぞ。

〈掛合〉ワキ　カヽル〽いかにや主《あるじ》聞給へ、我等始《はじ》めて陸奥《みちのく》の、安達原に行暮て、宿《やど》を借《か》るべき便もなし、願《ねが》はくは我等を憐《あは》れみて、一夜の宿を貸《か》し給へ　シテ〽人里遠《とを》き此野辺の、松風烈《はげ》しく吹《ふ》き荒て、月影《かげ》たまらぬ閨のうちには、いかでか留《とど》め申べき　ワキ〽よしや旅寝《たびね》の草枕、今宵ばかりの仮寝《かりね》せん、ただただ宿を貸《か》し給へ　女〽我だにも憂《う》き此庵に　ワキ〽ただ泊《と》まらんと柴の戸を　女〽さすが思《おも》へば痛《いた》はしさに。

〈歌〉同〽さらば留《とど》まり給へとて、樞《とぼそ》を開《ひら》き立出る。

一夜の宿を願う祐慶たちに、女は、住んでいる者でさえ嫌になっている家に、客を泊める訳にはいかないと一旦は断るものの、野宿をすることを思えばと、思い直し、二人を招き入れる。

〈上歌〉同〽異《こと》草も交《ま》じる茅莚《かやむしろ》、うたてや今宵敷《こよひし》きなまし、強《し》いても宿をかり衣、片敷《かたし》く袖の露深《ふか》き、草の庵のせはしなき、旅寝《たびね》の床ぞ物憂《ものう》き、旅寝の床ぞ物憂き。

〈問答〉ワキ「今宵《こよひ》の御宿《やど》返々も有難《がた》うこそ候へ、またあれなる物は見馴《な》れ申さぬ物にて候、是はなにと申たる物にて候ぞ　シテ「さむ候《ザウラウ》是は枠桛輪《わくかせわ》とて。卑《いや》しき賤の女の営《いとな》む業《わざ》にて候　ワキ「あら面白や、さらば夜もすがら営ふで御見せ候へ。

〈掛合〉シテ　カヽル〽げに恥《は》づかしや旅人の、見る目《め》も恥《は》ぢずいつとなき、賤《しづ》が業《わざ》こそ物憂《う》けれ。　ワキ　カヽル〽今宵《こよひ》留《とど》まる此宿の、主《あるじ》の情深《ふか》き夜《よ》の　女〽月もさし入《い》る　ワキ〽閨のうちに。

〈次第〉同〽真緒の糸《いと》を繰《く》り返し、真緒の糸を繰り返し、昔を今《いま》になさばや。

〈一セイ〉シテ〽賤《しづ》が績麻《うみそ》のよるまでも　地〽世渡《わた》る業《わざ》こそ物憂《う》けれ。

〈クドキグリ〉女〽あさましや人界に生を受《う》けながら、かかる憂《う》き世に明暮《く》らし、身を苦しむる悲《かな》しさよ。

〈サシ〉ワキ〽はかなの人の言《こと》の葉や　同〽先生身を助《たす》けてこそ、仏身を願《ねが》ふ便《たよ》りもあれ、かかる憂《う》き世にながらへて、明暮《く》れ隙《ひま》なき身なり共、心だに誠《まこと》の道に叶ひなば、祈らずとても終になど、仏果の縁《えん》とならざらん。

〈片グセ〉同〽唯是地水火風の、かりに暫《しばら》くもまとはりて、生死に輪廻し、五道六道に廻《めぐ》る事、唯《ただ》一心の迷《まよ》ひなり、をよそ人間の、徒《あだ》なる事《こと》を案ずるに、人更に若《わか》き事なし、終には老と成物を、か程はかなき夢の世を、などや厭《いと》はざる我ながら、徒《あだ》なる心こそ、恨《うら》みてもかひなかりけれ。

〈ロンギ〉地〽扨そも五条あたりにて夕顔《がほ》の宿を尋しは　女〽日影の糸の冠着《かぶりき》し、それは名高《たか》き人やらん　地〽賀茂の御生《みあれ》に飾《かざ》りしは　女〽糸毛《いとげ》の車《くるま》とこそ聞《き》け　地〽糸桜、色も盛《さか》りに咲《さ》く比《ころ》は　シテ〽来《く》る人多《おほ》き春の暮《く》れ　地〽穂《ほ》に出る秋の糸《いと》薄　シテ〽月によるをや待ぬらん　地〽今はた賤が繰《く》る糸の　女〽長《なが》き命のつれなさを　同〽ながき命《いのち》のつれなさを、思ひ明石の浦《うら》千鳥、音をのみひとり泣《な》き明《あ》かす、音をのみひとり泣き明かす。

家の中に入ると、見慣れぬ道具がある。何かと尋ねると、枠桛輪という物であり糸を巻き取る道具だと女は答える。糸繰りの仕事は賤しい仕事であり、辛い仕事だと嘆く。できることなら昔の生活に戻りたいと。人間として生まれたにもかかわらず、このような辛い世の中で暮らし、自身を苦しめることは悲しいことだと女は言う。また、女は続けて言う。今はまた糸を繰り、長い命のつれなさを思いつつ、一人声を上げて夜明けまで泣き明かすと。

〈問答〉シテ「いかに客僧たちに申候　ワキ「承候　シテ「余に夜寒に候程に、上《うへ》の山にあがり木を採《と》りて、焚火《たき》をしてあて申さうずるにて候、暫御待候へ　ワキ「御志有難うこそ候へ、さらば待申さうずるにて候、頓而御帰候へ　女「さらばやがて帰候べし、や、いかに申候。わらはが帰らんまで此閨のうちばし御覧じ候な　ワキ「心得申候、見申事は有まじく候、御心安思召れ候へ　女「荒嬉しや候《ザウラウ》、かまへて御覧じ候な、此方の客僧も御覧《らん》じ候な。　ツレワキ「心得申候。（中入）

女は、夜寒であることを気遣い、上の山に上がって、木をとってきて、焚き火をしてくれると言う。ただし、閨の中を決して見ないで欲しいと告げて出て行く。

〈問答〉（アイの伴の能力が登場、シテの言葉が怪しいので閨を見ようとワキへ言うが、ワキは約束だからと制止し、寝よと言う。アイはワキの眠ったすきをうかがい、ひそかに閨をのぞいて夥しい死骸に驚き、ワキへ報告する）

〈□〉ワキ　カヽル＼不思議や主の閨《ねや》のうちを、物の隙より能見《み》れば、膿血たちまち融滌し、臭《しう》穢《ゑ》は満《み》ちて肪脹し。

膚膩《ふに》ことごとく爛壊《らんゑ》せり、人の死骸《しがい》は数知《し》らず、軒と等《ひと》しく積《つ》み置《を》きたり、いか様これは音《をと》に聞《き》く、安達原の黒塚に、籠《こも》れる鬼の住処《すみか》なり　ツレ〽恐《おそ》ろしやかかる憂《う》き目《め》をみちのくの、安達原の黒塚に、鬼籠《こも》れりと詠じけん、歌《うた》の心もかくやらんと。

〈上歌〉同〽心《こころ》も惑《まど》ひ肝《きも》を消《け》し。心も惑ひ肝を消し、行くべきかたは知《し》らねども、足《あし》に任せて逃《に》げて行《ゆ》く、足に任せて逃げて行く。

[出端]〈□〉後シテ〽いかにあれなる客僧、「止まれとこそ、さしも隠《かく》しし閨《ねや》のうち、あさまになされ参《まい》らせし、恨《うら》み申に来りたり。

〈キザシグリ〉シテ〽胸を焦《こ》がす焔《ほのほ》、咸陽宮の煙《けぶり》、紛々《ふんぷん》たり　地〽野風山風《かぜ》吹落《お》ちて　シテ〽鳴神稲妻《なるかみいなづま》天地に満《み》ちて　地〽空かき曇《くも》る雨の夜の　シテ〽鬼一口に食《く》はむとて　地〽歩みよる　イロ足音　シテ〽振《ふ》り上《あ》ぐる鉄杖の勢《いきほ》ひ　同〽あたりを払て恐《おそ》ろしや。

[祈リ]〈ツトメ〉ワキ〽東方に降三世明王　ツレ〽南方に軍荼利《ぐンだり》夜叉明王　ワキ〽西方に大威徳明王　ツレ〽北方に金剛夜叉明王　ワキ〽中央に大日大聖不動明王　二人〽唵呼嚕呼嚕旋荼利摩登枳《おむころころせんだりまとうぎ》、唵《おむ》阿毘《び》羅吽欠娑婆呵《そはか》。吽多羅吒干《たかむ》鋡《まん》。

〈中ノリ地〉同〽見我身者発菩提心、見我身《けんがしん》者発菩提心《ほつぼだいしん》、聞我名者断悪修善、聴我《ちやうが》説者得《とく》大智恵、知我《ちが》身者即身成仏、即身成仏と明王の、繫縛《けばく》にかけて責《せ》めかけ責めかけ、祈《いの》り伏《ふ》せにけり扨懲《こ》りよ　シテ〽今迄はさしもげに　同〽今迄はさしもげに、怒《いか》りをなしつる鬼女なるが、たちまちに弱《よは》り果《は》てて、天地に、身を縮《つづ》め眼眩《くら》みて。足もとはよろよろと、漂《ただよ》ひ廻《めぐ》る安達原《あだちがはら》の、黒塚に隠《かく》れ住《す》みしも、あさまになりぬ浅ましや、恥《は》づかしの我姿やと、言《い》ふ声は猶《なを》物すさましく、云こゑは猶、冷しき夜嵐の、音に立《た》ち紛《まぎ》れ失《う》せにけり、夜嵐の音に失にけり。

女の言葉が気になった山伏の従者、能力は、閨を覗こうとする。約束だからと制止する祐慶の言葉を聞かず、能力は、ひそかに閨を覗き、夥しい死骸に驚き、祐慶に報告する。死体の山を見た二人は、女が黒塚の鬼女であることを知って逃げ出す。女は約束を破られ、隠しておいた閨の内を見られたことを恨み怒り、鬼女の姿を現して追い迫り、二人に襲いかかる。胸を焦がす炎は、咸陽宮が燃やした炎の煙のように燃えさかっていると叫ぶ。祐慶たちは、五大尊、薬師如来、大日如来、不動明王を祈る言葉で対抗し、ついに鬼女は祈り伏せられ、夜嵐の中に消えていくのである。

『黒塚』について簡単に内容を確認した。一読して、『黒塚』の女が、「身を捨て油壺」に描かれる姥と類似する点があることに気づく。つまり、

一　女性が身よりのない独り者であること。
二　死ぬことができない人生を生きぬくために糸繰りの仕事をしていること。
三　夜寒をしのぐ焚き火をするために必要な薪を夜に取りにいくこと。
四　鬼女に変化した女が祐慶、能力を襲うこと。
五　襲われた祐慶、能力が祈祷によって、鬼女を退散させること。

である。「身を捨て油壺」の姥は、十八の冬から後家を通し八十八まで「死《しな》れぬ命」を生きるために木綿の糸を紡

ぐ生活をしている。ともし油にも事欠いた姥は、夜毎夜毎に、平岡神社の燈明を盗み、それが原因で神官によって射殺される。その後、姥が火となった姥は、人々を苦しめるが、「油さし」の一言で消えてしまうのである。本咄の挿絵には二人の神官が姥が火と対峙する姿が描かれているが、謡曲『黒塚』においては、髪を振り乱し鬼女と化した女を前に、祐慶と能力が立ち向かう姿で演じられる。いかがであろうか。筆者には、西鶴が『黒塚』の鬼女の姿に、姥の姿を重ねているように思えるのである。

五

先に、平岡神社に祭られる祭神について、言及したが、ここでもう一度、「身を捨て油壺」の姥、『黒塚』の女との関係から、このことについて考察してみたい。

西鶴の生きた時代に、平岡神社に祭られていた神を特定することは難しい。天児屋根命、比売御神（天照太神か）、武甕槌命、経津主命、大国主命、葺不合命が文献の上では確認できる。平岡神社が元春日と称されていることから、天児屋根命、比売御神（天照太神か）が祭られていたことは確かであろう。夫婦の縁に恵まれず、十八歳から後家になり、八十八歳まで寂しく一人で生活をしなくてはならなかった姥の人生を考えると、夫婦神が祭られる神社の油を盗むという行為には、恵みを授けられなかったという思いが込められているように感じられる。武甕槌命、経津主命は、出雲の国譲りで活躍する武神であり、姥を射殺すという場所にふさわしい神といえる。大国主命は、言うまでもなく縁結びの神であり、姥にとって縁を授けてくれなかった神と言えよう。

葺不合尊については、『黒塚』との関係から特に注意したい。葺不合尊の父神は山幸として有名な火遠理命であり、母神は、海の神の娘豊玉毘売命である。火遠理命の子を身ごもった豊玉毘売命は、天つ神の御子を海原で出産するものではないと考え、海辺の波打際に産屋を建て、そこで出産することにする。出産の時は、本来の姿に戻ってしまうので、様子は見ないで欲しいと願うが、火遠理命は約束を破り覗いてしまう。和邇という本来の姿を火遠理命に見られた豊玉毘売命は、生まれた御子を残し、海坂を塞へぎって海の宮へ帰ってしまうのである。夫婦の別れである。この時に残された御子が、萱不合尊なのである。萱不合尊は、夫婦としての幸せをつかむことができなかった夫婦から生まれた子であり、その原因は見るなの禁を破ったことにあるのである。萱不合尊の出生に関する神話と『黒塚』の女、「身を捨て油壺」の姥との間には、関連があるように思える。

このように、「身を捨て油壺」の姥は、その伝説に、悲しい後家としての人生が付加されることにより、平岡神社で事件が起こる必然性を獲得したのである。

六

「身を捨て油壺」には、未解決の問題がもう一つ残されている。姥が火を消したとされる「油さし」の一言である。次にこの言葉について私見を述べたい。

宗政五十緒氏は、日本古典文学全集『井原西鶴集（2）』の頭注で「油さし」を、

油皿に油を注ぐ急須形の器。これに一切万法がことごとく成就するという五字陀羅尼《だらに》の「阿毘羅吽欠《あびらうんけん》」をかけた呪文。[13]

と説明された。この説に対しては、有働裕氏が『西鶴諸国はなし』（三弥井書店刊）の「鑑賞の手引き」で「しかしながら、いささか唐突な説明であるように思える」[14]と否定的な立場をとっておられる。宗政氏の説明に対し、同様の考えを持つ方も多いように思える。

一方、平林香織氏は、『西鶴が語る江戸のミステリー　―怪談・奇談集―』の中で、

それにしても「油さし」と言うと火を吐く首が消えてしまうのはなぜでしょう。振り返ってみると生前の老婆は、誰からも声をかけてもらえない疎外された存在でした。「油」のことを誰にも頼めず盗みを働き、山姥と誤認されて殺されても誰も同情一つしてくれません。死んでからやっと「油さし」と声をかけてもらえたのです。それこそは一晩の灯《あか》りを求める孤独な老婆が待ち望んでいたことばでした。その一瞬、心の闇に灯りがともり、化け物から人間に戻ることができたのではないでしょうか。「油さし」は老婆と人々をつなぐたった一つの回路であり、首のミステリーを解く鍵だったのです。[15]

と解説し、「油さし」を老婆と人々をつなぐ回路の働きをする言葉であったとされる。

また、小松和彦氏は、『西鶴と浮世草子研究2　怪異』の中で、

それから巻五の六「身を捨て油壺」は、「口裂け女」そっくりなのです。姥の首がおっかけてくるが、「油さし」と言われると消えてしまう。「口裂け女」では、ポマードと言うと消えるんですね。もとは河内国の姥が火

伝説でしょうが、江戸時代の都市の郊外に、「口裂け女」のポマードの先駆形態があったのだと思うと、とても興味深いと思いますね。⒂

と述べ、「油さし」を都市伝説の中で生まれた言葉だと解釈された。

この説に対して有働氏は、『西鶴諸国はなし』の「鑑賞の手引き」において、

ただし、「油さし」云々に関する記述は、他の文献には今のところ見出せず、西鶴による創作である可能性が高い。⒃

と述べ、都市伝説の中で生まれた言葉という小松氏の説に疑問を示し、西鶴創作説を主張されている。

以上のように、「油さし」についての解釈は、小松氏が説かれるように、解釈すべきものではないというものを含め、定まった読み方が確定していないというのが現状であろう。

筆者が本稿で記した『黒塚』との関連が認められるとすれば、「油さし」は、鬼女に襲われた祐慶、能力が唱える「唵阿毘羅吽欠娑婆訶」の呪文を踏まえた言葉と解釈でき、宗政氏が説明された、「阿毘羅吽欠」が意識されていることは明らかなのである。ただ、「阿毘羅吽欠」と「油さし」が口合いと考えることには抵抗を感じる。既に多数の笑話が読まれていた貞享期にあって、この二つの言葉を口合いと考えるのには少し無理があると考えるからだ。

筆者は、この問題を姥が火の「火」に注目して論じてみたい。先に、姥が火について確認をするために『和漢

三才図会』の「粦《おにび》」の項目を引用した。「粦《おにび》」は、『和漢三才図会』の中で「火類」の一つとして項目が立てられている。では、「火」そのものは、どのように解説されているのであろうか。以下に引用する。

> 火ノ質ハ陽ニシテ而性ハ陰。外明ニシテ内暗シ。属ス二☲離卦ニ一外陽内陰、在ハレ天ニ為リレ日ト為電在ハレ地ニ為リレ火ト、在ハレ人ニ為ルレ心ト。釈名ニ云ク火ハ毀也。物入ハレ中ニ皆毀ヒ壊ル也。事物紀源云燧人氏上観下察シテ鑽《キリ》レ木ヲ、取リレ火ヲ教シテムニ民ヲ熟食セ一。
>
> 白澤図ニ云ク火ノ之精ヲ名テ曰二必方ト一。状如クレ烏ノ一足ナリ。以二其名ヲ一呼すハ則去ル。

この解説の中にある『白澤図』[17]とは、中国の黄帝が、東方巡行した際、遭遇した白澤から、一万一千五百二十種の妖異鬼神について聞き、これを部下に書き取らせたものである。『和漢三才図会』の記述を見れば明らかであるが、『白澤図』には妖異鬼神への対処法も記述されていた。傍線を付したが、火の精とされる必方（必方鳥）は、必方と名前を呼ばれると逃げ去るのである。

これを「身を捨て油壺」の姥が火に当てはめてみる。姥が火になる姥については、後家を通すことになった人生に関する記述はあるものの、姥自身の名前については、明らかにされていない。姥が火の姥にとって、自身が誰であるかを特定するものは、「油さし」から油を盗み、平岡神社の冥罰によって命を落としたという事実のみだったのである。つまり、「油さし」という言葉は、それ自体が姥を示す言葉だったと考えられるのではないか。

平林氏の説は、根拠となる部分で筆者の主張とは異なるが、その意味については、支持したい。

筆者は、『黒塚』との関係から宗政氏の説に同調し、『白澤図』との関係から、平林氏の説を支持する。有働氏が言われるように、「油さし」の言葉は、西鶴の本咄執筆の構想の中から生まれた必然の言葉だったのである。決して都市伝説から生まれた意味不明の言葉ではないと考える。

七

「身を捨て油壺」は、河内の国平岡神社に飛来する姥が火の伝説を基に創作された咄である。西鶴は、この咄を創作する上で既存の姥が火の伝説に、謡曲『黒塚』、神社に祭られる神々に関する神話及び火にまつわる博学的知識を利用し、姥が火として恐れられることになる姥の人生を付け加えた。

悲しい人生を歩んだ姥が、姥が火という火の化け物に変化したことは、姥が手に入れることができなかった、夫婦、家族というものに対する執心からであると西鶴は考えたのであろう。「火」に対する、このような考えが当時許されることは、先に引用した『和漢三才図会』の「𤇆《おにび》」の項目で確認できる。

幸せだった一人の女性が、姥のような悲しい人生を送ることになる後家という境遇を、何の疑問も持たず社会の中に受け入れている人間に、理解できない不思議を、西鶴は感じたのであろう。

◇注

(1) これ以降の同書の引用は、『西鶴諸国はなし　影印』〈西鶴選集〉(おうふう　平成五年十一月)によった。

(2) 近藤忠義氏『西鶴』〈日本古典読本九〉(日本評論社　昭和十四年五月)

(3) これ以降の同書の引用は、早稲田大学図書館蔵本によった。なお、以下の引用で資料の翻刻を行った際、句読点が付されていない資料については、私に句読点を付した。

(4) これ以降の同書の引用は、三原市立中央図書館によった。

(5) これ以降の同書の引用は、『和漢三才図会』(東京美術　平成七年七月)によった。

(6) 引用は、『続百物語怪談集成』〈叢書江戸文庫27〉(国書刊行会　平成五年九月)によった。

(7) 引用は、早稲田大学図書館蔵本によった。

(8) 引用は、早稲田大学図書館蔵本によった。

(9) 引用は、三原市立中央図書館蔵本(享保八年序)によった。

(10) 引用は、三原市立中央図書館蔵本によった。

(11) 引用は、三原市立中央図書館蔵本によった。

(12) 引用は、『謡曲百番』〈新日本古典文学大系五十七〉(岩波書店　平成十年三月)によった。

(13) 宗政五十緒氏『井原西鶴集2』〈日本古典文学全集〉(小学館　昭和四十八年一月)

(14) 西鶴研究会編『西鶴諸国はなし』(三弥井書店　平成二十一年三月)

(15) 西鶴研究会編『西鶴が語る江戸のミステリー　怪談・奇談集』(ぺりかん社　平成十六年四月)

(16) 高田衛氏、有働裕氏、佐伯孝弘氏『西鶴と浮世草子研究第二号特集・怪異』(笠間書院　平成十九年十一月)

(17) 『玉函山房輯佚書』(江蘇廣陵古籍刻印社　一九九〇年(平成二年)二月)の中の『白澤図』では、必方について「火の精名必方状如鳥一足以其名呼之則去(釋道世法苑珠林審察篇 太平御覧巻八百八十六)」とある。

〔付記〕本稿をまとめるにあたり、熊澤美弓氏にご教示を賜りました。御礼を申し上げます。また、貴重な資料の翻刻をご許可くださった早稲田大学図書館、三原市立中央図書館に御礼を申し上げます。

本稿は、日本学術振興会の科学研究費助成事業（研究課題：東アジアの笑話と日本文学・日本語との関連に関する研究、研究課題番号：二四五二〇二四四）の助成による成果の一部である。

第六節

『ねごと草』と夢

—遊女吉田との関係から—

一

『ねごと草』は、寛文二年に刊行された仮名草子である。三河国吉田宿に住む「余介」という男を主人公とし、作者小野愚侍（小野久四郎）が、これまた吉田宿に住む有徳な商人であったことも、当時の出版事情を考える上で注目される仮名草子なのである。

この仮名草子については、既に岸得蔵氏によって詳細な考証[1]がなされ、沢井耐三氏もそれを追認[2]された。岸氏が仰る、『ねごと草』が亡き妻の追善のために小野愚侍が書いたものとする見方で筆者も間違いないと思う。

ところで、筆者は現在その吉田宿（豊橋市）に在住している。本書では、ここまで、咄を読む時には、咄の舞台になった場所及び記された名前などに注意を払う必要性があることを繰り返し述べてきた。『ねごと草』にも、先行研究では言及されていない、読解上で意識しなければならない名前があると考え、本書に残されたわずかな紙面を利用して報告したい。先ずは、『ねごと草』の内容を確認しておこう。

二

『ねごと草』は、「いつのころにやありけん、みかハのくに、よしだのほとりに、そのよすけとて、かずならぬやせおとこすみけり」(3)という文章から書き出される。

余介（本文は「よすけ」）は、友人の金内（本文は「きんない」）と連れ立って赤岩寺へ花見に出かけ、そこで美しい姫君を見かけ、一目惚れする。姫君が連れていた下女に尋ねると、姫君は遠江の国、白菅の宿に住む松風という女性で十七歳だということが分かる。この女性は「むかしのびじんは申にをよばず、いまの世にもてはやす花のミやこにおやまのきみ、むさしのくにゝきこえてうつくしき、みめよしハらのかつ山や、なをもよしだの御すがたを、たぐひあらじときゝ、つたへしも、なか〳〵これにはよもまさらじ」と紹介される。

もう一度、姫に会いたい余介は、赤岩寺の愛染明王に恋の成就を祈り、金内のすすめに従って、帰って行った姫君の後を追うことにする。

蝉川では、「とてもかいなき身のつゆの、あるかひもなきたまのおの、たえぬおもひをせんよりも、ミづのあハともろともに、きえもやらばやとおもひて」川に身をなげようとするが、金内に涙ながらに説得され、余介は自殺を思いとどまる。

これ以降、火打坂、岩屋の観音、二村山、大岩、二川、高師山、堺川、猿が馬場、潮見坂を経て、白菅に至る。

なお、『ねごと草』の中で余介、金内が目指した白菅（白須賀）は、宝永四年の大地震の折に遠江を襲った大津波でほぼ全壊した村であり、潮見坂の上に移動し再建された現在の白須賀とは違う場所にあった。

余介たちが白菅に着くと、とある家から美しい琴の音が聞こえてくる。曲は想夫恋であった。里人に尋ねると、松風が弾く琴だという。余介はここで、再び下女と出会い、自身の気持ちを打ち明けることになる。下女は余介に文を書くようにすすめ、恋の仲立ちをすることを請け合う。松風から届けられた返書には、「なこはにつけて、よしあしとおぼしめされんことのはも、さつと御やめくだされたく候」とあり、余介は一旦落胆するが、そこへ再び下女が現れ、今晩訪ねて来るようにとの松風の言葉が伝えられ、その夜、松風のもとを訪れることになる。

邸内に迎え入れられた余介は松風と対面し、歓待を受ける。夜ふけて余介と松風は枕を交わし、互いに親しく語り合うが、やがて鶏の声がして朝になり、二人に別れの時が来る。互いに別れを嘆いていると、遠山寺の鐘の音が聞こえ、余介はうたた寝の眠りから覚め、全てが夢であったことを悟るのである。

一読して『ねごと草』が、既に上梓され、評判をとっていた『竹斎』『東海道名所記』と同趣向の読み物であることが分かる。余介と金内は、松風という美女を追って、吉田宿から白菅宿迄の間を、この間にある名所を描きながら旅をするのである。

三

『ねごと草』で筆者が注目したのは、余介が恋い焦がれることになる松風という女性の美しさを示すために比べられた吉原の遊女かつ山、よしだである。

かつ山は、『色道大鏡』の「勝山傳」に、

勝山諱ハ張子、未レ詳二其ノ姓氏一、武州八王子ノ之人也ナリ。正保三年丙戌、出二世シテ紀伊國風呂一、而号二勝山一。勝山性大膽ニシテ而有二餘情一、活然トシテ而好ム二異風一也、見二聞シテ之ヲ葭原一、而莫レ不二望慕一矣。承應二年癸巳秋八月、山本氏芳潤需レ之以テ補ス二太夫職一。（中略）明暦第二丙申ノ春、告テ二衆人一曰。予レ念ラク、今年ノ内ニ可トレ去二當郭一。不シテレ違二此ノ語一、而同年秋八月的然トシテ而退レ郭。

（『色道大鏡』延宝六年初撰本成稿、元禄初年頃再撰本成立）[4]

とあり、また『好色一代男』巻一「煩悩《ぼんのう》の垢《あか》かき」に、

抑《そも〱》丹前風《たんぜんふう》と申は、江戸《ゑど》にて丹後殿前《たんごどのまへ》に風呂《ふろ》ありし時、勝山《かつやま》といへるおんな、すぐれて情《なさけ》もふかく、髪《かみ》かたちとりなり袖口廣《そでぐちひろ》くつま高《たか》く、万《よろづ》に付て世《よ》の人に替《かは》りて、一流《りう》是よりはじめて、後《のち》はもてはやして、吉原《よしはら》にしゆつせして、不思議《ふしぎ》の御かたにまでそひぶし、ためしなき女の侍り。

（『好色一代男』天和二年刊）[5]

とある勝山であろう。『ねごと草』が寛文二年に書かれたものであることから年代も合う。一方よしだについては、いかがであろうか。『好色一代男』巻六「匂ひはかづけ物」に、

京《きやう》の女郎に江戸の張《はり》をもたせ、大坂の揚屋《あげや》であはば、此上何か有べし。爰《こゝ》に吉原《よしはら》の名物《めいぶつ》、よし田といへる口舌《くぜつ》の上手《ぜうず》あり。

とある、よし田を連想するが、このよし田については、吉原に在廓した時期がはっきりしない。『好色一代男』に描かれるこのよし田については、江戸吉原新町、彦左衛門抱えの太夫とする注釈が多いが、寛文七年頃に刊行されたと考えられる『讃嘲記時之太鞁』には、よし田について、

此きみには、いたふれてみされはよしあしといわれず。太夫にそなわる事なれは生れはよし。根元記にいわく、みめがよいとてこんじやうか人かと書り。此段ほいなし。此人にあふ人に、心みじかきくぜつをしてそしられたるときこえたり。しかれども、いまだつのくむくさのねよげにもみえぬほとのとしなれは、なにのいきはりのあらんや。かやうのをさなきは、みなやりての心にてよくもみえあしくもみゆるそ。

（『讃嘲記時之太鞁』寛文七年頃刊(6)）

と記述されている。「かやうのをさなきは、みなやりての心にてよくもみえあしくもみゆるそ」と記されるように、寛文七年に、未だ若年の太夫であったことを考えると、『ねごと草』に描かれるよしだとは別人のように思えるのである。

四

それでは、愚侍が『ねごと草』に描いたよしだとは誰なのであろうか。庄司道恕斎勝富が記した『異本洞房語

園』（享保五年成立）に、『ねごと草』のよしだに該当しそうな遊女の話がある。

万治の頃、京町新屋三郎右衛門の家に、吉田といひし太夫あり。中の町浄月といふ揚屋を常宿として、外の揚屋へは不レ行、茶の会などを、常の遊びとして、三味線などは、さはがしとて、禿が手にもとらせず。揚屋へ通ふには、禿二人、草履取一人、揚屋浄月も送り迎ひにはつれず。亦沓の二郎兵衛とて、其頃世間に名をしられたる太鼓持なるが、是も折々吉田が供に付添たり。新屋方へ星野玄庵といふ医者、常に心易く出入けるに、或とき吉田玄庵に向ひていひけるは、夕べ夢を見て大きに汗をかきましたといへば、玄庵が、如何様なる夢にて候ひしと問へば、吉田がいふやう、三十許りの女房が来て、是は約束の文ぢやとて、私に渡しましたを、開きて見れば、七七七と申す字を書て何とも合点まいらぬ故、何の事ぢやと彼の女に問へば、はやく返りごとをせよと許りいふて、其女のかほつきがおそろしくなり、大きに汗をかき、目がさめましたといふ。玄庵が聞て、これは目出度夢かな。女が七の字を三つ書たる文を、持て参りしなれば、必ず近き内に身うけなるべし。其意は女へんに、七を三つ書けば、嬉しいという字なり。女中には、やつし文字こそ相応なれ。女郎の身の上には、身請ほど嬉しい事は有まじと判じたり。吉田大きに悦び、三日過て夢合を祝ふとて、新屋が方へ出入する程の、誰かれ廿人あまり、又定時といひし俳諧師に、近世の俳諧好五六人まねき、二汁七菜ほどの料理にて、かたの如く饗応し、其上名物の伽羅一包の引もの也、吉夢に是程の造作をさせて、若し年季の明く迄、身請の沙汰もなくば、玄庵は吉原を夜逃にせずばなるまいと、若き者共はいひなしけるが、玄庵がいひし如く、二タ月許過て、去大人の方へ身請されて行けるこそ、ゆゝ敷目出度ことなれ。その時玄庵へは、小袖壱重、銀十枚、吉田が置みやげなり。よき夢を占ふて、思ひもよらぬ徳つきしかば、若き者共の口に、邯鄲の玄庵とぞ申しける。

（『異本洞房語園』享保五年成立）(7)

『ねごと草』で松風と比肩された吉原の遊女は、京町新屋三郎右衛門抱えの吉田であったと見なしてよかろう。『異本洞房語園』に記された太夫の逸話は、『ねごと草』の内容と関わりを持つようで興味深い。両書を比較すると次のようになる。

万治の頃、京町に吉田という太夫がいた。ある時、玄庵という医者に、吉田が昨夜見た夢の話をする。三十歳ぐらいの女房が来て文を渡されたが、開けてみると七七ばかりで、意味が分からない。何のことかと聞いても、早く返事をしろと言うだけである。女房の顔付きが恐ろしくなってきたので、汗をかいて目を覚ました、と。

一方、『ねごと草』では、白菅の松風の家に行き、下女に仲介を頼むと、手紙を書けと言われる。余介の手紙には七七七の歌だけが書かれていた。それを見て松風は一旦断るが、返事を書くよう下女に勧められて手紙を書く。最後は、全ては夢だったという形で終る。

いかがであろう。遊女・吉田の逸話は『ねごと草』が上梓される数年前、万治の頃の話と伝えられている。愚侍は吉原での出来事を自身の作品の中に取り込んだのではないだろうか。松風と比較される遊女は吉田でなくてはならなかったのである。

五

『ねごと草』は、『竹斎』『東海道名所記』などの名所記の趣向と、遊女吉田の逸話を基にして作られた仮名草子であった。

吉原に在廓する数多の遊女の中で、愚侍が吉田を選んだのには理由があった。一つは、勿論、小野愚侍が家族とともに過ごす場が吉田の宿だったからであろう。もう一つは、京町新屋三郎右衛門抱えの遊女吉田が見た夢が関係していたのである。

◆注
（1）岸得蔵氏「『ねごと草』と小野愚侍」（『国語国文』三十三巻十一号　昭和四十年三月）
（2）沢井耐三氏「ねごと草」（『東海地方の中世物語』〈愛知大学総合郷土研究所ブックレット20〉あるむ　平成二十三年三月）
（3）これ以降の同書の引用は、『ねこと草』（米山堂　昭和十二年二月）によった。
（4）引用は、『色道大鏡』（八木書店　平成十八年七月）によった。
（5）引用は、『好色一代男　影印』〈西鶴選集〉（おうふう　平成八年一月）によった。
（6）引用は、『江戸吉原叢刊』第一巻（八木書店　平成二十年二月）によった。
（7）引用は、『日本随筆大成』新装版第三期第二巻（吉川弘文館　平成七年六月）によった。

489　近世はなしの作り方読み方研究

●初出一覧

序章　―咄の読み方と東アジア文化圏で考える笑話―（書き下ろし）

第一章　十七世紀の噺本と話芸者

第一節　元禄噺本研究

原題　元禄咄本研究（『紀要』第三十四号　平成五年一月）

第二節　露の五郎兵衛と宗旨に関する一考察

同題（『鯉城往来』創刊号　平成十年十二月）

第三節　『座敷はなし』研究ノート

同題（『文教國文學』第三十八・三十九合併号　平成十年三月）

第二章　江戸小咄の流行

第一節　『話稿鹿の子餅』小論

同題（『青山語文』第二十号　平成二年三月）

第二節　安永江戸小咄本の消長

同題（『青山語文』第二十一号　平成三年三月）

第三節　安永期草双紙仕立噺本考―鳥居清経本を中心として―
原題　安永期黄表紙仕立噺本考―鳥居清経本を中心として―（『鯉城往来』第二号　平成十一年十二月）
第四節　鳥居清経・草双紙仕立噺本の研究―鳥居清経の編集方針を巡って―
原題　鳥居清経・黄表紙仕立噺本の研究―鳥居清経の編集方針を巡って―
（『鯉城往来』第三号　平成十二年十二月）

第三章　江戸落語と戯作
第一節　三馬滑稽文芸と落咄―『浮世風呂』前編を中心として―
同題（『青山語文』第二十二号　平成四年三月）

第四章　噺本の約束事
第一節　愚人考
同題（『青山語文』第二十六号　平成八年三月）
第二節　愚人名研究ノート―噺本を中心として―
同題（『山陽女子短期大学紀要』第二十三号、平成九年三月）
第三節　息子考
同題（豊橋創造大学紀要第八号　平成十六年三月）
第四節　噺本に見る閻魔王咄の変遷
原題（『江戸文学と出版メディア―近世前期小説を中心に』笠間書院　平成十三年十月）
第五節　噺本に見る巻頭巻末咄の変遷
原題　噺本に見る巻頭巻末話の変遷（『日本文学』第四十七巻第十号　平成十一年十月）

第五章　諸国咄読解の視点

第一節　『西鶴諸国はなし』巻二の一「姿の飛のり物」試論―『信長公記』との関係から―（書き下ろし）

第二節　『西鶴諸国はなし』巻二の五「夢路の風車」試論―焔硝の里、五箇山との関係から―（書き下ろし）

第三節　『西鶴諸国はなし』巻三の七「因果のぬけ穴」試論―垂仁天皇との関係から―（書き下ろし）

第四節　『西鶴諸国はなし』巻四の三「命に替る鼻の先」試論―織田信長の紀州攻め及び本能寺の変との関係から―（書き下ろし）

第五節　『西鶴諸国はなし』巻五の六「身を捨て油壺」試論―謡曲『黒塚』との関係から―（書き下ろし）

第六節　『ねごと草』と夢―遊女吉田との関係から―（書き下ろし）

付記

本書をまとめるに際して、再録の論については加筆訂正を行いました。初出の論と一部内容が異なるものもありますが、ご了解いただければ幸いです。

あとがき

名古屋から始まった旅が豊橋で終わった。その道中で、諸所の名所を描くつもりであったが、どこもいま一つの旅であったと思う。余介ならぬ大助が咄というものに恋い焦がれ、続けた旅である。大助の旅は終わっていない。次は東アジアの国々への旅を計画中である。

大助の旅にも、余介の恋の手引きをしてくれる下女のような方が多数いた。本書のまとめとしてご紹介したい。

昭和六十二年一月の土曜日、恩師である武藤元昭先生の研究室のドアをノックした。大学院の試験を受けたいと相談するためだった。「島田君、冗談はやめてください」というのが先生のお言葉だったと記憶している。不真面目でおよそ研究者に向いていない私を、爾来導いてくださっている。篠原進先生からは、いつも「心許ないですね」というお言葉を頂いた。これは今も続いている。両先生のご指導がなければ、筆者の現在はない。ここで御礼を述べたい。

筆者が、本書の序章で名古屋出来の噺本『按古於当世』を引用したのには、実は別の理由があった。この噺本が武藤禎夫先生と面識を持つきっかけとなった思い出の本だったからである。国立国会図書館でこの噺本を読んでいたところ、古典文庫のお仕事で『按古於当世』を翻刻されていた先生が閲覧に来られたのである。この時、司書の方に「ご紹介しましょうか」と仰っていただき、お言葉に甘えた次第である。それ以後、ことある毎にお電話を頂くようになった。先生から頂いた学恩は計り知れない。ここで御礼を述べたい。

筆者が井原西鶴の論文を書くことを不思議に思われる方もいらっしゃるだろう。筆者と西鶴の関わりは、筆者が広島で非常勤の仕事をしていた時に始まる。当時、非常勤でお世話になっていた安田女子大学で、杉本好伸先生の大学院ゼミに参加させていただく幸運を得た。これ以降、『西鶴諸国はなし』を噺本として読んでいる。なお、杉本先生は違うと仰ると思うが、先生のゼミで教えて頂いたことが、私の『西鶴諸国はなし』の読み方の方法になっている。ここで御礼を述べたい。

本書執筆のために、資料をご提供くださった皆様に、ここで御礼を述べたい。

筆者は現在、豊橋創造大学に勤務している。長い牢人生活から脱し、人並みの生活を与えてくれた大学、無理な資料集めに協力してくださった豊橋創造大学附属図書館に、ここで御礼を述べたい。

現在、経営学部に所属する教員として勤務しているが、基礎教養のゼミナールで、毎年、『西鶴諸国はなし』を読んでいる。経営、情報を学ぶ学生にとっては、興味を持つことが難しいと思われる教材であるが、皆熱心に取り組んでくれている。本書に収めたものの内、「夢路の風車」は田中沙弥香さん、平松愛子さん、「因果のぬけ穴」は中村征矢君、「身を捨て油壺」は森香奈絵さんが行ったゼミの発表から示唆を得てまとめたものとなっている。ここで御礼を述べたい。

東海近世文学会に参加させていただいているが、筆者の思いつきの甚だしい話を、皆さん我慢強く聞いてくださっている。ここで御礼を述べたい。

今回、このような引き受けてのおよそ考えられない出版を可能にしてくださったのが、東海近世文学会のメンバーであり、本書の編集を担当してくださった西まさる氏である。ここで御礼を述べたい。

西氏とともに編集を担当してくださった斉藤優子氏にも、ここで御礼を述べたい。

このような本の出版をお引き受けくださった新葉館出版にも、ここで御礼を述べたい。

三原市の歴史・文化講座の受講者の方には、いつも思いついたことを聞いていただいている。受講者の方の反応を見て、研究を継続するかしないかを決めており、今回、本書で発表したものの中にも、継続した結果まとめることが出来たものがある。ここで御礼を述べたい。

不甲斐ない息子、弟、叔父、甥を暖かく見守ってくれる家族にも、ここで御礼を述べたい。

本書の表紙のデザインを作成してくださった佐々木千聡さんに、ここで御礼を述べたい。

最後に、本書の校正、索引作りを手伝ってくださった畦畑元美さんに、ここで御礼を述べたい。

皆様、ありがとうございます。

平成二十五年六月

島田大助

あ

い

う

え

お

か

き

く

け

こ

さ

し

す

せ

そ

た

ち

つ

て

と

な

に

ね

の

は

ひ

ふ

へ

ほ

ま

み

む

め

も

や

ゆ

よ

ら

り

る・れ・ろ

わ

主要語彙索引

◇凡　例

1．人名・書名・事項について、現代仮名遣いで五十音順に配列した。
2．索引項目から井原西鶴は除いた。
3．人名・書名について本文では略称で表記したものも、正式名称（書名の角書は除く）で立項した。
4．書名は『　』で示した。
5．役者・作者のうち、代を明示しなければならないものは、名前のあとに（　）で示した。
6．図表と引用（引用文の末尾に記した書名は立項した）からは、見出し語を立項しなかった。